L'OR DES ASHANTIS

Écrire l'Afrique

Collection dirigée par Denis Pryen

Romans, récits, témoignages littéraires et sociologiques, cette collection reflète les multiples aspects du quotidien des Africains.

Dernières parutions

Paterne NGOULOU, *Longue est ma route,* 2019.
Hourmadji DOUMGOR MOUSSA, *Dans les tourmentes du Tchad. 1973-2008*, 2019.
Edmond BERTRAND, *Des ONG de rêve*, 2019.
Yannick DUPAGNE, *Gros temps dans la Mongala, Récit d'un séjour en République démocratique du Congo*, 2018.
Bernard N'KALOULOU, *Sauvage toi-même !, Roman*, 2018.
Emmanuel Y. N'GORAN, *Le parcours d'Emmanuel, Un garçon de brousse aux Nations unies*, 2018.
Philippe GÄRTNER, *Poussière d'ivoire, Roman*, 2018.
Jean-Christophe ROUVET, *Un jeune Toubab au Sahel, Nouvelles*, 2018.
Patrick Serge BOUTSINDI, *Le voyage d'un Africain en Lorraine*, 2017.
Issa Yeresso SANGARE, *La télévision ivoirienne (RTI) de 1963 à 2011, Média de développement ou instrument du pouvoir ?,* 2017.
Babacar dit KHALIFA NDIAYE, *Les babouches du rat,* 2017.
Boubacar BA, *Un périple pour l'amour d'une mère, La valeur de la parole donnée*, 2017.
Vincent ROBIN-GAZSITY, *Enfermé à Libreville, Sept jours en Chinafrique,* 2017.
Yannick DUPAGNE, *Deux mois à Bumba, Récit d'un enseignant bénévole en République démocratique du Congo*, 2017.
Marcel NOUAGO NJEUKAM, *Et le prophète Odjokoro parla !, Roman*, 2017.
Boubacar Hama BEÏDI, *Le bruissement des souvenirs. Récit d'un instituteur nigérien*, 2017.
Patrick Serge BOUTSINDI, *Les amants de Bar-le-Duc*, 2017.
Paule FIOUX, *Foudres d'Afrique. Les impostures d'une révolution*, 2017.
Guikou BILET ZAFLA, *Un enfant du village, nouvelles*, 2016.
Gaston M'BEMBA NDOUMBA, *Escale à Brazzaville*, 2016.
Moussa CISSE, *Tombouctou à tout prix. Récit d'une passion pour le Mali*, 2016.
Joachim OLINGA, *Les métis de ma mondialisation*, 2016.
Gaston M'BEMBA NDOUMBA, *Escale à Brazzaville*, 2016.
Mamadou DANTÉ, *Moi, l'étranger… Le Mali en mémoire*, 2016.

Patrick Saby

L'OR DES ASHANTIS

Roman

L'Harmattan

5-7, rue de l'École-Polytechnique, 75005 Paris

http://www.editions-harmattan.fr

ISBN : 978-2-343-18025-0
EAN : 9782343180250

Ce livre est dédié à ma femme et à mes enfants, à ma famille, à tous ceux que j'aime et que j'ai aimés. Puisse l'amour et la passion pour les choses ou les êtres humains déboucher sur la concrétisation de rêves qui sont source de lumière et qui tracent notre chemin de vie.

Octobre 1994

Le jour décline tout doucement. L'ombre bleutée de la nuit envahit lentement les paysages sous l'avion et obscurcit le ciel dans lequel nous volons presque silencieusement. Heure après heure, les paysages changent, les étendues désertiques de l'Afrique du Nord ont progressivement laissé leur place à des zones de plus en plus riches en végétation, et bientôt à un couvert végétal dense formant une grande nappe vaguement ondulée au vert foncé intense.

Par le hublot je peux distinguer, çà et là, de minuscules îlots de lumière dispersés dans de grands espaces déjà plongés dans la nuit, des petits lieux de vie isolés dans l'immense forêt tropicale, et de points en points, des agglomérations de taille plus importante aux lumières jaunes et blanches, vacillantes.

Petit à petit, un voile de nuages s'installe entre l'avion et le sol et cache bientôt toute visibilité en dessous de nous. Le ronronnement des réacteurs diminue très légèrement alors que nous survolons désormais une mer compacte de nuages déroulée à perte de vue. Mon voisin n'est pas loquace. Pendant le repas nous avons échangé quelques mots seulement. Puis il s'est rendormi. C'est la première fois que sa société lui confie une mission en Afrique pour superviser une révision technique importante sur des moteurs de navires porte-conteneurs amarrés dans le port de Tema. Visiblement, la destination ne l'enchante guère, pas plus que le repas qu'il a englouti en deux minutes.

Le commandant de bord dans un bref message nous informe que nous approchons de la destination finale et que notre descente sur Accra est imminente. Je suis content, nous arrivons bientôt. Il fait maintenant nuit noire à l'extérieur. Quelques instants plus tard, l'avion s'incline lentement vers l'avant et entame la descente sans bruit, comme si cette approche se voulait être discrète, feutrée, voire camouflée.

Après quelques secousses dans un début de descente qui était jusque-là très calme, nouveau message du commandant qui nous demande de maintenir nos ceintures attachées en raison de turbulences assez fortes à venir. Nous descendons toujours et les secousses se font de plus en plus importantes. Par le hublot à ma gauche, je peux voir que l'avion évolue maintenant dans de gros cumulus. L'extrémité des ailes vibre. Les lumières de la cabine sont éteintes pour l'approche finale et nous descendons toujours sans bruit. L'appareil s'incline de manière assez prononcée sur la gauche et un court instant après sur la droite. Nous sommes ballotés ainsi plusieurs fois de suite. Après quelques minutes les moteurs redonnent en puissance. Nous reprenons de l'altitude comme l'attestent les bourdonnements à mes oreilles. Ensuite, l'avion se stabilise incliné vers la gauche. Un long moment se passe. J'imagine que nous faisons de grands cercles dans les nuages. Aucune nouvelle information ne nous est donnée. La météo ou l'encombrement momentané de la piste doivent figurer parmi les deux principales raisons si l'on réfute d'autres arguments techniques potentiels et éventuellement inquiétants qui pourraient arriver. Toujours inclinés à gauche, nous volons en effectuant de grands cercles tel un rapace de grande envergure qui survole sa proie.

Le pilote nous informe enfin qu'un orage très important au sol nous empêche d'atterrir pour l'instant et que nous devons rester à altitude constante jusqu'à nouvel ordre de la tour de contrôle. De longues minutes s'écoulent. Les conditions météo ne semblent pas s'améliorer et nous tournons toujours au-dessus d'Accra, sans pouvoir distinguer la ville noyée sous l'orage. Des éclairs impressionnants sillonnent sans cesse le ciel autour de nous. Nous sommes à cet instant de toute évidence à l'intérieur même du système orageux. L'avion, toujours incliné, encaisse maintenant des turbulences. Quelques-unes sont fortes. À l'intérieur, quelques pleurs ou cris d'enfants déchirent de temps en temps le silence que semble imposer cette longue attente.

Le pilote reprend la parole et nous annonce que nous continuerons à patienter environ vingt minutes, mais qu'au-delà, nos réserves en carburant seront très basses et nous devrons alors opter pour un autre aéroport pouvant nous accueillir en urgence, probablement celui de Lagos au Nigéria. Une rumeur parcourt la cabine, certains passagers se plaignent. La plupart cependant prennent leur mal en patience. Personnellement, je n'ai pas très envie de me retrouver ne fusse qu'une nuit au Nigéria. J'ai déjà entendu pas mal de choses sur cette ville tentaculaire où la sécurité des biens et des personnes laisse souvent à désirer surtout la nuit.

Pour ce qui est de ma propre expérience, j'ai toujours en mémoire un transit de nuit à l'aéroport de Kano, dans le nord du pays, où l'infrastructure, les conditions d'accueil et de logistique nous avaient semblé, pour nous étrangers, assez particulières et austères pendant les quelques heures de notre attente sous surveillance dans un hangar militaire en bordure du tarmac, à bonne distance du bâtiment principal de l'aéroport. Nous avions alors embarqué à Amsterdam direction Accra. Normalement, lors des vols précédents, nous restions dans l'avion pendant que se déroulaient les différentes opérations du transit. Cette nuit là, les passagers arrivés à destination finale avaient été conduits par bus jusqu'au hall de l'aéroport. Nous, les passagers en transit, après notre descente de l'appareil, avions été regroupés dans un hangar à quelques dizaines de mètres de là et avions alors assisté, un peu interloqués, au débarquement de nos bagages qui avaient été alignés sur le goudron du tarmac, juste sous les ailes de l'avion.

L'air était sec et chaud. La tension était palpable. Bien plus tard, un mini bus était venu déposer quelques personnes au pied de la passerelle. Leurs bagages suivaient juste derrière, entassés dans un pick-up. Nous attendions la suite des évènements. De part et d'autre du hangar, une poignée de gardes lourdement armés de fusils mitrailleurs assuraient la sécurité du site. À notre grande surprise, à un moment donné, la plupart se sont éloignés en toute discrétion et se sont installés un peu plus loin pour se regrouper et prier pendant quelques minutes, les armes posées à côté d'eux sur le sol.

Nous nous sommes permis de commenter entre nous à voix basse cette attitude irréaliste qui nous semblait assez dangereuse.

Autres latitudes, autres habitudes…

Après une longue attente dans une chaleur étouffante, il nous avait été enfin demandé de rejoindre la passerelle, et avant de remonter dans l'avion, de désigner nos bagages respectifs afin qu'ils soient à nouveau réintégrés dans la soute pour la suite du vol. Entre temps, les nouveaux passagers débarqués du mini bus avaient déjà pris place à l'intérieur.

Nous n'aurons pas à atterrir à Lagos car finalement un créneau météo favorable nous permet de continuer la descente. Un sentiment de satisfaction s'exprime clairement parmi certains passagers qui applaudissent la bonne nouvelle. Les langues se délient et les discussions reprennent.

Nous glissons silencieusement dans le noir, perdons de l'altitude et sortons des nuages. Autour de nous le ciel est encore déchiré par des éclairs qui illuminent violemment la nuit mais la tempête semble calmée. Nous survolons les immenses faubourgs de la ville quadrillés par de longues avenues rectilignes en partie éclairées par des lampadaires. Les plus importantes convergent en étoile vers le centre de la ville.

Certaines zones restent sombres, chichement éclairées. Plus loin, le cœur d'Accra brille de toutes ses lumières. Dans certains grands axes, les embouteillages sont gigantesques et la circulation est complètement bloquée comme l'attestent les lumières des voitures qui forment de longs serpents lumineux rouges et blancs. Dans les ruelles elles aussi encombrées par un important trafic on peut distinguer les commerces éclairés de vives couleurs clignotantes, vertes, rouges, oranges, jaunes et bleues. Accra est la capitale très animée du Ghana, le centre administratif et économique du pays. À la nuit tombée l'effervescence donne à la ville une vie intense si typique de ces grandes villes africaines.

L'avion s'incline à nouveau pour effectuer un dernier grand virage comme une dernière parade avant l'approche finale sur l'aéroport international de Kotoka. Alors que nous tournons, aux lumières chaudes et vives de la ville succède le vide profond, froid et noir de la nuit côté océan. Sur le littoral les grands hôtels de luxe s'alignent sur le long ruban de sable blanc de Labadi Beach. Nous perdons rapidement de l'altitude, et quelques instants après, nous atterrissons en douceur sur une piste trempée et luisante sous les éclairages puissants des projecteurs. En fin de roulage, l'avion s'immobilise sur son aire de parking à quelques dizaines de mètres seulement des bâtiments de l'aéroport. À ma montre, compte tenu du décalage horaire, il est 20 heures.

Le pilote nous adresse un dernier message de bienvenue. Au sol, d'énormes flaques d'eau attestent de la puissance de l'orage qui est maintenant complètement calmé. À peine les moteurs coupés, la climatisation arrêtée, les portes sont ouvertes et déjà, un air chaud, capiteux, humide aux douces odeurs d'humus pénètre dans la cabine. Il colle à la peau. C'est le parfum des tropiques si caractéristique de cette partie de l'Afrique. Dehors, sur le tarmac trempé, les caristes s'occupent sans perdre une seconde au déchargement des bagages.

Après avoir souhaité un bon séjour à mon voisin de vol, je descends lentement la passerelle avec mon blouson sous le bras. Je hume l'air pesant, chaud et saturé d'humidité. Pendant quelques secondes, une douce et inexplicable sensation de bien-être m'envahit. J'ai le sentiment de retrouver cet endroit après une éternité d'absence. Au-dessus de l'avion, dans le ciel noir, d'immenses oiseaux tournoient silencieusement en battant très lentement des ailes. Je pose enfin pied sur le bitume avec la sensation très forte d'appartenir à cette terre. Ma première émotion se résume ainsi : me revoilà, Afrique !

Tous les passagers du vol s'acheminent à pied vers le hall de l'aéroport vivement éclairé par des néons blancs. À l'intérieur, il fait à peine moins chaud, la température n'étant régulée que par les courants d'air entretenus par les fenêtres ouvertes. Notre flot de migrants déambule dans le hall jusqu'à ce que l'on ne puisse plus avancer. L'attente pour le précieux sésame d'entrée commence ici. Déjà quatre files se sont formées pour le contrôle des formalités douanières et vérification des carnets de vaccinations. Sur le côté, une file rapide est réservée aux membres dirigeants du pays, aux militaires et aux associations humanitaires. Pour les autres, l'attente peut être longue. Sur les murs blancs du hall se détachent quelques grands posters représentant certains paysages du Ghana et les principaux monuments d'Accra, ainsi que le drapeau national tricolore aux trois bandes horizontales de couleur rouge, jaune, et vert avec une étoile noire au centre. Le rouge représente le sang versé pour l'indépendance du pays, le jaune l'or et les richesses minérales et le vert la nature et l'espérance. La présence de l'étoile signifie que le pays fut la première colonie à s'affranchir et à obtenir son indépendance au XXe siècle en 1957. À partir de ce moment, l'ancienne colonie anglaise portant le nom de « Gold Coast » (Côte de l'or) deviendra le Ghana.

Notre file avance lentement, plus lentement que les autres. Il fait chaud et je transpire sur place. Cela me fait un peu pester intérieurement. Quelques fois, Charles, muni d'un laissez-passer, vient me cueillir dans la file d'attente et m'assurer un passage rapide à la douane. J'ai beau regarder au bout de la file devant moi, mais cette fois, il n'est pas venu. Pendant quelques instants, je croise les doigts et espère qu'aucun douanier ne s'approchera de moi pour me demander de sortir de la file et le suivre afin de contrôler ma mallette dans une de ces petites cabines sur le côté du hall. Non pas qu'il y ait quelque chose d'interdit ou d'illicite dans mes affaires, mais histoire de ne pas perdre de temps à cause d'un excès de zèle qui me ferait perdre ma place dans la file. C'est mon tour, je suis enfin face à la guérite. Je tends mon passeport déjà riche en visas tamponnés du Ghana, mon carnet de vaccinations et la fiche d'entrée qui nous avait été remise dans l'avion. Les vérifications d'usage ne prennent que quelques minutes ; l'officier chargé de l'immigration tamponne mon passeport et me le rend sans un mot. Je contourne la guérite. En face de moi une banderole nous accueille ''Welcome to Ghana''.

Il me faut maintenant me rendre à l'étage inférieur pour récupérer ma valise et sortir du bâtiment pour affronter comme d'habitude la foule immense venue attendre un parent ou un ami sur le parvis à l'extérieur de l'aéroport.

Je sais que quelqu'un m'attend dehors derrière les barrières de sécurité. Ce sera peut-être Charles ou un de ses chauffeurs. Au pire, si je me retrouve seul après quelques instants d'attente, je prendrai un taxi pour me rendre à l'hôtel. Je connais la ville et ses habitudes, je ne me tourmente pas.

Ayant récupéré mon bagage, je passe le dernier check point, montre à nouveau mon passeport tamponné à un officiel de service, et, fébrilement, me dirige vers la grande porte vitrée de la sortie. Une fois celle-ci passée, je suis immédiatement terrassé par la moiteur de l'air. J'avance ma valise à la main et mon blouson sous le bras sur le parvis à l'extérieur de l'aéroport. De puissants projecteurs au sommet de grands mâts illuminent la scène d'une lumière blanche. Face à moi des centaines de gens amassés se pressent contre les barrières de sécurité et tentent de voir arriver la personne qu'ils attendent. Grosse bousculade, chacun veut être au premier plan et tous agitent vivement les bras pour signifier leur présence. Tous crient des noms de famille ou d'amis et des centaines d'yeux cherchent à reconnaître et à localiser au plus vite les arrivants. Les ''tsss'' caractéristiques fusent de toute part. Des policiers sont postés devant les barrières pour éviter tout débordement. Parmi les voyageurs qui viennent de débarquer, il y a différents profils ; la plupart sont des locaux qui reviennent dans leur famille. Ils ont empilé de gros fardeaux et valises plus ou moins négligemment sur des chariots à roulettes poussés par des porteurs moyennant quelques cédis. Les autres, les hommes d'affaires impeccablement costumés ne s'embarrassent que de peu de bagages, et tracent leur route en se faufilant pour encore grappiller quelques secondes sur le temps, une dernière fois, avant de prendre le rythme africain.

Je dois me rendre comme d'habitude de l'autre côté de l'avenue et attendre à l'entrée principale du parking de l'aéroport où normalement quelqu'un m'attend.

Il ne me reste que quelques mètres libres avant de passer les barrières et d'être happé par cette foule colorée criarde et effervescente. Le poids de ma valise est rapidement rendu plus lourd à cause de la moiteur ambiante s'ajoutant à la fatigue du voyage. Ma chemise me colle déjà à la peau. En quelques heures seulement l'avion nous a transportés d'un point à un autre de la terre, et tout ici est différent. J'aime ces contrastes qui cependant nous rappellent que notre terre est bien petite et de plus en plus fragilisée. J'avance calmement, et joue du coude à coude pour me frayer un chemin. De nombreux porteurs jeunes et moins jeunes me proposent leurs services pour quelques cédis :

– Taxi Sir ! Taxi ?

- Can I help you Sir ?

Alors que je me fraie un passage dans cette foule très dense et grouillante, des mains attrapent ma valise en même temps qu'un regard, à la fois souriant et bienveillant, m'annonce que Mr Charles l'envoie et que nous allons rejoindre Morgan à la voiture stationnée à quelques centaines de mètres sur l'avenue qui longe l'aéroport. Je lui emboîte le pas immédiatement en tâchant de ne pas le perdre. Je ne me souviens pas avoir déjà vu ce gars. Comment m'a-t-il trouvé dans cette foule ?... À partir de cet instant je suis en bonnes mains, je sais que Morgan, un des chauffeurs de la société, est là, à attendre calmement en écoutant très certainement la radio dans le gros 4x4 Land Cruiser toujours bien briqué, dont il est fier d'être le chauffeur attitré.

Un bon feeling est toujours passé avec Morgan, très gentil, discret, sobre et efficace, attentionné et bon conducteur aussi. Lors de ma dernière visite, il m'avait expliqué qu'il ne se marierait qu'après avoir trouvé un lit confortable pour sa bien-aimée ! Ce qui sous-entendait qu'il était libre de papillonner jusque-là...

Morgan est très fier de son travail, il adore conduire et bichonner le Land Cruiser récemment importé des USA qui est aussi de temps en temps son toit pour la nuit.

En me voyant arriver, il descend de la voiture et m'accueille chaleureusement avec un grand sourire :

- Good evening Sir ! How are you ? That's long time since your last visit ! We bring you to your hotel. You are welcome !

Ma valise est immédiatement enfournée à l'arrière du véhicule et nous prenons la route en direction de l'hôtel. Morgan s'enquiert de savoir si j'ai fait un bon voyage. Il me dit que l'avion avait du retard à cause d'un gros orage sur la ville. Ces temps-ci, il y a beaucoup d'orages importants et quelques fois les rues de la ville sont complètement inondées.

– Monsieur Charles s'excuse de n'avoir pu venir vous chercher, mais il vous verra demain.

– Pas de problème pour moi Morgan, il saura où me trouver n'est-ce pas ?

– Oui Monsieur, il le saura, me répond-il en souriant.

Il fait assez frais maintenant et nous roulons toutes vitres ouvertes. La route mouillée luit sous la lumière des réverbères et des volutes d'air chaud et humide montent, se dissipent, et se perdent dans la nuit. J'ai rapidement l'impression de ne pas être tout à fait étranger en retrouvant mes marques. Cela fait bien des années que je me rends au Ghana. Mon expérience de géologue et mes activités de consultant dans les mines souterraines m'ont souvent permis de séjourner dans cette région de l'Afrique qui me tient beaucoup à cœur. Chaque fois, une vive résonnance émotionnelle se ranime en moi et tous mes sens sont à l'écoute et se remettent en phase avec les paramètres locaux. Débarquer en Afrique après quelques heures de vol seulement génère des sensations multiples et fortes.

Tout ici est différent : la température ambiante qui vous plombe, l'humidité de l'air, les odeurs, les couleurs, les sons, les bruits, la musique bien sûr, présente un peu partout, l'activité de la rue, le mode de vie, le rythme de vie, les habitudes vestimentaires, la notion du temps qui passe, et par-dessus tout, le contact humain.

Je retrouve Accra dans ses lumières de la nuit, sans paillettes ni strass, palpitante mais sans stress. Comme partout ailleurs, les gens vaquent à leurs occupations. Mais ici tout se fait avec une certaine nonchalance, avec cette attitude décontractée et élégante qui traduit le rythme de l'Afrique jusque dans la façon de se comporter et de se déplacer. Ce rythme est étroitement lié à la musique et à la danse, composantes majeures de la culture africaine.

Jusque tard dans la nuit la ville est animée. Sur les avenues, à chaque fois que nous sommes arrêtés à un feu rouge, des enfants remontent notre file de voitures pour vendre des cigarettes, des friandises, des petits sacs de plastique remplis d'eau à boire, des fruits, des journaux, des cartes de téléphone, des bassines en plastique aux couleurs vives, des rasoirs, des briquets, des savons, et autres babioles. Alors que nous approchons du centre-ville, la circulation est devenue plus dense et nous avançons lentement. Le trafic de nos villes aux heures de sortie des bureaux n'a rien à envier à celui d'Accra même à cette heure tardive. Ici, cependant, un peu d'exotisme est apporté par la couleur locale. Beaucoup de feux tricolores ne fonctionnent pas. Par contre beaucoup d'accidents arrivent quand les feux fonctionnent sans que les chauffeurs n'en tiennent compte. De jour comme de nuit, en résultent quelques fois des encombrements énormes toujours grossis par les véhicules affluant dans les avenues par les nombreuses rues et ruelles adjacentes. La notion de priorité dépend du conducteur et de sa capacité à s'insérer entre les voitures. À tout moment, les petits taxis bicolores aux flancs jaune ou orange s'arrêtent pour prendre ou déposer des clients sans nécessairement se ranger sur le côté. Certains clients, avant de monter dans le taxi, ouvrent la portière en grand et prennent leur temps pour discuter le prix de la course, à grand renfort de gestes et de paroles. Des chauffeurs, dont le taxi garé à même la chaussée gêne la circulation, essaient de compresser les bagages de leur client pour les faire entrer dans le coffre qui au final sera tenu fermé par une cordelette. Il en résulte une circulation difficile voire quelques fois dangereuse le tout orchestré par une symphonie de coups de klaxons.

Après avoir contourné le centre-ville, nous roulons maintenant à bonne vitesse en direction du littoral sur une avenue à peu près déserte et bordée d'immenses panneaux publicitaires aux affiches très colorées et conviviales informant sur les réseaux de téléphonie, les organismes bancaires, les produits de l'industrie alimentaire, les produits de beauté, ou les derniers modèles de voitures le plus souvent de provenance asiatique.

Quelques instants plus tard, nous ralentissons sur la grande avenue qui longe Labadi Beach pour entrer dans le parking de l'hôtel installé en bordure de plage. Je suis arrivé à destination finale. J'avais demandé à Charles de bien vouloir me réserver une chambre dans cet hôtel que j'affectionne particulièrement après avoir séjourné dans d'autres plus proches du centre-ville. Morgan décharge ma valise et entre avec moi dans le grand hall. Il me suit jusqu'au comptoir de la réception et patiente quelques minutes pour s'assurer que ma chambre est bien disponible. Une fois ma clé en main, Morgan me souhaite une bonne nuit de repos après ce long voyage. Avant de partir, il m'informe que, demain matin, Mr Charles me contactera par téléphone vers neuf heures pour fixer notre rendez-vous plus tard dans la journée.

Mon séjour va être chargé, avec au programme, la participation au premier Congrès des Mines d'Afrique de l'Ouest qui aura lieu ici à Accra.

Ce congrès répond à la demande des compagnies minières du pays qui souhaitent échanger les technologies sur le plan local et bien sûr international. Charles en est le principal instigateur. Sa notoriété aujourd'hui reconnue lui a permis de lancer ce projet qui a rapidement reçu l'approbation des instances administratives du Ministère des Mines et des compagnies minières du pays.

Ce congrès va nous occuper une partie de la semaine. Ensuite, notre mission de consultants nous appelle pour quelques jours à la mine d'Or d'Obuasi, dans le centre du pays, dans le territoire des Ashantis. Nous devons finaliser un rapport important concernant la stabilité des galeries souterraines dans les nouvelles infrastructures profondes de la mine où les réalisations prévues sont assez spectaculaires en termes de dimensionnement des ouvrages. Nous avons déjà beaucoup travaillé sur ce sujet au cours des précédentes années et devons mettre à jour les dernières données recueillies par les géotechniciens afin d'établir nos recommandations.

À peine arrivé dans ma chambre qui donne sur le parc du côté de l'océan, je mets immédiatement en marche la climatisation puis la télévision et je prends volontiers une douche histoire de retrouver un peu de fraîcheur et de tonus après ce long voyage.

Je sais qu'il est tard et que la nuit va être courte mais je redescends ensuite au niveau du restaurant qui est peut-être encore ouvert. Il n'y a pas beaucoup de mouvement dans le hall de l'hôtel. Deux hommes drapés de riches étoffes avec une dominante de couleurs vert et jaune discutent sur un large canapé en cuir. Les quelques boutiques sont fermées, vitrines éteintes. Il y a un peu plus d'animation au bar qui se prolonge à l'extérieur vers la grande terrasse qui longe la piscine.

Quelques personnes sont encore attablées à l'intérieur dans la salle du restaurant au sol de marbre blanc brillant et au mobilier en acajou. D'autres sont installées dehors à la recherche d'un peu de fraîcheur et se reposent sur les bords de la piscine. Le restaurant est encore ouvert, mais n'ayant pas envie de dîner copieusement à cette heure de la nuit, je me rends au petit snack-bar de la piscine où je commande une salade garnie de morceaux de poulet froids, une petite coupe de fruits et un tonic.

Installé au bar du snack, je peux voir ce qu'il se passe autour et ainsi prendre la température des lieux. Après ce dîner léger et frais, je m'installe confortablement sur une chaise longue, à quelques mètres de là, pour goûter à de précieux instants de repos après le voyage. Mes préoccupations sont alors mises entre parenthèses. Ces moments trop rares sont comme un rendez-vous hors des contraintes de la société. Ici, la notion même du temps n'importe plus. C'est une remise à l'heure locale de mon horloge interne. C'est un retour à des sensations d'harmonie, de plénitude et de bien être dans cet environnement exotique et calme dans lequel je me sens intégré. Le temps semble figé. J'ai l'impression d'être assis dans un cocon au centre du monde, dans le berceau de l'humanité, dans un endroit où le temps n'a pas de prise et où l'éternité s'est installée. C'est un sentiment bizarre que je retrouve toujours en arrivant en Afrique.

Quelques minutes suffisent pour me détendre complètement. Je suis heureux d'être ici. Pour mieux apprécier cet instant de bien-être j'observe et j'écoute. De l'autre côté de la piscine, le grand parc richement arboré de l'hôtel borde le long ruban de plage distant de quelques centaines de mètres seulement. En raison de l'humidité ambiante, il y a beaucoup de moustiques dès la tombée du jour, et ici, il s'agit d'une variété de petits moustiques à la fois discrets et particulièrement agressifs. Le vent de l'océan chargé de senteurs marines souffle en rafales fraîches et bienvenues soulevant de temps en temps des volutes de poussières de sable et d'humidité qui se perdent dans le ciel. L'air ainsi brassé éloigne pour un temps les moustiques et rafraîchit quelque peu.

Les grandes feuilles ciselées des palmiers se découpent en ombres foncées sur le ciel noir. Je réfléchis, je pense à cette longue journée qui vient de s'écouler. Je sens que, petit à petit, mon corps se réhabitue à des sensations déjà connues et je le laisse réintégrer ses repères. Je me laisse aller à somnoler.

Les lumières bleutées de la piscine s'éteignent, les jets d'eau de la fontaine s'arrêtent et font place au silence presque absolu. J'ai laissé ma montre dans la chambre, il doit être minuit.

De temps en temps, des rafales de vent un peu plus violentes secouent vivement les larges feuilles des palmiers dans des bruits de froissements et de claquements secs. Elles ont l'allure de bouquets de feux d'artifices qui sont projetés dans le ciel et explosent en grandes corolles qui retombent ensuite en douceur lorsque le vent s'apaise. Entre deux rafales, les bruits cessent et l'on peut entendre le grondement continu de l'océan tout proche. À intervalles réguliers, de puissants rouleaux viennent s'écraser dans un bruit sourd et mourir sur le sable de la plage. J'espère avoir du temps demain pour profiter un peu de cet endroit paradisiaque et aller marcher sur la longue plage.

Il est presque difficile de s'extirper de cette douce plénitude. De l'autre côté de la piscine, quelques éclairages cachés diffusent leur lumière discrète sur des bosquets et sur des petits arbres taillés en boules qui semblent avoir cette forme géométrique parfaite depuis toujours. Je me sens bien, installé dans mon cocon au milieu du jardin d'éden.

Au bout d'un grand moment cependant, les moustiques deviennent de plus en plus agressifs et me délogent. Je décide, à contrecœur, de remonter dans ma chambre. Cette première nuit déjà bien entamée sera somme toute assez longue pour un repos suffisant avant la journée de demain.

Le jour est levé depuis quelques heures déjà quand mon réveil sonne. Il est huit heures. J'ai dormi comme un bébé et suis frais et dispo pour attaquer cette première journée. Je tire sur le côté les grands rideaux lourds de la baie vitrée pour que la lumière du jour entre dans la chambre.

Le parc de l'hôtel est noyé sous le soleil. La lumière est belle, les couleurs contrastées. Les jardiniers ratissent les gazons, ramassent les feuilles et branches tombées pendant la nuit, arrosent les massifs fleuris. Les allées sont balayées. La piscine est nettoyée. Deux jeunes s'affairent à tamiser l'eau avec une épuisette pendant qu'un autre met en place une rangée de chaises longues avec des parasols.

Ce matin, mon petit déjeuner se traduira par un copieux brunch. La grande salle du restaurant très claire et climatisée est déjà remplie. Les tables bien dressées aux chaises acajou et cuir sont occupées pour la plupart et je choisis d'aller m'installer sur la terrasse où, là aussi, pas mal de personnes sont attablées. Beaucoup de Blancs, souvent Anglais, Australiens, Américains, Canadiens et Sud-Africains. Visiblement aucun Français. Ici comme ailleurs dans le monde, on reconnaît les gens à leur accent, à leur tenue vestimentaire. La plupart discutent business, banque, informatique, mines.

Le temps défile en fait assez vite et je me surprends à penser qu'il ne reste que quelques instants avant que Charles ne me contacte. Quelques fois, lors de précédentes visites j'ai eu la surprise de le voir arriver, me serrer cordialement la main avec ce clic sonore des doigts majeurs caractéristique du Ghana, me taper gentiment dans le dos et s'inviter à ma table après m'avoir souhaité la « bienvenue à la maison Doc » après tant de visites !

Mon excellent brunch terminé, je me rends au comptoir de la réception pour changer de l'argent en monnaie locale. Pour un montant somme toute modique, je me retrouve avec quatre énormes liasses de cédis en vieux billets verts de différentes coupures chacune entourée d'un élastique. Il se trouve que les grosses coupures font encore défaut alors que les billets de petite valeur sont largement utilisés. Chaque liasse est composée d'une cinquantaine de billets classés par valeur, mais je ne prends pas la patience de recompter ce que la machine automatique a fait sous mes yeux. Je remonte ensuite à ma chambre avec mes liasses de billets à la main et me prépare pour attendre Charles. À partir de cet instant, par expérience je sais que l'attente peut durer assez longtemps.

Je me souviens de mon premier séjour au Ghana lors duquel Charles m'avait donné une heure de rendez-vous pour le lendemain.

Le lendemain à l'heure dite j'étais au rendez-vous. Ce jour-là j'ai attendu une demi-journée, en tuant le temps, en essayant de rester disponible, en allant de ma chambre au bar, du bar à la piscine, avec retour à la case zéro, celle de la chambre où je pouvais regarder la télé et dissiper mon anxiété dans la fraîcheur de l'air climatisé.
Quand Charles finalement fit surface. Il m'avait alors expliqué, en s'excusant du malentendu, que le rendez-vous était supposé être "WAIT time," "West African Indigenous Time" et que le WAIT time règle les heures de rendez-vous et peut très facilement les décaler d'une journée entière voire plus. C'est le genre de détail sur les usages locaux que l'on n'oublie pas...

Le congrès ne commence que dans deux jours, alors tout reste hypothétique pour cette première journée. Je sais qu'à partir de maintenant, et dans le meilleur des cas, on viendra me chercher ou bien on me contactera à tout moment par téléphone pour fixer une heure de rendez-vous plus tard dans la journée. Histoire d'habitude, je ne me tourmente pas. En revanche, lors de précédentes visites j'ai pu noter l'agacement de certains collaborateurs qui voyageaient avec moi et qui ne supportaient pas cette forme de laxisme dans les horaires élastiques que l'on nous impose ici alors que tout semble impeccablement cadré, du moins dans les paroles.

Je profite de ce temps libre pour redescendre et m'installer au bord de la piscine pour m'informer des nouvelles sur une gazette locale empruntée à la réception.

En première page, les deux principaux partis politiques du Ghana font propagande. Le NDC (National Democratic Congress) dont l'emblème est un parapluie et le NPP (New Patriotic Party) qui lui a pour symbole un éléphant. Je me souviens avoir demandé par curiosité, il y a plusieurs années de cela, la signification de ces deux représentations et il m'avait été démontré de manière très partisane, mais aussi très parlante, que la puissance et la domination du deuxième permettent largement de dépasser la protection qu'offre le premier !...
Dans les premières pages, les grands titres évoquent les relations cordiales et les échanges entre les pays de l'Afrique de l'Ouest (ECOWAS - Economic Community Of West African States). La

tribune politique riche en photos, fait état des derniers discours de tel ou tel ministre récemment vu à la télévision suivis de commentaires plus ou moins critiques. Dans les pages intérieures, il y est question de la vie locale dans le pays, des problèmes de malnutrition chez les enfants, des travaux de rénovation de rues ou de routes, de la création de nouvelles écoles de village ou de l'alimentation en eau de certains quartiers de la ville encore délaissés à ce jour. Un encarté détaille les horaires et les zones de coupures d'électricité dans la ville. Ces coupures peuvent avoir lieu la nuit et plongent pendant des heures des quartiers entiers dans le noir, mais aussi pendant la journée, et beaucoup d'entreprises doivent s'arrêter de travailler. Pour son énergie électrique le Ghana dépend du barrage d'Akosombo construit sur le fleuve Volta en amont de son embouchure dans l'océan. Une partie de cette énergie est vendue au Bénin et au Togo. D'une manière générale le développement des nouvelles infrastructures telles que les lignes électriques, les routes et les constructions portuaires sont une priorité absolue. Il est géré par les pays africains dans le cadre du NEPAD (Nouveau Partenariat pour le Développement de l'Afrique). Hélas, souvent les engagements financiers ne suivent pas et les économies locales en souffrent.

Chaque page de la gazette est chargée de très larges insertions publicitaires qui vantent les mérites de produits de beauté, savons, shampoing, huiles essentielles, déodorants. Dans l'ensemble les produits de base sont fabriqués localement et ces annonces s'adressent directement à une masse importante de consommateurs, jeunes pour la plupart. D'autres produits souvent importés d'Europe, tels que les montres de marque, les parfums, ne bénéficient que de rares et petites insertions dans ce type de gazette. Les dernières pages sont consacrées aux faits locaux de tous les jours, comme par exemple cet article relatant avec détails l'arrestation, par la police, d'un petit voleur pris sur le fait accompli qui se retrouve comme il se doit derrière les barreaux. Juste à côté de l'article sont divulgués l'âge et la photo d'identité du petit voleur, en noir et blanc. La gazette se termine par la partie nécrologie très fournie en photos et commentaires détaillés des familles, des amis, et des proches connaissances, sur les activités et les mérites du défunt tout au long des étapes de sa vie.

La chaleur me pousse déjà à remonter dans ma chambre où j'apprécie la climatisation. À cette heure de la journée, je n'ai aucune envie de me plonger dans la lecture de bouquins amenés dans mes bagages. De préférence je réserve plutôt ces instants aux fins de soirées, juste avant de m'endormir.

Alors que déjà l'heure du déjeuner approche, le téléphone sonne. C'est Kwadjo, un autre chauffeur de Charles qui m'annonce qu'il passera me chercher en voiture dans le début de l'après-midi. Charles est très occupé par les préparatifs du congrès et doit rester encore au bureau.

Je remercie Kwadjo et lui confirme que je serai prêt en début d'après-midi et que je l'attendrai dans le hall. En raccrochant le téléphone je souris. Je n'ai jamais rencontré Kwadjo, mais je sais qu'il est né un lundi, parce qu'en langue akan Kwadjo veut dire lundi et au Ghana, par tradition, on porte le nom du jour de sa naissance dans la semaine. J'aime à me présenter en plaisantant sous le nom de Kwame Patrick ''né un samedi.'' L'effet est toujours garanti !

À l'issue de ce coup de téléphone mon temps d'attente est à peu près cadré, je prendrai plus tard le déjeuner ici à l'hôtel.

Pour tuer le temps, je décide d'aller faire un tour sur la plage. Je m'habille en conséquence, avec un short, un tee-shirt et des sandales de cuir, et je quitte ma chambre. À partir de la terrasse de la piscine, un chemin dallé et étroit sinue entre les palmiers et mène directement à la plage. Je l'emprunte. À son extrémité, le parc est délimité par une petite balustrade faite de planches de bois. L'accès à la plage se fait par une porte constamment surveillée par un gardien en uniforme qui reste la plupart du temps assis dans sa guérite. Il assure la sécurité de l'hôtel en surveillant les allées et venues, surtout les entrées, de la plage vers l'hôtel. Je le salue au passage et dépose mes sandales juste à côté de sa guérite avant de pousser la petite barrière et d'avancer sur le sable blanc et chaud. À cette heure de la journée l'activité principale en bordure de plage est celle des pêcheurs qui partent en mer en poussant leurs lourdes pirogues très fines et allongées creusées dans des troncs de bois. Certaines décorées de couleurs vives évoquent des paysages ou une scène de village. Sur d'autres, sont inscrits des noms, des chansons, des poèmes, des louanges et symboles à la gloire et à la toute-puissance de Dieu ''Gye Nyame.''

La mise à l'eau est rendue difficile par la longueur des pirogues, leur poids, ainsi que par le reflux incessant des rouleaux et des vagues qui viennent mourir et déposer leur écume sur la plage. Au rythme d'une chanson entraînante, chaque embarcation est poussée par une dizaine de jeunes jusqu'à passer les premières grandes vagues à une cinquantaine de mètres du rivage. À ce moment seulement, les pagayeurs déjà installés entrent vivement en action pour maintenir les pirogues au-delà de la zone critique. Ensuite, tout le monde saute à bord et les embarcations se perdent rapidement au lointain sur l'océan gris-bleu. Les chants diminuent progressivement en intensité puis sont recouverts par le bruit des rouleaux qui viennent déferler sur le rivage. Les pirogues reviendront dans quelques heures avec le butin de leur pêche. Les femmes viendront alors sur la plage pour trier les poissons qui seront ensuite transportés dans des paniers en osier pour être vendus dans les hôtels et sur les marchés.

Je reste un long moment assis sur la plage face à l'océan. La chaleur relative de la matinée est encore supportable au bord de l'eau. Quelques vendeurs arpentent déjà le sable et s'approchent de moi pour me montrer des colliers en coquillages, en ilménite, des bracelets en cuir ou des peintures bâtis qu'ils étalent à même le sable. La plage est pour eux une boutique à la fois éphémère et continuelle. Ils la parcourent toute la journée, à longueur d'année. Un premier tente sa chance. Je lui fais comprendre que je ne désire pas acheter et que je n'ai pas d'argent sur moi. Il n'insiste pas, replie son matériel, me salue en partant et me souhaite une bonne journée. Un autre plus tenace m'interpelle et s'approche. Un de ses frères tient une agence de location de voitures, si je suis intéressé il est possible de louer les services d'un chauffeur pour aller visiter la région du fleuve Volta, au sud-est du Ghana. Sur place, vante-t-il, on y trouve toutes les commodités pour les touristes, avec hôtels, et possibilité de faire des excursions sur le fleuve. Je l'arrête dans son discours bien rôdé et le remercie en lui disant que connais déjà cette partie de la côte pour avoir passé une journée à Ada et goûté aux plaisirs de la promenade en pirogue, le long des lagunes, en descendant le fleuve jusqu'à son embouchure avec l'océan, là où les vagues commencent à chahuter dangereusement les petites embarcations. Le jeune est visiblement étonné que je connaisse l'endroit. Pas de problème me fait-il savoir, « il n'y a pas de problèmes avec les Ghanéens », et si d'aventure je change d'avis, il s'appelle Joshua et je peux le trouver tous les jours sur la plage. Je prends donc congé de mon ami et décide d'entamer une longue marche sur le sable humide, tout près des vagues qui viennent mourir sur la plage et disparaître dans le sable chaud. Le soleil, maintenant à son apogée, cogne dur et me fait décider de faire demi-tour et de rentrer à l'hôtel.

Avant de déjeuner, je passe rapidement par ma chambre pour voir si un message m'a été laissé sur le téléphone et pour me rafraîchir quelques minutes. Rien de neuf, aucun message, donc pas de problème.

Je me rends ensuite au restaurant et m'installe cette fois à l'intérieur pour profiter de la fraîcheur climatisée et reposante de la salle. En principe, dans la semaine, les clients de l'hôtel déjeunent en ville et, de ce fait, peu de tables sont occupées. En revanche le week-end beaucoup de familles d'Accra viennent profiter de la piscine pendant la journée avec leurs enfants.

Après un repas léger, je me rends à nouveau dans ma chambre pour y prendre quelques documents et descends ensuite dans le hall de la réception pour attendre Kwadjo. Le hall est immense. D'un côté, se trouvent les comptoirs de la réception avec acajou et dorures et, de l'autre, un bar avec ses lumières tamisées, son piano, et son espace VIP kitch, riche en boiseries et cuirs. La partie centrale du hall fait office de grande salle d'attente aménagée avec des canapés cuir posés sur d'imposants tapis colorés. Quelques personnes sont assises et attendent pour un taxi probablement. Entre les canapés, des petites tables en bois sculpté renforcent l'aspect cossu de l'endroit.

Je prends place sur un des larges et confortables divans en cuir de manière à voir arriver les gens. Une musique jazzique discrète et agréable est diffusée en continu. Il fait bon. Les grandes pales des ventilateurs fixés aux poutres du hall brassent l'air frais propulsé par de gros climatiseurs.

Sur un mur, sont exposés à la vente des tableaux relatant des épisodes guerriers avec des soldats armés de sabre et chevauchant leur monture fougasse, ou aussi des scènes bucoliques avec des pêcheurs sur des pirogues de bois, ou encore des femmes pilant le mil à côté de leur case. Un pan de mur est réservé à une collection de beaux masques aux différentes formes et significations.

Un va-et-vient continu et silencieux de personnes anime le hall. Dehors, sur le parvis, le ballet des voitures est incessant pour la dépose des uns ou le départ des autres.

Le groom posté à côté de la porte est constamment sollicité par ces allées et venues et prend aussi en charge les bagages des arrivants jusqu'au comptoir de la réception.

Ne connaissant pas Kwadjo, il m'a été difficile de savoir que c'était lui qui était entré dans le hall avec un regard inquisiteur cherchant à me trouver parmi les différents étrangers présents dans le hall, et ce, sans toutefois vouloir montrer d'hésitation. Comme je le fixais du regard il s'est approché, m'a tendu la main et s'est présenté :

– Doctor Patrick ! I'm Kwadjo. I'm pleased to meet you. Let's go, I bring you to the office. Charles is waiting for you.

– Yankwa Kwadjo ! Allons-y !

Je monte à côté de lui dans le 4x4 et nous prenons la route. Nous longeons pendant un court instant le littoral avant de nous diriger vers le centre de la ville. La circulation très dense nous oblige à quitter les axes principaux pour emprunter des rues plus calmes. Après une vingtaine de minutes, nous arrivons dans la cour de l'entreprise et Kwadjo stationne la voiture face à l'entrée du bureau. À peine sorti du véhicule climatisé, une chaleur lourde et humide me tombe dessus. Le soleil cogne fort. Kwadjo m'accompagne à l'intérieur.

Dans le couloir qui fait office de pièce d'accueil, Grace-Mary, assise derrière sa machine à écrire, me souhaite la bienvenue avec un grand sourire, se lève, me tend la main, et me demande si j'ai fait bon voyage. Sans plus attendre, elle me fait entrer dans le bureau de Charles, qui dit-elle, devrait arriver sans tarder.

La porte se referme derrière moi. Il fait sombre à l'intérieur, les rideaux épais sont fermés, la lumière du jour est filtrée pour garder au maximum la fraîcheur entretenue par le vieux climatiseur. Pour seul mobilier, un large bureau en acajou accompagné de confortables fauteuils de cuir et une armoire vitrée dans laquelle sont stockés bon nombres de dossiers tous classés dans des chemises cartonnées de couleurs différentes. Sur le mur derrière le bureau sont affichés les diplômes de Charles. À côté de la fenêtre, sur une étagère en bois massif, sont exposés des souvenirs, cartes postales et photos de différents pays et continents. On y retrouve la Tour Eiffel, le Sacré-Cœur, le Moulin Rouge, l'Opéra de Sidney, des hôtels luxueux de Las Vegas et une photo de la Vallée de la Mort où je figure avec Charles à côté du panneau ''Badwater Elev - 282 ft.'' (- 86 m au-dessous du niveau de la mer), point le plus bas du continent américain émergé.

Une grande carte géologique du Ghana couvre un autre mur. L'histoire de la formation des roches explique la raison d'être et la localisation des mines d'or aujourd'hui principale richesse du pays.

Je connais Charles depuis de nombreuses années. Sa société d'importation de matériel minier a fructifié assez rapidement et, l'expérience aidant, il s'est diversifié vers le consulting, et plus particulièrement dans les études de contrôle de la stabilité des mines souterraines, notre domaine d'activité privilégié depuis maintenant quelques années.

Le Ghana fait partie des pays émergents d'Afrique. Le système politique stable et les immenses richesses en minerai attirent les investisseurs de nombreux pays. Chaque année, d'importantes campagnes de prospection sont menées par des trusts le plus souvent Nord-Américains et Sud-Africains.

Sur la carte, la partie centrale du Ghana est traversée par une bande de massifs d'âge Pré-Cambrien vieux de 2 à 2,2 milliards d'années de direction NE/SW dans lesquels les formations plus récentes du type Birimien sont caractérisées par des roches sédimentaires inter stratifiées avec les coulées volcaniques, le tout métamorphosé sous le faciès Schistes Verts. Ces formations ont l'allure de loupes parallèles et étirées pouvant s'allonger sur 40 à 50 km et séparées les unes des autres d'environ 80 à 90 km. Elles contiennent toutes du minerai d'argent et d'or. Certaines sont très riches en or, surtout dans la région des Ashantis. Cette richesse exceptionnelle en minerai explique l'ancienne puissance du royaume Ashanti dans lequel la poudre d'or servait de monnaie d'échange avant l'arrivée des Européens, avant la colonisation britannique.

L'argent aussi est exploité dans une moindre mesure, mais l'or reste le métal roi et, selon le type de gisement, les exploitations se font en vastes carrières à ciel ouvert ou en mines souterraines.

Dans cette riche province Ashanti, il est curieux de remarquer l'œil immense que forme le lac Bosumtwi qui semble veiller sur la forêt qui l'entoure. Il s'agit d'un cratère d'impact de forme circulaire et de plusieurs kilomètres de diamètre.

Après avoir frappé à la porte, Grace-Mary entre discrètement et me demande si je désire une collation, un thé ou un café. J'opte volontiers pour un café en la remerciant. J'entends la voix de Charles dans le couloir juste avant qu'il n'entre dans le bureau pour venir me serrer vivement la main.

- Hi Patrick ! Mon ami ! Welcome !

– Charles, heureux de te revoir ! Tu parais en excellente santé !

– Comment vas-tu mon ami ? Everything is alright ? Tu as fait bon voyage ? As-tu bien dormi ? Tu sais, nous avons eu de la chance pour la réservation de ta chambre : l'hôtel est plein cette semaine en raison du congrès. Comme tu le sais, le chairman est mon ami…

Puis, il m'invite à m'asseoir devant lui à son bureau. Cela fait presque six mois que nous ne nous sommes pas vus et comme d'usage nous échangeons les dernières nouvelles.

– Comme tu vas le voir, il y a pas mal de changements à la mine. Depuis quelque temps, les choses vont très très vite. D'importantes réserves en or ont été découvertes et de nouveaux chantiers ont démarré. La région Ashanti entière devient un eldorado. La fièvre de l'or a gagné tout le monde. Les gens en parlent, même ici en ville. Tous les journaux alignent des articles mirifiques et de nouveaux investisseurs affluent chaque jour. Les plus aventureux achètent des petites concessions et espèrent faire fortune rapidement. Certains quittent Accra, s'installent à Obuasi et ouvrent un petit commerce. Les plus hardis empruntent de l'argent pour ouvrir un négoce de vente de matériaux de construction à proximité immédiate de la mine. Les uns font commerce de moellons et de briques pour la construction, les autres travaillent la tôle ondulée pour les toits des maisons. D'autres encore ouvrent un atelier de mécanique pour la réparation des camions. C'est l'effervescence dans la ville. Jamais avant je n'ai vu ça. Les petits restaurants fleurissent et de nombreuses activités se sont développées. Pat, si tu as de l'argent et si tu es courageux, c'est le moment d'investir ! Mais sache que tu devras en perdre pas mal avant d'en gagner !

– À dire comme ça, c'est alléchant mais je laisse la prise de risque à des gens plus aventureux !

– Tu n'as peut-être pas tort. Je ne le tenterai pas moi-même. En ce qui concerne plus directement notre business, la mine a prévu un méga plan d'approfondissement et les travaux vont être gigantesques pendant de nombreuses années. Dans d'autres régions du pays, de l'or a aussi été trouvé en quantités abondantes et des concessions énormes sont à vendre à des groupes industriels miniers le plus souvent étrangers. Peut-être assisterons-nous bientôt à l'ouverture de nouvelles mines ! Mais chaque chose en son temps. D'abord le Congrès et ensuite nous partons à Obuasi où tous les rendez-vous sont fixés. Bienvenue Pat, nous avons du pain sur la planche !

Charles consulte son éphéméride et m'en trace les grandes lignes :

– Je confirme les informations que je t'ai envoyées par fax la semaine dernière. Notre emploi du temps est fixé me dit-il, il ne devrait pas y avoir de modifications sauf évènement imprévu. Donc, à partir de demain, nous participons au Congrès des Mines ici à Accra. Il y a beaucoup d'effervescence dans le monde de l'industrie des mines en relation avec ce premier congrès organisé au Ghana. C'est aussi le premier d'Afrique Occidentale ! Certains professeurs de l'Université des Sciences et Techniques participeront aussi. Tu vois c'est un timing parfait pour nos affaires !

Charles fait partie des organisateurs. Il a beaucoup travaillé avec le Ministère des Mines pour finaliser ce projet. Il est vrai que le Ghana est un pays riche en mines et son ancienne appellation de Côte de L'Or n'était pas usurpée. Ce congrès a pour but de regrouper les industriels et les mineurs pour faire état des nouvelles techniques et aussi de faire la promotion des énormes richesses du sous-sol du pays et attirer les investisseurs. Pour ce qui est de notre participation, Charles interviendra deux fois : la première sera le discours d'ouverture et ensuite dans l'après-midi du dernier jour il présentera un article que nous avons cosigné.

Puis il ajoute :

– Après le congrès, en fin de semaine nous partons à la mine. Notre emploi du temps nous a été communiqué par les ingénieurs responsables des nouveaux projets de développement. Ces projets sont énormes et couvrent plusieurs décennies d'exploitation. Des visites en galeries sont programmées dans les parties nord et sud de la mine. Nous serons attendus par Samuel, responsable de fond, et ses ingénieurs. J'ai aussi formulé à Sam la demande de visiter le secteur du filon Kwesi qui est à ce jour la partie la plus riche en or de la mine. Il y a quelques mois, une nouvelle partie du filon a été mise à jour et des quantités phénoménales de minerai sont extraites tous les jours. Il paraît que l'or y est visible à l'œil nu ! Et ça, je voudrais le voir ! Souviens-toi, il y a quelques années, déjà nous avions invité deux Norvégiens pour tester du matériel dans les galeries des niveaux supérieurs où nous avions vu ce filon alors divisé en plusieurs branches plus fines. Les deux gars étaient impressionnés de voir quelques mouchetures d'or dispersées dans des petites veinules de quartz. Là, nous verrons LE méga filon, qui est encore profondément enraciné avec des inclusions d'or grosses comme ça, me dit-il en me montrant l'ongle de son pouce. Qu'en penses-tu ?

– Whao, j'espère que ce petit détour nous sera confirmé. Ce serait effectivement le point d'orgue de notre visite.

– Bon très bien, tout est donc en ordre. Ah, au fait, je ne t'en avais pas parlé, mais il ne m'a pas été facile là non plus de réserver nos chambres au Lodge. Il y a de plus en plus de monde et les places sont limitées, mais bon, les relations aidant, tout est ok pour notre séjour. Sois le bienvenu !

Depuis notre dernière visite, les cours de l'or flambent. La mine a décidé d'investir énormément d'argent en prospection et en matériel pour atteindre des profondeurs plus importantes où d'énormes quantités de minerai ont été récemment découvertes. Tous ces derniers mois Charles, son équipe et moi avons travaillé sur une partie de ces nouveaux projets. Lors de notre visite à la mine, des discussions stratégiques pour l'avenir de l'exploitation seront abordées et les ingénieurs attendent de notre part une étude précise sur les techniques de confortement des roches et sur les risques éventuels liés à la stabilité des parois à grande profondeur. Ils nous feront une présentation du projet imminent et très important qui consiste à rejoindre les deux parties souterraines nord et sud par une galerie de roulement longue d'une quinzaine de kilomètres au niveau de base -1200 m. Cette galerie se prolongera en pente faible jusqu'à la surface pour le transport du minerai aurifère par camions. Ce projet évite la construction d'un nouveau puits, et surtout, permettra d'accéder à des gisements d'or qui se situent entre les deux principaux sites en activité. La difficulté réside cependant dans le percement de cette longue galerie qui doit recouper différents types de matériaux rocheux présentant des cohérences très variables. Nous aurons sur place quelques jours seulement pour apporter des solutions adaptées aux problèmes liés à la géologie complexe de l'exploitation. Les grands travaux devraient débuter dans les six prochains mois. Ils en sont actuellement à la phase de reconnaissance dans des galeries de prospection que nous visiterons. Bien sûr, d'autres spécialistes sont consultés en parallèle pour les problèmes de vibrations dues aux tirs à l'explosif, ainsi que pour les paramètres de ventilation des nouveaux ouvrages et pour l'exhaure des matériaux. Cette nouvelle mission finalisera l'ensemble des recherches que nous avons déjà faites au cours de ces dernières années.

Charles regarde l'heure à sa montre et ajoute :

– Cette mine verra passer encore des générations de mineurs avant d'être épuisée ! Mais dans l'instant, nous avons un problème d'ordre logistique à résoudre avant la fin de la journée, tu te souviens, celui des conteneurs...

Charles m'avait déjà annoncé par téléphone, avant mon départ de France, qu'une partie des conteneurs de matériel minier en provenance de France était restée bloquée au port sans raison évidente et qu'il fallait faire activer le dédouanement. Les deux derniers conteneurs doivent quitter le port le plus rapidement possible pour être livrés de toute urgence à la mine.

– Je te propose de venir avec moi. Ce détour devrait nous prendre une heure ou deux, me dit Charles. Après quoi, si nous avons le temps, nous finaliserons en fin d'après midi quelques détails concernant le Congrès et je te ramènerai ensuite à ton hôtel.

– Si tu le veux bien, ajoute-t-il, nous partons maintenant pour éviter les gros embouteillages.

– Ok, allons-y !

Je termine rapidement mon ramequin de café qui a eu le temps de refroidir pendant nos discussions. Charles sort du bureau, appelle Morgan et lui demande de démarrer le véhicule. Avant de partir, quelques dernières instructions sont données à Grace-Mary qui nous souhaite une bonne soirée, et nous prenons place dans le 4x4 Toyota déjà climatisé.

Nous nous rendons à Tema, zone industrielle à l'est d'Accra, où se trouvent la raffinerie et le port. Charles doit intervenir afin de libérer deux conteneurs bloqués sous douane pour une vague raison administrative que n'a pas pu résoudre le transporteur. Il m'explique, un peu énervé par cette situation qui lui semble ubuesque, que quelques palabres et une signature vont nous faire perdre beaucoup de temps pour un détail qui aurait pu se résoudre certainement autrement puisque cette importation se calque de manière identique à toutes les précédentes.

– Tu vois me dit-il, quand une routine est en place, cela agace les agents importateurs parce qu'ils ne peuvent pas interférer et faire quelque argent dans leur poche de cette manière. Quand une complication survient, ils justifient leur savoir-faire pour débloquer la situation contre quelques cédis... Quand il n'y a pas de complication, éventuellement ils en créent une !

Une fois arrivés sur le site Morgan nous dépose devant un des bâtiments des agents de transport. Plusieurs bureaux sont alignés sur la longue façade. Nous nous dirigeons vers le dernier qui porte la plaque « Tema International Import District ». Charles frappe sur la porte entre-ouverte et la pousse. La pièce dans laquelle nous entrons est très exiguë. Sur un des murs, une petite fenêtre est ouverte pour entretenir un courant d'air. Il n'y a personne à l'intérieur. Le mobilier est très rudimentaire, simplement composé d'un petit bureau en bois avec sa chaise. Sur le bureau, est posé un vieux téléphone à cadran, gris et crasseux, avec, à côté, quelques dossiers empilés ainsi qu'un énorme ventilateur arrêté. Face au bureau deux simples chaises. Rien d'autre. Pas d'étagère, pas de photo, pas de calendrier, pas de porte-manteau, pas de superflu.

Nous restons attendre à l'extérieur sur le pas de la porte, où, toute proportion gardée, il fait moins chaud. Après quelques minutes, une dame à très forte corpulence, drapée d'une étoffe large et colorée, sort d'un autre bureau, s'approche en se dandinant un peu, nous salue de la tête sans toutefois dire un mot, entre dans la pièce et s'installe derrière son bureau. Après nous avoir demandé de nous asseoir, elle met en marche le ventilateur et le dirige vers moi en se justifiant auprès de Charles :

– Ce monsieur ne doit pas être accoutumé à cette chaleur !

Après quoi elle pose ses deux mains à plat sur le bureau et fixe longuement mon regard en souriant gentiment, sans sourciller. Un peu mal à l'aise, vissé sur ma chaise, j'attends que l'un ou l'autre dégaine. Après de très longues secondes qui me paraissent des minutes, elle me demande :

– De quel pays venez-vous ?

– Je viens de France.

Elle semble satisfaite, hoche la tête de haut en bas, puis se retourne vers Charles l'air plus grave cette fois et reprend la parole.

– Messieurs, je vous attendais. La raison de votre visite est liée à une erreur survenue dans le protocole des signatures. Le dédouanement de la marchandise importée ne peut se faire.

Tout en parlant elle se met en quête d'un document dans la pile de dossiers sur son bureau, en tire deux feuilles séparées d'un papier carbone qu'elle pose devant elle.

Puis elle ajoute :

– Pour une raison ignorée, une référence de numéro de conteneur et une signature manquent en bas de ce document. Trois des cinq conteneurs ont été autorisés à sortir de la zone sous douane il y a de cela quelques jours, mais pour les raisons évoquées les derniers sont bloqués.

Charles prend la parole et argumente :

– Excusez-moi Madame, mais je dois apporter ici quelques éclaircissements. En fait si la raison en est ignorée, c'est que, évidemment, il n'y a pas de problème majeur s'opposant au processus normal de dédouanement. Il est clair, poursuit-il avec une certaine animosité, que la raison du présent problème ne peut être ignorée, sans quoi il ne peut y avoir de problème ! Et que donc les derniers conteneurs doivent être libérés sans attente.

Moi, je dois dire que je n'ai pas tout compris mais je sais très bien que Charles cherche à noyer la pauvre exécutante dans un discours qu'il est seul à maîtriser...

Face à lui les yeux de son interlocutrice sont restés fixes. La dame semble un peu désarçonnée, en manque d'arguments, ses deux mains potelées posées à plat sur le bureau. L'effet recherché semble atteint. Une dernière salve devrait permettre de toucher au but.

Pour en terminer, Charles en bon orateur, ajoute :

– Comme vous le savez, les conteneurs sont visibles dans la zone sous douane, et le fait d'être dans cette zone atteste que vous avez enregistré leur numéro. Il suffit donc de notifier les numéros sur les deux documents et de signer ! N'est-ce pas ?

La dame quelque peu perturbée par la démonstration de logique semble vouloir trouver une suite dans son argumentation, bafouille quelques mots, puis se résout à admettre, avec un soupçon de rancœur, que rien effectivement ne s'oppose à la libération de ces deux derniers conteneurs. Le nécessaire sera fait pour les sortir de la zone sous douane.

La discussion est ainsi close. Les signatures manquantes sont apposées sur les dossiers et les feuillets de carbone sont soigneusement pliés et rangés dans le tiroir du bureau.

À partir de cet instant, les deux conteneurs peuvent donc être rapidement acheminés à la mine d'Obuasi où nous nous rendrons en fin de semaine.

Après avoir remercié et salué la secrétaire, nous sortons du bureau et rejoignons la voiture où Morgan nous attend. À peine les portes fermées, Charles tout enjoué me confie qu'il est heureux de l'issue somme toute rapide pour laquelle il n'a pas eu à donner de bakchich cette fois, peut-être grâce à ma présence.

– Patrick, me dit-il, il est déjà tard, et la circulation à cette heure va être assez dense en ville. Je te propose de te ramener directement à l'hôtel. Je passerai ensuite au bureau pour vérifier les derniers détails pour demain. Je serai à la salle des congrès très tôt demain matin pour coordonner les équipes avant l'ouverture qui aura lieu à dix heures. J'enverrai Morgan te chercher.

LE CONGRÈS DES MINES

Le congrès commence aujourd'hui. Morgan vient me chercher à neuf heures à l'hôtel et me conduit directement au Palais des Congrès. Quand nous arrivons, le parking est déjà bondé de voitures. Nous réussissons cependant à trouver une place assez rapidement. Quelques instants plus tard, nous entrons ensemble dans le grand hall du rez-de-chaussée où des dizaines de stands sont déjà installés. Morgan me guide vers celui où la société de Charles expose ses produits et techniques. Tout est en ordre. L'équipe des techniciens est sur place. Ils ont installé le stand très tôt ce matin. Des cartons de documentations sont empilés sur un côté du stand, et de grands posters sont accrochés aux murs. Il reste encore une bonne heure avant l'ouverture du congrès et ce sera largement suffisant pour finaliser les détails. Dans certains autres stands, l'animation est assez impressionnante. Tout le monde s'active pour être prêt avant 11 heures. Nous montons à l'étage où je dois récupérer mon badge à la réception. Avant de prendre congé, Morgan m'informe que Charles est occupé à la préparation de son discours d'ouverture dans un des bureaux. Il me suggère de l'attendre quelques minutes.

À en juger le nombre de personnes présentes dans le hall, ce congrès commence fort. Comme prévu, Charles me retrouve assez rapidement à quelques pas de l'entrée de l'amphi. Il en impose avec un superbe costume noir et ses lunettes de soleil de marque, visibles dans la pochette de sa veste. Une certaine fébrilité est perceptible dans son comportement. Nous nous serrons chaleureusement la main. Comme d'usage, il me demande si j'ai passé une bonne nuit et si je suis prêt pour le marathon que va être le congrès.

Dans une heure environ, il devra ouvrir la première séance avec des personnalités politiques du pays et avec les principaux représentants des exploitations minières.

Nous nous dirigeons ensemble dans le hall principal où déjà les premiers congressistes arrivent. Des petits groupes de discussion se forment en attendant l'heure d'ouverture. Charles, très souriant, serre beaucoup de mains, glisse au passage quelques mots de bienvenue, tout en me présentant à toutes ces personnes que, pour la plupart, je ne connais pas. Nous retrouvons également les représentants officiels de plusieurs mines et de nombreux ingénieurs déjà rencontrés lors de précédents séjours au Ghana. Charles s'arrête ensuite à la hauteur d'un petit groupe et me présente avec un large mouvement du bras les organisateurs du congrès, ses précieux collaborateurs, en serrant tour à tour des poignées de main.

– Tu vois, Patrick, ces personnes sont les plus importantes du congrès. Sans elles, rien n'aurait été fait !

Il s'agit d'une dizaine d'hommes et de jeunes femmes tous joliment costumés pour la circonstance avec pour les hommes une veste de couleur jaune et pantalon noir, mocassin de cuir noir, et pour les femmes, une veste orange et une jupe noire assez courte, de belles chaussures de forme effilées en cuir noir à talon haut.

Charles m'explique que ces personnes travaillent ici au Palais des Congrès, et que certains ont aussi leur bureau au Ministère des Mines. Ce symposium les a occupés une bonne partie de l'année et il tient à les féliciter pour l'affluence déjà très importante des visiteurs. Je serre des mains, on me remercie, on me souhaite un bon séjour.

Mes yeux croisent ceux d'une superbe jeune fille noire dont le badge mentionne Ministère des Mines. Son prénom m'échappe lors de cette rapide présentation. Elle a un regard doux, des yeux magnifiques, des traits superbement dessinés, une voix presque timide mais envoûtante et un sourire discret et charmeur. Sa coiffure est faite de longues et très fines tresses magnifiquement ordonnées qui subliment son port de tête. Nous nous serrons la main. Elle aussi me souhaite gentiment un très bon séjour.

Charles et moi nous séparons ensuite du groupe. L'heure de l'ouverture de cérémonie approche. De nombreuses hôtesses d'accueil circulent dans le hall et demandent aux congressistes de bien vouloir se diriger vers l'amphithéâtre. Charles me fait signe qu'il s'éclipse, il doit maintenant se rendre à l'intérieur pour animer la séance d'ouverture prévue dans une quinzaine de minutes. Nous nous reverrons plus tard dans la journée.

Alors que je m'apprête à entrer dans la grande salle, je croise avec surprise un ancien directeur de mine, un Franco-Canadien qui travaillait, il y a maintenant plusieurs années, dans une mine en Turquie. Nous avions toujours eu de bons contacts professionnels. Nous ne nous sommes pas vus depuis de nombreuses années mais rien de nous n'a visiblement beaucoup changé. Sa surprise est aussi flagrante que la mienne. Nous nous serrons vivement la main et échangeons quelques nouvelles. Jean est revenu au Canada. Il travaille pour un important groupe minier et pense éventuellement venir s'installer au Ghana si une opportunité de travail intéressante se présente. Il se passe tellement de choses dans cette partie de l'Afrique qu'il n'a pas hésité à s'inscrire au symposium. Il est très intéressé par les techniques qui seront présentées et heureux de venir ici pour la première fois. Je lui fais savoir que je suis ravi de notre rencontre et que nous aurons certainement l'occasion de nous revoir et de discuter pendant les prochains jours.

Je me faufile derrière lui dans la salle pour assister à la séance d'ouverture.

Tout en bas de l'amphithéâtre, seul sur l'estrade, Charles, micro en main est prêt. Il se penche et discute avec les dignitaires assis au premier rang. Une sonnerie courte invite la salle à faire le silence. Les lumières s'éteignent, seuls les projecteurs éclairant la scène restent allumés. Deux cameramen installés dans les premiers rangs immortalisent l'instant. Prenant la parole, Charles remercie toutes les personnes présentes à ce premier congrès des mines d'Afrique Occidentale, tenu ici même à Accra.

– Mesdames, Messieurs, chers congressistes, c'est un grand honneur de recevoir des délégations de différents états d'Afrique, et aussi du monde entier qui ont bien voulu répondre à l'invitation d'un petit pays comme le nôtre ! Les richesses en ressources minérales du Ghana sont reconnues depuis longtemps ce qui a valu au pays sa première appellation de "Côte de l'Or." L'histoire a fait son chemin, mais je ne m'étendrai pas aujourd'hui sur les faits historiques. Les méthodes traditionnelles d'extraction de minerai ont évolué au cours des siècles et ont fait place à des opérations industrielles. Aujourd'hui, la mécanisation des mines est une nouvelle étape pour une extraction plus rapide avec plus de sécurité dans les galeries souterraines. Ce congrès accueille des mineurs, des industriels, et des investisseurs qui pourront partager et améliorer leurs connaissances sur l'état de l'art de la mine. Notre ambition est de faire du Ghana un acteur important sur la scène internationale. Nous avons les richesses naturelles, nous devons nous donner les moyens de les exploiter au mieux. Je remercie donc très chaleureusement chacun et chacune pour sa présence à ce premier rassemblement qui j'espère en appellera certainement d'autres.

La salle applaudit.

– Avant d'en terminer je voudrais en deux mots remercier les professeurs, ici présents, de l'école des mines de Tarkwa. Ils vont, dans quelques minutes vous présenter la nouvelle formation des ingénieurs et leur rôle dans une industrie minière en pleine évolution. Merci à tous ! Je vous souhaite un très bon séjour !

Durant cette première journée, les séances ne désemplissent pas. Celles du matin sont consacrées aux stratégies nécessaires à mettre en place pour le développement durable des industries minières au Ghana, et celles de l'après-midi à des présentations techniques.

Pour la pause de midi, une grande table est installée dans le hall de l'étage. Des accras, beignets de crevettes et corbeilles de fruits sont à disposition, avec des jus de fruits et autres boissons fraîches.

Les congressistes grignotent et discutent autour du buffet puis descendent par petits groupes visiter les stands installés à l'étage inférieur où les sociétés venues de tous pays exposent leur matériel. La société de Charles expose les techniques de soutènement des roches en galeries souterraines principalement utilisées dans les mines du Ghana. Deux jeunes ingénieurs ghanéens occupent la place toute la journée et me font de temps en temps appel quand un visiteur montre un intérêt particulier.

En fin de matinée, j'ai eu une discussion très intéressante avec les ingénieurs de la mine d'or de Poura située au Burkina Faso, pays voisin du Ghana. À l'issue de nos échanges, je suis très cordialement invité à visiter leur mine à la prochaine occasion.

L'après-midi est déjà bien entamé. La chaleur de l'extérieur se ressent dans le bâtiment même sous ambiance climatisée. À cette heure de la journée tout le monde est un peu lymphatique et cela se ressent dans l'allure des gens. Les séances sont moins animées que celles du matin mais les participants restent nombreux.

La première journée se termine. Ce soir, rien d'officiel n'est programmé et Charles me propose de dîner à l'hôtel où nous aurons certainement l'occasion de rencontrer des connaissances. Il m'avoue être épuisé mais complètement satisfait.

De retour à l'hôtel, comme prévu, nous rencontrons les représentants de la mine qui nous accueilleront la semaine prochaine. Tous sont très heureux de cette première journée et félicitent Charles pour la bonne organisation. Nous passons à table avec un petit groupe d'entre eux, et notre soirée se poursuit ensuite dans le salon bar où nous restons un grand moment pour discuter avant de clôturer cette journée avec un dernier verre.

La deuxième journée est calquée sur la première. Je me déplace d'une salle de conférence à l'autre selon l'intérêt des thèmes présentés. Il fait chaud malgré la climatisation. Toutes les heures les congressistes sortent dans le hall pour une pause café d'une dizaine de minutes, après laquelle ils s'engouffrent à nouveau dans les salles obscures. L'après-midi est déjà bien avancé. Il est 17 heures, et il fait encore très chaud. Quelques visiteurs s'attardent dans les stands. Dans l'amphithéâtre, les congressistes assistent maintenant aux toutes dernières présentations. Ce soir, un buffet de clôture est prévu dans le parc du Palais des Congrès. Je profite d'un instant calme pour sortir du bâtiment et faire quelques pas à l'extérieur à la recherche d'un peu d'air et de fraîcheur. Le soleil commence sa lente descente derrière les grands arbres qui bordent le parc. À quelques dizaines de mètres de là je retrouve, assise sur un banc, une des jeunes filles que m'avait présenté Charles juste avant l'ouverture du congrès, celle précisément dont le nom m'avait échappé lors de notre présentation rapide. Elle appose sa signature sur plusieurs feuillets qu'elle classe ensuite dans une petite pile de dossiers posée sur le banc à côté d'elle. J'ai en mémoire son regard très doux, sa simplicité et son élégance. En juste quelques mots, elle m'avait souhaité une bonne participation au congrès. Par la suite, nous nous sommes en fait entrevus assez souvent mais sans réelle possibilité de nous rapprocher et de parler. À chaque fois cependant, son regard croisait le mien de manière à la fois furtive et insistante.

Je m'approche. Mes pas crissent sur le gravier et trahissent ma présence. Elle tourne lentement sa tête vers moi. Son regard d'abord interrogateur s'adoucit rapidement en même temps qu'un timide sourire naît sur ses lèvres.

– Puis-je m'assoir ?

– Bien sûr, s'il vous plaît.

– Il fait bon ici, beaucoup moins chaud qu'à l'intérieur.

Je lui dis l'avoir souvent croisée durant ces deux journées mais que, enfin, nous avions peut-être quelques minutes pour discuter avant que le congrès ne soit terminé.

Elle sourit puis elle me dit se souvenir m'avoir vu plusieurs fois, « les blancs ne sont pas si nombreux ici ! ». Elle ajoute avoir remarqué mon accent d'Européen qu'elle trouve musical et différent de celui des blancs d'origine anglophone.

– Je fais énormément d'efforts pour me faire comprendre et quelques fois je n'y arrive pas ! lui dis-je en plaisantant.

– Arrêtez ! Vous exagérez ! répond-elle en me fixant dans les yeux avec un grand sourire laissant paraître de superbes dents blanches. Je comprends très bien ce que vous dites ! De quel pays venez-vous ? Vous n'êtes pas Anglais, vous n'avez pas l'accent allemand vous n'êtes pas grand comme les Hollandais ...

– Je suis Français.

– Ah je vois, vous savez je n'ai jamais rencontré de Français. Les étrangers ici viennent surtout du Royaume-Uni, Hollande, Allemagne, États-Unis. Vous êtes le bienvenu chez nous !

Ravi de ce contact, je poursuis la conversation en évitant les questions trop personnelles afin de ne pas l'indisposer et de respecter son intimité. Elle doit avoir vingt ans, vingt-cinq au plus. Elle est très belle, ce qui me gêne presque un peu. Je lui demande son prénom en m'excusant de ne pas l'avoir mémorisé lors de notre première présentation.

– Je m'appelle Osvalde, cela s'écrit O S V A L D E dit-elle en me fixant dans les yeux et en détachant chaque lettre. Ses yeux en amande sont magnifiques, son visage affiche un charme énorme. Quel magnifique prénom.

– Moi, c'est Patrick, en fait Kwame Patrick !

Ce qui déclenche un nouveau sourire de sa part.

– Mais, mais pourquoi Kwame ? dit-elle, c'est un prénom ghanéen !

– Oui, mais comment expliquer ? Une partie de moi est d'ici ! J'aime beaucoup le Ghana. Je suis souvent venu ici et quand je dois repartir en Europe je pense déjà à revenir au plus vite ! Je suis comme aimanté par l'Afrique ! Il y a quelque chose de puissant qui m'interpelle, une force magnétique qui m'attire. Je n'en connais pas la raison exacte. Mais cela ne me pose pas de problème !

Elle rit et enchaîne :

– Mon autre nom est Essi ! Un diminutif de Akosua. Vous connaissez ?

– Akosua pour les filles correspond à Kwesi pour les garçons, tu es née un dimanche !

– Ouahoo ! Vous connaissez donc les coutumes du Ghana ? Et peut-être quelques mots de langue twi ?

– Pour les choses les plus accessibles les plus évidentes, celles de tous les jours, oui je connais un peu, mais j'ai certainement encore beaucoup à apprendre. J'aime apprendre les langues, capter les mots leur musique et leur signification et connaître les habitudes et les coutumes des habitants. C'est une manière de partager et d'être en phase avec eux pour mieux les comprendre.

– D'habitude, les étrangers nous disent qu'ils apprécient beaucoup leur séjour, que leur hôtel est très confortable, qu'ils trouvent le pays très beau, mais assez peu se sentent comme chez eux et je crois qu'ils sont heureux de repartir. Pas vous. Vous semblez plus intégré.

– En fait, dis-je, on dirait presque que notre rencontre était programmée ! Nous avons plein de choses à échanger !

Nouveau sourire.

Visiblement bien instruite, Osvalde prend plaisir à discuter. Elle s'informe sur les raisons de ma visite au Ghana, sur la durée de mon séjour à Accra et sur l'hôtel où je réside. Nous parlons des mines d'or qui sont la principale raison de mes voyages ici et de ma présence à ce symposium. Osvalde montre de l'intérêt à connaître mes sentiments par rapport à son pays, à l'accueil des Ghanéens et aux traditions. Les paroles que nous échangeons tissent déjà un lien entre nous. J'aime beaucoup la musicalité de sa voix et ses attitudes, bien que réservées, suggèrent en moi des émotions.

Elle n'a été qu'une seule fois dans le nord du pays dans la ville de Kumasi pour les funérailles d'un proche il y a quelques années déjà. En revanche elle connaît mieux la côte qui va vers l'ouest d'Accra jusqu'à la Côte d'Ivoire. Elle se rend de temps en temps à Takoradi rendre visite à sa famille, ses parents ses frères et sœurs et tous les petits cousins. J'enregistre tout ce qu'elle me dit. Je visualise toutes ses descriptions et je nourris mon cerveau d'images nées de ses mots. En l'écoutant, je projette sa personne dans des villages que je ne connais pas, je l'imagine marcher sur une plage et se reposer ensuite à l'ombre des palmiers. Nous sommes depuis à peine quelques minutes ensemble et j'ai soif de la connaître. Alors que nous parlons, mes yeux restent fixés aux siens et trahissent certainement l'intérêt grandissant que je lui porte.

Je remarque qu'elle n'évoque jamais un petit ami qu'elle pourrait avoir, peut-être simplement par souci de ne pas embrumer notre discussion. Elle est souriante. Je suis suspendu à ses lèvres. Je bois ses paroles. Elles sortent de sa bouche ornée de superbes dents blanches qui laissent entrevoir de temps en temps le bout de sa langue rose. En point d'orgue, elle porte discrètement une belle chaînette en or très fine autour de son cou et des boucles d'oreilles, elles aussi en or, en forme de petits disques ornés d'une spirale finement ciselée. Le tout contraste à merveille avec la couleur ébène de sa peau et le noir de ses cheveux tressés. Je ne me lasse pas de la contempler.

Elle est sereine et parle calmement, presque sérieusement, de manière raffinée avec des mots choisis. Elle montre une certaine retenue qui la rend encore plus secrète, plus raffinée, plus attirante. Sa voix est magnifique. Elle est teintée d'une sonorité particulière avec un accent un peu traînant comme tous les gens d'ici. Une flamme danse dans ses yeux dont la pupille noire me scrute me semble-t-il dans le plus profond de mes pensées ou de mes désirs. Après un long moment, elle me signifie avec quelques mots tendrement déclinés qu'elle me trouve gentil, éduqué et attentionné. Elle me dit avoir rarement l'occasion de fréquenter des blancs. Quelquefois aussi elle se doit de les éviter selon les circonstances. Mais comme je suis un ami de Charles, elle a confiance.

Je lui trouve un corps sublime. Sa peau est ferme et belle, d'un noir d'ébène parfait avec une cicatrice rituelle sur la joue gauche qui donne une beauté toute particulière à son visage aux traits extraordinairement fins. Le blanc de ses yeux contraste à merveille avec la couleur de sa peau. Ses tresses bien arrangées ajoutent encore à sa beauté. Nous prolongeons la discussion encore pendant de longues minutes. Osvalde jette alors un œil à sa montre et me dit :

– Je dois me rendre à l'intérieur, on m'attend, les orateurs vont bientôt terminer. À bientôt peut-être ?

– D'accord, au buffet de ce soir après la cérémonie de clôture ?

– Oui, bien sûr si vous voulez ! On se revoit plus tard.

Je la suis du regard jusqu'à ce qu'elle disparaisse à l'intérieur du bâtiment. Un frisson me parcourt le dos. J'ai hâte de la revoir.

Un court instant après, je retourne moi aussi à l'intérieur, tout d'abord en direction du stand pour voir si tout va bien et si le moral est bon, et me dirige ensuite vers l'amphithéâtre au fond du hall. J'aperçois Osvalde, qui de loin me fait un petit signe discret de la main avant de disparaître, ses documents sous le bras, dans un des bureaux de l'administration.

J'arrive à l'amphithéâtre. De la porte grande ouverte un flot de chaleur aux fortes odeurs de transpiration inonde le hall. À l'intérieur, les congressistes applaudissent longuement l'orateur de ce qui devait certainement être la dernière séance. À peine quelques minutes plus tard, la salle commence à se vider. Les congressistes sortent par petites grappes et s'arrêtent dans le hall pour échanger leurs commentaires. Je reprends alors la direction du stand où les deux ingénieurs s'affairent déjà à ranger les documents et à stocker le matériel de l'exposition dans des caisses. En attendant Charles qui ne devrait pas trop tarder, je leur donne un coup de main. Tout devrait être terminé dans la demi-heure. Morgan que je n'ai pas vu depuis ce matin arrive et me demande s'il doit approcher maintenant la voiture au plus près possible sur le parking pour le chargement des caisses. Notre opération de rangement est rapidement bouclée, toutes les boîtes et caisses empilées sont portées à la voiture. Le hall se vide. Les techniciens de maintenance commencent déjà à démonter les murs de certains stands.

Les congressistes déambulent à l'extérieur sur le parvis et sur les pelouses à la recherche de fraîcheur. Tous les participants sont conviés à la cérémonie de clôture qui aura lieu en cette fin de journée dans le parc du Palais des Congrès. Un grand buffet est prévu suivi d'une petite fête accompagnée de musique. J'attends avec impatience l'ouverture du buffet. Ce sera l'occasion de m'approcher à nouveau d'Osvalde. De temps à autre, j'aperçois Charles très affairé à discuter avec des congressistes. Il a l'air très satisfait du déroulement de ces deux journées. De mon côté, j'aborde un petit groupe de personnes qui sont les représentants de la mine d'or où nous nous rendons cette semaine. La plupart me sont familiers et parmi eux bien sûr Samuel « Sam » qui est un des responsables du fond à la mine de Obuasi. Il s'approche et me serre la main.

- Hi Doc ! Ce congrès est une réussite et peut-être même qu'il a dépassé les ambitions des organisateurs ! Mes collègues et moi avons vraiment été intéressés par les séances, celles de cet après-midi tout particulièrement.

– Voici un gars que je veux vous présenter ajoute-t-il : Mike, un nouvel ingénieur canadien qui vient de signer un contrat de trois ans avec la mine.

Mike, un grand gaillard habillé d'une chemise à carreaux rouges et bleus, me serre vigoureusement la main avec sa grosse paluche.

– Enchanté de faire votre connaissance.

– Mike travaille principalement sur la sécurité, poursuit Samuel. Il vous guidera en galerie. Tout est programmé en détail pour la semaine prochaine et vous êtes, vous et Charles, les bienvenus.

Samuel semble heureux d'être ici. Il plaisante en s'adressant à toutes les personnes autour de nous. Il est heureux que ce symposium se soit déroulé à merveille et il ajoute qu'il est encore plus heureux de prendre la route demain matin pour retourner à la mine prétextant que rien ne peut se faire sérieusement sans lui.

Il est un fait certain ; Samuel gère les équipes de traçage et d'abattage dans le secteur nord de la mine. Il connaît parfaitement toutes les galeries et il sait comment trouver l'or. Il passe son temps sous terre et ne compte pas ses heures de travail. Il est connu comme le loup blanc. Il est respecté de par son grade et pour son expérience, et aussi à cause de ses fréquents coups de gueule.

Sam est un ancien élève de Charles dans les temps où Charles était professeur à l'école des mines de Tarkwa, une autre ville minière, une autre mine d'or, à quelques centaines de kilomètres d'ici. Sam est notre homme depuis de nombreuses années. Il est ouvert à toutes les nouvelles techniques qu'il tient à expérimenter lui-même avant de les proposer à la direction de la mine. Il y a quelques années, il a suivi de près le nouveau programme de développement de la mine qui consistait à accroître la sécurité des galeries qui deviennent de plus en plus profondes avec des accidents trop nombreux. Nous avons, avec son aide, introduit la technologie du confortement des roches par boulonnage. Pendant les phases de tests qui ont duré plusieurs mois, tous les rapports des chefs de fond notifiaient la bonne tenue des roches et l'augmentation très nette de la sécurité des mineurs dans toutes les galeries où le système était testé. Auparavant, beaucoup d'accidents étaient dus à des chutes de blocs. Les affaissements de voûte étaient nombreux et ralentissaient les travaux. Depuis, les statistiques à ce sujet affichent clairement de bons résultats et un ratio d'accidents très proche de zéro.

Sam est une figure de proue, c'est l'œil de la mine, c'est celui qui connaît toutes les galeries, tous les recoins, toutes les petites histoires ou disputes. Selon ses propres dires, c'est sur ses épaules que repose la sécurité de la mine. Personne ne le contredira. Et il gère tout ça quelques fois à grands coups de gueule et de menaces. Tous ses mineurs filent droit. Mieux vaut l'avoir au téléphone en cas de courroux, là au moins, le combiné porté à bout de bras, on peut encaisser les décibels !

Charles, accompagné de plusieurs hôtesses en tenue de soirée, nous a rejoints.

Sam immédiatement plaisante et fait du charme aux jeunes filles auxquelles il tient à serrer la main. Charles le rappelle à l'ordre en riant ouvertement :

– Sam ! Tu n'es pas à la mine ici, tu n'es pas le boss. Laisse nos hôtesses faire correctement leur boulot !

Il fait presque nuit maintenant. À quelques pas de la grande table du buffet, une poignée de techniciens s'affairent à l'installation des projecteurs et autres guirlandes lumineuses colorées. Le parc se remplit petit à petit. Quelques dignitaires, richement vêtus de toges de cérémonie ou de costumes kentés traditionnels aux couleurs vives, prennent lentement place sur les chaises alignées sur l'estrade où vont se faire les discours de fin de cérémonie. Les convives se regroupent par affinités et les discussions fusent. Alors que je m'entretiens avec un conférencier, j'entrevois Osvalde qui se fraie un chemin entre les groupes et disparaît.

Les discours vont commencer dans quelques minutes. Le chairman vêtu d'un costume sombre monte d'un pas alerte sur l'estrade, serre tour à tour les mains des personnes assises de façon très cérémonieuse et prend enfin place au centre de l'estrade, debout face au micro installé. Dans l'assistance, les discussions baissent d'un ton. Le chairman tapote doucement sur la pomme du micro pour en vérifier le bon fonctionnement et prend immédiatement la parole.

Les premiers mots de son discours sont couverts par un effet de larsen saisissant qui nous coupe littéralement l'audition pendant quelques secondes. Quelques sourires discrets dans l'assistance saluent poliment ce début d'intervention. Tous les convives ont maintenant le regard tourné vers l'orateur. Le son normal étant revenu, le chairman félicite tout d'abord les organisateurs de ce premier congrès des mines tenu au Ghana. Avec des mots choisis, il remercie le Ministère des Mines et ses délégations sans le travail desquels ce congrès n'aurait pas vu le jour. Il remercie le Palais des Congrès pour avoir encadré la venue de ce symposium, il remercie tous les congressistes pour avoir suivi avec intérêt les séances tout au long de ces deux jours. Il remercie les industriels et les fournisseurs de matériel pour leur participation et pour la tenue de stands tous plus intéressants les uns que les autres. Il remercie enfin tout particulièrement mon ami Charles qui est l'un des principaux responsables à l'origine de ce congrès. C'est à lui que l'on doit l'idée initiale de réunir les différents acteurs de l'économie minière du pays. Tout le monde est aujourd'hui présent, les écoles des mines qui forment les futurs cadres du pays, les industries de l'extraction des métaux nobles que renferme le sous-sol, les sociétés étrangères qui fournissent les équipements et les technologies nécessaires à l'exploitation des mines souterraines et des vastes carrières ouvertes à plein ciel. Sont présents aussi les ingénieurs des mines, les techniciens et les mineurs qui tous sont venus pour échanger leur savoir-faire et acquérir de nouvelles idées ou nouvelles technologies. Mettant en avant ses talents oratoires, il continue son discours.

Il se réjouit de la variété et de la richesse des présentations et des thèmes abordés tout au long de ces deux journées. Les conférences techniques assistées de traducteurs ont suscité beaucoup d'intérêt et de nombreuses participations des auditeurs. Beaucoup de questions ont été posées donnant ainsi une très bonne dynamique aux séances. Il reste à souhaiter que ces échanges soient prometteurs et que ce premier congrès soit le premier d'une longue liste.

En guise de conclusion et avec de grands gestes éloquents, le chairman remercie une dernière fois tous les participants, tous les exposants et souhaite que cet évènement important soit à nouveau

programmé dans quelques années. Avant de quitter le micro, il se retourne et demande à une des personnalités installées sur l'estrade de bien vouloir venir à ses côtés.
Il nous présente le ministre des Mines du Ghana en le remerciant vivement pour sa participation à l'évènement.
La parole est maintenant donnée au ministre.

Micro en main, Monsieur Le ministre remercie à son tour tous les organisateurs, les conférenciers, les exposants et les visiteurs de ce premier congrès qui a rassemblé les principaux groupes miniers industriels du Ghana et d'une manière plus large ceux des pays voisins d'Afrique occidentale. En quelques phrases, il souhaite que le succès de cet évènement ouvre la porte à d'autres congrès identiques dans le futur. Il poursuit en ajoutant que le Ghana, fort d'une richesse culturelle et d'un développement rapide de son secteur industriel et minier, s'ouvre aujourd'hui à l'extérieur. Il souligne l'importance de l'activité des mines d'or, principale vitrine du Ghana à l'étranger. Il rapporte que lors de ses voyages, il a pu vérifier que le Ghana figure aujourd'hui en très bonne position en Afrique de l'Ouest grâce à une industrie très développée et à des ressources minières énormes.

Le ministre termine son allocution et remercie chacun de nous pour notre présence qui est vécue comme un honneur pour le Ghana. Avec un large sourire aux lèvres, il fait mine de desserrer sa cravate et ajoute que si le congrès est la clé de voûte de ce rassemblement, il est maintenant temps de laisser la place à la convivialité en nous réunissant au buffet de clôture.

Des applaudissements bien nourris scellent ce discours. Tous les dignitaires assis sur l'estrade se lèvent et viennent un par un féliciter le ministre et lui serrer respectueusement la main, puis redescendent pour se mêler à l'assistance.

Les haut-parleurs diffusent maintenant une musique de fond. Petit à petit, les gens se dirigent vers l'énorme buffet installé à quelques pas de là.

La nuit est tombée. Quand bien même la température s'est radoucie, il fait encore chaud. Les congressistes sont maintenant rassemblés sur les pelouses. Après avoir poliment échangé quelques mots d'un côté ou de l'autre et serré quelques mains, je me dirige vers le buffet, et me faufile dans la foule pour tenter de retrouver Osvalde.

Mon intention est de l'inviter à prendre un verre. Je scrute dans toutes les directions mais ne la vois pas. Je change stratégiquement de secteur et enfin je l'aperçois occupée à discuter avec un petit groupe de personnes, légèrement à l'écart du buffet. Je me rapproche sensiblement en me frayant un chemin dans la foule sans la quitter des yeux pour ne pas la perdre de vue. À ma surprise, elle se retourne, semble chercher quelqu'un, croise rapidement mon regard sans pour autant s'y arrêter, ni même y prêter attention, en quête semble-t-il d'une personne, puis revient fixer ses yeux inquisiteurs dans les miens juste une fraction de seconde. Une fraction de seconde suffisante pour émoustiller mon corps entier. J'essaye de l'observer discrètement et de rester à portée de son regard en espérant qu'elle s'approchera. Je prends conscience que, très discrètement, elle observe la règle du même jeu.

Beaucoup de personnes se jettent littéralement sur le buffet. Je dois céder la place et reculer un peu. Je scrute dans sa direction, sous un autre angle maintenant. Nos regards se croisent à nouveau, avec plus d'insistance, et se perdent ensuite dans la foule.

Je me suis à nouveau rapproché du buffet. Osvalde a fait de même comme si elle avait anticipé ma démarche.

Nous sommes maintenant réunis côte à côte devant l'immense table. Alors qu'elle fait mine de choisir un canapé à déguster, j'entame la conversation :

– Bonsoir Osvalde, je peux te proposer quelque chose ?

Elle sourit discrètement et accepte.

– Oui merci il y a plein de bonnes choses, ce buffet est merveilleux. J'adore ces petites friandises salées, et toi ?

L'intonation de sa voix (en anglais) me signale qu'Osvalde me tutoie, ce qui me fait très plaisir.

Sa présence à mes côtés et ses paroles douces ont un effet de dopage sur moi. Cette sensation semble être pleinement partagée. Nous entamons alors une longue discussion comme si nous nous connaissions parfaitement, comme si nous ne nous étions pas revus depuis une éternité. Nous reparlons de ce que nous avions déjà évoqué plus tôt dans l'après-midi.

Elle trouve cette soirée sublime, la nourriture est exquise ! Alors nous restons sur place, nous parlons encore et rions ensemble. Nous picorons les petits canapés et autres friandises. Nous nous faisons servir du Champagne, du vrai.

– À ta santé Osvalde, c'est du Champagne de mon pays !

Nous trinquons, nous rions. Nous partageons du bon temps. Comme cela arrive quelquefois dans ces moments-là, une personne pousse négligemment le bras d'Osvalde et le verre de Champagne finit sur son chemisier. Personne n'a remarqué, personne ne s'excuse, non pas par mauvaise éducation, mais simplement parce que nous sommes tous un peu les uns sur les autres.

Pendant une seconde, Osvalde est décontenancée et tournant la tête lance le feu de ses yeux noirs sur la personne coupable dont on ne voit que le dos, puis elle se retourne vers moi avec un grand sourire sur ses lèvres.

– Il était pourtant bon ce Champagne !

– Je suis désolé Osvalde, mais ce n'est rien cela ne tâche pas. Dans quelques minutes ce sera sec. Laisse-moi t'offrir un autre verre !

Notre discussion reprend. Au bout d'un grand moment, nous décidons en toute connivence de nous séparer un moment avant que les gens ne jasent.

La nuit est bien installée, il fait bon. Il y a encore beaucoup de monde dans le parc. Assurément, c'est une soirée très réussie. J'essaie d'éviter certaines personnes de connaissance qui, déjà sous l'emprise de nombreux verres, risquent de me contraindre à les écouter par politesse sans que je sois vraiment emballé par leur discours pouvant être ennuyeux ou sans intérêt. De temps en temps je croise une figure connue et sympathique, et dans ce cas la discussion nous ramène vers le buffet qui ne dégarnit pas. Dans les moments libres, je la cherche du regard. Cette fois, quelques secondes me suffisent pour la retrouver. Elle est seule, faisant ses emplettes au buffet qui devient maintenant notre lieu privilégié de rencontre. Je m'approche doucement derrière son dos.

Elle porte une étole fine posée de manière à dégager une épaule. Je m'approche tout près, pose lentement et délicatement ma main sur son épaule nue et la convie en même temps à prendre, à nouveau, un verre de Champagne. Faisant mine d'être surprise de ma présence, elle sourit et acquiesce sans hésiter. Le verre à la main, dos à dos ou coude à coude avec les personnes qui nous entourent, nous prenons plaisir à échanger encore des mots et à nous fixer du regard tout au long de nos discussions. Je profite pleinement de cette harmonie partagée qui semble nous faire du bien à tous les deux. Elle me dévoile un peu son intimité sans que je ne l'ai vraiment demandé. J'en éprouve presque de la gêne, mais je suis tellement attiré par elle.

À chaque discussion, nous nous rapprochons avec des mots, avec des sentiments partagés et des petites histoires de tous les jours. À chaque nouvelle rencontre nous poursuivons les discussions déjà amorcées, et j'en apprends toujours un petit peu plus sur cette fille que je trouve magnifique.

Après le lycée, Osvalde a poursuivi ses études pendant deux années dans une école spécialisée dans les langues et le management. Elle a trouvé ensuite un travail dans l'administration pour payer une partie du loyer chez son oncle qui l'héberge ici à Accra. Ses parents, sa petite sœur et un de ses frères habitent à Takoradi. Elle n'a jamais voyagé à l'étranger mais elle y pense. Elle s'intéresse à ce qui se passe dans le monde et espère concrétiser ses souhaits de voyages.

Elle est radieuse, rayonnante, elle est superbe. J'ai la sensation que nous partageons entièrement ces instants de temps absolu où chaque seconde est vécue avec beaucoup d'intensité. Dans ces moments-là, je n'ai pas envie de la quitter ne fut-ce que pour un court instant. En même temps, je suis presque gêné. J'ai l'impression de monopoliser la belle Osvalde. Certains nous regardent, non la regardent, elle, et semblent se poser la question ''qui est-il'' ?

De phrases en sourires, de sourires en phrases, nous échangeons maintes choses et apprenons à nous connaître. Jeu de parade, jeu de séduction. Nous occupons la place devant le buffet et passons ensemble des moments forts agréables.

Alors que nous sommes en pleine discussion, les quelques personnes costumées en Kente que j'avais vues précédemment prendre place sur l'estrade d'honneur, s'approchent d'Osvalde, lui serrent la main avec beaucoup de solennité et la félicitent chaleureusement pour sa contribution au très bon déroulement du congrès. Osvalde les remercie pour leur gentillesse. S'adressant ensuite à moi, les mêmes personnes me demandent, par politesse et avec bienveillance, si je suis satisfait de mon séjour au Ghana. Avec courtoisie, je réponds « oui bien sûr », en ajoutant que « c'est toujours un plaisir intense de venir ici et une souffrance d'en repartir », ce que j'avais déjà confié à Osvalde.

Nous sommes à nouveau seuls au milieu de la foule. Je m'excuse auprès d'Osvalde pour ne pas avoir compris l'ampleur de son investissement pour ce congrès et que j'en suis vraiment désolé. Son implication doit être importante pour que ces dignitaires viennent la saluer et lui témoigner leur reconnaissance. Dans toutes nos discussions nous avons évoqué bien des choses de la vie mais Osvalde est restée très discrète sur son travail. En quelques mots, elle me résume ses récentes fonctions au Ministère des Mines dans le secteur de la communication qui lui ont permis de développer ses connaissances et de les mettre en œuvre pendant tous ces derniers mois pour l'organisation du congrès. Elle est à la fois passionnée et discrète sur ses fonctions.

En finale, elle ne m'en veut pas du tout, au contraire !

Un petit courant d'air chaud brasse les délicieuses odeurs de grillades qui se préparent à quelques mètres de là.

Le jeu de notre poursuite continue et nous nous retrouvons :

– Kame, tu aimes les grillades ? Nous en faisons beaucoup chez mon oncle. On invite les amis et la famille, tu devrais voir ça, c'est un régal pour tout le monde. Tu aimes la musique de chez nous ? Viens, allons voir les musiciens là-bas !

À partir de ce moment, je ressens un changement dans les sonorités des mots d'Osvalde. Son regard est plus attentionné plus lumineux, plus direct et familial aussi. Sa façon de me parler est plus fluide, plus amicale, plus libre. Visiblement, nous nous sommes rapprochés et déjà des liens d'amitié ont commencé à se tisser.

Une petite troupe de jeunes musiciens en costumes colorés de scène s'est installée à même le gazon, sous une guirlande de lampions à quelques pas du buffet. Les deux chanteurs du groupe ont des voix magnifiques. Leurs chansons très rythmées et langoureuses à la fois favorisent rapidement une ambiance très décontractée dans l'assemblée. Quelques enfants aussi sont là et participent à leur manière à cette soirée. Ils courent et se faufilent entre les personnes, se cachent et se retrouvent quelques secondes plus tard en lançant des cris stridents. La cérémonie se désacralise et les gens reprennent leurs habitudes, leur franc-parler. Une magie s'est installée dans le parc. Les voix des chanteurs portées par les haut-parleurs rebondissent sur les grands arbres et reviennent vers nous comme adoucies pour mieux nous charmer ou nous envoûter. Cette musique est superbe, je l'aime beaucoup, elle me fait vibrer les tripes et j'en fais part à Osvalde :

– Ce sont des chansons de Fodé Baro me dit-elle, tu aimes ?

– Oui j'adore, c'est magique. Tu sais, je trouve que ces rythmes incitent vraiment le corps à danser et à se laisser porter par la musique.

– C'est sur cette musique que nous dansons beaucoup avec mes amis et je suis contente que tu aimes. Si tu veux, avant ton départ, je peux organiser une soirée avec eux et on pourra danser ! Je pourrai te faire entendre des airs connus du Ghana que j'aime beaucoup !

– Oui j'aimerais bien, mais tu vois, je ne pense pas avoir le temps avant mon retour en France la semaine prochaine. Comme je te l'ai dit, je pars demain dans le nord à la mine d'or pour quelques jours.

Ensuite, je passe encore un ou deux jours ici avant de quitter le Ghana le lundi soir. Mais on peut essayer ! Je veux bien que l'on se revoie. Tu connais mon hôtel ; tu pourras me laisser un message.

– C'est entendu on va essayer. Il ne faut pas que tu partes avant, tu promets ? Me demande-t-elle, en me fixant de ses beaux yeux.

– Oui, bien sûr.

– Excuse-moi une minute, je reviens, dit-elle après avoir fait un petit signe de la main à une personne.

Je suis en extase ! Nous allons nous revoir, nous nous le sommes promis !

J'entends une voix familière derrière moi :

– Patrick ! My friend ! Trinquons ensemble ! Cette soirée est superbe !

– Cheers !

Charles que je n'avais pas vu depuis un bon moment, un verre de Champagne à la main, me demande avec un petit sourire narquois si tout va bien en me poussant discrètement en direction du bar où nous trinquons. Les yeux pétillants, il me fait comprendre qu'il a vu mon petit manège avec Osvalde, et m'assure que l'on ne peut pas résister devant une si belle fille…

– Je suis heureux que tout se soit bien déroulé, ajoute-t-il. Tu vois ce congrès est une réussite ce qui met la barre très haute pour la prochaine fois. Mais je suis très confiant. Notre organisation a été performante sur tous les points. Nous ferons encore mieux ! Trinquons ! Buvons à notre santé et à celle de nos amis et de tes amis ajoute-t-il avec un large sourire, en tournant ostensiblement la tête en direction d'Osvalde qui est en pleine conversation à quelques mètres de là, avec un petit groupe de connaissances.

Puis, toujours entre nous, mais avec une voix un peu éraillée, celle d'un Charles qui n'en est pas tout à fait à ses premiers verres, il passe son bras par-dessus mes épaules et me demande sur un ton de plaisanterie :

– Patrick de quoi avez-vous discuté toute la soirée ?

Et avant même que je formule une réponse adaptée, il ajoute :

– En fait, je ne veux pas le savoir. Je ne veux pas être le témoin de vos ébats ! Si tu as besoin, fais- moi signe ! termine-t-il avec un sourire élargi jusqu'aux oreilles.

Sur ces mots, il va poser son verre sur le buffet et reprend la conversation avec d'autres convives. Deux jeunes organisateurs du congrès s'approchent alors de moi, ils désirent visiblement discuter :

– Bonsoir, mon nom est Joakin, elle c'est Abba. Comment allez-vous ? Comment se passe cette soirée ?

– Magnifique, dis-je, cette soirée est magnifique. Félicitations pour l'organisation. Tout se déroule très bien.

– Merci Monsieur. Vous restez quelques jours à Accra ?

– Je dois partir bientôt pour Obuasi, la mine d'or. Vous connaissez ?

– Je connais le nom, mais je n'ai jamais été à cet endroit. Mais je crois que mon amie Abba connait, n'est-ce pas ? lui demande-t-il

– Non, je suis désolée, je ne connais pas non plus mais j'ai un cousin qui est mineur là-bas.

Joakin se rapproche de moi pour déchiffrer mon badge :

– Alors Monsieur Patrick vous devez bien connaître le Ghana !

– Oui, je connais un peu le pays.

– Avez-vous l'occasion de faire du tourisme ? Je pourrais vous inviter chez une amie qui habite pas très loin d'Accra, sur la côte. En fait, c'est la sœur d'Abba.

Je comprends le sens de son invitation. Cette proposition me met mal à l'aise par rapport à Osvalde, et je ne veux pas trahir les sentiments déjà très forts que j'ai pour elle.

– Ce serait avec beaucoup de plaisir Joakin, mais je rentre en France juste après ma visite dans le nord.

– Alors ce sera pour une prochaine fois dit Joakin qui reste planté à côté de moi, visiblement déçu.

Pendant la discussion, Abba est restée dans l'ombre de Joakin, et ne s'est pas trop manifestée. Je suis persuadé qu'un plan était déjà tout tracé pour me présenter à la sœur...

À la demande de Joakin, nous nous rapprochons tous les trois du buffet pour prendre un verre après quoi tous les deux me remercient et se fondent ensuite dans la foule des convives.

Sur la grande table du buffet, les boissons, apéritifs, petits canapés et autres friandises font encore fureur. Les serveurs n'ont de cesse de les renouveler.

Les gamins rapides comme des petits moineaux chapardent de-ci, de-là, des gâteaux et des friandises et repartent en courant et en zigzaguant dans la foule, puis reviennent à nouveau.

L'heure est tardive, bientôt minuit. J'ai pu à nouveau me rapprocher d'Osvalde qui affectionne les instants où nous discutons ensemble. J'ai le sentiment naissant et visiblement partagé que nous devenons de bons complices. Les musiciens ont baissé d'un ton.

À la demande d'une dame désirant s'entretenir avec elle, Osvalde s'est excusée et a dû me quitter il y a quelques minutes. Je prospecte à la recherche de gens de connaissance. Je contourne Sam qui est très engagé dans une discussion sérieuse et technique avec deux autres personnes et je tombe nez à nez avec Charles qui est à ma recherche.

– Pat, je reste encore ici pour aider les gens de la logistique. Demain nous partons pour la mine. Nous passerons te chercher vers midi. J'ai donné les instructions à Morgan pour qu'il te reconduise tout à l'heure à l'hôtel quand tu le désires. Tu le trouveras par là ou sur le parking et…

Sam vient interrompre notre discussion en s'approchant avec deux personnes qu'il tient par la main, et prend Charles à partie :

– Charles, sais-tu que ces deux gars viennent d'acheter une concession minière et que ...

Par un clin d'œil je fais signe à Charles que je le laisse en bonne compagnie…

Il faut que je voie Osvalde avant de partir.

La musique s'est arrêtée. Le silence règne maintenant sur le parc entrecoupé par les discussions et rires de quelques derniers convives qui s'attardent et bavardent encore avant de quitter les lieux. Les musiciens débranchent les haut-parleurs enroulent câbles et rallonges et rangent leur matériel. Petit à petit, les congressistes quittent les lieux et rejoignent leur voiture ou leur chauffeur stationné sur le parking juste à côté.

Dans l'allée principale gravillonnée, une Mercedes noire et reluisante roule doucement et vient s'immobiliser en face des marches du Centre des Congrès à la hauteur d'un petit groupe de personnes. Quelques secondes plus tard, le chauffeur ouvre la porte au ministre des Mines qui monte à l'arrière, Osvalde que je n'avais pas vue s'engouffre à sa suite dans la limousine qui démarre immédiatement, contourne le terre-plein central et s'éloigne ensuite sur l'allée gravillonnée puis disparaît à bonne vitesse sur le grand boulevard qui longe le parc.

Sur le coup, je reste surpris, puis absolument médusé, déboussolé, déséquilibré, atterré. J'ai l'impression qu'un vide immense s'est créé autour de moi. Osvalde ne m'a rien dit, ni même au revoir. J'aurais au moins espéré un petit signe discret à mon attention un petit signe de la main juste pour dire au revoir, à la prochaine fois. J'essaie de me rassurer en pensant qu'elle s'en veut sûrement d'être partie ainsi. Etrange situation. Je ne comprends pas. J'essaie de trouver un sens à tout cela, sans y parvenir. Je suis triste et abattu. Mes pensées se brouillent. La belle Osvalde m'a fait faux bond. Etonnamment, je ne lui en veux pas et je suis content pour elle. Après tout, je ne peux pas avoir la prétention de m'immiscer dans sa vie, nous avons simplement profité de cette soirée pour nous rapprocher l'un de l'autre et pour passer de bons moments. Elle a su rester discrète et elle a visiblement apprécié nos discussions. Quelque chose comme un point d'interrogation énorme me pèse quand même sur les épaules. Suis-je passé à côté de quelque chose ? Ai-je été stupide au point de ne pas m'en rendre compte ? Je ne me suis même pas posé la question de savoir si elle avait un petit ami. Et quand bien même l'aurais-je pensé, je ne lui aurais pas demandé. J'ai dû me faire un film tout au long de cette soirée et j'ai foncé tête première dans mon scénario. Et voilà, elle est partie avec son amant ! Quel con je fais ! Je m'en veux de ne pas avoir clairement affiché mes convictions et de ne pas lui avoir dit que j'étais fortement attiré par elle. Elle m'aurait dit quelque chose, elle m'aurait fait comprendre sa situation en quelques mots. Mais ça je ne le pouvais encore pas, et ce n'était que respect de ma part. Respect pour une fille si belle, si fine et sensible aussi. L'a-t-elle ressenti ? L'a-t-elle compris ? Oui, j'en suis quand même persuadé. Nous avons échangé tellement de choses ! Vais-je la revoir ? Quand ?

Le cœur lourd, je me raccroche à la promesse faite : « nous devons nous revoir avant ton départ ». Me l'aurait-elle proposé si ses aspirations ne rejoignaient pas les miennes ? Cette réflexion me permet de me ressaisir un peu.

Je décide de rentrer à l'hôtel tout de suite, plus rien ne me retient ici. Je regarde autour de moi à la recherche de Morgan.

Quelques minutes plus tard, je le retrouve sur le parking. Adossé à un véhicule, il parle avec un autre jeune chauffeur. Me voyant arriver il prend congé de son ami en lui donnant sa cigarette, et me hèle :

— Hi doc ! La voiture est là. Je vous ramène à l'hôtel ?

— Ok Morgan, allons-y, merci.

Mon cerveau bouillonne, je me pose mille questions auxquelles je n'ai pas de réponse à cette heure de la nuit. Je fais des efforts pour ne rien laisser paraître, Morgan n'est pour rien dans tout cela.

Je m'installe à l'avant. Morgan met en route un CD de musique ghanéenne qu'il sait que j'apprécie.

— Merci Morgan, tu sais que j'aime ces morceaux ! J'aimerais bien me procurer ce CD ! Si tu sais où le trouver, je l'achète.

— Non, pas de problème Doc, je serai ravi de vous l'offrir avant votre départ.

La route est libre, Morgan roule à bonne vitesse sur les avenues bien éclairées. Il fait bon. La musique me redonne confiance et espoir. Nous n'échangeons que peu de paroles durant le trajet et je m'en veux un peu sachant que Morgan est toujours très aux petits soins et qu'il aime bien discuter. De plus, il est resté disponible pour m'attendre et me ramener.

L'air frais de la nuit s'engouffre dans la voiture mais ne dissipe pas ma peine.

Quelques kilomètres plus tard, il me dépose devant l'hôtel et me souhaite une bonne nuit. Tout en le remerciant, je lui recommande en plaisantant de ne pas oublier de dormir cette nuit, nous aurons besoin de lui demain pour la longue route qui nous mènera à la mine.

— Ne vous en faites pas Doc, je serai là demain m'assure-t-il avec un sourire plein de gentillesse.

Je regarde la voiture démarrer et s'éloigner sur le boulevard qui longe le littoral. Je sais que Morgan va rencontrer sa belle.

Il fait presque froid dans le hall climatisé de l'hôtel. Je monte immédiatement à ma chambre. Je n'ai qu'une envie : me reposer après cette longue journée.

Mon esprit est tourmenté par mille et une pensées. Je me tourne et me retourne dans mon lit et n'arrive pas à trouver le sommeil. Je pense à Osvalde, à toutes les discussions que nous avons eues tout au long de cette soirée. Cette fille m'a harponné. Il y a tellement de choses que nous avons échangées. Où peut-elle être ? Pourquoi est-elle partie comme ça ?

Ma respiration est courte, je transpire dans mes draps. Je revois son visage, j'écoute à nouveau ses paroles et je m'en veux de ne pas lui avoir dit qu'elle m'attirait et que je tenais déjà fortement à elle.

EN ROUTE POUR OBUASI

Il est neuf heures quand je me réveille. J'ai bien dormi, mais à peine debout, j'ai déjà un sentiment de tristesse à partir à la mine. Il me tarde de revoir Osvalde. J'espère qu'elle me contactera avant mon retour en France. Nous nous le sommes promis. Je dois me résoudre à espérer, il n'y a rien d'autre que je ne puisse faire.

14 heures. Nous prenons la route pour Obuasi. Nous avons environ 400 kilomètres à parcourir et une bonne partie se fera de nuit. Les routes sont dangereuses la nuit au Ghana. Beaucoup d'accidents sont dus au mauvais entretien des véhicules, aux chauffeurs non expérimentés ou à l'état de la route, qui quelquefois, réserve des surprises. Pour ces raisons, les camions ont interdiction de rouler après la tombée de la nuit. À cette heure de la journée, la circulation est encore fluide ce qui nous permet de sortir de la ville assez rapidement. Dans la grande banlieue d'Accra, nous longeons des zones industrielles dans lesquelles se sont installés des marchands de matériaux pour les travaux de construction et des loueurs ou vendeurs d'engins de travaux publics qui affichent leur gamme de matériel en bordure de route. Quelques kilomètres plus loin, la campagne aux abords immédiats de la route est par endroits occupée par de vastes camps de réfugiés installés provisoirement dans des baraques bidonvilles. La plupart viennent du Togo, du Nigéria.

Les statistiques du UNHCR (Haut Commissariat des Nations Unies pour les Réfugiés) soulignent le nombre croissant des personnes fuyant les crises sociales au Togo et au Nigéria mais aussi des autres pays voisins de cette région de l'Afrique de l'Ouest. Les conditions sanitaires des camps sont déplorables et beaucoup de problèmes alimentaires et de santé en résultent.

De Accra à Cape Coast, en direction de la Côte d'Ivoire, la route nationale longe le littoral, le plus souvent à l'intérieur des terres en direction de l'ouest avant de remonter vers le nord vers la ville de Kumasi ancienne capitale de l'ethnie Ashanti. Nous évoluons dans un paysage de carte postale. De grands et superbes palmiers cocotiers aux troncs lisses et gris bordent la route et des villages de pêcheurs sont installés sur des promontoires rocheux qui dominent les plages de sable blanc de l'océan. Dans les bourgades les plus importantes, de belles et imposantes maisons blanches de type colonial sont situées sur les points les plus hauts, plus ventés, plus frais. Leurs façades sont aérées par de larges ouvertures et agrémentées par des terrasses surmontées de fines colonnes. Un toit de tôles les protège des aléas climatiques. Ces demeures de caractère sont souvent entourées d'un jardin avec au centre un palmier. Tout autour, le village est généralement constitué d'une multitude de petites maisons basses serrées les unes contre les autres, construites en brique de terre et couvertes elles aussi d'un toit de tôles. Un peu à l'écart des ruelles certaines maisons rudimentaires en terre sont simplement recouvertes de toits de paille en forme de cône. On voit aussi de nombreuses petites maisonnettes miniatures juchées sur des pilotis de bois qui sont en fait des greniers pour le stockage des aliments pour le bétail. On reconnaît les fours à leur forme circulaire et à leurs murs noircis par la fumée. Les ruelles sont étroites et sinueuses et le plus souvent en terre battue. Les places sont toujours animées par des marchés colorés sur lesquels sont vendus les produits locaux, poissons, légumes, fruits...

Au pied des villages le long de l'océan, les barques de pêcheurs peintes de couleurs vives sont alignées sur les petites plages au sable fin et blanc. Ce soir, l'océan calme affiche un bleu intense et profond.

Plus loin, à l'approche de Cape Coast, les écoles et instituts d'enseignement supérieur de la ville annoncent, sur des panneaux publicitaires très colorés, les matières enseignées « Institut de langues étrangères », « Ecole d'infirmières », « Formation aux métiers de l'informatique », « Ecole de puériculture », etc.

Cape Coast a été fondée par les Portugais au XVe siècle. Au XVIIe siècle, son fort a été édifié par les colons hollandais. Ensuite, les colons anglais y établirent leur administration et en firent la capitale de la Côte d'Or jusqu'à ce que Accra n'en devienne la capitale actuelle en 1877. Cape Coast était un des points principaux de la côte d'où partaient les esclaves pour l'Amérique pendant trois siècles, du XVIe au XIXe siècle. En témoigne le fort de la ville qui domine la mer. En témoigne aussi le célèbre fort de Elmina situé à quelques kilomètres plus à l'ouest sur la côte. Ces forts sont des lieux historiques à partir desquels les esclaves ramenés de l'intérieur du pays étaient tout d'abord emprisonnés, puis rassemblés en groupes avant d'être transportés depuis la plage par des barques jusqu'aux bateaux négriers ancrés au large. Cette histoire tragique fait un contraste immense avec la quiétude et la beauté actuelle des lieux. Cape Coast aujourd'hui est une ville importante de plus de 100 000 habitants, c'est la capitale de la région Centre du Ghana.

Nous entrons dans la ville. Charles s'adresse à Morgan en langue twi et lui indique avec la main une direction à prendre, puis il se retourne vers moi

— Patrick, je dois m'arrêter quelques minutes chez une cousine, j'ai un présent à lui remettre de la part de ma femme. Je n'en ai pas pour longtemps.

— Ok, pas de problème pour moi.

Nous nous arrêtons dans le centre-ville, juste à côté d'une station de bus. Charles descend de la voiture. Je reste avec Morgan à l'intérieur. Par les vitres ouvertes, nous parviennent de l'extérieur les odeurs et les bruits de la rue. En face de nous, la station de bus est très animée. Chargés le plus souvent de volumineux ballots colorés posés à leurs pieds, les voyageurs attendent avec nonchalance à côté des bus.

Chaque couloir de bus correspond à une direction précise même si aucune inscription n'est mentionnée nulle part, ni sur le véhicule ni sur les panneaux vides de toute information. Lorsqu'un chauffeur démarre son bus, des dizaines de personnes se précipitent avec leurs bagages pour monter à l'intérieur. Un aide se charge de délester les clients de leurs plus gros paquets pour les installer sur la galerie de toit. Par quelques coups de klaxon, le chauffeur annonce l'imminence du départ. À l'intérieur, les passagers s'installent tant bien que mal, leurs genoux encombrés de paniers et autres paquets. Ils patientent et attendent le bon vouloir du chauffeur pour prendre la

route. L'heure ne semble pas être le critère de départ, le chauffeur attend que le maximum de voyageurs s'installe avant de fermer les portes. Certains d'ailleurs ne ferment pas leur porte lorsque le bus est comble et il est assez courant que des passagers restent debout en équilibre sur la marche extérieure. Il arrive aussi que le surplus de personnes voyage assis sur le toit au milieu des caisses et des ballots. Le moteur tourne longtemps avant que le bus enfin complet ne décide d'avancer et ce, généralement en dégageant un vaste nuage de fumée noire et âcre. Le jeune aide préposé aux bagages se tient par une main à la porte encore ouverte et crie à tout vent la direction du bus pour racoler les derniers passagers « Takoradi ! Takoradi ! »
Le bus est parti. Sur sa vitre arrière est écrit en grosses lettres rouges ''Gye Nyame'' — Dieu qui englobe tout est parmi nous -. Il disparaît dans la rue, caché dans un écran de fumée, mais il klaxonne encore sur quelques centaines de mètres pour appeler les retardataires. Un autre autocar s'installe à sa place.

Charles est de retour et s'excuse de nous avoir fait attendre. Son épouse n'a que très rarement l'occasion de venir rendre visite à la famille et c'était aujourd'hui l'occasion d'apporter le colis puisque nous passions par là.

Nous quittons Cape Coast en longeant pour quelque temps encore la côte. Après quelques kilomètres, Charles propose de faire une halte pour nous rafraîchir, avant d'entamer la longue route qu'il nous reste encore à faire. Dans une montée, nous bifurquons sur la gauche et la voiture crapahute maintenant sur un chemin de terre en très mauvais état, étroit et escarpé, qui assez rapidement débouche sur l'esplanade terreuse d'un restaurant de campagne dissimulé dans des bouquets de végétation luxuriante et colorée. Morgan gare la voiture à l'ombre d'un vieil arbre sur le côté du parking matérialisé par quelques grosses pierres blanchies à la peinture. Avant de sortir, nous attendons que le nuage de poussière ocre qui nous suivait se dissipe.

L'endroit est venté mais le soleil cogne encore fort. Nous nous dirigeons vers la terrasse sur laquelle sont disposées quelques grandes tables recouvertes de nappes en toile plastique maintenues par des pierres pour ne pas s'envoler. De grands arbres dispensent une ombre agréable. Nous prenons place à la table la plus proche du petit muret qui domine la pente raide et rocailleuse qui descend jusqu'à l'océan. Cette partie de la côte est rocheuse et les vagues de l'océan viennent percuter la roche avant de retomber en écume blanche dans une eau de couleur bleu azur.

Notre présence a attiré quelques chats qui prudemment prennent position à quelques mètres de nous. Notre table est recouverte d'une poussière grasse chargée de sel sur laquelle sont collées de larges feuilles jaunies séchées et cornées tombées des arbres qui nous surplombent. Nous échangeons quelques mots sur la beauté des lieux et Charles me vante la cuisine du chef qui est reconnue dans la région. Les gens viennent de loin pour savourer de merveilleuses grillades de poisson en provenance directe du marché local.

Alors que nous sommes absorbés par notre discussion et par la contemplation du paysage au-delà du muret, un serveur vient nettoyer la table et prendre notre commande.

À côté de la bâtisse principale du restaurant, un vieil homme muni d'un jet d'eau s'active à faire le ménage d'une petite dépendance faisant visiblement office de toilettes. Il se retire ensuite en arrosant les massifs de fleurs aux couleurs vives qui longent le mur jusqu'à l'entrée du restaurant. Il fait presque frais. Les petites rafales de vent soulèvent la poussière de la terrasse. Morgan ne s'est pas installé avec nous, il est allé au bar à l'intérieur pour se reposer à son aise ou discuter. Le serveur revient avec les boissons et nous demande si nous comptons rester dîner. Au menu il y aura du poisson frais pêché juste à côté par les pêcheurs du village. Charles le remercie et lui dit que nous n'avons pas fini notre route mais que nous reviendrons certainement une autre fois à l'occasion d'un prochain passage. Tant pis, nous n'aurons pas de poisson ce soir ! La route est encore longue. Nous profitons encore quelques minutes de la vue panoramique et du grand air et décidons de repartir. À la sortie du petit chemin escarpé, nous continuons quelques kilomètres vers l'ouest en direction de Takoradi, et bifurquons ensuite vers le nord en direction de la région Ashanti. J'ai une pensée émue quand nous quittons la route qui mène à Takoradi, ville natale d'Osvalde. Elle doit bien connaître ces paysages. Ses racines sont ici.

Il va faire nuit dans peu de temps et Morgan roule le plus vite possible sur une chaussée goudronnée encore très bonne.

Les grands cocotiers du littoral sont remplacés progressivement par un couvert végétal surtout composé de petits arbrisseaux et de buissons. Sur les collines alentour, quelques arbres géants, reliques de la forêt primaire, ont été préservés. D'énormes racines les retiennent à la terre rouge. Leur large tronc lisse et très haut s'élance vers le ciel et se termine par une cime en forme d'ombrelle ou de chapeau de champignon démesuré. Il y a aussi d'immenses baobabs qui dominent le couvert végétal. Ils sont facilement reconnaissables à leur tronc en forme de bouteille de couleur grise à surface lisse et leur couvert de branches qui semblent s'enraciner dans le ciel.
Une légende dit que « Dieu dans un jour de colère les a plantés à l'envers. »

Alors que nous roulons à bonne vitesse, Morgan les yeux fixés sur le rétroviseur intérieur ralentit soudain et serre le 4x4 sur les bas-côtés non stabilisés de la route. Nous sommes alors secoués mais continuons à rouler à une vitesse raisonnable. Derrière nous se rapproche à vive allure un cortège de voitures aux phares allumés. Une colonne de véhicules 4x4 blancs avec vitres sur-teintées nous dépasse à grande vitesse au son de leurs sirènes hurlantes. Suivent des pick-up à l'arrière desquels sont assis des gardes armés qui nous font signe par grands gestes de rester impérativement sur le bas-côté. Le cortège se poursuit avec une bonne dizaine de grosses limousines noires elles aussi avec des vitres sur-teintées et un gyrophare bleu installé à l'avant sur le toit de chacun des véhicules. En queue de cortège, à nouveau des pick-up avec gardes armés. Ensuite plus rien. Le convoi s'éloigne devant nous très rapidement accompagné de ses sirènes et disparaît au loin. Notre route est maintenant libre.

Selon Charles, il s'agit très probablement d'un ministre ou autre représentant de l'état qui se déplace pour une visite dans les territoires du nord. Il nous raconte qu'une fois, pour rouler plus vite et gagner du temps, il a voulu suivre le convoi qui lui ouvrait la route, mais rapidement le dernier véhicule du cortège s'est désolidarisé de son groupe pour forcer Charles à freiner et à immobiliser sa voiture sur le bas-côté pendant cinq bonnes minutes. Repartir était impossible puisque les gardes restaient là, debout, immobiles et en contact radio permanent avec le reste du cortège. Avant de partir, les gardes lui avaient ordonné d'attendre encore une minute.

Ici comme partout, mieux vaut ne pas jouer avec la sécurité des convois ainsi protégés par les gardes armés.

Nous continuons à avaler les kilomètres sur une route qui devient de plus en plus défoncée. La circulation n'est pas très dense mais quelques fois il n'est pas évident de croiser un véhicule sans ralentir tout en voulant à tout prix éviter les ornières profondes. À ce jeu-là, il n'est pas rare que les voitures se heurtent carrément de front. Sur les routes de l'intérieur du pays ce type d'accident est assez classique. Soit le choc est frontal, soit un de véhicules finit sa course sur le bas-côté s'il a la chance de ne pas s'écraser contre un arbre. Rouler de nuit est pire encore, on est aveuglé par les phares des véhicules et l'état de la chaussée, pouvant être très mauvais, n'arrange rien à la situation. C'est pour ces raisons que Charles et Morgan évitent de rouler la nuit en dehors des agglomérations.

Le goudron fait place progressivement à la piste. Nous laissons derrière nous les plaines du littoral pour nous enfoncer dans les collines de l'intérieur. La route, beaucoup plus sinueuse, contourne les collines dont les sommets sont pour la plupart dépourvus de végétation. Seuls sont encore accrochés quelques arbres géants vestiges d'une forêt beaucoup plus riche et dense. L'après-midi touche à sa fin, nous arriverons tard dans la nuit.

Nous croisons souvent des camions porte-conteneurs. Ils roulent dangereusement en crabe et sont terriblement sollicités par les accotements non stabilisés et par les énormes ornières. La plupart de ces camions sont vieux, usés, déglingués, dangereux même. Ils donnent l'impression de verser à chaque moment, à chaque virage, à chaque passage chaotique. Parfois, ces super poids lourds doivent s'arrêter pour nous permettre de les croiser ou les dépasser.

D'autres sont garés sur le bord de la piste, pneu crevé ou éclaté, ou pièce mécanique cassée. Le chauffeur ne quitte pas son camion et surveille la cargaison en attente des pièces de rechange. S'il le faut, il dormira à côté du camion. Son attente peut durer des heures, voire des jours.

D'autres gros porteurs ont eu moins de chance et gisent lamentablement sur le bas-côté de la piste, défoncés désossés, entièrement rouillés, les vitres brisées, les pneus lacérés ou volés, la partie arrière depuis longtemps vidée de sa cargaison. Les carcasses ainsi abandonnées sont en principe poussées tant bien que mal sur le côté dans les fossés. Certaines sont déjà recouvertes ou colonisées par la végétation. Quelquefois, une partie empiète encore dangereusement sur la chaussée. Généralement, un petit tas de cailloux placé en bordure de piste à quelques mètres de là signale le véhicule accidenté...

Les villages que nous traversons sont installés en bordure de forêts dans des clairières. Les maisons sont pour la plupart sans étage le plus souvent d'architecture très simple, construites en terre ou avec des planches de bois, très peu sont peintes. Les toits sont pentus en tôle grise ondulée, les vieux toits sont couleur rouille. Ces couleurs font un contraste très net avec le vert intense dominant de la végétation ambiante. Quelques maisons possèdent un petit enclos entouré d'une balustrade en roseaux tressés. Les villages sont très animés à la tombée de la nuit. Des groupes d'enfants jouent sur le bord de la route, les plus petits nous hèlent joyeusement en tendant leurs bras.

Le crépuscule va céder rapidement sa place à la nuit. C'est l'heure conviviale où les adultes se regroupent devant les maisons ou sur la terrasse des cafés le long de la route principale pour palabrer et prendre le frais. C'est l'heure d'ouverture des petits restaurants autour desquels flotte une bonne odeur de grillade. Les terrasses sont souvent égayées de guirlandes d'ampoules jaunes et rouges. Les tables en plastique sont dressées pour le repas du soir, recouvertes d'une toile cirée aux motifs colorés. En contraste, les ruelles à l'intérieur des villages sont boueuses avec des ornières remplies d'eau de la dernière averse.

Alors que nous roulons à bonne allure dans un village, devant la voiture un ballon traverse soudain la route suivi d'un enfant. Morgan a pour réflexe de s'arrêter net après avoir fait quelque peu crisser les pneus, ce qui a pour effet de nous soulever de nos sièges et de nous projeter vers l'avant. L'enfant, insouciant du danger, a traversé la route et a rattrapé son ballon à quelques mètres de là, sans qu'un parent, un frère ou un ami intervienne ou le blâme. En retour, il fait un sourire à Morgan et le remercie de la main. Avant de redémarrer, Morgan lui fait comprendre, en quelques mots, qu'il a eu beaucoup de chance de ne pas se faire écraser et qu'il doit faire plus attention.

Nous reprenons la route. Les lignes de vie sont parfois ponctuées de points chance, et ici, peut-être plus qu'ailleurs, mieux vaut ne pas avoir d'accident, le premier poste de secours doit être à des kilomètres.

À la sortie des villages, c'est l'heure à laquelle dans des petits cours d'eau les enfants se baignent nus ou presque. Ils sautent dans l'eau, s'aspergent, s'amusent en poussant des cris aigus, et nous saluent gentiment de la main à notre passage, le visage fendu de grands sourires.

La nuit est tombée et nous roulons toujours. Certains tronçons de la route sont goudronnés mais sans entretien particulier ce qui se traduit par de très nombreux ''nids de poules'', en fait d'énormes ornières ou quelques fois les voitures qui roulent trop vite arrivent à briser un essieu et finir leur route sur le bas-côté, abandonnées, ou dans l'attente d'être remorquées, un jour ou l'autre. Dans la journée, il n'est pas rare de rencontrer des enfants occupés à combler les ornières avec des caillasses et demander une aumône aux voitures qui passent.

À la nuit tombée, les gros camions porte-conteneurs ou porteurs d'énormes billes de bois doivent obligatoirement s'arrêter pour éviter les risques d'accident. Ils font halte dans les petites bourgades et dans les villages où ils trouvent couvert et gîte dans des gargotes restaurants qui peuvent aussi accueillir quelques clients de passage pour dormir.

Beaucoup de personnes se déplacent à pied sur la route après la tombée de la nuit. Les unes reviennent du village voisin avec leurs provisions dans des sacs plastiques portés à la main et rejoignent leur petit hameau isolé dans la forêt. Des femmes transportent du manioc, des fruits ou des légumes dans des hottes tressées ou dans des cuvettes en plastique coloré posées en équilibre sur leur tête. D'autres reviennent de la corvée de bois avec d'énormes fagots de branches portés en équilibre sur la tête. À l'approche des voitures, elles se rangent sur le bas-côté non stabilisé et marchent comme des funambules en recherche d'équilibre en faisant onduler leurs larges hanches, et reprennent à nouveau leur pérégrination au milieu de la route après le passage du véhicule. De temps en temps, les formes disparaissent comme des ombres furtives dans des petits chemins de terre uniquement piétonniers qui, à partir de la route, s'enfoncent dans la forêt en direction de tout petits hameaux ou de maisons isolées.

Depuis un bon moment nous roulons sur de la latérite rouge. Notre vitesse de croisière baisse un peu, le terrain n'est pas toujours très bon. Morgan est vigilant, son habitude de la conduite en fait un très bon chauffeur. De temps en temps, il arrive qu'une bosse inattendue nous fasse cogner la tête au plafond de la voiture, et dans ce cas, le boss demande à Morgan de réduire un peu la vitesse ou d'éviter les obstacles.

Beaucoup plus loin, en pleine forêt, Morgan ralentit et s'arrête devant une barrière métallique faisant office de barrière de péage avant le passage d'un pont qui enjambe une des rivières qui sillonnent la forêt. Un vieil homme assis sur un banc à côté d'une petite cabane de fortune se lève lentement et s'avance dans la lumière de nos phares. Il remet en état les pans de son costume de service complètement élimé, s'approche de la voiture, nous salue et nous fait signe de la main de reculer sur quelques mètres afin de garer notre véhicule sur le côté de la piste. Le vieil homme profondément ridé et édenté parle un anglais approximatif. Il nous explique que malgré l'heure tardive un gros camion s'est déjà engagé de l'autre côté du pont, et que, pour des raisons de dimensions et de surcharge, il doit traverser très lentement. Nous pouvons arrêter le moteur de la voiture, nous en avons pour un petit quart d'heure d'attente. Le moteur arrêté nous coupe aussitôt du confort de la clim. Nous ouvrons en grand les vitres pour faire circuler l'air. Il fait chaud et humide. Les odeurs de la forêt inondent l'intérieur de l'habitacle.

Charles m'explique que ce pont est vieux et étroit. La partie roulante est constituée d'épaisses planches de bois soutenues par des piliers de béton. Les côtés sont sécurisés par de puissantes rambardes métalliques. Il ne comporte qu'une seule voie et donc pas de possibilité de croisement. Nous devons attendre en espérant qu'aucune erreur de pilotage ne viendra stopper le camion au milieu pendant la nuit entière.

Sur le pont, le camion fait crisser et craquer les planches sur lesquelles il roule. Le bruit de son moteur augmente en intensité et soudain les phares jaillissent en face de nous dans le noir. Le camion avance lentement comme s'il hésitait à finir la traversée. Sa grosse calandre bruyante et ses deux puissants phares jaunes lui donnent l'aspect d'un monstre rugissant. Au fur et à mesure de sa lente avancée on distingue sa forme complète et son chargement d'énormes grumes. Bizarrement, nous ne voyons même pas le chauffeur à l'intérieur de sa cabine. À l'avant du véhicule, les pneus cherchent à agripper au mieux le terrain. À chaque passage d'ornière, les grumes retenues par de grosses chaînes en acier sont dangereusement basculées de droite à gauche dans des grincements sinistres. Il s'en faudrait peu pour que tout le chargement bascule par terre. Dans un dernier effort, le chauffeur donne toute la puissance au moteur qui hurle pour avaler, mètres après mètres, la petite pente reliant le pont à la piste. Arrivé au niveau de la barrière, il s'arrête. Le chauffeur se penche par la fenêtre vers le vieil homme, paye son droit de passage et redémarre. La cabine se cabre par à-coups à chaque changement de vitesse et le camion disparaît derrière nous enveloppé dans un épais nuage de fumée noire. Le pont est maintenant libre d'accès.

Le vieil homme ridé s'approche à nouveau de notre voiture, et avant même qu'il nous dise le montant à payer pour le passage, Morgan lui tend la main et lui donne l'argent. Nous redémarrons et nous engageons sans plus attendre sur le pont pour nous enfoncer plus en avant dans la forêt.

— C'est toujours la même chose dit Charles. Il faudrait élargir ces vieux édifices ou en faire des neufs, le trafic est trop important de nos jours. Mais qui prête attention ? Cela fait des années que rien ne change ! Nous perdons trop de temps sur ces routes qui sont dangereuses la nuit. Heureusement que nos chambres sont réservées, nous allons arriver tard dans la nuit à Obuasi.

Peu à peu, au fil de la route, on quitte un environnement de forêt tropicale luxuriante sombre et humide pour arriver dans des espaces plus ouverts avec une végétation plus basse et disparate. Les collines que l'on distingue à la lueur de la lune sont généralement dépourvues d'arbres sur leur sommet large et arrondi et quelques fois aussi sur leur flanc, ce qui a rapidement entraîné les effets de l'érosion.

À chaque orage, la terre rouge est ravinée par le ruissellement et la végétation ne peut plus s'accrocher. Petit à petit, elle descend inexorablement et finit par être emportée par les cours d'eau.

L'industrie locale du charbon de bois est principalement responsable de ce défrichement. Le risque à terme est de transformer le paysage en savane tel qu'on peut le voir dans le nord du pays.

Charles m'explique que depuis les années 40, plus de 90 % des forêts Ghanéennes ont été exploitées et que la forêt primaire a presque complètement disparu du pays. Les cultures itinérantes, les activités illégales et la surexploitation sont les principales causes du déboisement. Le bois joue un rôle très important dans l'économie du Ghana après le cacao et l'or. L'exploitation forestière est une des activités d'exportation majeure. Désormais des parcs et des zones de protection ont été créés. Dans ces zones, l'abattage est autorisé mais il est sélectif et très contrôlé. Les communautés et les villageois situés en bordure de forêts se sont rapidement rendu compte que l'abattage des arbres et l'agriculture sur brûlis étaient responsables de la disparition de la forêt primaire et de l'érosion des sols.

Certaines espèces animales disparaissent aussi. La subsistance des communautés en dépend puisque la biodiversité est directement liée à l'environnement. La forêt représente le moyen de subsistance de millions de personnes. De nombreuses initiatives pour la sauvegarde de l'environnement se sont développées ces dernières années. Des programmes d'éducation sont financés par le gouvernement et par des associations étrangères. Les témoignages des locaux affirment que le micro climat permet à nouveau des bonnes récoltes grâce à des pluies plus importantes mais sans ravinement des terrains et grâce à un ensoleillement plus faible qui permet aux espèces endémiques de mieux se développer. Mais tout n'est pas si facile dans un pays ou la coutume et ses droits ne vont pas forcément de pair avec les directives de l'Etat. Pour l'intérêt public, certaines zones forestières ont été classées comme protégées à l'encontre des droits coutumiers qui régissent la tenue des terres indigènes et donc leur exploitation sans restriction, ce qui a créé certaines difficultés entre communautés locales et Etat.

Nous roulons toujours. Le paysage défile dans la nuit. Le secteur est riche en petites collines boisées. En bordure de route, les cultures et plantations de caféiers de bananiers ou cacaotiers reprennent place sur d'anciens brûlis ou bien sont concentrées dans les zones basses plus proches des villages.

Cet environnement me rappelle que l'on approche de Obuasi centre principal d'intérêt de la région à la fois grande ville du peuple Ashanti et ville minière par excellence où l'or est présent partout.

Nous traversons à bonne allure quelques petites bourgades endormies chichement éclairées par des lampes jaunes et blafardes. Par endroits, la piste est remplacée par des secteurs goudronnés.

La voiture ralentit soudain alors que je commence à somnoler. Nous sommes à la sortie d'un village, et à quelques dizaines de mètres devant nous, une personne debout au beau milieu de la route nous fait signe de nous arrêter en agitant une lampe électrique à bout de bras.

— Attention c'est un fou ! dit Charles à Morgan. Que fait-il au milieu de la route ?

Morgan stoppe le véhicule à quelques mètres de l'individu qui est en fait un gendarme. Sa présence ici nous surprend. L'homme approche de la voiture et nous salue militairement. Je remarque que sa casquette est un peu de travers et que ses pupilles sont rouges et dilatées. Morgan n'ouvre que partiellement sa vitre. En quelques mots accompagnés de gestes un peu désordonnés, le gendarme nous fait comprendre que nous roulons beaucoup trop vite et il s'adresse à Morgan pour vérifier les papiers de la voiture. C'est alors que Charles visiblement agacé, prend la parole en se penchant vers la gauche par-dessus Morgan :

— Dites-moi, à quoi voyez-vous que nous roulons trop vite ?

Puis il continue, sans laisser le temps au gendarme de répliquer :

— Nous devons respecter notre emploi du temps pour arriver à l'heure à Obuasi et vous nous faites perdre des minutes précieuses.

— Montrez-moi les papiers du véhicule, rétorque le gendarme en se forçant de donner de l'autorité à sa voix.

— Ecoutez, lui répond Charles, je viens d'Accra et je n'ai pas le temps de discuter ce genre de détails. Adressez-vous à ma secrétaire !

Sur ces mots, et sans autre velléité de discussion, il salue le gendarme et demande à Morgan d'appuyer sur le champignon et de poursuivre la route sans attendre…

Nous redémarrons et partons comme des voleurs à toute vitesse en laissant le gendarme interloqué debout au milieu de la route. Je regarde par la vitre arrière le bonhomme qui disparaît rapidement dans le noir.

Charles se tord de rire sur son siège. Il ajoute entre deux convulsions :

— Depuis quand un gendarme de brousse a-t-il autorité sur un businessman de la ville ?! Cela se saurait quand même ! Hum ! tsss, tsss ! Ces gars-là écument les routes pour rançonner les véhicules, et quand on a besoin de quelque chose, il ne faut surtout pas leur faire appel !

À l'approche d'Obuasi, nous traversons d'autres petites bourgades qui deviennent de plus en plus nombreuses et denses au fil des kilomètres absorbés. La route s'élargit quelque peu. Paradoxalement, plus on approche de la ville plus le revêtement est en mauvais état. Des profondes ornières ont été creusées par les camions. Le goudron sur lequel on roulait depuis un bon moment déjà disparaît peu à peu en laissant sa place à la terre battue. Morgan réduit l'allure car nous sommes assez fortement ballottés dans la voiture. À l'arrière, nos sacs empilés bougent en tous sens.
Dans quelques instants, après ces longues heures de conduite, Morgan aura mérité sa nuit de repos.

De part et d'autre de la route, sont alignées des petites maisons basses aux murs de brique rouge et au toit de tôle ondulée. Elles côtoient des petits magasins, des échoppes d'artisans, des ateliers de réparation mécanique, des entrepôts de stockage de vieux pneus, des petites scieries, des fabriques de meubles, des bazars de ferrailleurs recyclant tous types de matériaux. La plupart sont fermés, à l'exception des boutiques alimentaires toujours allumées.
Entre ces constructions, très modestes pour la plupart, de nombreuses épaves de voitures rouillées et recouvertes d'une épaisse couche de poussière de latérite sont immobilisées sur des cales, ce qui donne à cette heure de la nuit, l'impression de rentrer dans une ville fantôme.

Obuasi située en territoire Ashanti est directement liée à la vie de sa mine d'or. L'or a depuis longtemps été découvert et travaillé de manière artisanale par les ethnies locales Ashanti. Le puissant royaume Ashanti a résisté au colonialisme anglais jusqu'à la fin du XIXe siècle avant que ces richesses considérables ne soient convoitées et exploitées de manière industrielle par les colons britanniques, allemands et hollandais.

Aujourd'hui, le peuple Ashanti est attaché à son histoire et à ses rites et traditions, à ses coutumes, à ses tabous, à sa sorcellerie. Il tient à se différencier des « Ghanéens de la côte » qui vivent dans la capitale et qui n'ont pas la même culture. Les Ashantis sont regroupés en clans dirigés par des chefs puissants qui instaurent leur loi quelquefois en opposition flagrante avec la loi du gouvernement du Ghana. Au sommet de ces clans, il y a un roi entouré du conseil des anciens.

La ville s'est donc développée au rythme de l'extraction de l'or. Cette partie du pays est la plus riche en or du Ghana voire d'Afrique entière.

Aujourd'hui, la mine se compose d'une ancienne, immense et profonde carrière à ciel ouvert, épuisée en minerai depuis une dizaine d'années ainsi que d'une quinzaine de puits en activité qui ouvrent sur l'exploitation souterraine. Environ 15 000 personnes y travaillent et 5 000 mineurs se relaient jour et nuit toute l'année pour l'extraction de l'or.

Une ville entière s'est développée autour de la mine. Les principales structures appartiennent à la mine et ont été construites sur les terrains de la mine comme les locaux techniques, les administrations, les magasins, les écoles, les villages ouvriers et cottages cadres, le motel, le terrain de foot et la prison. La vie entière de la ville est régentée par l'activité de la mine.

Nous roulons maintenant dans une des rues principales qui aboutit au seul rond-point important de la ville. En face de nous siège l'administration principale de la mine et, sur notre gauche, la prison. Au centre du rond-point est installée une statue emblématique qui représente un mineur debout, en position de perforer la roche avec un marteau pneumatique. Cette statue, symbole de l'activité minière du Ghana, figure sur les billets de 500 cédis.

Tout au long de notre route, j'ai remarqué l'absence notable de panneaux de signalisation, à l'entrée ou à la sortie des villes ou villages, ainsi que dans les croisements de routes principales. Quelques vieux panneaux rouillés penchés et tordus subsistent de l'époque coloniale et ne donnent aujourd'hui aucune indication fiable sur la route à suivre. Je dois admettre que les gens savent où ils vont et que peut-être les indices cardinaux leur sont suffisants.

En ville, c'est la même chose, aucune plaque ne donne le nom des rues, aucun panneau pour signaler la direction. Les seules pancartes visibles sont celles qui donnent la direction du dentiste ou du médecin le plus proche.

Notre hôtel se situe à l'autre extrémité de la ville. Charles demande à Morgan de contourner le centre afin de nous y rendre plus rapidement. Nous longeons les zones d'habitations conçues et réservées pour le personnel de la mine et enfin arrivons sur le parking gravillonné de l'hôtel. Il est 21 heures.

Une bonne dizaine de 4x4 sont garés ce qui signifie que nous ne sommes pas les seuls visiteurs cette semaine. À peine entré à la réception, je suis gentiment accueilli par Linda qui avec un grand sourire se lève, me serre la main et me souhaite la bienvenue en ces termes « Hi Dr. ! welcome to the lodge, that's a long time ! ». Et Charles de plaisanter en ajoutant « He's back home ! ».

Nous remplissons le registre d'inscription et laissons nos bagages à la réception pour nous diriger malgré l'heure un peu tardive vers la salle du restaurant. Morgan est reparti dormir en ville avec la voiture, nous le reverrons demain matin à huit heures.

La porte entrouverte du restaurant nous laisse voir que quelques personnes sont encore attablées.

Nous décidons d'un commun accord de faire un rapide tour au bar qui est situé au fond du parc. Là nous aurons certainement l'occasion de rencontrer une personne de connaissance et de grignoter quelque chose.

Le lodge est assez grand, avec un parc arboré et une surface engazonnée. Les chambres sont alignées dans des bâtiments sans étage, de forme rectangulaire, construits en dur avec des toits légèrement pentus recouverts de tôles grises débordant largement sur les côtés pour protéger à la fois de la torpeur du soleil et de la pluie qui tombe souvent à seaux.

Des petites allées en béton desservent les pavillons où nous dormons. Chaque pavillon, il y en a trois, compte une vingtaine de chambres. Au fond du parc, la paillote du bar construite en rondins de bois est le centre de vie. Elle s'anime à partir de la tombée de la nuit. Les choses ont un peu changé depuis la dernière fois que je suis passé. Ici, comme ailleurs, le business florissant permet d'innover et d'investir. Le jardin s'est garni de petits palmiers et de massifs de fleurs bien entretenus et bien délimités par des rocailles ou des petites margelles de béton peintes en blanc. L'espace bar s'est enrichi d'étagères sur lesquelles sont disposées les boissons alcoolisées variées, et deux grands frigos permettent de tenir les bouteilles au frais. Le mobilier, tables et chaises a été renouvelé. Une superbe sono dispense de la musique dans tout le parc et la terrasse est agrémentée d'une guirlande lumineuse aux ampoules jaunes, vertes et rouges. C'est l'endroit des rencontres, c'est le lieu où l'on cause. C'est même devenu une institution. Tout le monde vient parader ou simplement faire acte de présence ici. La paillote, comme on l'appelle, c'est l'endroit où se font les dernières réunions de travail tard le soir, autour d'un verre. C'est le lieu de rendez-vous des ingénieurs et des cadres administratifs de la mine après le dîner. C'est l'endroit où décompressent les expatriés après leur journée de boulot. À partir de 21 heures, il y a foule au bar et à sa terrasse. Les habitués disent qu'il est plus facile de donner un rendez-vous de travail ici que de tourner toute la journée dans la ville ou à la mine pour trouver la personne souhaitée. Ici, les heures sont un peu plus élastiques et l'endroit est propice à rendre les discussions plus conviviales que dans les bureaux.

Ce soir, une bonne dizaine de personnes animent le lieu en profitant de la fraîcheur de la nuit et de la musique ambiante. Trois très belles filles noires, les mosquitos, « les moustiques », désœuvrées sont installées à une des tables. Elles sirotent un jus de fruits à l'aide d'une paille et attendent le client. Elles ont à peine plus de vingt ans. Leur tee-shirt moulant de couleur vive et leur short élimé en jean en font des poupées prêtes à être croquées. Elles sont certainement originaires du Nigéria. Elles attendent l'âme sœur qui voudra bien s'installer à leur table, leur payer une boisson en guise de préliminaire avant d'aller passer un bon moment dans une chambre ou en ville. À notre approche, elles nous gratifient d'un regard appuyé suivi d'un clin d'œil et d'un sourire commercial auquel je réponds d'un simple et amical « bonsoir ». J'attends sur place Charles qui fait le tour des tables.

Entre temps, les filles rigolent. L'une d'entre elles me dit pour me piéger en langage twi :

— Sesse madamful ? « Maintenant mon ami ? »

Auquel je réponds :

— Daby daby, medasse ! « Non non, merci ! », Eniessesse, « pas maintenant ! » j'ajoute pour plaisanter.

— Heee ! s'exclame son amie en anglais cette fois en ouvrant les yeux ronds comme des billes, voyez-vous il parle twi !

Rires.

Charles revient vers moi. À priori, aucune connaissance n'est présente à la paillote et nous décidons de faire demi-tour pour nous rendre au restaurant à côté de la réception. Nous serons ses derniers clients aujourd'hui. À l'intérieur, la salle est assez lugubre. Au plafond, deux barres de néon diffusent une lumière blanche. Les climatiseurs sont arrêtés. L'air frais entre par une seule fenêtre ouverte, les autres sont cachées par d'épais rideaux. Les tables sont recouvertes de nappes de tissu rouge avec au centre pour seule décoration un tout petit pot blanc avec des fleurs colorées en plastique. Sur les murs quelques vieux posters montrant des cascades et des palmiers de pays exotiques sont légèrement ondulés et leur protection de plastique est piquée de tâches de chiures de mouches.

Nous prenons place. Le serveur nonchalant sort de la cuisine et vient noter notre commande. Poulet au curry sera notre plat de résistance avec un flanc comme dessert. De toute façon, à cette heure-ci, il n'y a pas beaucoup de choix sinon de se réfugier sur la solution ultime omelette ou sandwich. En attendant notre plat, nous esquissons les principaux points que nous aurons à aborder lors de nos entretiens le lendemain. Charles a déjà noté tous les rendez-vous mais il se peut que des alternatives ou des imprévus de dernière minute nous imposent un emploi du temps différent. Il y a six mois que je ne suis pas venu à la mine et pas mal de points seront à mettre à jour. Tout va tellement si vite.

Après le repas, nous revenons au bar qui est bien calme maintenant. La musique a baissé d'un ton. Quelques tables seulement sont occupées. Deux des moustiques sont encore là, le troisième s'est envolé pour un moment ou plus. La nuit est déjà très avancée et les deux jeunes serveurs sont occupés à essuyer énergiquement le comptoir, à récupérer les bouteilles et verres vides abandonnés sur les tables, et à remettre en place bancs et chaises.

Sur le mur de la paillote, au-dessus du bar, sont punaisées des banderoles publicitaires très colorées vantant les mérites de la bière Maltina. Il s'agit d'une bière faite au Ghana à partir de malt. Sur l'affiche, une belle fille entrelace tendrement une bouteille de laquelle s'échappent voluptueusement des panaches de bière. Nous nous installons à une des tables. Quelques instants après, un des serveurs s'approche pour prendre la commande, une éponge dans une main, un plateau vide dans l'autre.

— Bonsoir Monsieur Charles, de retour pour quelques jours ?

— Oui, on arrive d'Accra. Tu connais Patrick. Il reste au lodge cette semaine, moi je dors en ville chez une cousine.

— Welcome Patrick ! Que désirez-vous ?

— Pour moi ce sera un Tonic, annonce Charles.

— Bonsoir, je vais prendre aussi un Tonic, merci.

Charles s'adresse alors à moi en prenant le serveur comme témoin.

— Patrick, ferais-tu les choses comme beaucoup d'Africains ? Je vois que tu commandes la même chose que moi pour ainsi éviter de réfléchir ou pour ne pas prendre le risque de mal choisir, d'être surpris et de passer pour un drôle ! Tu as peut-être déjà remarqué que sur la route Morgan ne prend jamais le risque de se perdre. Il prend toujours le chemin qu'il connaît et reviens toujours sur ses traces ! Mais c'est bien, cela évite de faire le mauvais choix !

Et il demande au serveur

— Dis-moi, mon amie Maltina est-elle là ?

Le serveur d'un signe négatif de la tête fait comprendre qu'il ne voit pas de qui il s'agit :

— Je ne connais pas de Maltina mais peut-être porte-t-elle un autre nom ?

— Mais non je t'assure, je l'ai déjà vue ici au bar.

Le serveur, visiblement ennuyé, se gratte le sommet du crâne puis, pour ne pas perdre la face, va voir les deux filles et leur demande si elles connaissent Maltina. Les deux filles se concertent quelques secondes à voix basse et en retour nous répondent, par un signe de tête négatif, qu'elles ne connaissent pas Maltina. Elles nous proposent par contre de se joindre à notre compagnie si nous le désirons.

Charles repousse gentiment l'éventuelle entrevue à plus tard et nous sommes remerciés en retour d'un large et pulpeux sourire.

Le serveur pose la question à son collègue qui visiblement ne connaît pas cette fille non plus. Charles, en gardant son sérieux, annonce sa nouvelle commande :

— Bon ! Finalement mon gars à la place du Tonic, je vais prendre une MALTINA bien fraîche !

— Un Tonic ! Une Maltina fraîche ! se charge de commander à distance le jeune serveur à son collègue.

Rien de spécial ne se passe. Aucune réaction. Les filles qui ont tout entendu ne bronchent même pas. Le serveur se contente de décapsuler les deux bouteilles au bar et de nous les apporter. La Maltina est passée comme une lettre à la poste. Notre plaisanterie a marché jusqu'au bout !

— Je crois que tu as fait le bon choix Patrick dit Charles à voix haute. Tu sais que le Tonic est riche en quinine et que cela aide dit-on à tenir les moustiques éloignés.

C'est encore l'humour au second degré de Charles qui vient de frapper…

Nous profitons du calme pour discuter un peu plus sérieusement de la stratégie du lendemain lorsque nous voyons arriver Sam d'un pas alerte, habillé d'une sorte de longue tunique ample et de couleur claire. Il s'approche d'une table éloignée de la nôtre où quelques ingénieurs ghanéens sirotent une bière, serre les mains et, restant debout, raconte, en riant beaucoup, quelque chose en langue twi avec des mots très rapides. Les autres écoutent, le sourire aux lèvres mais avec un silence religieux, avant de se marrer franchement à la fin de l'histoire. Dans sa lancée Sam abandonne son groupe, vient à notre table et me serre vigoureusement la main.

- Welcome Doc, how are you ? Avez-vous fait bonne route ? Je suis content de vous revoir ici.

Et se retournant vers Charles :

— À nouveau, merci pour nos invitations au congrès et félicitations pour la qualité des séances. Il est désormais évident que ce type de manifestation doit se programmer au moins tous les trois ans. Pour moi qui voyage rarement, ce séjour à Accra a été comme des vacances… studieuses !

Après quelques paroles de plaisanterie, Sam nous confirme notre rendez-vous avec lui, dans son bureau le lendemain à huit heures et prend congé de nous assez rapidement en repartant à vive allure en direction du parking, ce qui fait sourire Charles et dire :

— Sacré Sam, il a plusieurs femmes ici, il est déjà grand-père, mais les nuits sont trop courtes !...

Les battements très forts de la pluie sur le toit de tôle me réveillent. Je suis trempé de sueur et les draps collent sur tout mon corps. Intentionnellement, je n'avais pas mis en marche la climatisation pour m'endormir rapidement sans être dérangé par le ronflement et les vibrations du climatiseur au risque de voir quelques moustiques envahir ma chambre pendant la nuit. Je lève la tête de l'oreiller pour mieux entendre l'orage et la pluie tomber. Les gouttes d'eau tapent si fort sur le toit et sur le sol que j'ai l'impression d'être en pleine nature sous une toile de tente. Les rideaux de la fenêtre n'occultent pas complètement la lumière des réverbères à l'extérieur et ma chambre baigne dans une douce pénombre. Des trombes d'eau fouettent les murs du baraquement, poussées par de fortes rafales de vent. De nombreux éclairs violents sont immédiatement accompagnés de plusieurs coups de tonnerre successifs dont le bruit assourdissant est comme ensuite absorbé par la forêt qui nous entoure. Je me rendors rapidement.

LE PUITS 15

À six heures trente, la sonnerie de ma montre me réveille. Il fait déjà jour. J'émerge de mon lit, je tire les rideaux sur le côté de la fenêtre que j'entrouvre. À l'extérieur, tout est calme, l'air est frais chargé d'odeurs de terre, d'herbe humide et de parfums de fleurs. Le ciel est à peu près dégagé. Le silence règne après la tempête de la nuit. Sur la colline juste à côté, des volutes d'humidité flottent encore dans les branches des grands arbres. Quelques cris d'oiseaux ponctuent la sérénité des lieux. Tous les environs bruissent déjà de mille rumeurs liées à l'arrivée du soleil et à l'activité du matin. J'ai environ trente minutes pour me préparer avant de rejoindre Charles pour le petit déjeuner. Après une rapide douche de mise en forme, je me rends au restaurant. Je jette un œil à l'intérieur pour voir si Charles est arrivé. Non, il n'est pas là. L'ambiance de la salle est complètement différente de celle d'hier soir. Les rideaux ont été tirés, les fenêtres sont ouvertes, et la lumière du matin ainsi que la fraîcheur remplissent l'espace. À une des tables est installé un homme blanc à la chevelure grise, probablement âgé d'une soixantaine d'années qui me salue avec un mouvement de la tête.

— Bonjour ! je lui réponds en prenant place à une table un peu à l'écart.

— Il fait beau ce matin. Comment avez-vous passé la nuit ? me demande-t-il.

— Très bien merci, mais quel orage ! Vous l'avez entendu ?

— Ma fois non dit-il cela ne m'a pas beaucoup dérangé, par contre je me suis couché assez tôt et je ne pouvais pas m'endormir à cause du bruit du réfrigérateur !

À son accent, l'homme est Anglais. Je n'hésite pas à lui dire sur le ton de la plaisanterie :

— Vous auriez dû mettre en route le climatiseur pour couvrir le bruit du réfrigérateur !

Sur ces mots, Charles apparaît à la porte du restaurant et me voit souriant. Il s'approche, me serre la main, me demande si tout va bien et s'installe en face de moi. En guise de réponse à sa question, je lui fais un clin d'œil et lui dit à voix basse que je lui expliquerai plus tard…

Une jeune fille sort de la cuisine et vient prendre nos commandes. En ce qui me concerne, je reste sur les produits classiques, et par expérience, rapidement disponibles ici. Donc pour moi, ce sera des tartines de pain de mie toastées avec du beurre et de la confiture, un œuf sur le plat, et des saucisses grillées avec un café. Charles se contente de s'aligner sur mon choix.

— Tu vois Charles, tu es aussi africain que moi ! lui dis-je.

En attendant d'être servis, nous discutons de choses et d'autres. Paradoxalement, Charles n'a pas entendu l'orage pendant la nuit. Il me confirme que, depuis quelque temps, les pluies sont de plus en plus importantes dans cette partie du pays et que cela pose des problèmes pour les productions agricoles.

Après un petit déjeuner copieux et complet, agrémenté par la gentillesse de la serveuse qui n'a pas hésité à doubler certaines portions, Charles me donne cinq minutes pour aller chercher mes documents à la chambre.

Nous nous retrouvons ensuite sur le parking où Morgan nous attend pour nous conduire à la mine.

Il est encore assez tôt dans la matinée et la température est supportable. Nous roulons vitres ouvertes sur la route principale qui traverse le centre-ville de bout en bout. Les ruelles adjacentes sont déjà très animées. C'est bientôt l'heure de la rentrée des classes. Les enfants se dirigent vers l'école par petits groupes, le plus souvent les garçons restent ensemble et les filles de leur côté, tous correctement et proprement costumés et chaussés. De nombreuses boutiques bordent l'artère principale dans laquelle nous roulons. Nous passons devant des salons de coiffure pour femmes artistiquement décorés de portraits destinés à vanter les mérites des belles tresses, devant des ongleries, puis devant des échoppes de barbiers qui ont pour seul mobilier un ou deux vieux sièges élimés en cuir rouge faisant face à un miroir accroché au mur. Plus loin des petits magasins d'alimentation font ensuite place à des boutiques de couture dans lesquelles de jeunes ouvrières toutes habillées d'une blouse bleue s'affairent consciencieusement à la tâche sur d'antiques machines.

Beaucoup travaillent à même le trottoir sur des tables installées pour la journée. Si d'aventure la voiture ralentit à leur hauteur, quelques-unes lèvent la tête et nous gratifient d'un sourire. On voit aussi des marchands de meubles qui étalent, sur le trottoir, chaises et canapés en bois recouverts d'épais tissus colorés.

La rue n'est pas goudronnée et l'état très dégradé de sa surface force les voitures à rouler lentement. Très lentement parfois quand des nids de poules énormes se succèdent. Par temps sec, chaque passage de voiture provoque un vaste panache de poussière rouge qui s'élève rapidement jusqu'aux étages des maisons pour se redéposer ensuite partout, sur les façades, sur les trottoirs, jusqu'à s'incruster à l'intérieur des appartements et des boutiques. Lorsqu'il pleut, ce n'est guère mieux, les voitures roulant dans les flaques d'eau et les ornières boueuses éclaboussent trottoirs, façades et piétons.

Il paraît, m'avait expliqué Charles, que la municipalité reçoit des financements assez importants de la mine pour remédier à la situation mais rien n'est fait depuis de nombreuses années malgré les protestations des commerçants et des habitants. Il est assez surprenant de voir qu'une des plus riches mines d'or du monde a le pire réseau routier du continent africain. Dans certains tronçons, chaque mètre est une torture pour les voitures et pour leurs passagers. Quelquefois nous avons presque l'impression d'être assis sur un dromadaire. Nous sommes bringuebalés et ballottés à une vitesse de croisière maximum de l'ordre 10 ou 15 kilomètres à l'heure. Morgan évite tant bien que mal les énormes ornières en les contournant à grand renfort de tours de volant. Toutes les voitures évoluent de la même façon, les unes se retrouvant à gauche ou à droite de la chaussée et parfois en face d'un autre véhicule arrivant en sens inverse. La bonne entente entre chauffeurs règne toutefois. Aucun bruit de klaxon, aucune animosité particulière.

Cahin-caha roulant lentement dans cet axe principal, nous arrivons au carrefour dans le centre duquel trône la statue du mineur. À notre droite, l'accès principal de la mine et de ses bâtiments administratifs.

À gauche, la prison, grand bâtiment gris austère entouré d'un haut mur recouvert de tessons de bouteilles et de fil de fer barbelé. Un toit de tôles recouvre l'ensemble de la bâtisse. Des caméras de surveillance sont installées aux angles des murs. Visiblement, les geôles ne sont pas équipées de climatisation. Des barreaux métalliques protègent des petites fenêtres qui sont ouvertes pour favoriser les courants d'air. Des tee-shirts et des caleçons y sont accrochés pour sécher. Rien de bien engageant dans cette chaleur trop souvent moite et suffocante ! Le ciel gris foncé plombe cette ambiance.

L'accès à l'intérieur de l'enceinte de la mine est très surveillé, avec une barrière basculante et un garde armé qui vérifie les identités des visiteurs et le contenu des véhicules entrants ou sortants. Nous avons la chance ce matin qu'il n'y ait pas trop de trafic.

Une fois cette première formalité passée, Morgan nous dépose le long du bâtiment de l'administration. Avant que nous ne sortions de la voiture, Charles lui demande de rester dans les parages, nous pourrions avoir besoin de ses services dans la journée.

Nous nous rendons ensuite au bureau de la réception centrale pour remplir les fiches d'entrée et déposer pièces d'identité ou passeport pour les visiteurs étrangers. En échange, il nous est remis un badge obligatoire pour pouvoir nous déplacer. Une fois le sésame obtenu, nous nous dirigeons à pied vers les bureaux de l'administration technique. Il s'agit de grandes bâtisses de type colonial, sobres et désuètes mais non dépourvues d'un certain charme. Les façades qui ont été blanches sont décrépies avec des bas flancs noirâtres et humides. Elles sont souvent agrémentées d'un petit carré de verdure bien entretenu dans lequel sont plantés deux ou trois petits arbres ou buissons fleuris. Des mineurs en tenue de travail sont assis dehors et semblent patienter pour un rendez-vous ou peut-être pour un véhicule qui les emmènera sur leur lieu de travail. L'un d'eux repousse de sa jambe un chien assez crasseux en lui marmonnant quelques mots. Le chien détale. Nous entrons dans le hall du premier bâtiment. À notre gauche, un réceptionniste installé derrière son comptoir entouré de vitres nous regarde entrer. Quelques personnes sont assises et patientent pour un rendez-vous. Une ou deux têtes se tournent vers nous et répondent vaguement à notre salut. Les conversations s'arrêtent un court instant puis reprennent à voix contenue.

Charles s'approche du comptoir et explique au réceptionniste en langue twi la raison de notre visite. Il est huit heures. Nous sommes juste à l'heure pour notre rendez-vous comme semble le préciser Charles en tapotant sur le verre de sa montre. Nous ne pouvons pas faire attendre notre hôte. Le réceptionniste acquiesce en hochant la tête de haut en bas et, d'un geste du bras, il nous invite à nous diriger vers le bureau du responsable qui doit nous délivrer l'autorisation écrite pour accéder à l'intérieur du bâtiment dans les bureaux des ingénieurs.

Après rapide obtention du tampon appliqué au bas d'une feuille jaunie, nous nous dirigeons vers le bureau de Sam en suivant un labyrinthe de corridors et de coursives obscures tout au long desquels des petits bureaux sont serrés les uns à côté des autres. Les infrastructures de ce grand bâtiment administratif sont obsolètes. Il y a quelques années encore, on entendait le crépitement des machines à écrire et des piles de papiers carbones froissés remplissaient les corbeilles. Aujourd'hui, il y toujours autant d'animation. Les secrétaires, femmes et hommes, circulent sans cesse d'un bureau à l'autre à la recherche d'une information, d'un dossier, d'un tampon. Les uns ont une pile de documents sous le bras et se dirigent dans le bureau de celui ou celle qui y apposera une signature. D'autres, une feuille à la main cherchent le responsable qui a oublié d'appliquer le tampon à côté de sa signature.

Le papier carbone a disparu, mais bien souvent les documents doivent être imprimés en plusieurs exemplaires, sur des feuillets de différente couleur, puis doivent être signés, contresignés et enfin tamponnés pour ensuite être distribués à qui de droit pour finir dans des piles de dossiers qui s'amoncellent dans des armoires surchargées. Les boîtes aux lettres installées à l'entrée de chaque bureau regorgent de courriers et de notes internes. Tout ce petit monde vit toute la journée au coude à coude dans ces coursives à peine assez larges pour se croiser. Il est amusant de voir que les connexions entre les corridors sont équipées de portes battantes qui peuvent rendre parfois la circulation assez dangereuse…

Quelques instants plus tard, nous frappons à la porte de Sam et entrons à sa demande. Il est assis et discute avec beaucoup de verve au téléphone, penché en arrière sur son fauteuil les deux pieds écartés sur le bord de son bureau. La pièce aux murs recouverts d'une vieille peinture jaunasse épaisse et brillante est éclairée par une seule ampoule faiblarde pendue au bout d'un fil au milieu du plafond. Les volets de l'unique fenêtre sont mis clos pour garder un peu de fraîcheur à l'intérieur. Le climatiseur fixé sous la fenêtre a visiblement rendu l'âme depuis longtemps.

Sur un des murs, une étagère est recouverte de revues techniques, de chemises cartonnées et de dossiers jaunis et poussiéreux empilés les uns sur les autres. On y distingue toutefois un vague classement, soit en piles verticales ou en empilements horizontaux. Samuel doit être le seul à pouvoir y retrouver une information. Sur le mur d'en face, une armoire métallique ouverte est remplie d'un fatras de pièces et petits outils en tous genres. S'y amoncellent des marteaux, des clés de tous diamètres, des pinces, des burins, des taillants, des manomètres de différents modèles, des ressorts, des coquilles d'ancrages, des plaques pour boulons de soutènement, des cartouches de produits de scellement, des cartons remplis de vis et d'écrous de toute forme, des rouleaux de fil de fer, etc. C'est un peu la caverne d'Ali Baba, c'est le petit foutoir de Sam. Rien n'a changé ici depuis bien des années. Au sol, sous la fenêtre, il a stocké des tiges d'acier, des tubes de plastique et des barres à mine. Tout ce matériel a été collecté par Sam en vue de faire des tests dans la mine. Chaque pièce a une histoire et un dossier complet. Sam est une personne très méticuleuse qui connaît très bien le matériel minier. Il décide des outils ou des techniques à utiliser dans les galeries, qu'il s'agisse de petit outillage ou de gros matériel. Samuel est toujours à la recherche de nouveautés, mais il ne transige pas sur la qualité.

D'un geste de la main il nous fait signe de nous asseoir. Il semble passablement énervé. Il parle très vite et fort. Ses mots, mi-twi, mi-anglais, quelques fois hurlés dans le téléphone, s'accompagnent de grands gestes. Quelquefois même il crie dans le combiné placé face à

lui à bout de bras comme s'il voulait que son interlocuteur puisse le voir de vive voix. Bien que pour ma part, ne comprenant pas la langue twi, il est facile de comprendre que la personne au bout du fil se fait clairement remonter les bretelles !
Mais Sam est un homme pressé et comme à l'habitude ne passe pas son temps au téléphone. Son dernier coup de gueule ayant été donné, il raccroche avec fermeté le combiné, se lève promptement et vient nous serrer la main.

— Bienvenue Doc ! Hi Charles ! Soyez les bienvenus !

Se rasseyant, il nous explique en deux mots la situation problématique qu'il venait de discuter au téléphone avec un technicien du fond qui ne semblait pas vouloir obtempérer à ses instructions.

Pendant la nuit, un éboulement sérieux a arrêté pour un temps la production dans une galerie. Un mineur a été blessé à la jambe par un bloc détaché de la paroi et une foreuse a été endommagée. La production est donc stoppée depuis deux heures du matin. Aucune foreuse de remplacement n'est disponible et l'intervention des techniciens pour la réparation durera certainement une journée complète au minimum. Entre temps, l'ouvrier blessé a été remonté en surface par l'équipe de secours et un premier état des lieux a été fait sur la nature de l'éboulement et ses causes probables. Il s'avère que des écailles de roches se sont aussi détachées des parois en amont de la galerie et que des chutes de pierres ont été observées dans les niveaux supérieurs et inférieurs par d'autres équipes de travail. L'incident n'est donc pas localisé à un endroit particulier de la mine mais semble affecter tout un bloc. Sam redoute un problème majeur lié à l'instabilité de toute une zone car cet incident est exceptionnel et ne correspond en rien à ce que l'on peut attendre d'ordinaire. Samuel demandait à ce technicien de faire un mémo avec tous les détails, mais de son côté le technicien affirmait que le mémo devait être fait par son supérieur de poste et que d'autres priorités attendaient.

Tous les jours, les équipes chargées de la purge et du soutènement des parois et des voûtes prennent note de toutes les observations effectuées et établissent un rapport détaillé de leurs activités. Ces informations sont ensuite analysées dans les bureaux d'étude en surface pour établir les calculs de soutènement pour la stabilité générale de la mine. Chaque galerie, chaque bloc, chaque niveau a des impératifs particuliers à suivre pour entretenir la stabilité de l'ensemble. En quelque sorte, l'énorme gruyère doit être contrôlé partout.

Des stations automatiques de surveillance et de détection de mouvements de roches sont situées en plusieurs endroits de la mine, et transmettent leurs informations à la surface en complément des analyses faites par les mineurs. Aucune d'entre elles n'a enregistré le mouvement. Peut-être que l'incident était trop localisé pour être détecté ? Peut-être y a-t-il défaillance technique des systèmes de surveillance ? Différents niveaux étaient cependant touchés. Sam est bien embarrassé et inquiet de la situation.

— Vous savez, nous dit-il, les cadences de production sont de plus en plus rapides et chaque minute compte. Chaque once d'or compte, chaque once d'or vaut de l'argent. Une partie du personnel n'est pas assez formée et ne remplit pas les objectifs de production. Les bons mineurs coûtent cher de nos jours. Le temps est le maître mot, même dans une mine d'or, surtout dans une mine d'or. Puis, il rajoute en haussant un peu la voix :

— Et vous savez, cette mine est la plus grosse mine d'or d'Afrique, mais elle n'a pas d'argent ! C'est pas une plaisanterie, c'est la réalité ! Là est le problème parce que nous devons faire avec les moyens du bord.

Sam est conscient qu'il s'emporte un peu dans son discours et semble vouloir dédramatiser en esquissant un sourire de bienveillance à notre attention comme pour se faire pardonner de parler beaucoup et de ne pas garder ses opinions pour lui. Puis, il repart de plus belle en ajoutant :

— Comme vous pouvez le voir, les investissements énormes des dernières années ont déjà un revers de médaille ; le matériel devient de plus en plus sophistiqué et aussi de plus en plus cher. Il s'use vite et casse souvent et il faut remplacer avec des pièces très coûteuses toutes importées d'Europe ou des États-Unis. Ici, le parc des machines est immense, à la hauteur de l'investissement du holding minier, et le problème se pose quand il faut réinvestir sans cesse pour assurer la pérennité de l'exploitation. Cette philosophie est plus difficilement acceptée par les actionnaires qui ont misé gros pour en recevoir un maximum en retour. Il semble qu'avec le temps, les retours soient rognés sur les bords ! Les aléas de la vie d'une mine après quelques années de production intensive ne correspondent pas forcément aux attentes des financiers ! C'est ça, vous voyez, le revers de la médaille.

Et il continue :

— Alors les bureaux d'achat mis sous pression s'orientent vers les fournisseurs qui offrent les meilleurs prix, sans tenir compte de la qualité. Cela fait 20 ans que je travaille dans cette mine qui finit par m'épuiser ! Vous savez, je peux dire que j'ai donné pour cette mine, j'ai fourni des heures et des heures de travail avec les équipes de fond. J'ai sué avec beaucoup d'autres mineurs qui, entre temps, sont partis en retraite ou bien ont quitté la mine. Je n'ai jamais hésité à donner de ma personne. Depuis quelques années, je me suis investi à fond pour essayer de nouvelles techniques, les introduire progressivement et les faire accepter par les mineurs et aussi par les patrons. Aujourd'hui, je me heurte trop souvent avec le bureau des achats. L'argent de la mine ne sort pas de leur poche n'est-ce pas ? Mais ils finissent par faire un peu n'importe quoi pour minimiser les coûts et ça je ne peux pas l'accepter. Pour moi, pas cher est synonyme de mauvais. Oui, je ne plaisante pas. Quand quelque chose n'est pas au prix normal du marché, on doit y revenir en deux fois pour suppléer aux déficiences du premier achat. En finale, on paye plus ! N'est-ce pas ? La sécurité du personnel est en jeu et nous devons respecter notre charte de sécurité quel qu'en soit le prix ! Vous connaissez bien ce problème !

Samuel ajoute :

— Vous savez, j'ai déjà remonté des corps accidentés encore en vie et des camarades morts aussi. Il y en a même que l'on n'a pas pu sortir tant leur corps était enseveli et écrasé sous d'énormes masses rocheuses ! La mine est devenue leur tombe. Je sais bien que d'autres mineurs, ailleurs dans le monde, au Zaïre ou en Amérique du Sud, travaillent de manière illégale dans des petites exploitations de fortune qui finissent par s'ébouler et enterrer les corps qui disparaissent à jamais. Cela se produit aussi ici vous savez avec les gallamseys. Mais, pour une mine importante et sophistiquée telle que la nôtre, ces accidents ne sont pas admissibles. Nous n'en voulons plus. Les techniques actuelles nous permettent d'éviter ça. Encore faut-il les appliquer !

Des critères de sécurité nous sont imposés, alors au diable les quelques surcoûts que tel ou tel choix de technique peut occasionner. Nous travaillons nuit et jour là-dessous et nous connaissons notre boulot, alors vous comprenez ce que je pense des acheteurs et des financiers !...

— Hum hum, nous contentons-nous d'acquiescer ensemble Charles et moi.

— C'est la même chose pour les fournisseurs de matériel ! Vous savez, ils viennent jusqu'à me déranger au Lodge le soir pour discuter et essayer de me convaincre sur telle ou telle technique ! Ce monde est fou, je vous le dis ! Nous sommes dans une spirale désorganisée et nous essayons de tirer un profit de toute chose. Vous savez, je connais tout le monde dans cette mine, du patron le plus important jusqu'aux mineurs que je côtoie tous les jours, et je vois bien que depuis quelques années, un fossé toujours plus profond se creuse entre ces deux mondes pour des raisons d'argent et de stratégie de production.

Sur ces dires, Samuel se lève et nous invite à sortir, sans quoi, comme il l'explique, toute discussion dans son bureau est impossible parce que systématiquement coupée par de très nombreux appels téléphoniques ou visites intempestives.

Tout en marchant, il nous expose rapidement l'emploi du temps un peu chamboulé de la matinée. Il devra descendre et rejoindre rapidement son technicien de fond qui l'attend dans le secteur où se sont produits les éboulements afin d'établir une expertise. Il ne se joindra donc pas à nous immédiatement mais nous propose de nous rencontrer plus tard dans la journée dans un autre secteur de la mine. Pendant ce temps, nous serons confiés à Mike que nous avons rencontré à Accra pendant le congrès. Mike va organiser notre visite.

À la suite de Sam, nous pénétrons dans le bâtiment de la Géologie. Nous entrons dans une pièce bien éclairée aux dimensions assez importantes dans laquelle plusieurs ingénieurs sont penchés sur des plans de mine déroulés sur de larges tables à dessin. Tous les murs sont couverts de cartes, de coupes, de schémas et plans de production mis à jour plusieurs fois par semaine. Des piles de rouleaux de papiers à dessin ou de papier calque sont accumulées sur les étagères ou stockées verticalement dans des bacs juste à côté des tables de travail. Après quelques brèves salutations aux personnes présentes, je reconnais Mike à sa sempiternelle chemise à carreaux rouges et bleus, installé tout au fond de la pièce. C'est un grand gaillard aux yeux verts et pétillants avec une épaisse tignasse rousse. Il nous domine largement d'une tête. Sa peau très blanche est ponctuée de petites taches rousses qui lui donnent l'air bon enfant. Il s'empresse de venir nous serrer tour à tour vigoureusement la main avec ses grandes paluches. Il a déjà été informé de notre présence à la mine.

— Hi Pat, hi Charles, comment allez-vous ? Avez-vous fait bonne route ?

Sans plus attendre, Samuel lui évoque les problèmes sérieux rencontrés par l'équipe de nuit et lui donne les principales instructions pour notre visite au fond. Il est prévu que nous descendions avec deux nouveaux ingénieurs, John et Francis, qui vont nous rejoindre dans quelques instants. Mike se chargera de notre visite et nous retrouverons Samuel, plus tard en galerie. Les présentations étant terminées, Samuel s'excuse de nous abandonner si rapidement et nous souhaite une bonne descente avant de nous quitter.

Mike nous invite à nous rapprocher de son poste de travail. Il nous résume en quelques mots que, dans une vie précédente, il était mineur de fond au Canada dans une des mines situées sur l'ile de Baffin dans les territoires arctiques. Ensuite, il a voulu changer d'air et visiter du pays... Il est depuis quelques mois ici, nouvel ingénieur responsable de la sécurité du fond.

Dans un premier temps, il s'inquiète de savoir si nous avons plus de détails sur les problèmes du fond, lui-même n'a pas encore été mis au courant de la situation. Charles en deux mots lui explique que nous venons d'arriver et que Samuel a été informé du problème il y a quelques instants seulement, pendant que nous lui rendions visite dans son bureau.

– Ah ok, nous verrons tout ça lors de notre descente nous dit Mike.

Puis, il nous montre quelques plans sur lesquels il nous commente la topographie souterraine de la mine dans ses différents niveaux de production. Il nous explique les raisons du développement des travaux dans telle ou telle zone et les difficultés éventuellement rencontrées au passage de failles importantes et autres accidents tectoniques notoires. Il nous positionne le centre du système là où les teneurs en or sont les plus élevées, là où les filons sont actuellement exploités de manière intensive. Ces filons se poursuivent à des niveaux encore plus profonds. En prenant un autre plan il nous explique qu'un projet de rampe est à l'étude. Il s'agit d'une immense galerie souterraine d'environ 15 km de long qui devra relier tous les secteurs profonds de la mine et permettre aux dumpers de remonter le minerai du fond directement vers la surface sans avoir à faire des ruptures de charge comme c'est le cas actuellement. Bien sûr, tous ces travaux herculéens nécessitent des investissements énormes et le groupe minier fera encore largement appel à l'actionnariat.

Après cette présentation somme toute rapide, au vu des évènements du jour qui contrôlent notre emploi du temps, il nous invite à le suivre dans une pièce annexe réservée aux visiteurs dans laquelle nous devrons nous changer et nous équiper avec le matériel nécessaire, combinaisons, bottes, ceintures, casques et lampes. Nous avons de la chance que les problèmes du fond n'aient pas annulé notre visite. Notre mission en aurait été quelque peu chamboulée. La sécurité reste l'objectif vital.

Mike nous dresse l'emploi du temps de la matinée :

— Voilà les gars ce que je vous propose : nous devrons tout d'abord nous rendre en voiture sur la plateforme du puits n°15, la descente est prévue dans une heure environ. Il ne faut pas rater la cage, toutes les suivantes sont consacrées au transport de matériel jusqu'à midi.

— Voilà ! ajoute-t-il. Vous pouvez vous changer ici. Une personne va vous apporter tout le nécessaire. Pour les combinaisons, vous avez un choix assez complet au niveau des tailles, pareil pour les bottes. Les ceintures et les casques sont dans cette armoire. N'oubliez pas de prendre votre badge avec vous pour la descente. Je reviens vous prendre dans dix minutes.

Avant que Mike ne reparte, deux jeunes ingénieurs ghanéens entrent dans la pièce. Mike nous les présente :

— Ah les voilà ! Voici John et Francis. Ils sont employés à la mine depuis quelques semaines seulement. Ils font partie du groupe géotechnique. Notre visite aujourd'hui est pour eux l'occasion de se former aux techniques du soutènement en galerie.

Nous nous équipons en discutant avec les nouveaux arrivants. Nous apprenons qu'ils ont terminé récemment leurs études à l'école des mines de Tarkwa, qu'ils sont tous les deux célibataires et déterminés à travailler à la mine, le salaire y étant meilleur que pour d'autres boulots en ville. De plus, ils peuvent espérer une promotion assez rapide ici ou dans une des autres opérations minières du groupe. Ils étaient au courant pour le Congrès mais n'ont pas pu se libérer à cause d'un rapport à rédiger pour la mine à propos de leurs premières semaines de formation.

Une fois prêts, nous attendons Mike qui ne tarde pas à arriver.

— Très bien, vous êtes beaux comme des princes. Et pour ce qui est des tailles ça m'a l'air d'aller ! Vous avez vos badges ?

Chacun vérifie, et, à la suite de Mike, nous nous rendons à la lampisterie située juste à côté de notre local. Mike vérifie l'état de chargement des batteries et le bon fonctionnement des lampes et en remet une à chacun d'entre nous. Une fois prêts nous nous rendons tous ensemble à l'extérieur où un véhicule Toyota 4x4 recouvert de boue nous attend, moteur en route. À peine sortis du bâtiment, nous sommes écrasés par la chaleur humide et suffocante et par le soleil ardent qui rapidement nous brûle le corps à travers nos combinaisons en coton. Les vieux bâtiments de la mine aux murs très épais ont l'avantage de garder la fraîcheur à l'intérieur. Mike s'installe au volant et nous fait signe de prendre place. Les pluies très importantes des jours précédents et l'orage de la nuit dernière ont transformé les infrastructures de surface de la mine en bourbiers.

Avant même que nous ayons refermé les portes, Mike reçoit un appel de Samuel sur sa radio : il n'est plus question de nous rendre au puits 15 qui est réquisitionné pour la descente en urgence de matériel suite aux problèmes de cette nuit. Les nouvelles instructions sont de nous rendre à la mine à ciel ouvert pour entrer dans la mine souterraine par le tunnel qui est ouvert en son flanc sud. Notre rendez-vous est fixé à la plateforme de base du puits 15 au niveau 32 où se trouve aussi la station technique. Mike confirme la bonne réception du message. Il se retourne vers nous :

— Vous avez entendu ! Désolé les gars pour ce contretemps, on va faire un long détour par la grande carrière et de là, on descendra par la rampe. Je crains que notre emploi du temps ne soit encore changé plus tard !... Nous verrons.

Nous prenons donc la direction de la mine à ciel ouvert qui se situe à quelques kilomètres de distance. À peine les derniers bâtiments de la mine dépassés, nous roulons déjà sur une piste de latérite rouge encore détrempée. De part et d'autre une végétation luxuriante et dense nous entoure. De temps en temps, Mike ralentit l'allure, tend le bras à l'extérieur et nous montre les restes d'exploitations qui avaient été travaillées par les anciens. Elles sont aujourd'hui abandonnées et la végétation a repris ses droits dans les fosses creusées et sur les anciennes haldes. Aujourd'hui, il est formellement interdit à quiconque de venir prospecter ou creuser dans l'immense concession de la mine qui détient le monopole exclusif de recherche et d'exploitation, mais quelques-uns tentent leur chance, surtout pendant la nuit malgré la présence de patrouilles de sécurité armées. Le couvert végétal dense et la nature des roches fortement altérées en surface rendent la prospection plus difficile encore.

À la sortie d'un virage, Mike ralentit et gare le 4x4 en bordure de piste pour nous montrer les restes d'une petite exploitation illicite découverte récemment. Elle se situe à quelques dizaines de mètres à l'intérieur de la forêt.

— Venez voir, nous dit-il, nous en avons juste pour quelques minutes.

Nous quittons le véhicule et nous nous engageons derrière lui sur un petit chemin qui s'enfonce immédiatement sous le couvert dense et très humide de la végétation. Les rayons du soleil ne parviennent pas à percer jusqu'ici et il fait rapidement sombre et presque frais. Au-dessus de nous, cachés dans les hautes branches, quelques oiseaux aux cris stridents trahissent notre présence. Nous marchons silencieusement sur un enchevêtrement épais de feuilles et de branches en décomposition qui forment un humus souple très odorant au parfum de musc et de moisissure dans lequel nos bottes s'enfoncent mollement. Sous nos pas, quelques branches pourries cassent avec un bruit mat et feutré. De temps en temps, l'un d'entre nous trébuche sur une racine et pousse un juron. Toute la végétation autour de nous est encore ruisselante de l'orage de la nuit et nos combinaisons de mineurs sont rapidement trempées lorsque nous nous frottons aux branches basses ce qui, en fait, n'est pas désagréable et a le mérite de rafraîchir. Pas après pas, nous avançons en file indienne au milieu d'une végétation bruissante.

À cet instant précis, je me souviens d'un arrêt en bordure de piste, il y a quelques années de ça. J'étais avec Charles, Morgan conduisait la voiture. Nous roulions sur une piste en pleine forêt sur le chemin du retour entre la mine et Accra ; j'avais demandé un petit arrêt pour convenance. Charles m'avait suggéré de patienter quelques instants en argumentant que nous nous arrêterions à la prochaine clairière. La clairière se faisant attendre, je réitérais ma demande. À peine étais-je sorti du véhicule que Charles m'avait recommandé de ne pas avancer trop loin hors de la piste. Alors que je faisais quelques pas pour m'éloigner de la voiture, il insistait à nouveau pour que je n'aille pas plus loin en raison des esprits de la forêt qu'il vaut mieux ne pas déranger. Quand je fus de retour au 4x4, Charles me dit qu'il ne faut pas prendre à la légère les esprits de la forêt. Quelques minutes plus tard à quelques kilomètres de là, Charles à son tour a demandé à Morgan de bien vouloir se ranger sur le côté de la piste ... pour un petit arrêt à convenance… Nous étions sortis de la forêt...

Jouant pour quelques instants les explorateurs, nous continuons notre progression. Mike, en tête de file, coupe de temps en temps une branche gênante avec sa machette, puis il s'arrête à côté d'un petit monticule de cailloutis en partie recouvert de végétation. De part et d'autre du petit monticule, il nous montre des grattages de surface et des petites tranchées de reconnaissance ne dépassant pas un mètre de profondeur pour une dizaine de mètres de longueur. Les creusements ont été faits dans l'axe d'un petit filon de quartz que l'on peut encore voir sur les flancs des tranchées.

John et Francis donnent quelques coups de marteau et dégagent des échantillons de quartz qu'ils observent ensuite à l'œil nu avant de les rejeter.

— C'est bien dans ce type de quartz que l'or se trouve et ces filons parcourent la forêt sur de grandes distances nous dit Mike.

Il nous explique que ces travaux clandestins ont été découverts il y a quelques mois seulement, mais que personne n'a été pris sur le fait. Rien de bien important au niveau de l'infrastructure. Le chantier bien que très discret a été rapidement repéré par les gardes de la mine lors d'une sortie de reconnaissance, et l'extraction n'a certainement pas été rentable pour les chercheurs d'or. Pour exploiter plus profond, il leur faudrait forer la roche et éventuellement utiliser de l'explosif, mais c'est impossible. La discrétion et la rapidité d'exécution sont essentielles pour ces travaux illicites. Ces prospecteurs n'ont pas la possibilité de se charger en sacs de roches et de s'enfuir rapidement pour aller trier les matériaux plus loin, en dehors de l'enceinte de la mine. Seul l'or visible, en paillettes ou associé à des sulfures est convoité. Ces travaux miniers de taille réduite sont exécutés sans grands moyens techniques, et le plus souvent la nuit. Circuler pendant la journée, même à pied, dans le district de la mine, est trop dangereux à cause de la présence des patrouilles et des va-et-vient en continu des pick-up et autres camions sur la piste. Toute personne suspecte qui rôde dans les parages, adulte comme enfant, est immédiatement signalée par radio au poste de garde. Les zones où affleure le granite déchiqueté et silicifié, sont les plus recherchées elles peuvent contenir des paillettes d'or ou des petits filonnets avec présence de quartz aurifère. Les travaux sont interrompus quand il y absence de traces visibles d'or. Le plus souvent on peut voir des restes de fouilles qui ont la forme d'alvéoles larges mais peu profondes creusées à même la roche.

Dans certains cas, des petits réseaux de galeries sont découverts par les patrouilles. On a pu voir des galeries encore en activité lors de leur découverte. D'autres étaient abandonnées depuis quelque temps déjà. Les galeries ouvertes dans des talus peuvent aller jusqu'à 30 voire 50 mètres de distance sous la surface, au-delà la ventilation devient difficile. Un boisage rudimentaire permet d'éviter les éboulements. L'eau provenant des pluies diluviennes est cependant le problème majeur au creusement et à l'approfondissement des ces travaux de fortune. Les accidents par effondrement sont fréquents. Il arrive que les victimes meurent ensevelies sous les éboulements. Quelquefois quand la roche le permet, des puits étroits sont creusés à la faveur de fissures verticales. Ces gisements sont plus difficiles à exploiter mais plus riches en or. Certains ont été creusés pour faire passer les enfants comme en atteste leur taille réduite dans laquelle un adulte ne passerait pas. Cette activité parallèle et illicite est aujourd'hui sous contrôle.

Quelques faits divers sont relatés de temps en temps dans le journal local lorsque des chercheurs d'or « les gallamsey » se font prendre en plein délit par les gardes pour être ensuite emprisonnés. Les articles à ce sujet sont mentionnés dans le journal de la région. Ils exposent les faits et les détails de l'arrestation avec la photo des voleurs à l'appui.

Mike jette un coup d'œil à sa montre :

— L'heure passe, et il nous reste une bonne distance avant d'arriver à la carrière. Allons-y !

À l'issue de ses explications nous remercions notre guide pour ce détour instructif et retournons au véhicule. Pour ne pas froisser mon ami Charles, je n'ai pas posé de questions à Mike à propos des esprits de la forêt...

Nous roulons à bonne vitesse sur la piste de latérite rouge. La climatisation du vieux 4x4 ne fonctionne pas et la chaleur humide

nous colle sur les sièges en cuir malgré les vitres ouvertes et le courant d'air. Charles s'est installé à l'avant à côté de Mike. Nous sommes trois assis à l'arrière, serrés les uns contre les autres, et les batteries de nos lampes attachées à la ceinture nous martyrisent un peu les cuisses. John, le plus grand, a un peu de mal à caser ses jambes et Francis en plaisantant lui suggère d'aller à l'arrière sur le plateau du pick-up pour avoir plus de place.
Dehors, le contraste des couleurs est impressionnant ; la piste rouge sur laquelle nous roulons est bordée d'un environnement végétal luxuriant d'un vert éclatant, et presque fluorescent pour certaines espèces. Sur les bas-côtés, la forêt primaire reprend très rapidement ses droits et la végétation tropicale humide prolifère.

De point en point, de grands arbres au bois précieux dominent le tout. Leur tronc lisse est élancé vers le ciel et leur cime est composée d'un panache vert et dense de branches feuillues ayant la forme d'une large ombrelle.

Au-dessus de nous, le ciel s'obscurcit lentement et de gros nuages noirs nous menacent d'un orage certain dans les prochaines heures. Les rayons du soleil, obliques, traversent les ciselures des nuages comme des lames métalliques parallèles, tranchantes et mouvantes avant de toucher terre. Leur rectitude est intacte mais leur trajectoire est sans cesse modifiée par les nuages en mouvement. On dirait un piano de lumière jouant une palette de couleurs.

Nous dépassons quelques pick-up chargés de matériel divers, caisses de bois, rouleaux de grillage, barre à mines, tiges et bidons. D'autres transportent des équipes de mineurs casqués, le plus souvent assis sur le plateau à l'arrière du véhicule.

Après quelques kilomètres, nous arrivons sur le bord de l'immense exploitation à ciel ouvert. Mike regarde rapidement sa montre et nous propose un arrêt.

De forme quasi circulaire, la carrière dépasse largement le kilomètre de diamètre. La végétation exubérante du pourtour s'arrête net sur la bordure de l'immense fouille. Le couvert végétal et l'humus épais ne forment plus qu'une fine peau fragile recouvrant l'environnement minéral sous-jacent. Seules quelques racines de puissants arbres tentent de s'incruster et de s'enfoncer le plus profondément possible dans les cassures proches de la surface comme pour affirmer leur acharnement à vouloir résister aux travaux de la mine.

Le ciel, maintenant complètement noirci, annonce un orage imminent. Des rafales de vent chaud commencent à souffler au niveau du sol et à balayer tous les pourtours de l'immense carrière. Çà et là, des volutes de poussières de couleur ocre et rouge sont aspirées en tourbillons vers le haut et ensuite dispersées dans le ciel. De notre position, nous dominons la partie la plus basse de quelques centaines de mètres de hauteur. Les parois en dessous de nous plongent avec un degré de pente très accentué.

— Alors qu'en pensez-vous, demande Mike, c'est le meilleur point de vue de la carrière !

Dans la région, et plus généralement en Afrique occidentale, les carrières de ce type ont toutes commencé à être exploitées à ciel ouvert il y a des décennies. C'était la solution la plus rationnelle et la plus économique face aux problèmes pouvant être rencontrés dans une exploitation souterraine profonde où l'aérage l'exhaure et le soutènement étaient difficiles à résoudre compte tenu des techniques de l'époque. Le minerai d'or se trouvant en quantité importante immédiatement à faible profondeur, son extraction se faisait par le creusement de grandes fosses qui se sont approfondies au fur et à mesure du temps.

Sous nos yeux, une large rampe d'accès en pente douce descend jusqu'au fond de l'immense excavation. Cette rampe a été aménagée lors des différentes étapes du creusement, année après année. Elle est aujourd'hui sans cesse empruntée par une noria de gros dumpers chargés de 300 à 400 tonnes de roches qu'ils transportent lentement, moteur hurlant, vers la surface, et de la surface vers l'unité de concassage située à quelques kilomètres d'ici. Les matériaux ainsi transformés et finement broyés sont ensuite acheminés par des bandes transporteuses vers l'usine de traitement du minerai où se fera la séparation des métaux et la production des lingots d'or.

Tout au fond de la carrière, les grosses foreuses apparaissent comme des jouets miniatures vues d'ici. Le bruit de leurs marteaux nous parvient à peine. Elles perforent verticalement la roche qui sera ensuite minée à l'explosif. Les blocs seront chargés par les pelles hydrauliques sur les gros tombereaux via la surface.

Les parties les plus anciennes ont pour l'instant été abandonnées. Elles sont profondes et occupées par de vastes lacs de couleur rouille.

— Tout au fond, dans cette partie, explique Mike, depuis quelques semaines l'accumulation d'eau a formé des lacs qui occupent une superficie beaucoup plus grande que d'habitude en raison des pluies diluviennes qui n'arrêtent pas de s'abattre sur la région. Les locaux disent que ces pluies ne sont pas normales en cette saison. Il s'agit d'évènements assez exceptionnels, et en tout cas, suffisamment importants pour que nous en suivions de près l'évolution. Personnellement, je n'ai pas assez d'expérience ici pour valider l'argument mais les gens disent que, depuis quelque temps, les orages sont plus nombreux, et plus puissants.

Mike se rapproche du bord de la fosse et nous désigne les parois :

— Vous voyez, en cas de fort orage, les eaux ruissellent sur les flancs de la fosse ici et là, dit-il en pointant son index. Toutes les eaux s'accumulent en fin de course dans le secteur le plus bas, là-bas. Nous n'avons jamais pompé l'eau pour l'évacuer hors de la fosse, parce que la situation a toujours été sous contrôle. En fait, c'est un peu notre problème actuellement. Le volume d'eau emmagasiné au fond est assez exceptionnel et augmente rapidement. Les géologues prennent des relevés chaque jour pour cartographier les contours des lacs. Cette accumulation d'eau n'a jamais encore entravé le bon fonctionnement de l'exploitation, et l'extraction des matériaux a toujours pu se faire, mais je pense que si la situation perdure, nous avons le risque que l'eau envahisse les parties exploitées actuellement là où sont les foreuses. Si pendant quelques jours le niveau monte encore, nous devrons abandonner cette zone pendant un bon moment, peut-être pendant des mois, et cela ne rentre pas dans nos plans et risque de nous coûter beaucoup d'argent.

D'un air exaspéré, et pointant le menton vers le haut, Mike ajoute :

— Le ciel n'est pas avec nous, et de très fortes pluies sont encore annoncées pour aujourd'hui.

Sur les flancs de la fosse, nous distinguons assez clairement les différentes unités géologiques. De couleur assez claire dans l'ensemble, elles sont traversées par des parties sombres massives ou filoniennes, ou plus diffuses voire effilochées. Un réseau de filons de quartz les accompagne. L'or est généralement lié à ces filons. Ce sont ces parties sombres et filons associés qui sont principalement exploités. Leur teneur en or est de quelques grammes seulement à la tonne, mais elle justifiait jusqu'à maintenant l'exploitation intensive du gisement en surface. Plus tard, après de nombreuses décennies d'exploitation en carrière, la technologie évoluant, les analyses de roches, les nombreux sondages carottés en fond de carrière, et les données de prospection géophysique ont montré que les ressources se poursuivaient encore à bonne profondeur, et que l'exploitation souterraine du gisement était la solution technique la plus rationnelle, et désormais la plus économique à envisager.

— Vous voyez, nous dit Mike, il y a quelques années une galerie a été creusée sur le flanc sud de la carrière, dans sa partie la plus basse, de manière à accéder le plus rapidement possible aux niveaux les plus profonds du gisement. Depuis, l'exploitation de surface n'a bien sûr pas été abandonnée et a continué à s'approfondir, et la galerie d'entrée qui avait été ouverte au niveau de base se retrouve aujourd'hui à une centaine de mètres au-dessus. C'est par cette galerie que nous allons descendre. Je pense que d'habitude vous descendez par le puits 15 directement sans passer par ici.

Après une courte pause photo, Mike nous suggère de remonter dans notre véhicule, via le fond de la carrière. Nous entamons la descente à vive allure poursuivis par un épais nuage de poussière. Bientôt nous sommes entourés par les parois de roche que domine un ciel d'orage. De gros nuages noirs poussés par de puissantes rafales de vent traversent à toute vitesse le ciel rétréci de la carrière comme sur un écran de télévision. De minute en minute, le ciel s'obscurcit. Quelques derniers rayons de soleil sillonnent les parois et sont vite balayés par l'ombre des nuages menaçants. Le vent s'est invité dans la grande carrière. Les bourrasques tournent et virevoltent autour de notre véhicule. Sur la piste nous croisons quelques gros dumpers chargés qui remontent lentement vers la surface. Des tourbillons de poussière les accompagnent, les suivent ou les précèdent selon la direction du vent. Aux trois quarts de la descente environ, nous arrivons au niveau de la galerie ouverte dans la paroi. Ses dimensions sont imposantes et ses épontes sont renforcées par un épais revêtement de béton. Elle s'enfonce dans la roche avec une pente modérée.

— C'est la descenderie que nous allons emprunter pour rejoindre Sam au niveau de base du puits 15, à la station technique, à peu de distance du cœur du gisement nous dit Mike, et il ajoute :

— Une chose est sûre, nous serons à l'abri de l'orage les gars ! Ça va péter en surface ! Vous êtes prêts ? Allez, on y va !

Puis, il allume les phares du véhicule et avance lentement dans la galerie.

Dès les premiers mètres sous terre, il rapproche sa tête du pare-brise et scrute l'intérieur pour s'assurer que la voie est libre et qu'aucun véhicule ne remonte. Les quelques premières centaines de mètres sont encore éclairées par la lumière extérieure qui baisse ensuite rapidement en intensité. Les yeux mettent quelques secondes à s'accoutumer à l'obscurité et à la lumière des phares. Mike connaissant parfaitement la galerie prend de la vitesse et la voiture plonge à bonne allure dans le noir. La fraîcheur est la bienvenue. Peu à peu, nous commençons à mieux visualiser les dimensions et à distinguer les détails des parois. Quelques gouttes d'eau tombent de la voûte et viennent s'exploser sur le pare-brise encore terreux malgré le balai des essuie-glaces. De temps en temps, nous croisons des galeries secondaires, de taille plus réduite, qui permettent l'accès à des petits chantiers d'exploitation. À certaines intersections, la lumière des phares éclaire des ouvriers qui en fin de poste attendent, assis dans le noir le plus complet, un véhicule de service qui les remontera vers la surface. Pour des raisons de sécurité évidentes, il leur est interdit de le faire à pied. Nous leur faisons un salut de la main au passage.

Au débouché d'une des galeries, Mike gare le véhicule contre la paroi et nous convie à descendre pour observer à quelques dizaines de mètres seulement un secteur où la zone minéralisée se distingue parfaitement. Il nous explique qu'il s'agit d'un petit chantier qui avait été recensé lors du creusement de la descenderie mais dont l'exploitation avait été différée. Nous le suivons et arrivons rapidement face à une paroi sillonnée d'un filon vertical d'environ 50 centimètres de large de forme lenticulaire et de couleur nettement plus claire que la roche encaissante. Le filon, composé d'une granulométrie très fine, est bordé par un faisceau de petits filonnets parallèles de quelques centimètres d'épaisseur, puis par des flammèches étirées de couleur claire qui se dispersent dans la roche. De part et d'autre il n'y a plus de minéralisation et la roche reprend sa couleur foncée. Mike nous explique que ce filon est en relation avec des filons beaucoup plus importants, plus profonds dans la mine, et que, dans ce contexte, l'or est présent mais toutefois pas visible à l'œil nu. À l'époque où il a été découvert, la teneur en or étant peu élevée, son exploitation n'était pas justifiée par rapport à l'urgence du creusement de la descenderie. Il ajoute que nous aurons l'occasion de voir des filons aurifères avec des mouchetures d'or visibles dans d'autres galeries plus bas. Peut-être, aurons-nous le temps d'aller au filon Kwesi, le plus important et le plus riche en teneur de la mine. John et Francis, studieux, posent quelques questions et prennent notes sur un petit carnet.

Nous retournons ensuite au véhicule et reprenons notre descente. Nous croisons encore plusieurs galeries qui sont des voies d'accès au filon majeur. Chacune débouche sur un chantier d'abattage, un front de taille exploité par des petites équipes de mineurs. Certains chantiers ont été vidés de leur minerai et sont remblayés avec les matériaux stériles issus de galeries proches en cours d'exploitation. Le remblayage permet de remplir les volumes vides de la mine pour une meilleure stabilité de l'ensemble.

À mesure que nous descendons, le manque de ventilation se fait sentir. La température et l'humidité augmentent sensiblement. Les galeries que nous croisons nous apportent leur flot de poussières chargé d'une quantité assez importante de gaz d'échappement que l'on voit dans la lumière des phares du véhicule. Alors que Charles sue à grosses gouttes, Mike nous explique que l'air du fond de la mine est très pollué en raison de la forte mécanisation des chantiers faisant appel à un nombre important de foreuses, de chargeuses et de camions diesel. L'utilisation d'explosifs dégage aussi un volume important de gaz toxiques et de poussières qu'il faut rapidement dissiper. Cet air fortement vicié est expulsé par des cheminées d'aération vers la surface, et en échange, de l'air frais est propulsé par conduits d'aérages, qui en priorité vont alimenter ces niveaux de base. Mike reconnaît que ce principe a le désavantage de ne pas favoriser les petits chantiers dans les niveaux secondaires où nous sommes.

Il arrête à nouveau le véhicule à l'intersection d'une galerie, et nous propose de rendre visite à une équipe de mineurs qui travaille à quelques centaines de mètres de là seulement.

— Vous voyez, explique Mike, cette galerie est récente, elle suit un filon de quartz qui a déjà été exploité et qui a montré quelques éclats d'or visible. Dans l'axe de la voûte les restes du filon s'étirent en fins alignements de couleur blanche.

Nous marchons lentement, chacun de nous éclairant ses propres pas. À mesure que nous approchons, le bruit des marteaux pneumatiques s'amplifie jusqu'à devenir assourdissant. Les ondes produites par les percussions se propagent jusqu'à nous et le sol vibre sous nos bottes.

Au détour d'une courbe, nous débouchons sur le front d'abattage. Deux mineurs tournés face à la roche perforent dans un vacarme assommant. Mike dirige et agite le faisceau de sa lampe sur la paroi face à eux, ce qui les fait arrêter. Immédiatement, les vibrations du sol cessent et le silence s'installe. Alors que nos oreilles sifflent encore, nous serrons les mains des deux ouvriers auxquels Mike nous présente rapidement.

À sa suite, nous nous approchons de la paroi pour observer de près le filon. Mike, le nez collé sur le quartz, observe scrupuleusement avec sa loupe et essai de trouver des traces d'or. Avec sa lampe frontale déboîtée du casque et tenue dans la main, il oriente le filet de lumière d'un côté et de l'autre mais doit admettre qu'il ne voit aucune trace d'or sur cet affleurement. Les mineurs questionnés affirment ne pas en avoir vu depuis quelques jours. Cependant, les analyses de laboratoire confirment que l'or est bien là, présent dans les sulfures contenus dans le quartz. Nous ne restons que quelques minutes et après avoir remercié les foreurs, nous revenons sur nos pas jusqu'au véhicule pour continuer notre descente.

Les parois qui étaient jusqu'à cette profondeur à peu près exemptes d'eau sont maintenant assez humides. Au sol, de chaque côté de la galerie, un petit filet d'eau coule désormais vers le bas et des gouttes de plus en plus nombreuses tombent de la voûte. Les essuie-glaces en piteux état fonctionnent en permanence en criant de douleur sur le pare-brise. À ce niveau de la descente il commence à vraiment faire humide et chaud. Nous roulons toutes vitres ouvertes. La clim ne fonctionnant pas, l'intérieur du pare-brise est couvert de buée. De temps en temps, Mike l'essuie du revers de sa manche.

— Connaissez-vous la citerne ? demande-t-il.

— Nous en avons entendu parler, Pat et moi, mais jamais nous ne l'avons vue lui répond Charles.

— Que diriez-vous de la visiter ? nous demande Mike, c'est pas loin d'ici et nous avons juste le temps. C'est la réserve la plus importante d'eau de la mine située encore à quelques niveaux en dessous de nous à environ 600 mètres de profondeur. À cette heure, Sam doit déjà être prêt à nous rejoindre et ce détour ne devrait pas nous retarder.

Justement, nous recevons un appel radio. C'est Sam qui est retardé avec des mineurs dans la zone où il y a eu le problème de chute de bloc la nuit précédente. Les dommages matériels sont assez sérieux et un rapport écrit doit être fait rapidement pour l'administration de la mine et pour le bureau de la Géologie. Mike lui confirme les coordonnées de notre position dans la galerie et lui donne rendez-vous à l'arrivée du puits 15 à la station technique. Le retard de Sam nous laisse un peu plus de temps pour visiter la citerne.

Nous devrions y arriver dans moins de cinq minutes.

Ça y est, nous y sommes. Mike gare la voiture dans une niche taillée en bordure de la galerie et met en route le gyrophare orange qui indique aux autres usagers la présence d'un véhicule à l'arrêt.

Nous accédons à la citerne par une courte galerie fermée par une porte métallique. Mike pousse la porte. L'un après l'autre, nous entrons et débouchons dans une immense cavité remplie d'eau. Nous sommes en fait debout sur l'étroite plage caillouteuse d'un lac souterrain bordé d'un petit muret de béton sur toute sa circonférence. Charles m'avait déjà communiqué son intention de voir la citerne qu'en principe nous ne visitons pas lors de nos descentes dans la mine. Il est vrai que j'avais toujours entendu parler de cette réserve d'eau unique en son genre. On m'avait décrit un vaste réservoir d'eau dans lequel venaient s'accumuler les eaux de la mine avant d'être pompées vers la surface. Il est vrai que lors de nos précédentes descentes, l'option de voir cette réserve d'eau n'avait pas été retenue laissant place aux objectifs principaux de nos visites. Notre curiosité est aujourd'hui récompensée. Et quelle surprise ! Les faisceaux de nos lampes se réfléchissent à peine sur la paroi de l'autre côté. Au-dessus de nous, la voûte est assez élevée en forme de vaste dôme un peu à la manière d'une coupole de mosquée. Elle est étincelante, recouverte de milliards de petites gouttes d'eau qui ont l'allure de minuscules cristaux scintillants sous les lumières de nos lampes. La surface noire du lac est presque étale, juste un peu froissée par quelques gouttes tombant de la voûte et par l'écoulement d'un filet d'eau qui vient l'alimenter sur notre droite. Le silence règne à peine perturbé par le son métallique presque musical des gouttes d'eau au contact de la surface du lac. Je suis impressionné par l'ambiance quasi irréelle du lieu. On dirait que cette vaste caverne est le résultat du travail patient de la nature tel qu'on peut le voir en découvrant des grandes cavités en domaine calcaire.

Mike nous explique que cette réserve d'eau correspondait, il y a quelques décennies, au niveau de base de la mine. L'eau venue de tous les niveaux supérieurs était stockée ici avant d'être pompée et expulsée vers la surface par des tuyaux.

Aujourd'hui, l'exploitation minière s'est développée vers des niveaux qui se situent à des centaines de mètres de dénivelé en dessous de la retenue d'eau qui a cependant été conservée. Donc, à ce jour, l'eau toujours stockée se déverse par simple niveau de trop plein dans une conduite en bout de lac. Elle s'accumule ensuite dans une cavité de base beaucoup plus petite à partir de laquelle elle est continuellement pompée vers l'extérieur. Une série de capteurs reliés en permanence à un laboratoire à la surface assure le bon fonctionnement du système et donc la sécurité de la mine dans les niveaux les plus profonds. En cas de problème majeur, cette immense réserve d'eau pourrait en effet noyer rapidement une très grande partie des galeries en dessous de nous. Vu le volume d'eau accumulé ce serait désastreux !

John et Francis prennent beaucoup de notes sur leur carnet pendant que Charles tente de faire fonctionner le flash de son appareil photo devenu réfractaire.

Après ces explications, Mike se sépare de nous, marche quelques mètres et pose un genou sur le petit muret de béton qui borde le lac. Il reste un instant sans bouger le regard fixé sur l'horizon du lac comme pour mieux être à l'écoute. Sous la visière de son casque on distingue ses yeux qui balayent l'espace de la grotte. Il a l'air dubitatif, peut-être même anxieux. Il incline lentement la tête comme s'il entendait autre chose que le silence. Nous faisons de même mais rien de particulier ou de spécial ne vient à nos oreilles. Chacun d'entre-nous retient alors sa respiration un court instant. Mike se baisse pour ramasser un caillou et le jette dans l'eau. L'écho de la chute se répercute sur la voûte humide et sur les parois puis s'amenuise et disparaît nous laissant un instant dans le silence. Le seul bruit très feutré que nous entendons de temps en temps est celui de marteaux pneumatiques attaquant de manière saccadée la roche quelque part plus haut ou plus bas, dans une galerie.

Dans cette ambiance de cathédrale nous discutons à voix basse. Charles est assez surpris de voir une étendue d'eau souterraine aussi importante. L'ambiance de ce lieu est vraiment particulière en rapport avec ses dimensions disproportionnées dans cet environnement souterrain artificiel.

Mike regarde l'heure à sa montre et revient vers nous lentement. Il tourne plusieurs fois la tête en direction de l'eau tout en marchant. Il semble un peu inquiet. Le niveau de l'eau serait-il trop haut ? Certainement non, les capteurs auraient signalé l'information sur les tableaux de sécurité à la surface, dans les bureaux de la mine, et un message nous aurait été transmis en retour.

Mike nous dit en toute simplicité qu'il ressent quelque chose mais que, bizarrement, il ne sait pas comment le traduire. À priori, ajoute-t-il, rien n'est anormal et la retenue d'eau montre une hauteur correcte. Les parois et la voûte sont stables. Pas de dérochement observé, aucune nouvelle fissure depuis sa dernière visite de routine il y a quelques jours seulement. Mais quelque chose l'interpelle.
Nous percevons son malaise mais n'avons aucune impression particulière pouvant expliquer son ressenti.

Pour s'assurer que tout est en bon état de fonctionnement, il contacte par radio le bureau de la Sécurité en surface. Dans les crachouillements de la radio, il nous est répondu, quelques secondes plus tard, que tout est normal au niveau des capteurs et que rien de spécial n'est signalé dans cette zone.

R.A.S donc, les doutes sont dissipés. La situation est sous contrôle. Nous laissons derrière nous le grand lac, revenons sur nos pas et refermons la porte métallique. Nous remontons dans la voiture, direction le point de rendez-vous.
Nous reprenons la descente. Après plusieurs courbes et croisements de galeries, nous débouchons dans une grande cavité bien ventilée et éclairée par de puissants projecteurs. Mike gare notre 4x4 à la suite de plusieurs véhicules de service stationnés le long de la paroi. Les dimensions de cette cavité sont imposantes. Le puits 15 est en face de nous. Il ne continue pas plus bas. C'est son niveau le plus profond. À ce jour, tous les autres niveaux plus bas ne sont accessibles que par véhicules. Trois galeries principales partent de cette cavité en direction des chantiers où se fait la plus grande partie de l'extraction de l'or. Chacune est équipée de gros tuyaux de

ventilation jaunes fixés à la voûte pour propulser l'air frais jusqu'aux niveaux inférieurs.

Nous marchons jusqu'au puits. La cage n'est pas là. Nous sommes les premiers, Sam ne devrait plus tarder. Le technicien affecté au fonctionnement du puits nous informe que la cage vient de s'arrêter au niveau juste au-dessus de nous pour y déposer du matériel. Entre temps, par radio, Samuel s'enquiert de savoir si nous sommes arrivés ce que lui confirme immédiatement Mike.

Quelques minutes plus tard, la cage s'arrête à notre hauteur. Sam nous rejoint. Il est accompagné de deux ingénieurs qu'il nous présente : Steeve et Ismaël, tous deux Ghanéens. Nous connaissons déjà Steeve qui travaille depuis plusieurs années ici, nous nous sommes déjà rencontrés. Ismaël est jeune ingénieur en formation dans l'équipe de Steeve. Ils nous accompagneront dans notre visite. Les présentations étant faites, Samuel montre à Mike les informations qu'il a notées sur le site de l'accident. De son carnet, il sépare une feuille qu'il donne à Mike en lui recommandant de retourner vérifier dès que possible si tout est en ordre. La foreuse est partie en réparation, il faut s'assurer qu'elle revienne très rapidement. En attendant, des travaux de purge ont été commencés. Tout devrait revenir à la normale d'ici un jour ou deux.

Ensuite, Samuel sort un plan de sa poche, le déplie et le place sur la carrosserie d'un des véhicules. Nous nous rassemblons autour de lui. Sur le plan il nous indique le parcours que nous allons effectuer. Avec un crayon rouge, il entoure les zones où nous pourrons voir pour notre plaisir de l'or à l'état natif et il surligne en évidence le tracé de la future grande galerie de service qui reliera les parties nord et sud de la mine. Là où sont inscrites des croix, il y a des problèmes de stabilité qui affectent des zones importantes qu'il faut résoudre rapidement pour la sécurité de la mine. C'est la raison majeure pour laquelle nous sommes ici.

— Y a-t-il des questions ? demande Samuel.

— OK, si tout est clair, je vous propose d'y aller !

Nous suivons à pied Sam qui, sa lampe tenue à la main part devant nous et s'engage dans la galerie qui démarre à gauche du puits. La pente est assez faible et la galerie est boueuse. De part et d'autre, des ornières profondes et remplies d'eau ont été creusées par le passage des camions. Nous essayons de marcher sur la partie centrale un peu moins glissante ou sur les bas-côtés légèrement surélevés le long de la paroi. De temps en temps, Sam s'arrête pour observer un affleurement ou pour entamer une courte discussion technique avec Mike ou avec Steeve.

Au fur et à mesure de notre avancée la galerie est moins ventilée et, selon Sam, qui prend note sur son carnet, il est nécessaire de rapidement procéder à la mise en place de nouvelles gaines de ventilation dans cette partie de la mine. La température augmente sensiblement et nous essuyons fréquemment des gouttelettes de sueur qui perlent sur le front. De temps en temps, un bruit sourd de moteur approche du fond de la galerie et notre troupe se range le dos à la paroi pour laisser passer les monstres de camions surbaissés qui transportent le minerai. Leur gabarit impressionnant occupe presque entièrement la largeur de la galerie. Dans sa petite cabine, le chauffeur connaît parfaitement son environnement et lance son bolide au maximum de sa puissance. À l'avant de la machine, les puissants phares éclairent la galerie et annoncent son arrivée. En tant que véhicule remontant, son passage est prioritaire à un autre véhicule éventuel qui devra se garer au plus vite dans une niche creusée sur le côté, ou reculer de quelques centaines de mètres jusqu'à la prochaine niche ou au prochain croisement de galerie.

Alors qu'un nouveau camion remonte du fond, Sam dirige et agite à bout de bras le halo de sa lampe en direction du chauffeur pour lui signaler notre présence. En retour, un petit coup de klaxon confirme en message codé que le chauffeur est avisé de la présence de piétons devant lui.

À notre hauteur, en nous croisant sans pour autant ralentir, le conducteur, couvert de poussière sous son casque et ballotté dans sa cabine, nous fait un petit salut de la main. Pendant quelques secondes, nous ressentons les vibrations du puissant moteur ainsi que la forte chaleur qu'il diffuse. Après son passage, l'engin nous laisse dans le noir et dans un nuage de fumées nocives qui se dissipent lentement. À mesure que l'engin s'éloigne dans la galerie, son bruit diminue rapidement jusqu'à disparaître complètement.

En toussotant un peu, nous reprenons, dans le silence rétabli, notre marche au seul bruit de nos bottes qui frottent contre le sol ou qui s'engluent dans la boue. De temps en temps, l'un d'entre nous peste à cause d'un faux pas. Le bruit de marteaux piqueurs se fait maintenant entendre. Nous approchons d'un secteur en production.

Sam se retourne vers nous et tend son bras vers la droite nous signifiant que nous allons emprunter une nouvelle galerie. Celle-ci est de dimensions plus restreintes, environ trois mètres de largeur et trois mètres de hauteur. Nous marchons encore sur une centaine de mètres et arrivons dans un cul-de-sac où un groupe de trois mineurs s'attaque à la paroi du fond.

À notre approche, ils posent leurs outils à terre et viennent nous serrer la main. Sam nous les présente rapidement. La paroi sur laquelle ils travaillent est constituée d'une roche de couleur claire avec en son centre un ensemble de petits filons de quartz translucides presque verticaux. Nous nous approchons pour mieux voir. Les épontes des filons sont nettes et les multiples facettes des cristaux de quartz qui les constituent scintillent sous le faisceau de nos lampes.

Le petit groupe de mineurs profite de notre visite pour faire une courte pause et se désaltérer.

Ismaël, John et Francis sortent leur carnet de notes et sont à l'écoute des explications de Sam.

— Nous sommes face à un gisement filonien alimenté par le filon principal de base que nous allons voir ensuite. Tous les petits filons que nous voyons ici sont porteurs de minerai d'or mais en petites quantités.

Pendant que Samuel nous dispense ses explications, Steeve s'affaire à quelques mètres de là à observer les filons, le nez collé sur la roche. Charles, de son côté, a ramassé quelques pierres blanches et les regarde à la lumière de sa lampe en les faisant tourner dans sa main. À la demande de Steeve, un des mineurs lui montre précisément un endroit où l'or est visible dans un des filonnets de quartz. Chacun à notre tour nous venons observer, et effectivement il y a bien une trace d'or natif de taille millimétrique qui a l'aspect d'un tout petit filament jaune étiré et coincé entre deux cristaux de quartz translucide. Sam nous explique que ce réseau de filons fait partie du filon majeur énorme qu'il va nous montrer ensuite dans une autre galerie au cœur du gisement plus en profondeur.

L'exploitation de ces filons de quartz constitue la principale activité de la mine dans les différents niveaux exploités. Des centaines de mineurs se relaient nuit et jour pour creuser des nouvelles galeries et extraire l'or. Ce sont les ramifications de ces filons que l'on peut suivre jusqu'à la surface. Cependant, l'activité la plus rentable et la plus extraordinaire à ce jour est celle générée depuis quelques trimestres seulement par l'exploitation du filon principal dans sa partie la plus interne, la plus riche, qui selon les analyses de sondages se poursuit encore très profond.

— Nous ne devons pas tarder, nous dit Samuel, parce que l'heure du tir approche et je veux être présent à ce moment-là au grand filon. Nous remercions chaleureusement l'équipe de mineurs et abandonnons le site pour nous rendre au niveau le plus bas de la mine là où le cœur du grand filon est exploité.

LE FILON KWESI

Nous quittons ce front de taille et revenons sur nos pas. Nous retrouvons la galerie principale dans laquelle nous cheminons encore quelques centaines de mètres sur un plan presque horizontal avant que la galerie ne s'incline pour s'enfoncer en direction des niveaux inférieurs. À nouveau, un mastodonte chargé de minerai s'extirpe lentement des profondeurs, nous croise et poursuit son chemin vers la surface. La galerie descend en spirale. Nous faisons de nombreuses haltes aux endroits stratégiques pour observer le comportement des blocs et des parois au croisement de galeries ou au changement des faciès rocheux. Dans les parties les plus exposées aux chutes de pierres, la roche est recouverte d'un grillage de protection, et quand les risques sont plus importants, une couche de béton projeté sur bonne épaisseur sécurise la zone.

Depuis une quinzaine d'années, la technologie des boulons d'ancrage s'est développée et systématisée dans les niveaux profonds de la mine. L'emploi des boulons permet d'éviter les boisages qui sont à la fois difficiles à mettre en place et dont le coût est élevé. Deux techniques sont principalement utilisées : les boulons à friction appelés Split Set dans les secteurs de production, ou aussi des tiges d'acier scellées au ciment ou à la résine, réservées au soutènement des infrastructures à long terme, comme par exemple les galeries de circulation des véhicules. Leur longueur est calculée par rapport au volume de roche à soutenir. Dans cette mine les longueurs définies sont généralement comprises entre 1,50 m et 3 mètres. Dans certaines galeries, la présence d'eau corrosive oblige un soutènement par des boulons galvanisés pour assurer une durée de vie plus longue. Des plaques sont associées au corps principal des boulons. La plupart du temps, elles sont bombées pour assurer un confortement maximum de la roche. Leurs dimensions varient de 15 à 20 centimètres de côté.

Sam explique à John et à Francis qu'il a testé lui-même les différents types d'ancrages à de multiples endroits dans la mine afin de déterminer lequel est le plus approprié selon la situation.

Tout en discutant, nous continuons à descendre dans la galerie en spirale. Il fait chaud et humide, mais un minimum de ventilation nous permet de respirer normalement. Selon Samuel, nous approchons maintenant du niveau auquel est exploité le filon. Sans freiner le rythme de notre descente, nous arrivons à un croisement. À droite démarre une galerie de bonne dimension. Une flèche rouge et un nom « Kwesi level 40'' peints sur la paroi nous indique la direction du filon. Nous sommes à environ 1 000 mètres de profondeur.

J'apostrophe Sam avec une tape dans son dos, et en pointant mon index vers la flèche rouge, je fais la remarque suivante :

— Hé Samuel ! Regarde, une chose est sûre ! Au Ghana, les directions dans la mine sont mieux indiquées que sur les routes !

— Tu n'as pas tort, me répond-il ! Mais tu sais, en surface les gens ont des tas de repères que nous n'avons pas en mine !

— Ah... je comprends...

Nous suivons donc la flèche. Après une centaine de mètres dans une galerie rectiligne et horizontale, nous passons une courbe et arrivons sur le site du chantier, face au filon. La couleur blanche de son quartz pur diffuse un puissant rayonnement luminescent. Ce filon est énorme et impressionnant, imposant, quasi surnaturel. Il occupe presque l'entière largeur de la taille c'est-à-dire environ quatre mètres de large. Il semble être en mouvement et s'élancer des profondeurs pour disparaître ensuite verticalement dans la voûte. Il occupe l'espace. L'effet est saisissant. Ce méga-filon me prend aux tripes. Il se présente comme le cœur du gisement profondément ancré. C'est la racine mère qui nourrit tous les autres filons aurifères de la mine. Plus que ça encore, sa puissance alimente toutes les failles, fissures, veines et milliers de veinules de quartz qui montent jusqu'à la surface à 1 000 mètres plus haut. Il est l'origine, la source des graviers aurifères que l'on trouve dans les rivières qui courent dans la jungle au-dessus de nous. Il est à la fois cœur, poumon et cerveau du système. Il semble immuable, inébranlable, inépuisable, omniprésent.

Nous sommes face à un gisement exceptionnel de minerai, source énorme de richesse, de valeur universelle et de convoitise.

Depuis l'antiquité, l'or représente la couleur du soleil et des dieux. Son caractère inaltérable en fait aussi un symbole de vie après la mort. Il est le symbole de lumière, d'illumination, de pureté et de richesse. Il est à l'origine de légendes et de rites qui se perdent dans la nuit des temps. Mais il est aussi, en contrepartie, à l'origine de beaucoup de cupidité, de cruauté et de sang humain répandu. Il y a bien des siècles déjà, la fascination pour l'or n'avait pas de limite : des empires entiers ont disparu, tels les Aztèques et les Incas, à la suite des conquêtes espagnoles sur le sol nouveau des Amériques.

Nous sommes debout face à ce symbole minéral et aucun d'entre nous ne bouge. Nous sommes simplement émerveillés et restons figés sur place sans un mot. Ce filon à lui seul représente tant de choses.

– Nous l'appelons « filon Kwesi », nous explique Samuel. Ce nom vient de celui d'un mineur qui, il y a quelques années déjà, avait trouvé un énorme agrégat d'or natif dans les fragments de roches issus du dynamitage du filon quand il avait été découvert. Jusque-là nous ne connaissions encore le filon que sous forme de fissures ou lentilles riches en minerai. À la suite de cette découverte, nous nous sommes rendu compte qu'il y avait de formidables réserves en profondeur. Rapidement, des sommes d'argent énormes ont été investies dans la recherche de ramifications éventuelles. Et il y a peu de temps, nous sommes tombés sur le cœur du filon, sur ce que vous voyez maintenant.

— Nous savons, continue-t-il, que ses racines encore non exploitées sont profondes. Les teneurs sont exceptionnelles avec des pics de 30 à 40 grammes d'or par tonne ce qui fait de la mine l'exploitation la plus riche d'Afrique occidentale voire d'Afrique tout court. De son exploitation souterraine, la mine récupère environ 40 tonnes d'or métal par année après traitement, de quoi faire rêver tous les traders de la terre !

La richesse de la mine a été une excellente cible pour les investisseurs. Les actions qui appartenaient à l'État et à une compagnie britannique ont été revendues à un holding minier d'Afrique du Sud, AngloGold. D'énormes investissements en ont découlé. L'exploitation de la mine a été fortement mécanisée au cours de ces dernières années. Des foreuses plus puissantes, des chargeuses plus maniables, des camions tombereaux plus gros et plus rapides font partie du lot des matériels importés.

Un accès direct au cœur du filon a été fait par galerie. Sa présence et sa forme globale étaient connues par des sondages et des carottages. Il est maintenant attaqué de front. Les récentes investigations ont montré que les racines du filon majeur plongent très profondément à sa verticale et qu'il faudra petit à petit approfondir la mine, creuser de nouvelles galeries pour en extraire le métal précieux pendant des années et peut-être des siècles encore.

Comme nous l'a expliqué Mike dans son bureau ce matin, une rampe d'une quinzaine de kilomètres de long doit relier entre eux les différents niveaux de base de la mine et permettre une exploitation beaucoup plus rapide.

Cette puissance du filon Kwesi est déroutante. Il est attaqué, jour après jour, mais résiste grâce à son enracinement très profond dans le cœur de la terre. À la manière d'un vieil arbre à palabres, il est là, immuable, présent dans la mémoire de toutes les générations des villages. Il est témoin, lui aussi, à sa manière de l'histoire de la mine, et de la soif de richesse jamais assouvie des hommes.

Sam nous invite à nous approcher du front de taille qui a été préparé pour le tir. Une équipe de cinq mineurs termine les préparatifs. Une vingtaine de trous ont été forés à l'horizontale dans la roche à l'aide de marteaux pneumatiques et de fleurets sur environ un mètre cinquante de profondeur. Ils sont prêts à recevoir les cartouches de dynamite. Les mineurs vont maintenant installer les cartouches dans les trous, mettre en place les détonateurs et bourrer l'ensemble au fond des trous. Une parfaite maîtrise de la technique leur est demandée. Ils doivent organiser le tir en fonction de paramètres multiples. Ils doivent prendre en compte la nature de la roche qui change pratiquement à chaque volée. Ils doivent aussi conserver l'alignement de la galerie au fur et à mesure de son avancée, et surtout faire en sorte que le résultat du tir fragmente la roche en morceaux aux dimensions déterminées. Un bon tir n'ébranle pas la stabilité de la galerie. Ainsi, l'équilibre général de la mine dépend de la qualité des tirs effectués dans les différentes galeries et à tous les niveaux. Les secousses trop importantes doivent être évitées afin de maîtriser les graves difficultés d'équilibre et les effondrements éventuels.

Les blocs dégagés par l'explosion doivent former au pied de la paroi un amas de granulométrie cohérente qui favorise leur enlèvement par des petites chargeuses munies de godets. Les matériaux accumulés sont ensuite chargés dans un dumper qui les transportera à la station de concassage en surface. Les gros blocs qui ne peuvent pas passer dans la grille de criblage seront concassés séparément avant d'être, eux aussi, transportés à la station.

Les mineurs ont terminé de préparer le tir. L'heure approche. Il en est de même dans d'autres parties de la mine. Pour des raisons de sécurité, tous les tirs se font au même moment.

À la demande de Samuel, nous devons nous retirer en zone de sécurité. À sa suite, nous prenons donc la galerie en sens inverse, arrivons, à nouveau, au croisement et cheminons quelques minutes dans une autre galerie jusqu'à ce que, sur la paroi, une petite flèche blanche nous indique une niche de sécurité, véritable petite caverne creusée à même la roche. Nous pouvons tous nous y installer pour attendre le tir. Chacun prend place en position la plus confortable possible, le plus souvent assis sur un bloc, sur une caisse de bois ou sur un petit tas de gravats. Nos lampes sont éteintes et nous discutons dans le noir. Charles s'enquiert de savoir si les symposiums de formation des ingénieurs que nous avons ensemble dispensés ces dernières années à la mine ont porté leurs fruits. Steeve lui répond être satisfait de l'évolution très positive. Selon lui, les mineurs sont beaucoup plus performants et suivent à la lettre les enseignements dispensés. Tous les rapports montrent de bons résultats pour la stabilité des parois dans cette zone principalement. Il semble que tout n'est pas si bien orchestré dans d'autres secteurs. La mine est très complexe et les méthodes d'exploitation dépendent de la nature du gisement et des techniques employées. Or, toutes les équipes ne sont pas gérées de la même façon et ne suivent pas une formation identique. Le problème est qu'il y a des milliers de mineurs, et beaucoup de zones exploitées en même temps sous la responsabilité de chefs d'équipes différents. Il est reconnu par les dirigeants de la mine que la partie du gisement dans laquelle nous sommes, et qui est principalement gérée par Sam, est la plus rentable et aussi celle dans laquelle les accidents sont très peu nombreux depuis quelque temps.

Mike intervient à son tour dans le noir, en confiant que quelque chose lui avait quand même paru bizarre lors de notre passage dans la grande citerne. Sans pouvoir le définir exactement, il nous décrit un sentiment étrange, comme si une présence était là. Pas une présence humaine ou animale, mais quelque chose d'indéfinissable, d'impalpable, d'irrationnel, comme une onde immatérielle issue de l'air, de l'eau ou de la roche. Il ne s'agissait pas de quelque chose de furtif, mais de quelque chose qui était là sans se matérialiser. Peut-être le bruit des gouttes d'eau tombant de la voûte et venant frapper la surface du lac était-il différent ? Hypothèse peu probable puisque le niveau de l'eau est pratiquement toujours le même.

Peut-on envisager dans l'extrême un courant d'air à peine saisissable et qui serait porteur d'une musique quasiment inaudible ou d'un message ? Cette deuxième hypothèse ne correspond pas au caractère cartésien de Mike. Il avoue qu'il lui est impossible d'associer une quelconque présence spirituelle à quelque chose de concret.

Rien de particulier n'avait pu être noté, cependant jamais auparavant il n'avait ressenti une telle impression.

Sa description nous laisse un froid dans le dos.

— C'est déjà pas une journée facile et j'en ai plein les bottes avec le problème de cette nuit, nous dit Sam, alors si vous en rajoutez encore les gars ! Soyez sérieux !

Et il ajoute :
— Mike, il faudra quand même faire un tour à la citerne avant de remonter. Il faut que tu saches exactement ce qu'il se passe et surtout que tu rationalises tout ça ! Si tu as ressenti quelque chose, c'est qu'il y a quelque chose ! Souhaitons qu'il n'y ait pas de complications !

Charles plaisante dans le noir et dit :

— Si l'un d'entre vous, les gars, a quelque chose d'urgent à faire en surface, je veux bien y aller à sa place !

Quelques rires fusent çà et là.

Soudain Samuel brise à nouveau le silence installé :

— Vous avez entendu quelque chose ?

– Non rien de suspect, lui répond Francis

– Pour moi non plus, répond Ismaël

— Tu vois Samuel, je ne suis pas le seul à entendre des choses…dit Mike en voulant maintenir un climat de plaisanterie.

Le silence se réinstalle pendant quelques minutes.

— Moi j'ai entendu, répète Samuel, mais je ne sais pas ce que c'était ! Cela provenait de la roche ! Ça a bougé quelque part je crois. C'est bizarre que personne ne l'ait entendu.

— Les esprits, Samuel ! Les esprits ! lui lance Mike.

Alors que nous parlons, des lumières approchent, les mineurs du filon nous rejoignent et s'installent en silence à côté de nous. En réglant la fréquence de sa radio, l'un d'eux nous dit que tout est prêt et que le tir va avoir lieu dans quelques minutes. L'équipe de sécurité installée à la plateforme d'arrivée du puits annonce par message radio, comme chaque jour, à tous les mineurs et à tous les véhicules que le secteur du filon Kwesi et les secteurs sud sont fermés pendant quelques minutes pour tir imminent.

Nous attendons assis dans le silence et dans la pénombre. Un seul d'entre nous a laissé sa lampe allumée en direction du sol. Nos ombres se projettent sur les parois de la petite caverne. Quelque part, dans un autre niveau de la mine au-dessus de nous, un dumper fait hurler son puissant moteur. Son bruit nous parvient très feutré, absorbé par les masses de roche qui nous séparent. Un des mineurs

jette un coup d'œil à sa montre aux aiguilles phosphorescentes. Il nous annonce que le tir va se faire dans quelques secondes. Nous attendons sans bouger.
Boum .. BOUM BOUM ! ... **BOUM** !

Une rafale de quatre tirs successifs nous surprend. Les fortes détonations sont comme absorbées par la masse rocheuse et le bruit disparaît très rapidement. Par réflexe de surprise, dans le noir, j'ai rentré ma tête dans les épaules. Rien d'autre ne se passe après ces déflagrations très courtes, pas de mouvement de paroi pas même une chute de roche. Le silence s'est immédiatement réinstallé. Aucun d'entre nous ne bouge pendant une dizaine de secondes, puis, un des mineurs allume la lampe sur son casque, se relève lentement, et nous dit que c'est terminé. Il confirme par radio le bon déroulement du tir à l'antenne de sécurité. Avant de revenir au filon, nous devons attendre encore quelques minutes que la ventilation évacue les gaz nocifs dégagés par l'explosion.

Nous laissons passer une bonne dizaine de minutes avant de quitter notre niche de sécurité. Comme pour meubler le temps, Mike et Samuel ne peuvent s'empêcher de se moquer l'un de l'autre sur le thème des présences étranges et bruits non identifiés en nous prenant à témoins. Aucun d'entre eux ne veut démordre. Un des mineurs se lève enfin, remet en état sa combinaison, ajuste sa batterie sur sa ceinture et nous dit que nous pouvons y aller.

Nous quittons enfin notre niche pour aller observer les résultats du tir. De retour au filon, nous arrivons devant une paroi fracassée avec des blocs épars accumulés sur le sol. Le front de la galerie a dû reculer d'un mètre cinquante environ. Des roches de calibre moyen ont été projetées assez loin.

Devant nous le filon est toujours là, rayonnant comme inébranlable face aux tirs successifs qu'il subit. Sam s'approche mais à sa demande nous restons derrière lui. Les mineurs aussi restent à distance. L'un d'entre eux nous confie que le rituel quotidien commence. Dans cette opération particulière, il leur est demandé de ne pas approcher.

À partir de ce moment précis notre Sam entre en scène tel un guerrier des temps modernes, une bombe de peinture fluorescente dans une main sa lampe dans l'autre.

Animée par nos faisceaux lumineux, l'ombre de Sam, elle aussi casquée et bottée, avec une batterie ajustée à son côté, est projetée et se déplace sur les parois. Il s'avance, observe le moindre détail des blocs à terre, retourne les plus petits pour en examiner toutes les faces. Maintenant, il est debout face à la paroi, son ombre est impressionnante. Il observe le filon de quartz de haut en bas, de droite à gauche. Il oriente le faisceau de sa lampe sur les filonnets de quartz translucide pour mieux déceler les mouchetures d'or visibles à l'œil nu qui pourraient y être incluses.

Le mineur nous confie que, chaque jour, après chaque tir, pendant quelques minutes il est le seul acteur en scène, avec, face à lui le filon, et derrière lui l'équipe qui attend en l'observant. À chaque fois la paroi minée offre des petites différences dans son aspect mais l'or y est toujours présent. Chaque tir la fait reculer petit à petit, jour après jour. Des blocs, des formes, des fractures, des petites fissures, des petites géodes, des réseaux de filonnets de quartz apparaissent et disparaissent au fil des explosions. Mais dans sa globalité le filon est toujours au rendez-vous, majestueux et imposant. En dépit des attaques quotidiennes qu'il subit, il est là, semble narguer les hommes, et son quartz rayonne de toute sa puissance.

Ayant terminé ses observations Samuel s'assoit sur un bloc et écrit rapidement quelques notes, griffonne des petits schémas. Peu de temps après, il se relève et nous demande de le rejoindre au pied du filon. Il nous montre des échantillons de roche qu'il a prélevés sur lesquels l'or est visible à l'œil nu. Très souvent, il s'agit de grains de taille millimétrique éparpillés dans le quartz. Il nous montre aussi des micro-inclusions nichées dans des toutes petites géodes de quartz translucide.

— Les plus fortes teneurs, nous explique-t-il, se rencontrent dans les réseaux de très fines veinules effilochées riches en quartz aurifère. L'épaisseur de ces veinules varie et l'or visible peut être localement très abondant surtout quand des réseaux de veinules se croisent.

Sous le faisceau de nos lampes le métal jaune brille de tous ses feux. Le nez sur le filon, je scrute la roche, centimètre par centimètre, en observant plus particulièrement les petites veinules. Les nombreuses mouchetures du métal doré apparaissent et disparaissent selon l'angle de la lumière à la manière d'étoiles qui scintillent dans le ciel. Chacun d'entre nous est pris au jeu du chercheur d'or et à la magie de la découverte. Magie un peu frustrante parce qu'il est interdit de prélever ne serait-ce qu'une paillette pour la remonter en surface.

Nous avons devant nous un énorme gisement de métal jaune symbole de richesse et de puissance.

Pendant que nous nous affairons encore quelques instants aux plaisirs de la découverte, Sam derrière nous commence à recouvrir de peinture jaune fluorescente les blocs tombés à terre après l'explosion. Il nous explique que, de cette manière, il entend cacher les traces éventuelles d'or visible. Même si la roche ne montre pas de particules dorées, il bombe, au cas où... rendant encore plus difficiles les possibilités de chaparder des échantillons… Parce qu'il y a toujours possibilité de chapardage ...

Dans une heure ou deux, la chargeuse viendra ramasser tous ces blocs pour les amener au camion dumper qui les remontera en surface jusqu'à l'usine de production. Entre temps, des mineurs peu scrupuleux pourraient voler des échantillons.

Samuel ajoute que, dans le passé, une partie de cet or était souvent prélevée par les mineurs qui trouvaient ensuite toutes les ruses possibles pour ramener leur butin à la surface. Différentes astuces ont été répertoriées. Des petits morceaux de quartz aurifère pouvaient être ingérés ou être cachés dans les outils de travail, dans le casque, dans les vêtements ou encore dans les bottes, pour être remontés à la surface. Aujourd'hui, ce serait en vain. La mine s'est modernisée et tout le monde est passé scrupuleusement au détecteur de métaux à la sortie y compris les petits véhicules de service et leur chargement, de même que les personnes qui remontent par le puits. Seuls les camions qui transportent le minerai ne sont pas pris en compte bien sûr, leur circuit est différent et en aucun cas ils ne sortent de l'enceinte de production de la mine.

Samuel nous explique qu'une autre fameuse astuce consistait à ingérer des petits fragments de roche contenant de l'or et de les rejeter après quelques heures de transit naturel dans une des rares latrines disséminées au fond de la mine. Pour des raisons de salubrité aisément compréhensibles, les latrines étaient vidées de temps en temps par une équipe de nettoyage, les déchets étaient remontés par véhicule à la surface et rejetés dans un enclos réservé à cet usage en bordure de concession de la mine. Il suffisait ensuite aux enfants des mineurs de se faufiler pendant la nuit dans l'espace réservé aux déchets organiques pour y fouiller, à pleines mains, et retrouver les tout petits cristaux de quartz aurifère et autres fragments de roche contenant des traces du métal précieux.

L'astuce n'a été découverte qu'après de nombreuses années, et, depuis, le lieu dans lequel sont, à ce jour encore, vidées les latrines est aussi bien surveillé que le bunker de béton où sont stockés les explosifs !

Une enceinte grillagée et électrifiée en fait le tour et un garde perché sur une guérite surveille continuellement les lieux, nuit et jour. Les excréments étant source potentielle d'or seront eux aussi un jour lavés et passés au crible. Rien ne se perd !... chaque once a sa valeur !

Samuel ajoute en rigolant :

— C'est le tas de merde le plus précieux et le plus surveillé du monde !

— Non, tu plaisantes ! rétorque Charles en éclatant de rire, en tout cas y'en a qui ont de l'idée non ?

Sur ces mots Samuel salue les mineurs et nous convie à quitter ce secteur pour descendre dans les niveaux inférieurs, principaux objets de notre visite aujourd'hui.

Nous revenons donc en arrière pour rejoindre la galerie principale en direction du fond. En tête de file, Samuel, toujours très prolixe, avance à bonne allure et discute à propos de tout et couvre une multitude de sujets. Après avoir parcouru plusieurs centaines de mètres, il s'arrête et nous explique que nous — Charles et moi- n'avons jamais dépassé ce point lors de nos visites précédentes parce que la galerie s'arrêtait ici, il y a encore quelques mois. Tout ce que nous allons voir à partir de maintenant a été creusé récemment.

Nous reprenons notre marche dans cette nouvelle partie de la mine. La galerie est très faiblement inclinée et il nous faut marcher pas mal de temps pour atteindre le niveau inférieur. C'est presque au pas de charge que nous débouchons dans une vaste cavité qui, si je me souviens bien du plan que Mike nous a montré dans son bureau, donne accès à de nouvelles et ultimes galeries en cours de creusement. Nous devrions être très proches maintenant du niveau le plus profond.

Nous rejoignons Samuel vers le centre de la cavité. Il confirme mes pensées et nous explique que les galeries que l'on peut voir à l'extrémité de la cavité sont toujours en état de creusement.

– Tout le monde est là ? demande Samuel

— Alors voilà : le niveau où nous sommes sera le point de passage le plus bas de la longue rampe qui reliera les parties nord et sud de la mine. Cette rampe sera longue d'une quinzaine de kilomètres environ. Nous sommes au niveau 41 à environ 1 100 mètres de profondeur. C'est de cet endroit que va démarrer ce que nous appelons la nouvelle phase de développement. C'est un point stratégique important à partir duquel nous avons ouvert d'autres galeries que vous voyez ici et là. Celle que vous voyez descendre à gauche là-bas est une galerie de prospection qui mènera plus tard à un amas minéralisé de bonne taille reconnu par sondages. La mine s'approfondira donc dans cette direction jusqu'au niveau 44. Ce sont nos hypothèses actuelles. Un peu plus loin, sur son éponte droite, s'ouvre une petite galerie qui elle aussi conduira à un amas mais de taille beaucoup plus petite. L'autre galerie, celle de droite, la plus large, c'est la future connexion roulante subhorizontale qui rejoindra le réseau nord. Les travaux de fonçage sont à environ un kilomètre d'ici. Comme vous l'avez vu sur les plans, cet axe majeur permettra de relier le réseau nord avec celui du sud, c'est-à-dire ici même, sans passer par la surface et sans se servir des puits.

La cavité dans laquelle nous sommes a été surdimensionnée de façon à prévoir la création d'un futur atelier de réparation et de stockage des pièces d'usure des foreuses et des camions dumpers. L'atelier sera utilisé sur un long terme pendant toute la période d'expansion et d'exploitation des nouveaux chantiers, c'est-à-dire pendant peut-être des décennies. L'expansion de la mine se fera aussi vers le haut, vers là-bas, en fait, tout autour de nous à partir du secteur stratégique où nous sommes.

Il a déjà été fait un nombre important de mesures in situ, indispensables aux études de stabilité des zones surtout à cette profondeur. Il reste maintenant à analyser toutes ces données pour établir des recommandations cohérentes. C'est l'objet de notre démarche cette semaine. Nous allons faire ensemble des observations complémentaires dans les nouveaux travaux. Nous avons déjà remarqué que la forte pression des roches engendrait des chutes de blocs plus importantes que dans les autres niveaux. Nous aurons du travail là-dessus.

— Avez-vous des questions ?

Puis, il poursuit :

— Je mettrai à votre disposition dans les bureaux des géotechniciens toutes les mesures récentes effectuées dans les différentes stations de la zone afin que vous puissiez élaborer un système fiable de renforcement interne des roches pour assurer la stabilité de ces ouvrages profonds sur un long terme. Si nécessaire, des contre-mesures pourront être faites pour garantir un bon déroulement des opérations. Prochainement nous…

LA SIRÈNE DU PUITS 15

Sam s'arrête alors de parler, ce qui n'est pas dans ses habitudes. Il lève vers nous ses deux mains largement ouvertes pour nous imposer le silence. Il tourne lentement la tête de droite à gauche, ses yeux sont plissés et sa figure est crispée. Il essaie visiblement d'écouter ou de capter une information. Tout en restant sur place il observe, tour à tour, avec minutie les parois de la grande salle dans laquelle nous sommes, le plafond élevé et les entrées des différentes galeries qui débouchent dans la salle. Nous le fixons des yeux à la recherche d'une information, mais en aucun cas son regard ne croise le nôtre. Il balaye lentement l'espace sans sourciller, à l'affût d'un indice. Nous respectons son silence. À priori, rien ne semble se passer, mais l'anxiété anormale de Sam s'est transmise à toute notre équipe. Son expérience est bien plus importante que la nôtre et justifie certainement son attitude. Chacun de nous essaie de comprendre la situation. Je regarde Mike mais rien à cet instant ne semble l'inquiéter. Le poids du silence commence à peser. Je ne suis pas très à l'aise et me pose mille questions. Que peut-il bien se passer ? Pourquoi Sam est-il dans cet état ? Sommes-nous en danger ?

Nous percevons enfin des bruits très assourdis de klaxon qui nous parviennent de la partie amont de la galerie principale, celle d'où nous venons. Plusieurs voitures ou engins sonnent en même temps. Aucun signal radio ne nous est parvenu. De quoi peut-il s'agir ? Nous discernons maintenant le son bien que lointain d'une sirène d'alarme qui hurle en continu.

— C'est la sirène du puits 15 ! affirme Samuel.

Il tente de joindre par radio les mineurs des secteurs les plus proches et obtient en guise de réponse des cris d'alerte rapidement suivis d'un grésillement continu. Sam regarde sa radio, tente de régler à nouveau les canaux, la fait bouger en tous sens et la brusque un peu, comme un gamin exaspéré que son jouet n'ait plus de pile.

— Il y a un problème dit Mike, ça à l'air grave.

Chacun de nous essaie de comprendre la situation. Aucun message compréhensible ne nous a été transmis. Aucune information précise ne nous a été fournie sur les raisons de ces alertes. La situation est préoccupante. De quoi s'agit-il ? Faut-il rester sur place ? Ou bien nous mettre en sécurité dans un recoin de galerie ou dans le meilleur des cas dans une niche de sécurité, si tant est qu'il y en ait une à proximité ! Sam est très perplexe et nous transmet rapidement son inquiétude.

— Pourquoi ne répondent-ils pas, que se passe-t-il là-haut ? La sirène ne fonctionne que pour des gros problèmes, et puis pourquoi tous ces klaxons ?

Beaucoup de questions nous viennent en même temps, mais à ce moment précis rien ne permet d'y répondre. Aucun de nous ne bouge. Visiblement nous essayons tous d'écouter, de nous raccrocher à un bruit, de discerner quelque chose qui nous donnerait un repère. Un repère qui nous permettrait de comprendre et de réagir. Des coups de klaxon nous parviennent encore et couvrent par intermittence le son de l'alarme. Un frisson d'angoisse me parcourt le dos. La radio de Sam grésille mais aucun message n'en sort. Dans cette attente, sans réponse, le temps semble défiler à la vitesse de la lumière. Notre inquiétude grandit. J'ai le sentiment qu'un vide se crée autour de nous et qu'il nous piège à mesure que les secondes s'écoulent. Nos repères nous abandonnent. Chaque seconde nous rapproche de quelque chose – mais de quoi ? Que se passe-t-il ?

J'aimerais pouvoir me projeter en avant dans le temps, de quelques minutes seulement, pour savoir ce qu'il va arriver, et en même temps, j'aimerais pouvoir bloquer le temps pour qu'il ne se passe rien, parce qu'en fait, j'ai une méga trouille de laisser ma peau dans cette mine.

Personne ne semble en mesure de contrôler la situation. J'ose à peine penser à un effondrement majeur qui pourrait tous nous ensevelir en quelques secondes.

Un milliard d'images s'entrechoquent dans mon cerveau. Je suis moite de sueur et me surprends à frissonner de peur. J'ai la sensation bizarre que mon corps pèse une tonne et que je ne pourrai jamais détacher mes pieds du sol pour courir et m'enfuir si nécessaire. Je perçois l'odeur acide et humide de la roche comme si elle se rapprochait déjà de moi. J'imagine et repousse en même temps son contact froid et rugueux qui viendrait me briser les membres et m'ensevelir sur place avant même que je ne puisse hurler d'effroi et de douleur. J'ai l'impression que mes sens se dérèglent et que je n'ai plus d'emprise sur moi-même.

Nous sommes à plus de mille mètres de profondeur et quelque chose de vraiment important se passe à peu de distance de nous.

Dans le groupe les questions fusent.

Un accident de cage dans le puits ? Un incendie ? Un accident de véhicule ? Un éboulement de cavité ? Des mineurs en danger dans une galerie ?

Un simple accident n'aurait pas déclenché l'alarme du puits. Pourquoi ces bruits de klaxons ? Pourquoi ces cris d'alerte sans signification exacte dans la radio ?

Avec une évidente nervosité, Samuel éteint la radio qui continuait de grésiller et nous demande à nouveau le silence d'un ton ferme. Son inquiétude se propage à tout notre groupe et chacun essaie de se calmer en son for intérieur. La tension est palpable. Les autres doivent entendre les battements saccadés de mon cœur. Nous nous fixons, tour à tour, dans les yeux en quête d'un élément d'information, mais rien en retour n'éclaire la situation. Après des secondes d'éternité pendant lesquelles absolument rien ne se passe, mais les klaxons se sont arrêtés. On entend encore la sirène. Je ressens quelque chose de bizarre, cette sirène est le dernier témoin ou ange gardien qui nous relie à une situation que l'on ne maîtrise pas. Pourquoi les klaxons se sont-ils arrêtés ? La sirène a été déclenchée pour une raison que nous ignorons. Paradoxalement, je n'ai pas envie qu'elle s'arrête. Le fait de s'arrêter, pourrait dans le meilleur des cas, être le signe que la situation est à nouveau sous contrôle. Dans le pire des cas, son arrêt signifierait peut-être autre chose de bien plus grave comme par exemple un éboulement majeur au niveau du puits qui écraserait tout. Les ondes de cet éboulement se propageraient rapidement dans la roche jusqu'à la cavité dans laquelle nous sommes. Sous les énormes pressions, des lames et des blocs de roches se détacheraient des parois et des voûtes, et contribueraient à l'écroulement progressif et total du fond de la mine. Cette situation serait sans appel où que nous soyons, quoi que nous fassions pour tenter de fuir ou de nous protéger. En une fraction de temps nous serions ensevelis et immédiatement broyés par des millions de tonnes de roches.

Alors en mon for intérieur, j'assimile la sirène à une preuve de volonté bienveillante, à un fil rouge protecteur. Elle est pour l'instant la seule réalité qui nous rattache à un évènement encore inconnu dont notre sécurité, et peut-être même notre vie, dépend. Tout peut se jouer en quelques secondes, tout au plus quelques minutes.

Le temps semble maintenant s'être figé. Aucun de nous ne bouge. Nous restons sur place comme pétrifiés mais à l'écoute du moindre bruit si minime puisse-t-il être. La ventilation s'est arrêtée. Le faible courant d'air que l'on pouvait encore percevoir n'est plus alimenté. L'air se réchauffe petit à petit et déjà se charge en humidité. Tous nos sens sont en alerte. Je sens mes muscles prêts à agir, mais quel en sera le signal ? Pourrais-je décoller mon corps du sol sur lequel j'ai la désagréable impression d'être soudé ? Nous ne ressentons encore rien d'anormal. Aucun indice ne nous permet de comprendre la situation.

Nous échangeons nos impressions par bribes de mots en essayant de conserver le silence pour mieux écouter.

Peut-être que rien d'anormal ne va se passer dans notre secteur. Le sol ne tremble pas sous nos pieds, les parois ne bougent pas. Pas une seule vibration ne se fait ressentir. Aucune pierre n'est tombée. Aucune fissure ne s'est ouverte dans la roche. Aucune dalle ne s'est décrochée des parois. Aucun craquement, ni aucun bruit particulier ne se font entendre. Chaque seconde d'attente nous paraît être une éternité. Je ressens une impression assez désagréable.

Alors que toutes mes facultés sensorielles sont à la recherche d'une information, mon corps figé sur place et prisonnier de la peur s'est comme allégé et semble flotter en apesanteur à quelques centimètres du sol. Je ne ressens plus rien, je suis complètement absorbé par cette fraction de temps où rien ne se passe. J'ai la très mauvaise impression d'être en danger total et que le pire va arriver d'une seconde à l'autre, sans que rien ni personne n'y puisse changer quoi que ce soit. Ma tête est en ébullition, j'anticipe un scénario catastrophe avec écroulement instantané de toute la zone ne nous laissant aucune possibilité de fuite. Mon scénario ne donne pas de suite à ces images. Ma peur annihile ma réflexion. J'essaie de me calmer et de me concentrer sur mon état présent.

La sirène vient de s'arrêter.

La température a augmenté, et la moiteur de l'air devient difficilement supportable. J'ai cependant froid. Un silence pesant et anormal règne, rien ne vient le troubler. J'ai l'impression que nous sommes seuls et oubliés au fond de la mine. Tous les éléments techniques ont semble-t-il lâché. Plus aucune trace de vie. Que se passe-t-il au-dessus ?

Mike et Charles transpirent abondamment sous leur casque et de grosses gouttelettes de sueur perlent sur leur front. Pour mieux être à l'écoute, nous respirons la bouche ouverte. Chacune de nos expirations dégage un petit nuage de vapeur qui se dissipe rapidement. En très peu de temps, la température de l'air a augmenté de quelques degrés. L'alerte est-elle terminée ? À partir de cet instant, j'éprouve le sentiment d'être en insécurité totale dans une situation qui pourrait être sans retour.

Un grondement sourd et lointain se fait maintenant entendre. Il est rapidement accompagné de sifflements, de mugissements, de claquements. Son amplitude augmente. L'onde se rapproche mais nous n'arrivons pas encore à déterminer de quoi il s'agit.

— C'est pas bon les gars ! crie Samuel. C'est pas bon du tout !

Et il ajoute en hurlant :

— Danger ! Restez pas sur place ! DÉGAGEZ ! VITE !

Tous nos sens sont immédiatement en alerte et avant même qu'une instruction ou consigne de sécurité précise ne soit donnée, nous détalons en tous sens aussi vite que nos muscles peuvent le permettre. Aucun de nous n'a idée de ce qui peut se passer à cet instant. Chacun a en tête de sauver sa peau, de courir et de donner toute son énergie pour éviter le pire, et, dans un élan de panique, nous fuyons tous et cherchons à rejoindre une zone de sécurité.

Dans l'action, un flash éclair me revient. C'est la deuxième fois que je vis cet épisode dans une mine souterraine. La première fois, c'était dans une mine en Macédoine ; une dalle s'était décollée de la voûte pour tomber et se briser en multiples morceaux à quelques dizaines de mètres de nous avec un énorme fracas. Aucun mal, mais au premier craquement venant de la voûte, nous avions tous eu le réflexe de courir, courir en tous sens, courir surtout pour ne pas rester au même endroit. Après coup, j'ai compris que statistiquement en cas de problème majeur, le risque est le même à un endroit ou à un autre sous la voûte quand on ne sait pas d'où précisément vient le danger.

À présent, ma course effrénée m'entraîne dans aucune direction particulière et comme la première fois, je détale pour ne pas rester en zone de danger. Mais tout ici est zone de danger. Je déploie toutes mes forces pour courir plus vite encore. Dans cette fuite vers nulle part, une de mes bottes vient heurter un obstacle et je m'écrase violemment par terre, la tête enfoncée dans la boue. Sur l'instant tous les membres de mon corps me paraissent brisés tant la chute a été rude et inattendue. J'ai l'impression d'avoir heurté un mur de plein fouet. Je suis un peu déboussolé, mais sans attendre, je me relève tant bien que mal et je m'essuie rapidement la figure d'un revers de manche. Je nettoie ensuite ma lampe avec les doigts et fait rapidement état de la situation. En fait, dans la chute, seul mon genou gauche a cogné fort contre une roche. Ma combinaison déchirée est déjà imprégnée de sang. Mes sens reprennent le dessus.

J'entends le vacarme rugissant qui approche accompagné de claquements mais n'arrive pas à le localiser ni à l'interpréter. Je ne prends pas le temps de rechercher mon casque qui a volé et repars aussitôt tel un pantin monté sur ressorts avec pour seule obstination courir. Mon genou me fait mal mais je dois continuer pour me mettre en sécurité. À cette allure, le faisceau de ma lampe que je tiens à la main me permet tout juste de voir où poser les pieds. À grandes enjambées, je saute tant bien que mal par-dessus les flaques d'eau et tente d'éviter les grosses pierres. Je glisse souvent dans la boue des ornières mais je poursuis ma course en avant, propulsé par toute mon énergie. J'ai l'impression de me déplacer très vite et d'avoir couru des distances énormes, mais en regardant autour de moi, je me rends compte que je suis encore dans la grande cavité.

L'un d'entre nous est arrivé juste à quelques mètres derrière moi et me suit dans ma course folle et mal équilibrée. Je l'entends vociférer à chacun de ses faux pas. Sa respiration est rapide, forte, sifflante et bruyante. Ses bottes tapent souvent contre les pierres. Je ne prends pas le temps de me retourner et me dirige spontanément en courant aussi vite que je le peux vers la paroi la plus proche contre laquelle je pense être plus en sécurité. Il faut absolument éviter de rester sous la voûte de cette grande cavité qui peut s'effondrer à tout moment et n'importe où.

Je tends ma lampe à bout de bras sans pouvoir localiser un endroit sûr, une cassure ou une niche dans laquelle je pourrais trouver refuge. Refuge contre quoi exactement ? Je m'arrête quelques secondes pour doser un éventuel risque et prendre une décision. Je me retourne et ne vois plus personne derrière moi. Le collègue qui me suivait a dû prendre une autre direction. Me serais-je trompé ? Dois-je faire demi-tour et chercher à le suivre ? Rien n'est encore tombé de la voûte. Quand cela va-t-il arriver ? Et où ?
Un état de panique totale commence à m'envahir. J'en suis très conscient mais ne peux pas lutter contre.

Faut pas rester sur place ! Mais où aller ? Tout devient irrationnel. Nous sommes tous dispersés. Je suis désorienté. Un malaise grandit rapidement en moi, j'ai l'impression d'être piégé et de ne pouvoir m'en sortir. Loin dans le noir, de l'autre côté de la grande cavité où nous sommes, je vois l'un d'entre nous courir sur la petite pente d'un éboulis. Il s'arrête, oriente le faisceau de sa lampe dans différentes directions, puis me voyant crie :

— Par ici ! En haut de l'éboulis ! suivi d'autres mots couverts par le bruit assourdissant venant de la galerie.

Je reconnais à sa voix Francis. Ce devait être lui qui me suivait. Il est monté sur un éboulis en bordure de la cavité, donc en zone élevée et potentiellement plus sûre. Je décide immédiatement de le rejoindre en prenant pour cap le faisceau de sa lampe.

À ce moment précis, les sifflements et claquements se rapprochent. Je ne sais pas de quoi il s'agit mais cela vient de la galerie par laquelle nous sommes arrivés. Dans ce grand espace noir, mes repères sont perdus. Ma respiration haletante et bruyante m'empêche de me concentrer. Ma progression est complètement anarchique. Je cours, je titube, mes muscles me font mal. Je me rends compte que j'ai déjà bien entamé mon potentiel de forces tant j'ai dû courir et sauter comme un dératé. Mes bottes tapent souvent dans des grosses caillasses. Je m'énerve et me rends compte que je perds mon sang froid et que je me déplace sans réfléchir, n'importe comment. Je m'arrête à nouveau pour observer autour de moi et calculer, à toute hâte, la meilleure ligne de fuite. Je ne vois plus la lampe de Francis. D'un revers de manche, je frotte mon visage ruisselant de sueur. L'air devient très humide et difficile à respirer. Je n'arrive pas à contrôler mon souffle qui semble se calquer sur les battements rapides et désordonnés de mon cœur. Il faut absolument fuir cette zone et rejoindre ceux qui sont devant avant qu'il ne se passe quelque chose. J'essaie de me calmer avant de repartir et je fonce à nouveau après avoir pris deux ou trois bouffées d'air. Je m'arrête plus loin. Suis-je dans la bonne direction ?

Je vois à nouveau la lampe de Francis qui longe une paroi. Il se déplace plus ou moins en équilibre sur une zone assez instable. Mon idée est de le rejoindre rapidement et qu'on retrouvera, ensemble, l'accès aux niveaux supérieurs, sans avoir à nous perdre dans des galeries de reconnaissance et les nouveaux chantiers qui finissent tous en cul-de-sac. Seule une voie de montée pourra être une issue pour sortir de cet endroit.

Le bruit se rapproche maintenant très vite. Des chocs assez forts se font entendre. On dirait des gros blocs de pierre ou des planches de bois qui se fracassent violemment contre la paroi. Le bruit se précise et devient tout à fait reconnaissable, c'est celui d'un torrent arrivant à toute vitesse... Complètement atterré et essoufflé, je reprends ma folle course aussi vite que je le peux avec comme point de mire la lampe de Francis.

UN VACARME D'ORAGE

À cet instant un très fort courant d'air froid chargé de poussières puis de gouttelettes d'eau et de boue débouche dans la grande cavité à une vitesse inouïe et avec un vacarme d'orage. Immédiatement le sol est envahi par une énorme lame d'eau boueuse qui me fouette les bottes et qui rapidement recouvre tout sur son passage. La force du courant me déséquilibre et je dois prendre garde de ne pas tomber. À la vitesse d'un torrent, l'eau chargée de sable et de boue se projette violemment sur les parois et retombe dans le flot en paquets d'écume épaisse, poisseuse et noire. Elle balaye tout sur son passage et poursuit sa rapide descente en s'engouffrant dans les galeries de reconnaissance qui, au bout de la cavité, mènent à quelques centaines de mètres seulement au point le plus profond de la mine.

Le niveau de l'eau monte rapidement. Mes bottes sont noyées, j'ai de l'eau jusqu'aux genoux et il m'est impossible maintenant de courir. Je ne vois pas où je pose les pieds. À chaque pas je chancelle et je n'ai rien à portée de main pour me retenir. J'entends des cris de détresse autour de moi, couverts par le tumulte de l'eau. Le fond de la mine est certainement complètement déjà noyé parce que le niveau de l'eau n'arrête pas de monter. N'ayant aucune issue vers le bas, elle s'accumule et envahit progressivement la cavité. Par réflexe, je commence à me déplacer le plus vite possible à contre-courant. Ma fuite est totalement désorganisée. J'ai peur que le niveau de l'eau ne monte trop vite et m'empêche toute échappée possible. La noyade me vient immédiatement à l'esprit. Je n'y avais pas pensé jusque là mais la vitesse à laquelle l'eau monte me fait maintenant peur. Je n'envisage pas de pouvoir nager dans ce torrent de boue. Je fais tout pour rester debout et avancer, tant bien que mal. Le niveau de l'eau arrive maintenant à la hauteur de mes cuisses. À chaque pas, mes bottes sont comme aspirées par la boue et rendent mon déplacement de plus en plus difficile. Le niveau ne cesse de monter. Mes mouvements sont de plus en plus ralentis et j'avance de plus en plus lentement. Je suis complètement paniqué, essoufflé et trempé et j'ai du mal à rejoindre une paroi sur laquelle je pourrais m'agripper pour avancer. Je manque souvent de perdre l'équilibre en heurtant des pierres ou des ornières au fond de l'eau. Quelques fois, pour faire un pas en avant, je dois me rééquilibrer par deux ou trois pas en arrière.

Tout s'est passé très vite. En peu de temps, j'ai fourni un maximum d'énergie pour rester debout et ne pas être déséquilibré et roulé dans l'eau. Quoi que je fasse maintenant, j'ai l'impression que c'est en vain. Je suis exténué. J'ai dans ma tête le bruit désagréable et agaçant d'un rideau de vitrine, un rideau métallique roulant que l'on actionne à la main très rapidement vers le haut puis ensuite vers le bas, plusieurs fois, comme pour signifier qu'il me reste une chance de survie quand le rideau monte, mais que tout est fini quand il redescend, puis chance de survie à nouveau avant qu'il ne redescende...

Ce bruit finit par m'obséder. Le rideau monte, puis descend, remonte à nouveau, et redescend… Les cadences s'accélèrent… J'ai maintenant très mal à la tête.

Je tremble de tout mon corps. Mes nerfs sont poussés à l'extrême, à l'extrême de la vie, à l'extrême de moi-même mais je ne dois pas lâcher prise et me laisser abattre dans un dernier râle, étouffé, noyé d'eau et de boue.

Je suis complètement terrifié parce que je vois bien que je me débats sans avancer, et que je suis toujours dans le piège qui semble se refermer sur moi. Il faut se tirer de ce cauchemar mais je me sens gagné par l'épuisement et par la peur de ne pouvoir m'en sortir. Tout a été vite, beaucoup trop vite. Ma combinaison trempée colle à ma peau et rend encore plus difficile chaque mouvement. Mes muscles ne répondent plus. La batterie de ma lampe accrochée à ma ceinture me lacère les hanches. J'ai l'impression que mon corps se refroidit rapidement et se tétanise. Je m'arrête un court instant et regarde autour de moi. Ma respiration est très forte et saccadée. J'ai la bouche sèche et la gorge irritée par toutes les poussières absorbées. Mon corps entier tremble de froid. Les rayons jaunes de ma lampe se reflètent sur l'eau sale qui circule rapidement autour de moi dans un bruit de torrent souterrain. Son niveau atteint maintenant la hauteur de ma ceinture. Il m'est impossible de me déplacer plus vite. Je commence à paniquer sérieusement. Rien ne s'arrange et mes forces s'amenuisent vite. Il faut absolument que je me déplace à contre-courant en direction de la galerie principale afin de gagner en hauteur contre le niveau de l'eau qui ne cesse de monter. Ici, aucun point suffisamment élevé ne peut servir de refuge et, de toute façon, tout va être noyé dans peu de temps.

La peur s'installe en moi. Toutes mes idées s'entrechoquent. J'ai l'impression de dépenser énormément d'énergie et de ne pas faire ce qu'il faut. Je m'accuse d'être mauvais, et que cela me conduira à ma perte. En même temps, je réfute le plus fort possible ces idées, et je me fixe pour objectif de retrouver la galerie principale par laquelle nous sommes arrivés, celle qui mène au puits 15, la seule qui soit une échappatoire, la seule possibilité de survie. La notion de survie me donne quelque espoir et me permet de rassembler un minimum de force pour tenir le coup.

Je me rends compte que je suis seul et sans repère. Je ne vois aucune lumière autour de moi. Je m'arrête encore. Je m'impose de respirer très fort pour me calmer, me concentrer et rester vigilant. Je ne dois absolument pas bousiller ma lampe sans quoi je suis foutu, ni tomber dans l'eau au risque de ne pas me relever. Je dois aussi faire attention et éviter tous les débris transportés par l'eau.

Je m'efforce d'avancer, mais je m'épuise vite. Mes arrêts sont de plus en plus fréquents, et j'essaie de les rendre le plus court possible. À chacun d'entre eux, je regarde rapidement autour de moi pour localiser quelqu'un. J'appelle souvent. Mes cris ne doivent pas porter bien loin, aucune réponse ne me parvient. Où sont les autres ? Je m'en veux de n'avoir pas suivi au moins l'un d'entre eux. Je panique complètement et je me rends compte que je commence à faire n'importe quoi. J'active mon corps pour avancer et me débattre contre cette eau froide dont le niveau ne cesse de monter. Je m'épuise. Sans repère, j'ai le sentiment que je me déplace peut-être dans la mauvaise direction. Je perds souvent l'équilibre et le retrouve de justesse. Je m'épuise, mais je ne dois pas abandonner. Surtout ne pas abandonner. La moindre faiblesse, la moindre erreur et je risque de tomber à l'eau et de noyer ma lampe. Et là, je me refuse à imaginer la suite. J'ai peur et je me débats. Je me sens comme dédoublé, une partie de moi est épuisée, une autre m'ordonne de ne pas lâcher.

Après une éternité d'horreur, d'angoisse et de doutes, je vois, à quelques dizaines de mètres, deux faisceaux de lampes qui balayent le noir et, dans le vacarme, j'entends Sam et Mike hurler plusieurs fois des mots malheureusement couverts par le bruit de l'eau. Seuls me parviennent « puits 15 », et « monter ». Je dois suivre leur direction. Tous les sens en alerte, je me ressaisis et reprends ma progression en direction de ces points lumineux. Rapidement, ils disparaissent. Eux aussi, avancent et sont peut-être maintenant cachés derrière un coude de paroi.

La cavité est désormais noyée sous une accumulation invraisemblable de milliers de mètres cubes d'eau chargée de boue. Des matériaux divers ont été transportés, tels que des bidons vides, des planches, des sacs plastiques, des morceaux de polystyrène, des lambeaux de cartons déchirés, éventrés. Les uns flottent à la surface, portés par les remous ou bien se sont accumulés et déposés, çà et là, à la faveur de tourbillons. Au fond de l'eau gisent les matériaux les plus lourds, pneus, caisses de bois et tôles, autant de pièges que je peux heurter.

Je suis maintenant le dos contre une des parois. J'ai enfin pu rejoindre un point fixe sur lequel je peux m'appuyer. Au contact de la roche, ma combinaison trempée est froide. Je tremble d'épuisement. J'essaie d'analyser la situation autour de moi. Aucune masse rocheuse n'est encore tombée. J'ai réussi à me surélever de quelques dizaines de centimètres sur des cailloux accumulés au pied de la paroi, mais l'eau monte toujours et les cailloux glissent et roulent sous mon poids. Je décide très vite de continuer à avancer. Mon genou gauche me fait souffrir, mais rien de bien important au regard de la situation. Rester ici ne sert à rien, je ne peux rien attendre de personne. Je dois lutter seul contre l'eau avant que la situation n'empire encore. Il faut absolument continuer à avancer dans le sens inverse du courant et tenter de monter dans la galerie afin rejoindre les autres. Alors, même si le fond se noie, je pourrai à chaque centimètre de hauteur gagné, accroître mes chances de survie.

Je redescends de mon petit tertre et me retrouve avec de l'eau glacée jusqu'à mi-ventre. Pour protéger ma lampe hors de l'eau, je dois garder les bras tour à tour levés en la tenant un instant dans la main droite, puis ensuite dans la main gauche afin de reposer l'autre bras, ce qui demande des efforts douloureux pour mes membres refroidis et ankylosés. Mes muscles sont à bout et ne répondent plus. Je n'arrive pas à me déplacer aussi vite que je le voudrais. À chaque pas mes bottes s'enlisent et se collent dans la boue au fond de l'eau. Cela me demande des efforts colossaux pour décoller chaque botte à chaque pas ou presque. J'aimerais pouvoir les vidanger des grains de sable et des petites caillasses accumulées qui me meurtrissent les pieds. Cet exercice serait trop périlleux vu mon état général et mon manque d'équilibre. J'ai l'impression de faire trente pas pour avancer de deux mètres seulement. Le niveau de l'eau monte toujours. J'ai peur d'être bientôt déséquilibré par le courant. Ma lumière fonctionne encore, mais pour combien de temps ? Rester dans le noir serait fatal.

Ma progression est de plus en plus lente. Je n'ai pas encore amorcé mon cheminement dans la galerie principale qui devrait déboucher là, quelque part. Pourquoi n'y suis-je pas encore ? La jonction est donc si loin ? J'ai l'impression qu'il y a des heures que je me débats et que je n'ai pas beaucoup avancé. Les autres étaient à portée de vue pourtant. Donc, en toute logique il faut continuer par là.

J'essaie de me donner des repères sur la roche pour avoir une idée sur la distance parcourue. Je ne distingue aucune lumière autour de moi et n'entends plus aucun cri. Je longe toujours la même paroi qui est à quelques mètres de moi sur la droite, et de l'autre côté, il y a toujours le vide de la grande salle où s'accumule l'eau dont la surface irisée et noire est toujours en mouvement sous le faisceau de ma lampe. Je commence sérieusement à manquer d'énergie. Mon corps est vide de toute calorie. Mon estomac se resserre et mon souffle se raccourcit. Je suis dans l'incertitude totale, tout s'embrouille.

La peur panique a envahi mon corps entier. Mes yeux sont grands ouverts, ma respiration est haletante, je ne peux pas la contrôler. Les battements de mon cœur sont très forts et se répercutent dans ma tête comme des coups de marteau. J'ai l'impression que la paroi se rapproche de moi et que l'espace qui m'entoure se courbe et se noircit. Mes yeux semblent maintenant vouloir me jouer de mauvais tours. Où que mon regard se porte, je distingue comme des ronds de cibles avec un petit point central lumineux. Ces cibles semblent tourner rapidement sur elles-mêmes et changent d'intensité d'une seconde à l'autre au rythme des battements de mon cœur. Je cligne des yeux pour essayer de les faire disparaître, mais rien n'y fait. Mon équilibre est précaire. Je m'impose une respiration lente. J'essaie de me calmer et de dominer la situation. J'avance pas à pas dans l'eau boueuse dont le niveau monte encore et m'arrive bientôt à hauteur du thorax. Mon corps est transi de froid et mon abdomen se comprime, ne m'autorisant que de petites inspirations. Un pas après l'autre pendant de longues minutes, j'avance très lentement, gauchement, en faisant très attention de garder l'équilibre. Il ne faut pas tomber. Il faut se résigner à avancer. Mes jambes sont lourdes. Tout mon corps est ankylosé. Les muscles de mes bras ne répondent pas à mes ordres plus par peur panique que par incapacité physique. À la lueur de ma lampe, j'essaie de trouver une zone plus élevée, un pan de paroi écroulé où je pourrais m'arrêter un instant. Mais autour de moi, l'eau recouvre tout. Malgré tous mes efforts je ne me suis pas déplacé beaucoup, et la jonction avec la galerie qui remonte vers le puits 15 est quelque part devant moi. J'ai peur de trébucher et de tomber. Je dois absolument me rapprocher à nouveau de la roche pour m'y appuyer et mieux lutter contre l'eau, pour me sécuriser et reprendre mon souffle.

Pas à pas, je me dirige vers la paroi que je garde en point de mire, éclairée par le faisceau de ma lampe que je tiens à la main. Après d'interminables minutes j'arrive à son pied. Mes mains tremblent en se posant sur la roche. Cette même roche qui dans mon esprit était notre ennemi potentiel avant l'inondation. Cette roche qui aurait pu nous écraser et qui maintenant me permet de me stabiliser et de me reposer contre elle un instant.

Il me devient difficile de respirer, ma gorge est comme obstruée, ma tête tourne, j'ai envie de vomir. Par réflexe, j'essaie d'inspirer profondément pour calmer cette panique, mais mon corps se recroqueville sur lui-même et de violentes et douloureuses convulsions incontrôlables compriment par saccades tout mon abdomen. J'ai l'impression que mes viscères sont attaqués par un violent poison. Je place le cordon de ma lampe autour du cou pour la garder hors de l'eau, et appuie très fort mes deux mains sur le ventre pour essayer de calmer les convulsions. Courbé vers l'avant, je me laisse aller pour vomir mais rien ne sort, seuls quelques jets de bile dont l'acidité me brûle la gorge. Je n'ai rien à vomir, je suis vidé. Entre deux contractions, j'essaie de reprendre ma respiration. Je suis exténué. Je n'ai même pas la force de me redresser. D'une main, j'apporte de l'eau à ma bouche pour laver le goût de bile. Je me force à boire quelques gorgées mais rien ne passe. Des crampes me tiraillent l'intérieur du ventre et me forcent à rester courbé. Je tente d'attirer l'attention pour que quelqu'un me localise et me vienne en aide. Mais de ma bouche ouverte aucun cri ne sort. La panique est totale. Seul le bruit de ma respiration haletante se fait entendre. J'ai l'impression de me débattre comme une marionnette empêtrée dans ses fils, sans pouvoir avancer. J'ai peur de perdre l'espoir. J'ai peur que mon corps entier ne réponde plus. J'ai peur d'abandonner ici. Le peu de conscience qu'il me reste m'impose de ne pas le faire et me dicte de ne pas céder une seule seconde. Le temps joue contre moi. Mes forces sont anéanties. Mon souffle devient de plus en plus court. Je ne le contrôle plus vraiment. Chacune de mes inspirations est immédiatement suivie d'une expiration beaucoup plus importante sous la force de ma cage thoracique qui se comprime par spasmes très violents. Les spasmes sont de plus en plus rapides. Je n'arrive toujours pas à vomir. Je n'ai rien à expulser. Les contractions sont absolument incontrôlables et me font mal. Ma bouche sèche est grande ouverte, mais je n'arrive plus à inspirer et à gonfler mes poumons. Mon corps se comprime et se recroqueville sur lui-même. Je me force à relever la tête. J'ai peur d'avoir un malaise qui anéantirait mes chances de tenir debout dans ce cloaque. J'essaie de me rafraîchir la figure en m'aspergeant d'eau. Les yeux me piquent. Ma gorge est sèche, je n'ai plus de salive et j'ai beaucoup de difficultés à déglutir. D'une main tremblante, j'humecte ma bouche. Les quelques gouttes que j'avale sont infectes tant elles sont chargées de terre avec un goût d'essence, de graisse et d'huile de moteur. Elles me donnent la nausée.

Je panique à nouveau, ma tête est comme serrée dans un étau, mes poumons semblent rester collés. Je ne trouve pas le réflexe d'inspirer. Mes yeux hagards cherchent un point d'appui. J'essaie de poser une main sur la paroi mais mon geste est tellement désorganisé que la main ripe et je manque de tomber dans l'eau. Mon corps entier me lâche je titube sur place, je suis transi, anéanti. Ma tête me semble de plus en plus lourde et me fait si mal que j'ai l'impression qu'elle va éclater. J'essaie de placer correctement mes pieds dans la boue au fond de l'eau pour garder l'équilibre. Je lutte pour ne pas perdre conscience. Je ne dois pas me résigner. Il faut que je me calme, il faut que je respire. Mes paupières deviennent lourdes. Je fais d'énormes efforts pour maintenir les yeux ouverts. À chacun de mes mouvements, ma lampe installée autour de mon cou se déplace en va-et-vient de droite à gauche au bout du cordon et me donne l'impression d'être elle-même déboussolée. Son faisceau balaye successivement la roche sur laquelle je suis adossé, puis la surface de l'eau, puis la roche…Ma tête tourne…Je perds le contrôle de mes mouvements. Mon corps entier ne réagit plus. Mes yeux hagards balayent de manière incontrôlée la voûte qui me surplombe. Elle s'éloigne, se rapproche à nouveau, change de forme, tourne ...

Soudain, je vois jaillir à quelques mètres devant moi une ombre géante animée, une espèce d'épouvantail affreux à tête d'oiseau revêtu d'une large cape flottante noire qui danse et virevolte dans l'air avec une grande souplesse et beaucoup de légèreté. Dans ses mouvements rapides, il fait voltiger des figures désordonnées de brume autour de lui. Il porte un très large chapeau noir, pointu, avec des bords immenses et redressés qui ondulent au rythme de sa folle course et de ses mouvements de danse saccadée. Il s'approche à toute vitesse et s'immobilise d'un coup face à moi. Son rictus figé me glace le sang. Juste le temps d'un éclair, ses petits yeux ronds et noirs au regard perçant sont rivés aux miens, puis il s'approche encore tout près, me frôle et me dépasse pour disparaître très rapidement derrière moi. Je ressens un courant d'air froid à son passage.

Je me retourne immédiatement, mais ne vois plus qu'une myriade de flammèches jaunes et orangées qui diminuent en taille et disparaissent dans un froissement presque audible de petits tourbillons d'air chargés de gouttelettes de vapeur d'eau. Est-ce la mort qui vient de me frôler ?

Mes idées s'embrouillent, mon corps ne réagit plus.

Je perds alors l'équilibre et ma tête cogne la roche. Par réflexe, je me redresse, ouvre les yeux et me colle le dos contre la paroi pour ne pas m'effondrer dans l'eau.

Tout d'un coup, un grand frisson envahit tout mon corps et me pousse à hurler très fort, ce qui a pour effet de me permettre à nouveau de respirer, et de regagner une bribe d'espoir dans cette situation qui me semblait désespérée et en tout cas hors de mon contrôle. Mes esprits, bien que chavirés par cette apparition, reviennent peu à peu et je me surprends à me demander pourquoi j'ai crié comme ça ? Ce cri était-il issu de mes cauchemars dans un coma débutant ? Était-il le signe d'une dernière volonté de ne pas disparaître de ce monde ? De ne pas perdre la vie ?

Je me sens revenir de très loin et ne veux surtout pas retomber dans cette torpeur horrible. Un flux d'énergie sorti de je ne sais où me réchauffe partiellement.

Je reviens petit à petit à la réalité matérielle. Je me rends compte que j'ai laissé tomber ma lampe dans l'eau. Par bonheur, elle fonctionne toujours, je distingue son rayon de lumière atténuée qui balaye le fond de l'eau boueuse. L'ayant récupérée, j'éclaire de chaque côté pour me localiser et puis à nouveau devant moi, puis derrière pour bien vérifier que ce fantôme passe-muraille n'était qu'une création de mon esprit. Le doute subsiste quant à la réalité de cette forme que je ne suis pas prêt d'oublier. J'en ai encore froid dans le dos.

Je me force maintenant à me tenir le plus droit possible dans l'eau et à me calmer. Calmer mon souffle, calmer les battements de mon cœur, calmer mon esprit qui m'a abandonné me semble-t-il un instant. Je ne dois pas disperser le peu d'énergie qu'il me reste et j'essaie de canaliser mes pensées sur quelque chose de positif. Je dois reprendre le contrôle de mon corps pour mieux lutter contre les éléments. Je m'asperge plusieurs fois la figure d'eau et me force à en en avaler une gorgée.

J'essaie d'écouter mais aucun son de voix ne me parvient. Je lance un cri, un cri d'appel cette fois, un cri conscient et fort, mais rien ne vient en retour. Le bruit de l'eau et des clapotis doit rapidement couvrir ma voix. M'arrivent enfin des bribes de cris déformés par l'écho des parois mais aucun mot compréhensible. J'ai presque peur de les avoir inventées tant je les désire. Mais non, il me semble les entendre encore. Ces cris sont une preuve de vie, une lueur d'espoir. Je suis à portée de voix donc une aide éventuelle peut m'être donnée si besoin est. Rapidement mon obsession de lutter pour ne pas rester dans cet enfer reprend le dessus. Je me remets lentement en marche. Un pas après l'autre, tout doucement. De temps en temps, je crie encore pour signaler ma présence, mais n'obtiens rien en retour ce qui m'affecte à nouveau le moral. Étaient-ce bien des voix tout à l'heure ?

L'eau et la boue mêlées à ma transpiration coulent sur ma figure et me piquent les yeux. À chaque pas je m'épuise à décoller mes bottes qui se piègent dans la boue au fond de l'eau. Mes jambes sont raides de froid. Je me débats sur place violemment de droite à gauche, les bras nerveusement tendus vers le haut comme si, de colère, je voulais m'agripper à des chaînes pour alléger mon corps pour mieux avancer. Mes gestes sont désordonnés. Ma main droite tape fort contre la paroi. Je pousse un cri de douleur. J'essaie de m'équilibrer tant bien que mal. Au fond de l'eau, le sol boueux est bourré d'ornières, de bosses et de trous. Je me stabilise enfin et je cherche à reprendre confiance. À nouveau, mon souffle est très court. Il faut que je me calme. Ma lampe donne des signes de faiblesse. Je décide de l'éteindre pour garder un minimum de batterie. Pour l'instant, je ne bouge plus, je cherche à retrouver une respiration normale et à faire retomber l'énorme tension accumulée. Je ne suis pas blessé, donc le stress doit être géré en priorité.

Je reste un long moment dans le noir pour tenter de reprendre des forces. De temps à autre, ici et là, des pierres ou des blocs tombent dans l'eau. Je dois rester attentif à ce risque et j'essaie de rester le long de la paroi qui est mon seul fil conducteur. Il me semble que l'eau est beaucoup moins agitée et que la force du courant semble avoir diminué, par contre le niveau monte toujours. De toute évidence, le fond de la mine se remplit inexorablement et je dois trouver le plus rapidement possible la jonction avec la galerie qui mène au puits 15.

Où sont donc passés les autres ?

Après quelques longues minutes d'errance, et toujours plus ou moins en contact avec la paroi qui est à ma droite, je me rends compte que la paroi de gauche s'est rapprochée de moi, et que donc j'avance enfin vers l'entrée de la galerie. Le faisceau de ma lampe le confirme. La galerie est bien là. Accrochée en son axe, la gaine de ventilation de couleur jaune, toute flapie, m'indiquera désormais la direction à suivre. Je m'accorde à nouveau quelques instants de repos.

Tout à coup, le noir dans lequel je suis plongé s'anime de halos lumineux diffus et lointains qui tremblent à la manière de feux follets. J'éclaire à nouveau ma lampe et constate que ces lumières proviennent de l'autre côté du coude de la galerie là-bas en face de moi.

J'appelle. Des échos de voix me reviennent assez rapidement sans que je ne puisse discerner leur contenu. Qu'importe, je suis enfin en contact avec quelqu'un. Je dirige le faisceau de ma lampe le plus loin possible sur la paroi en l'agitant pour signaler ma présence. À nouveau, des voix très assourdies me parviennent. Je décide de marcher au milieu de la galerie pour me donner toutes les chances d'être vu de loin s'il le fallait. Par endroits, des grosses vasques ont été creusées par l'eau et je dois avancer tout doucement à tâtons, ne connaissant pas la profondeur ni la dimension de ces trous. Sur les côtés, la roche a été sapée par la force de l'eau et quelques écailles se sont décollées de la paroi. Je les enjambe au fond de l'eau. Je fais attention de ne pas me rapprocher de trop près des zones où la roche me semble altérée et susceptible de tomber en plaques. Je me déplace lentement en direction des halos lumineux que je discerne de temps en temps. Ma respiration est à peu près normale à présent, je me sens vidé de mes forces mais j'ai la rage au cœur et l'espoir de rejoindre les autres dans peu de temps.

Une fois le coude de la galerie dépassé, j'arrive à la hauteur d'une petite cavité creusée dans la paroi à l'intérieur de laquelle je distingue le toit d'un véhicule qui émerge. Un peu plus loin, j'entends des bruits bizarres sans discerner tout de suite de quoi il s'agit. En avançant, je découvre à la lumière de ma lampe des bidons vides, en plastique ou en métal, qui flottent à la surface d'un petit tourbillon d'eau boueuse en cognant les parois. Ils ont été piégés dans une petite niche sur le côté de la galerie et tournent sans pouvoir s'échapper. L'ambiance est assez surprenante voire glauque.

J'entends maintenant nettement des voix portées par la galerie. Je signale ma présence par des « Hé Ho ! ».

À quelques dizaines de mètres devant moi, un faible faisceau de lumière jaunâtre se reflète à nouveau sur la roche et sur l'eau pendant quelques secondes seulement. Puis, il s'éteint. Je dirige alors le faisceau de ma lampe dans cette direction. Des voies semblent vouloir me guider mais elles sont encore couvertes par le fort courant d'air et le bruit de l'eau. À l'évidence il y a quelqu'un tout près d'ici. Petit à petit, je me rapproche et au détour de la galerie dans un élargissement où se croisent d'habitude les véhicules, je vois enfin le faisceau direct d'une lampe et des voix me crient de les rejoindre. Il y a là deux des mineurs que nous avions vu travailler dans une galerie à proximité du filon Kwesi ainsi que Mike. Ils ne s'éclairent qu'avec une seule lampe par mesure d'économie de batteries. Ils tremblent de froid. Ils ont visiblement trouvé refuge hors de l'eau sur la plateforme d'un pick-up. En amont du véhicule, des palettes de bois vides enchevêtrées ont été entassées par la force de l'eau. Avec deux d'entre-elles et avec un grand morceau de toile plastique les gars ont pu se dresser un abri de fortune les protégeant un peu du courant d'air froid de la galerie.

Les deux mineurs transis aident Mike à me hisser sur le pick-up. Mon corps est lourd et complètement engourdi. Je dois peser une tonne ! Des litres d'eau ruissellent à mes pieds quand je prends place sur la plateforme.

— Tu es seul ? Ça va ? me demande Mike.

— Oui, dis-je entre deux souffles. J'ai bien cru y rester. Cela fait du bien de vous retrouver. J'ai vu d'autres lampes bien avant, j'ai aussi entendu des voix, mais je ne sais pas qui.

— C'est un miracle que tu aies pu nous rejoindre ici. Tout est allé si vite, me dit Mike, quand je suis arrivé, il y avait ici Sam et Francis avec d'autres mineurs. Personne n'a vu Charles et John. Pas de nouvelles non plus de Steeve et Ismaël. Ils doivent être encore derrière ou bien ont pu s'échapper dans une autre galerie. Sam et Francis sont partis avec les autres sans plus attendre chercher du secours. Sam m'a demandé de rester ici avec les deux mineurs pour donner un coup de main à ceux qui seraient en difficulté pour remonter. Mais franchement, j'espère qu'il n'y a personne derrière.

Et il ajoute :

— La radio ne marche pas et l'eau monte encore. Les gars pensent que le barrage de la citerne a dû céder, peut-être suite à un effondrement de galerie qui a déréglé l'équilibre de la mine. Ils n'ont jamais vu un désastre pareil !

Ce qui est bizarre, c'est qu'aucun d'entre nous n'a ressenti de secousse sismique. Même faible, elle aurait sûrement été accompagnée de chute de pierres et d'ouverture de fissures dans les parois.

Mike me relate ensuite les évènements que lui ont racontés les deux mineurs :

— Ils étaient en poste occupés à forer la roche. Ils n'ont même pas vu l'eau surgir derrière eux et inonder rapidement leur espace de travail. L'eau est venue déferler sur la roche. La vitesse de l'inondation était si rapide que, pris de panique, ils ont immédiatement décidé de tout abandonner et de sortir en courant de leur chantier. Ils étaient alors trop loin à l'intérieur du massif pour entendre la sirène et, sans radio, ils n'étaient pas en mesure de communiquer. Dans leur fuite, ils ont essayé de rejoindre la galerie principale qui va au puits 15 mais le courant de l'eau de plus en plus fort et dangereux charriait des planches et autres pièces flottantes qui rendaient leur avancée dangereuse. Ce n'est qu'après un grand moment que, complètement exténués, ils ont échoué ici sur la cabine de ce pick-up pour se mettre hors de l'eau en sécurité relative. Aucun des deux n'est blessé, en revanche ils se sont sentis piégés comme des rats. Ils ont attendu ensuite un grand moment avant que Sam et Francis n'arrivent. Mike oriente le faisceau de sa lampe dans l'eau pour en observer le mouvement, puis le dirige le plus loin possible au fond de la galerie en direction de la grande caverne pour signaler notre présence.

— Tu vois, cela fait des heures que nous sommes ici dans le noir pour économiser les batteries. De temps à autre, et quand nous entendons un bruit ou des voix, nous nous signalons pour guider ceux qui sont dans le secteur. Il faut impérativement passer par ici pour monter. Toutes les autres galeries sont sans issue, et certainement noyées maintenant sous un ou deux mètres d'eau, voire plus.

J'ai très peur pour Charles qui n'a pas donné signe de vie. J'espère qu'il ne lui est rien arrivé. Il est peut-être bloqué et attend du secours.

Mike fait un rapide état des lieux à voix haute et essaie de compter combien de mineurs pouvaient encore être en poste au moment de l'inondation. Nous sommes dans la partie la plus basse de la mine et aussi dans un secteur où plusieurs galeries de prospection et d'extraction sont en activité. Certaines de ces galeries sont en fait des petits boyaux qui souvent sont creusés de manière traditionnelle en direction du haut et qui peuvent être connectés ou non à une galerie du niveau supérieur. Dans ce cas, ce serait une échappatoire possible pour ceux qui ont pu les emprunter. Mais d'autres boyaux de ce type ne débouchent nulle part, se terminent en cloche ou en cul-de-sac et peuvent avoir piégé des mineurs.

— Je ne veux pas être pessimiste, mais la situation me paraît désastreuse, dit-il.

Pour ce qui est du problème de l'eau, il reste à souhaiter que la pression énorme des circulations d'eau dans les failles et les fissures ne va pas trop altérer la roche et occasionner des éboulements. Certaines zones très faillées pourraient favoriser la circulation de l'eau à l'intérieur du massif et l'aider dans son œuvre destructrice en désolidarisant des pans entiers de roche. Des affaissements massifs pourraient en résulter. L'équilibre de la mine serait fragilisé. Des galeries entières pourraient s'effondrer annulant toutes nos chances de remonter. Il faut espérer qu'il n'y aura pas d'effondrement majeur. Le temps joue contre nous. La situation n'est pas encourageante mais mon moral est quand même remonté d'un cran. Nous sommes quatre maintenant et après le cauchemar des dernières heures, j'ai le sentiment, encore naissant, que nous nous en sortirons.

— Nous devons encore rester ici un bon moment, dit Mike. Au pire, l'eau continuera à monter et nous délogera. Qu'en penses-tu ?

— À mon avis, faudra peut-être pas trop attendre, on va finir par manquer d'éclairage et de forces aussi.

Je m'installe sur la plateforme à côté de Mike. J'ai très froid maintenant que je reste sans bouger. Tout est trempé. J'évacue le sable, la terre et les cailloux accumulés dans mes bottes. Mike éteint la lampe qui nous fournissait un peu de lumière jaune et de chaleur virtuelle. Nous restons un très grand moment dans le noir, sans dire un mot. J'essaie de me réchauffer un peu en conservant une position recroquevillée les bras croisés sur les genoux. Une vague de frissons me parcourt le dos et mes pieds sont transis.

Les deux mineurs rompent de temps en temps le silence en échangeant à voix basse quelques phrases en langue twi. De temps en temps, Mike réfléchit à voix haute et formule des questions sans même les poser à l'un d'entre nous.

— La citerne ne suffit pas pour toute cette eau. Mais quoi d'autre ? et jusqu'à quand cette flotte ? D'où vient-elle ?

Puis :

— Putain c'est pas vrai, ils sont où ? Personne ne remonte ?

Nous espérons tous que les autres nous rejoignent le plus rapidement possible. Peut-être sont-ils en sécurité dans un autre secteur et attendent que la situation évolue favorablement. Toute cette eau va s'arrêter de s'accumuler à un moment donné. Mais, pour l'heure actuelle, le gros problème est que le fond de la mine se noie inexorablement. L'eau n'a aucun exutoire vers le bas et son niveau monte toujours plus.

Nos questions n'ont pas de réponse. Alors que je reste assez calme dans mes réflexions intérieures, Mike s'énerve de temps en temps et peste à voix haute.

Pendant de très longs moments, nous restons à l'écoute dans le noir. Un des mineurs s'est endormi et ronfle. Je me surprends souvent à redresser ma tête qui tombe sur mes genoux lorsque je m'endors.

FAITS COMME DES RATS

C'est Mike qui me réveille en changeant de position. Ma tête est lourde et mon cou raide. Depuis combien de temps me suis-je endormi ? Depuis combien de temps sommes-nous sur le pick-up ? De longues heures certainement. Difficile à estimer, aucun d'entre nous n'a de montre. Nous sommes tous littéralement transis de froid. Le manque de calories commence à se faire durement sentir. Le petit déjeuner est bien loin derrière nous. J'ai l'impression d'avoir perdu dix kilos dans ma combinaison trempée qui me colle désagréablement à la peau. Mon genou a enflé et il est glacé. Quand je le touche je ne ressens rien, mais je peux encore le bouger. J'ai l'impression qu'il accumule tout le froid de ma jambe. Il va falloir partir, sans trop attendre.

Je sors immédiatement de mes réflexions, Mike vient d'allumer sa lampe.

– J'ai entendu quelque chose ! dit-il

Et prenant son casque à la main, il frappe plusieurs coups sur le toit du pick-up puis ensemble nous appelons très fort. Les deux mineurs eux aussi appellent. Aucun son particulier en retour. Mike maintient le faisceau de sa lampe allumée en direction de la galerie. Les ombres se projetant loin peuvent signaler notre présence. Mais au bout de quelques minutes toujours rien.

Il a l'air excédé.

— Regarde, me dit-il. Le niveau a encore monté. L'eau arrive toujours, mais le courant est plus faible. Ça peut durer encore longtemps et le niveau montera encore. Je me demande si on doit rester ici ! Si quelqu'un avait dû passer, il l'aurait fait après tout ce temps.

Toujours en réfléchissant à voix haute, il ne sait pas si notre présence ici peut apporter une aide à quiconque - alors finalement pourquoi rester ? Il en touche deux mots aux mineurs puis s'adresse à moi :

— Dis-moi ce que tu penses ! Nous pouvons essayer de remonter. On ne va pas attendre des jours ! Le niveau de l'eau peut encore monter et nous mettre en position très difficile. Les autres sont peut-être dans une situation identique à la nôtre et ils attendent eux aussi. Mais pour raison de sécurité je crois qu'il est temps de partir d'ici.

Il ajoute :

— Ce qui me fait le plus peur ce sont les éboulements. Toute cette eau ne peut que fragiliser les parois, nous ne pouvons pas attendre beaucoup plus. Je pense que notre temps est minuté et qu'il ne faut pas jouer avec le diable si on veut sauver notre peau ! Toute cette flotte a certainement perturbé l'équilibre des parois en les sapant à la base. Il suffirait d'un gros effondrement local pour que les vibrations entraînent un écroulement majeur ! Et là les gars, tintin pour la remontée !

Je suis assez d'accord avec Mike pour le principe, mais d'un autre côté j'aimerais bien avoir l'assurance de ne laisser personne derrière nous. Je n'ai aucune responsabilité dans cette mine, mais je ne veux pas avoir de remords plus tard.

À ce moment, je me souviens de Samuel qui m'a relaté un jour le sauvetage d'un mineur toujours en vie sous des blocs éboulés. Le sortir de là avait été une opération très difficile et suffisamment longue pour que toute l'équipe prenne des risques énormes sous les dalles de la voûte qui menaçaient encore de tomber. Il fallait dégager le plus rapidement possible les blocs qui recouvraient le corps puis tirer le gars en arrière. Cette opération s'était avérée absolument impossible parce qu'un de ses bras restait coincé. Le peu d'outils qu'ils avaient ne suffisait pas pour dégager le bras. Le temps était contre eux. Finalement, ils réussirent à libérer le corps inerte en sectionnant la partie du bras définitivement coincée.

Samuel dira plus tard qu'ils étaient en situation interdite par le code de sécurité de la mine au vu des risques encourus, mais qu'il leur était impossible de laisser leur compagnon derrière eux et qu'il avait fallu prendre une décision urgente pour le sortir vivant.

Je suggère d'attendre encore. Notre présence peut servir.

— Combien de temps ? me demande Mike attendant certainement une réponse précise.

— Je ne sais pas, dis-je, en essayant de traduire mon ressenti. C'est pas une question de temps mais plutôt de principe. Attendons encore un moment.

Je suis dans position ambiguë. Ce n'est pas à moi de décider c'est à Mike, mais je me rends à l'évidence que, vu l'urgence de la situation, les arguments doivent être discutés et pesés pour définir la meilleure stratégie.

Je ne veux pas me confondre en explications sur l'humanisme et le devoir d'aider son prochain. Je veux simplement attendre pour que nous n'ayons pas de regret ensuite. J'ai moi aussi le sentiment que l'on peut essayer de rejoindre le puits 15 et de là, peut-être, trouver une échappatoire vers la grande galerie qui remonte à la surface, si aucun accident rocheux ne nous en empêche. Toute cette eau doit forcément s'arrêter à un niveau en amont duquel les galeries ne sont pas noyées.

Mais, comment s'extraire d'ici et filer en laissant peut-être d'autres personnes derrière nous ?

— Ok, on attend encore, me dit Mike. Mais faut pas trop tarder ajoute-t-il en fixant le niveau de l'eau.

Il éteint à nouveau sa lampe. Toujours en position recroquevillée, à la recherche d'un peu de chaleur, je m'évade un peu. J'imagine notre sortie de la mine. Nous sommes enfin de retour à la surface, à l'air libre, et de là, mes pensées vont immédiatement à Osvalde. Je m'étonne de ne pas avoir pensé à elle plus tôt, mais je dois admettre que la situation ne me l'a pas permis. Étrangement, une impression de bien-être m'envahit et me réchauffe le corps. Je revois son beau visage souriant et ses yeux en forme d'amande. Nous nous sommes fait la promesse de nous revoir avant mon départ et pour la tenir il faut que nous sortions d'ici. Peut-être pense-t-elle aussi à moi à cet instant et se demande ce que je fais. Et elle, que fait-elle ? Le rendez-vous que nous nous sommes fixé ne peut pas ne pas avoir lieu. Cela me fait beaucoup de bien au moral et m'apporte le peu de chaleur dont j'ai besoin. Je reprends un peu confiance.

Il me semble que mon sang circule un peu plus vite et qu'il réchauffe mon corps, mes jambes, depuis l'intérieur de mes muscles jusqu'à fleur de peau. Cette réflexion me renforce le moral et me sécurise un peu.

Je réfléchis à nouveau à notre situation présente. J'en arrive à la conclusion que rien ne sert de rester plus longtemps sur ce pick-up. Il n'est pas envisageable non plus de retourner dans les parties noyées, nous devons donc tenter de remonter. Mike a raison, notre sécurité en dépend. Nous sommes assez valides dans l'ensemble et devons trouver un exutoire vers le haut. Le temps ne peut que jouer contre nous puisque nous n'avons aucun moyen de subsistance et que nous perdons des forces d'heure en heure. Personne ne nous a rejoints depuis que je suis arrivé au pick-up. Il faut admettre et espérer que dans le meilleur des cas, tous ceux qui sont derrière ont trouvé une solution pour se mettre hors de l'eau et attendre.

Je m'adresse à Mike :

— Je pense qu'on peut y aller. Tu as raison. Si nous restons ici, nous multiplions les risques. Le niveau d'eau monte toujours et la roche peut se fragiliser rapidement. J'espère que tous les autres sont en sécurité. Que pouvons-nous faire de plus ?

— D'accord, me dit Mike. Notre analyse est la bonne. Je pense vraiment qu'on ne peut pas faire autrement. Il faut que l'on sorte d'ici ! C'est peut-être de cette façon que nous pourrons apporter de l'aide à ceux qui sont encore en difficulté.

Les deux mineurs restés silencieux jusque là approuvent la décision.

Sans un mot, le top départ est donné. Chacun d'entre nous se lève. Chacun à sa manière gémit des ses courbatures et s'étire les membres froids et engourdis. Nous vérifions l'état de nos lampes. Par mesure d'économie nous décidons d'en allumer qu'une seule.

Nous quittons la plateforme du véhicule redescendons dans l'eau froide.

J'avais déjà oublié comment les bottes se collent dans la boue au fond de l'eau et que, la fatigue aidant, il était si difficile d'avancer. Je remarque que l'effet de groupe stimule énormément. Je me sens prêt à remonter. Mike se retourne souvent pour nous éclairer. À la lumière de sa lampe on peut voir que l'eau circule encore et que le niveau d'ennoiement n'est pas stabilisé. L'eau nous arrive à hauteur de la ceinture, au minimum. Le fond de la mine se remplit lentement mais inexorablement derrière nous.

La principale difficulté est de poser nos bottes en bon appui. Beaucoup de faux pas et de déséquilibres ralentissent notre avancée. Chacun doit donner toujours plus pour se rééquilibrer et nous avançons un peu à la manière de zombies... La galerie monte sensiblement mais nous avons toujours de l'eau jusqu'à la ceinture... D'où peut-elle bien provenir ? Jusqu'où va-t-elle monter ?

Nous faisons de nombreuses haltes pour récupérer quelques forces. Après une longue marche lente et harassante, nous arrivons à un croisement d'où part la galerie qui mène au filon Kwesi. Je reconnais l'endroit grâce à la flèche rouge et l'indication « Kwesi level 40 » peintes en rouge sur la paroi. Mike s'arrête, se retourne vers nous.

— Je vais jeter un coup d'œil jusqu'au filon. Ce n'est pas très loin, attendez-moi ici.

— Non Mike, nous venons avec toi dit un des mineurs. Tu pourrais avoir besoin d'aide.

Je me souviens que, lors de notre passage dans cette galerie, la présence et la puissance inaltérable du filon se faisaient sentir à bonne distance. Il y avait comme une attirance magnétique.

Désormais, l'ambiance ressentie est différente. Le grand filon n'irradie plus autant. Alors que nous approchons, tout est silencieux. Nous passons le dernier coude. Le chantier est désert. Nous n'avançons pas plus. Seules quelques tiges de ferrailles tordues dépassent de la surface de l'eau. Le filon est maintenant face à nous à une dizaine de mètres. Il semble éteint et endormi, comme si sa brillance et sa magnificence dépendaient uniquement de sa valeur marchande que lui attribuent les hommes en l'exploitant. Sous le faisceau de la lampe de Mike, la paroi blanche s'éclaircit et les cristaux de quartz scintillent. Mais rien de comparable à la première fois. Maintenant qu'il n'est plus attaqué, il semble reposer en paix dans les profondeurs du massif rocheux.

Nous revenons sur nos pas et reprenons la galerie que nous avions quittée.

— Logiquement, nous dit Mike, nous devrions bientôt arriver à une intersection qui sur la gauche mène à la station du garage de cette zone.

Nous marchons encore pendant de longs moments et comme prévu nous arrivons à l'intersection. Nous suivons la galerie qui s'ouvre à notre gauche.

Assez rapidement, la voûte devant nous se surélève. Nous approchons d'une vaste cavité qui est la station d'entretien du secteur dans laquelle sont entreposés les foreuses et autres grosses machines pour révision, réparation ou stockage. L'ambiance est lugubre, il fait noir complet dans un endroit où d'habitude un ou deux techniciens travaillent sous des éclairages assez puissants.

- Hello ! Il y a quelqu'un ! crie Mike.

Soudain, des voix répondent à nos appels. Mike se retourne et nous crie :

— Venez les gars ! Il y a quelqu'un là-bas !

Nous accélérons quelque peu notre allure. Arrivés sur place, à la lueur de nos lampes un peu faiblardes, nous scrutons tous les recoins de la grande cavité.

Tout le matériel baigne jusqu'au moteur dans une eau grasse polluée de pétrole et d'huiles diverses. Les pneus des grosses foreuses sont complètement immergés.

Alors que nous approchons, Mike pose des questions.

— Qui est là ? Combien êtes-vous ? Y a-t-il des blessés ?

En guise de réponse, une seule personne nous répond et le son de sa voix nous guide. Nous nous glissons entre les machines et, dans le fond de la cavité, nous trouvons deux mineurs installés en hauteur sur une plateforme de fortune édifiée à l'aide de palettes de bois et de caisses empilées sur une espèce d'établi large et robuste. Visiblement, ils s'étaient assoupis.

Le plus âgé se nomme Kwabena et nous explique qu'ils sont bloqués ici depuis le début de l'inondation. Ils sont seuls, ils n'ont vu personne et n'ont pas eu le temps de partir quand l'eau est arrivée. Selon eux, aucun autre mineur n'est bloqué plus loin au niveau du grand filon.

— Oui, dit Mike, nous avons été vérifier. Nous revenons de plus bas encore.

Kwabena poursuit : avant que l'eau n'arrive, ils avaient entendu la sirène et pensaient qu'il s'agissait d'un accident. Ensuite, la radio n'émettait plus et rapidement la ventilation a été coupée.

Le mineur explique que la station a été noyée juste avant la fin de leur poste et que l'équipe suivante n'était pas encore arrivée sur place.

Il nous montre son collègue, beaucoup plus jeune et s'adresse à Mike :

— Kofi est blessé, Monsieur, et nous avons dû rester ici.

Kofi a sa combinaison couverte de boue et tachée de sang mais garde les yeux brillants et bien éveillés.

— Quand la vague d'eau est arrivée, nous raconte le vieux mineur, il a couru et trébuché. Une de ses jambes s'est retrouvée coincée et en partie écrasée sous une lourde caisse chargée d'outils qui avait été déséquilibrée par la force de l'eau. À l'aide d'une barre métallique, j'ai soulevé la caisse pour libérer Kofi de cette situation. L'eau était déjà partout. Il aurait pu se noyer. Sa jambe était dans un sale état, beaucoup de sang sortait de la plaie que j'ai protégée avec un morceau de tissu. Le niveau de l'eau montait toujours et a noyé la station entière. Pour des raisons évidentes de sécurité, on a décidé de ne pas se séparer. Dans le grand silence de notre longue attente, on a ressenti plusieurs fois des vibrations dans la roche, et on pense qu'il y a eu des éboulements.

Ils ont eu raison, se déplacer aurait été beaucoup trop risqué. La meilleure solution dans l'immédiat était de se réfugier le plus haut possible en zone hors d'eau.

Ce qu'ils firent en installant des caisses de bois les unes sur les autres.

Sa jambe pansée tant bien que mal avec un morceau de tissu, Kofi a passé de longues heures en priant pour ne pas s'endormir et mourir. Leur attente a été longue, dans le froid et le noir, et l'espoir d'être retrouvés par d'autres mineurs s'amenuisait à mesure que le niveau de l'eau montait. En aucun cas le plus vieux mineur n'aurait abandonné Kofi, question de solidarité inébranlable entre mineurs de fond dans de telles circonstances.

Nous décidons de regarder de plus près la jambe de notre ami. Mike retire délicatement le tissu collé à la blessure. Ce n'est effectivement pas très beau à voir, la jambe a été profondément entaillée dans la longueur jusqu'à l'os sur une bonne dizaine de centimètres et un gros morceau de chair en est presque entièrement détaché. Toutefois, rien ne semble affecté au niveau des articulations qui fonctionnent bien malgré des traumatismes de chair et les muscles refroidis.

— Je pense qu'un nouveau bandage devrait suffire à protéger ta jambe, dit Mike, et tu devrais pouvoir marcher. Nous t'aiderons.

Il ouvre sa combinaison sort une partie de son tee-shirt et d'un geste sec le frotte contre une tôle pour en déchirer une longue pièce et confectionner une bande. Puis, il entoure avec précautions la plaie vive de Kofi de manière à la protéger de l'eau boueuse et des frottements. Le jeune Kofi est confiant, il observe attentivement, serre les dents, plisse les yeux mais ne bronche pas. Mike confectionne ensuite tant bien que mal deux autres petites bandes de tissus en guise de sangles pour maintenir le pansement principal en place.

Une fois le bandage terminé, Kofi remercie Mike en joignant ses deux mains sur sa poitrine. Ensuite, il se tient fermement à l'épaule de son compagnon mineur encore hésitant à s'appuyer sur sa jambe qui de toute évidence lui fait mal. Il serre les dents mais se relève. Kwabena, le vieux mineur, semble rassuré et lui explique qu'ils pourront progresser en s'appuyant l'un contre l'autre.

Malgré la souffrance, Kofi veut se donner la force et la chance de se sauver de la situation et de remonter à la surface, à l'air libre. Il est prêt à donner toute son énergie.

— Nous allons remonter ensemble Kofi, dit Mike. Il est hors de question que l'un d'entre nous reste dans ce piège à rats. L'eau pourrait monter encore beaucoup et noyer les palettes en ne laissant aucune chance !

— Par contre, ajoute-t-il, en nous regardant tous un à un, nous ne connaissons pas du tout l'ampleur des dégâts et les difficultés à venir sur le parcours. Nous n'avons aucune idée sur la suite des évènements. Aucun de nous n'a la force de porter Kofi sur une longue distance. Il n'est pas lui-même en mesure de se déplacer dans l'eau et dans la boue. Alors il va falloir que tout le monde donne un coup de main. Chacun d'entre nous va devoir aider Kofi à marcher.

Nous sommes remerciés par les deux mineurs visiblement soulagés. Après toutes ces longues heures d'angoisse et d'attente ils peuvent enfin quitter les lieux. Le vieux pose sa main sur l'épaule de Kofi, lui parle doucement en twi avec semble-t-il beaucoup de bienveillance. Son front est plissé de rides, ses yeux sont rougis par la fatigue, mais les quelques mots prodigués ont l'effet d'un pansement moral qui ragaillardit Kofi.

Quelques minutes plus tard notre petit groupe est en marche en direction du puits 15. Nous avons les yeux hagards de survivants épuisés, affamés et assoiffés cherchant à sauver leur peau et à retrouver la lumière. Il est clair que notre survie dépend de nos capacités physiques à surmonter notre environnement en espérant que la malchance ou la fatalité ne jouent pas contre nous. Nous avançons lentement, nous sommes les uns et les autres épuisés.
Une question commune se pose : D'où vient toute cette eau ? Que s'est-il passé ? Le barrage en aval de la citerne a-t-il lâché ? Pour quelle raison ? Une secousse sismique ? N'aurait-on rien ressenti ?

Au fur et à mesure que nous cheminons en direction du puits 15, il nous semble que la hauteur de l'eau ne monte plus si rapidement qu'avant ce qui attesterait que le flux d'eau est moins important et que le niveau d'ennoiement de la mine arrive peut-être à son maximum.

Une chose est sûre, à partir du puits 15, les galeries remontent avec une nette déclivité. Quoi qu'il arrive, une fois là, nous serons sortis d'affaire. Le puits 15 est à environ 240 mètres au-dessus de nous. Peut-être même que des équipes de secouristes sont déjà là.

Mais, il y a beaucoup de chemin à parcourir et une incertitude majeure met une ombre au tableau : dans quel état est notre galerie plus haut ? Peut-être est-elle éboulée ? Nous avançons lentement et devons souvent nous arrêter aux cris de souffrance de Kofi quand sa jambe heurte un obstacle ou se colle au fond de l'eau. Il s'équilibre en appuyant tout son corps sur son compagnon qui, lui aussi, malgré toute sa volonté de l'aider, flanche et perd l'équilibre de temps en temps. Après un coude dans la galerie, nous butons par surprise sur un camion surbaissé porteur de minerai qui est resté bloqué lors de sa montée au beau milieu du passage, légèrement en travers de sa trajectoire normale. La gaine de ventilation installée au centre de la voûte a été arrachée sur une dizaine de mètres de long et repose mollement sur la carcasse métallique du camion. Une partie de sa cargaison semble avoir été lessivée par la violence du torrent d'eau. Seules les pierres de gros calibre sont restées au fond de sa benne. Les roues sont embourbées et seuls quelques centimètres de pneus émergent à la surface de l'eau. Nous nous glissons entre le véhicule et la paroi. La cabine est vide. Devant, la grille du moteur est partiellement obturée par la boue qui a giclé jusque sur le pare-brise. Le monstre a été abandonné juste après la première vague puissante qui l'a terrassé sur place. Le flot d'eau chargée de boue l'a piégé sans lui laisser la possibilité de faire un mètre de plus malgré sa puissance énorme. Le chauffeur a dû pouvoir s'échapper après le gros de la vague. On a l'impression qu'une fin du monde est passée par là.

Nous continuons notre cheminement. Kofi ne se plaint plus trop de sa jambe mais doit souffrir comme l'atteste sa marche boiteuse très lente. Il fait d'énormes efforts pour ne pas s'arrêter, pour ne pas nous ralentir.

En temps normal, on ne se rend pas compte de l'étendue et de la complexité des travaux dans une exploitation souterraine. La lumière, la ventilation, le bruit, la circulation de véhicules, les distances et les longueurs de galeries sont des caractéristiques liées au fonctionnement de l'exploitation. La plupart du temps, elles sont occultées quand on se déplace au pas cadencé d'une visite technique ou au volant d'un véhicule. En quelque sorte, l'activité minière raccourcit les distances sous terre et les humanise dans un environnement minéral hostile pour certains, attirant et passionnant pour d'autres dont je fais partie.

Mais là, tout est bien différent. L'absence totale de lumière, à l'exception de nos lampes, rend les distances, les dimensions et les volumes tout autres. L'absence de ventilation se ressent sur la température et l'humidité ambiante. Le souffle de nos respirations souvent haletantes, le son de nos voix et les frottements de nos corps dans l'eau sont amplifiés par les parois. L'environnement en est rendu carrément difficile à supporter.

Il fait de plus en plus chaud et notre petit groupe de rescapés progresse bien lentement dans cette longue galerie noyée, guidé par l'espoir d'aboutir enfin en zone non inondée, devant nous, plus haut.

Soudain Kofi n'en peut plus. Il s'arrête, toujours appuyé en équilibre sur Kwabena son compagnon. Ses dents sont serrées et il pousse des gémissements qui traduisent son mal intense. De grosses gouttes de sueur coulent sur son front et ses tempes. Il avait tenu le coup jusque-là. Sa jambe le tiraille atrocement et il ne peut plus la poser au fond de l'eau. Ses yeux s'humidifient et il pleure en silence. Il a peur de ne pas pouvoir nous suivre, et, en même temps, il est désolé de nous ralentir. Les mineurs essaient de trouver une solution. Tous, si discrets jusqu'à présent, discutent avec une certaine verve entre eux en twi pour trouver une solution rationnelle. L'un d'eux, le plus grand, le plus fort gabarit, demande à Kofi de monter sur son dos. Au moins pour un temps, ce sera la meilleure solution pour se déplacer.

Tous l'aident à se hisser en place. Kofi est maintenant quasi hors de l'eau à l'exception de ses bottes. Il fait signe que tout va bien. Au vu de la difficulté de la progression, deux autres mineurs s'assurent du maintien en équilibre de chaque côté. Mike acquiesce en hochant la tête de haut en bas avec un clin d'œil destiné aux mineurs et leur signifiant « OK les gars, c'est bien » et notre caravane repart.

Nous marchons en file indienne, chacun la tête perdue dans ses pensées, bonnes ou mauvaises, chacun le corps dans son mal-être. Une seule lampe nous éclaire tous. Il n'est pas question de nous démunir de nos réserves de batteries. Pour la plupart, les mineurs les ont déjà utilisées pendant un poste complet et la charge doit être maintenant bien faible. Il est vital de garder un maximum d'énergie sans quoi se retrouver dans le noir nous forcerait à une attente horrible dans l'immobilité totale jusqu'à ce que des secours éventuels ne nous trouvent.

L'eau circule encore un peu. À chaque galerie que nous croisons, notre groupe se divise en deux : Mike et moi partons en exploration pour nous assurer qu'aucun mineur n'ait été piégé pendant que les autres nous attendent au croisement. Ces galeries sont plus ou moins longues et il est harassant de revenir sur nos pas après avoir dépensé de l'énergie sans n'avoir rien vu. À chaque fois, nous retrouvons nos camarades d'infortune encore plus fatigués et transis que lorsque nous les avons laissés. Il ne leur est pas possible de s'installer et de se reposer sur une surface émergée en attendant notre retour, ils sont contraints à rester debout ou appuyés contre la paroi sans trop bouger et sans se séparer les uns des autres.

Les véhicules abandonnés sur place et les outils au fond de l'eau rendent la progression quelquefois assez périlleuse voire dangereuse. Dans chaque section visitée, les observations sont identiques : les mineurs ont quitté leur poste très rapidement. Sur un nouveau petit chantier inspecté, des marteaux pneumatiques en pleine opération sont restés en place fixés au bout de leur tige plantée dans la roche. Nos bottes tapent fréquemment sur des outils qui ont été trainés et dispersés sur le sol. L'inondation a été partout très rapide avec une arrivée d'eau énorme.

À chaque retour dans la galerie principale, les autres comprennent à notre silence que rien de spécial n'est à signaler et que nous devons reprendre notre cheminement épuisant.

Plus loin un nouveau croisement s'annonce ; nous nous séparons encore. La galerie dans laquelle nous entrons est de petite taille. Elle n'est pas rectiligne. Elle a été creusée en suivant un petit filon de quartz que l'on peut voir au-dessus de nos têtes dans l'axe de la voûte. Cette galerie n'est pas roulante au vu de ses dimensions restreintes. Elle est pleine de gravats et de grosses caillasses qui roulent sous nos pas au fond de l'eau et qui rendent notre marche un peu délicate en comparaison aux autres galeries plus importantes. Après de longues minutes de marche, nous butons sur un gros éboulement de voûte qui empêche toute avancée. Le haut de l'éboulement est émergé. Mike connaît l'endroit et tient à vérifier par tous les moyens que personne n'a été piégé plus loin.

— Faut passer, me dit-il, je vais avoir besoin de ton aide.

Les autres mineurs sont trop loin derrière nous pour leur faire appel. Nous commençons à déblayer les blocs du haut vers le bas en les faisant rouler dans l'eau. Ce qui pouvait paraître facile et de courte durée devient vite lancinant et éprouvant. Nos visages sont en sueur. L'air manque. Nos mains accrochent les cailloux un à un et nous les jetons derrière nous. Nous risquons plusieurs fois d'y laisser les doigts. La largeur de l'éboulement retarde énormément notre avancée. Les pierres qui le constituent sont de tailles différentes. Au fur et à mesure de notre lente progression, les plus grosses perdent l'équilibre et viennent rouler contre nous. Nous réussissons petit à petit à dégager une hauteur suffisante pour ramper entre la voûte et le sommet de l'éboulis. Les difficultés augmentent au fur et à mesure que nous avançons. L'espace que nous arrivons à dégager est de plus en plus étroit. Il devient difficile de garder une ouverture suffisante sans que les roches ne tombent. La voûte déjà certainement fissurée a été fragilisée et nous ne sommes pas vraiment en sécurité. Mike devant moi éclaire comme il le peut notre chantier. À plat ventre il devient de plus en plus harassant d'extraire les blocs, de les faire circuler sur le côté, et de les pousser en arrière pour permettre notre passage. Nous jouons des épaules et des genoux pour gagner quelques centimètres de terrain. Je ne fais pas trop cas des pierres qui me labourent le ventre et qui me scarifient les côtes et les genoux. De temps en temps dans l'action, ma jambe me rappelle qu'elle est blessée. Il faut avancer et ne pas perdre trop de temps. Mike bouge les blocs et me les passe sur le côté, je les pousse ensuite en arrière jusqu'à ce qu'ils tombent sur l'éboulis. Les plus gros roulent jusqu'à l'eau. Nous sommes tous les deux à bout de souffle et reprenons de temps en temps notre respiration.

Il fait chaud et humide, l'air se raréfie. Un horrible mal de tête assez soudain me fait arrêter de seconder Mike et je lui en fais part. Nous nous accordons quelques minutes de pose. Des gouttelettes de transpiration couvrent mon visage et me piquent les yeux. Des filets de sueur coulent littéralement en un flot continu sur mon cou pour descendre sur mon torse. D'un revers de manche j'essaie de tout essuyer pour retrouver le contact de l'air sur ma peau. En guise de résultat j'ai la figure recouverte de terre et de poussière. Bon, il faut prendre les choses comme elles viennent. J'essuierai tout ça plus tard dans l'eau. Nous prenons le temps de respirer et d'échanger quelques paroles. Mike a l'intuition que nous avons fait le plus difficile et que nos efforts seront bientôt récompensés. Nous devrions pouvoir accéder de l'autre côté assez rapidement. Mon mal de tête disparaît aussi vite qu'il est venu. Nous reprenons notre labeur à plat ventre entre voûte et éboulis.

Alors que nous râlons et que nous pestons plus ou moins lorsqu'un bloc ne se laisse pas dégager, nous entendons derrière nous une voix qui nous appelle. C'est un des mineurs qui vient à notre aide. Ils avaient compris que l'on avait certainement besoin d'un coup de main après cette absence un peu trop longue à leur goût et avaient envoyé l'un d'entre eux. À peine arrivé, il se place derrière moi et à son tour dégage les pierres vers l'arrière. Le déblaiement est maintenant plus rapide et j'entends Mike nous hurler :

— C'est bon ça va frotter mais je peux passer. Attendez-moi ici.

Nous entendons Mike descendre l'éboulis de rocailles, ses bottes font rouler quelques blocs de l'autre côté et, enfin, il progresse dans l'eau, avant de s'éloigner.

Après quelques instants, le silence total règne. Nous reculons pour nous poster au sommet de l'éboulement. Seul le bruit de nos respirations se fait entendre. Cette opération de déblayage nous a pris nos dernières forces. Nous profitons de cette attente pour récupérer un peu. Après avoir bougé quelques blocs, mon voisin mineur s'est organisé un petit espace pour s'allonger le plus confortablement possible à côté de moi. Nous restons ensuite dans le noir. Il n'arrête pas de tousser. Sa combinaison trempée et sale exhale une puanteur de moisi mêlée à une forte et incommodante odeur de transpiration. Je ne dois pas offrir bien mieux. Des pieds à la tête nous sommes imprégnés d'eau, de gasoil et de sueur. J'ai l'impression que mes pieds sont complètement gonflés et boursouflés à l'intérieur de mes bottes à force de rester dans l'eau. Pour le reste nous sommes encore saufs et c'est bien ce qui importe le plus. Je me tourne vers le mineur :

— Ça va ?

- Yes Sir, thank you !

— Merci d'être venu nous donner un coup de main. Comment va Kofi ?

— Il ne dit rien, il prie.

La faim me tiraille le ventre. Nous n'échangeons pas une parole de plus comme si nous devions garder notre énergie pour des heures encore plus difficiles. Je m'allonge du mieux que je peux en tassant les caillasses sous mon dos. Une fois installé à peu près correctement je ferme les yeux. C'est beaucoup plus reposant, même dans le noir. Mon corps se refroidit petit à petit et j'ai bien conscience qu'il ne va pas falloir rester sans bouger trop longtemps. Il faut espérer que Mike reviendra assez rapidement.

Dans le noir, le silence est habité d'une multitude de petits bruits, ces bruits que l'on entend dans toutes les cavités souterraines. Ce sont des craquements dans la roche, des cailloux qui roulent, ou encore la musique presque rythmée des gouttelettes qui tombent de la voûte dans l'eau de la galerie, mais aussi des sonorités métalliques qui viennent d'on ne sait où.

Je me suis endormi. Combien de temps ? Je ne sais pas. Mon corps entier s'est littéralement refroidi sur la roche et mes doigts sont engourdis. Une esquisse de rêve a été gommée par le bruit du clapotis de l'eau, qui, de l'autre côté de l'éboulement, nous annonce le retour de Mike.

Je me remets tant bien que mal en position assise. Toutes mes articulations sont froides et douloureuses. Mon dos a dû garder l'empreinte des roches sur lesquelles je me suis endormi tant il me fait mal par endroits. À côté de moi, le mineur se réveille à son tour et se remet à tousser. Mike se rapproche en faisant rouler quelques pierres. Nous distinguons alors des rais de lumière qui se font un passage entre la voûte et l'éboulis.

— Vous êtes toujours là ? demande-t-il.

Puis, il entame en poussant quelques jurons la petite traversée à plat ventre avant de réapparaître, de se relever et de nous rejoindre.
Il est poussiéreux et essoufflé. D'un revers de manche, il s'essuie la figure et crache par terre pour s'éclaircir la voix.

— Il n'y a personne de l'autre côté, je suis allé assez loin, jusqu'au bout du chantier. Poouf, ça manque d'air dans ces galeries ! J'avais vraiment peur que des gars aient été coincés plus loin derrière d'autres éboulements. Mais non, la galerie est assez saine avec seulement quelques blocs tombés de la voûte et j'ai pu aller jusqu'au bout. En fait, elle se termine par une petite taille abandonnée déjà depuis quelque temps, et il n'y avait aucun matériel.
Mike prend place assis à son tour sur un bloc, enlève son casque pour nettoyer le verre de sa lampe avec le revers de sa manche. Après seulement quelques minutes pour reprendre son souffle, il se relève et remet son casque en place.

— OK les gars, si vous êtes prêts on peut y aller. Rejoignons les autres.

Nous redescendons avec précaution de notre éboulis un peu instable, nous nous immergeons à nouveau jusqu'à la ceinture et suivons la galerie dans le sens inverse. Notre petite colonne est de retour au croisement où les autres mineurs nous ont attendus.

Eux n'ont pas bénéficié d'une petite pause hors d'eau. Ils sont restés debout dans l'eau appuyés contre une paroi pendant toute cette attente. Rien alentour ne leur permettait de s'asseoir ou de se mettre au sec. Kofi a l'air décomposé. Son visage exprime sa souffrance.

J'imagine facilement que son bandage de fortune, poreux, laisse venir l'eau sur sa blessure. Malgré l'aide de ses compagnons qui se relaient de temps en temps, chaque pas doit être pour lui comme une entaille de couteau aiguisé dans ses chairs.

Le groupe de mineurs pense que nous devrions nous séparer, les uns assurant la remontée de Kofi pendant que les autres explorent les galeries adjacentes. Mike rétorque immédiatement qu'il n'en est pas question et que pour des raisons de sécurité nous devons rester groupés et s'attendre aux carrefours de galeries. Suivent une ou deux répliques en twi, de la part des mineurs, mais sans contestation. Ce devait être une traduction de la consigne donnée par Mike.

Nous reprenons donc notre lente marche forcée à la lumière de deux lampes seulement, celle de Mike qui nous précède, la deuxième est dans les mains du mineur qui ferme la marche.

Un grondement sourd et lointain, mais de courte durée, pareil à celui d'un tir à l'explosif, nous arrête net. Quelqu'un cherche-t-il à ouvrir un passage ? Peut-être une équipe de secours ?

À bien écouter, il ne s'agit pas d'un tir. Quelques « plouf », çà et là, à une certaine distance dans la galerie traduisent des chutes de pierres dans l'eau. Mike un bras levé nous impose le silence. Nous attendons sans bouger. Le grondement reprend mais encore sur une très courte durée.

J'ai le sentiment que quelque chose d'important se passe et un frisson me parcourt le dos. S'il s'agit d'éboulements, nous pourrions être écrasés sur place dans les secondes qui suivent. Que faire ? Rien ! Nous sommes impuissants et forcés d'attendre immobiles debout dans l'eau. Tous nos sens sont en alerte. Des ondes sonores semblent se propager dans les parois qui nous entourent. Nous entendons même des sons métalliques presque musicaux qui accompagnent généralement les cassures de roche, les ouvertures de fissures ou les frottements de dièdres rocheux. Le sol vibre sensiblement sous nos pieds, juste le temps qu'il faut pour que nous réalisions qu'il s'agit certainement d'un éboulement très important à bonne distance de nous. Notre secteur n'est pas touché, pas encore... Des pans de roche entiers ont dû se détacher d'une paroi ou d'une voûte sans que l'on ait idée du volume ni de l'endroit. Autour de nous, la surface de l'eau frisotte en réponse à ces vibrations profondes.

Mike à voix haute nous communique son angoisse et revoit à la baisse les capacités autoporteuses de la roche.

— C'est un éboulement certainement important mais assez loin de nous. Nous devons nous méfier des répliques. L'eau, dit-il, a dû raviner la base des parements, s'insinuer dans les fissures ouvertes de la roche et circuler à l'intérieur de volumes importants jusqu'à les fragiliser. Il est fort possible que nous ayons des difficultés à rejoindre le puits 15. Cet éboulement s'est peut-être produit beaucoup plus en amont dans notre galerie, ou bien encore ailleurs dans un niveau supérieur, ou bien aussi dans une galerie adjacente. Comment savoir ? Nous sommes au milieu d'un gruyère !

Le vieux mineur, qui d'ordinaire ferme la marche, passe devant moi et rejoint Mike.

— L'endroit devient dangereux Mike, lui dit-il. Depuis des heures déjà on entend des craquements. Il y a des petites vibrations à peine perceptibles dans la roche. En marchant, on bute sur beaucoup de caillasses au fond de l'eau. On les entend tomber de temps en temps devant nous ou derrière. Toute la zone peut être affectée par de nouveaux soubresauts maintenant que les contraintes sont déséquilibrées. Il se peut que d'autres effondrements plus importants s'enchaînent et que toute la zone s'affaisse. Nous devons absolument avancer et arriver au puits 15 si l'état de cette galerie nous le permet. Le temps joue contre nous et nous risquons d'être coincés comme des rats. Nous pensons, les autres et moi, que nous ne devrions plus disperser nos efforts sur d'autres galeries que celle-ci. Cela prend trop de temps et devient beaucoup trop dangereux.

Mike visiblement perturbé acquiesce.

— Tout ce que j'espère, lui répond-il, c'est que notre galerie ne s'est pas effondrée en amont en nous bloquant le passage sans quoi il nous sera difficile de trouver une issue vers les niveaux supérieurs.

Il soulève son casque et d'un revers de manche s'essuie le front et observe chacun d'entre nous comme pour vérifier notre capacité physique à le suivre. Avons-nous le choix ? Nous n'avons aucune alternative. Un rictus dû à la fatigue et à l'énervement déforme sa lèvre supérieure qui tremble.

— Allez les gars, on continue, dit-il, restons pas moisir ici ! Chaque minute compte !

Nous reprenons notre marche lente et cadencée par le clapotis de l'eau. Le vieux mineur aide Kofi dans sa démarche incertaine et boiteuse. Ils nous suivent à distance. Mike, en tête de file, se retourne de temps en temps pour s'assurer que tout le groupe suit. À chacune de nos courtes pauses, il s'enquiert de l'état de Kofi, s'approche de lui, et tente de lui remonter le moral.

— On va se sortir de cette flotte Kofi, ce n'est qu'une question de temps ! Nous avons bien avancé jusqu'à maintenant et nos efforts seront récompensés. Tu es très courageux. Je compte sur toi pour surmonter ta douleur. Cette zone est dangereuse et nous devons avancer le plus rapidement possible. Normalement plus loin, l'eau devrait baisser de niveau et beaucoup plus loin encore on aura les pieds au sec ! Pour ce qui est du soleil, se sera un peu plus long ! Tiens le coup mon ami. Allez, on y va !

Dieu que cette galerie est longue ! Son horizontalité ne nous permet pas de gagner quelques centimètres et la hauteur de l'eau reste la même. Je n'avais pas eu cette impression de distance lors de notre descente. Notre petite troupe avance lentement à la lueur pâle des lampes déjà bien fatiguées. Autour de nous, des craquements sinistres nous glacent le sang. La roche bouge, casse, se tasse et chaque bruit important venant des parois nous stoppe net dans notre progression. Mike balaye souvent la voûte avec son faisceau de lampe pour déceler un éventuel danger de chute de bloc ou un effondrement de pan rocheux.

— C'est pas très bon tout ça, faut pas rester là ! commente-t-il pour nous faire avancer plus rapidement.

Depuis notre récente décision, nous restons dans la galerie principale et laissons, sans les visiter, les autres galeries.

Alors que nous accélérons notre cadence pour nous éloigner de cette zone, une pluie de petites pierres tombe dans l'eau à quelques mètres seulement de nous. Par réflexe, nous nous retrouvons tous le dos collé à la paroi. Une fois le silence rétabli, nous repartons sans faire une analyse de la situation, sans plus attendre, chacun espérant, dans son for intérieur, passer cet endroit dangereux le plus rapidement possible.

Ces chutes de pierre traduisent les vibrations de la roche autour de nous et j'espère tout simplement que les galeries sont assez séparées les unes des autres pour que ces mouvements internes ne se propagent pas et ne déstabilisent pas la zone. Je me refuse à envisager l'effet de château de cartes. À ce moment précis, je pense que chacun d'entre nous a la même volonté de sortir de cette mine vivant et non pas d'être broyé et enseveli sous des tonnes de roches. Notre énergie commune est presque palpable. Elle se lit dans le regard de tous. Notre état d'anxiété nous stimule dans notre progression et tous nos sens sont à l'écoute. Plus qu'à n'importe quel autre moment, chacun d'entre nous met entre parenthèses ses souffrances pour mieux se concentrer sur l'action du moment.

Soudain, Mike en tête de file exulte :

— Regardez ! Le niveau de l'eau baisse !

Effectivement, il s'avère que plus nous avançons et moins l'eau est profonde. Nous ne nous en étions même pas aperçus tant notre attention était concentrée sur notre difficile et dangereuse progression. Nous gagnons quelques centimètres toutes les demi-heures de marche environ. La galerie doit commencer à monter sensiblement sans que l'on ne le ressente encore. C'est le seul signe positif que l'on ait reçu depuis bien longtemps. Le moral de chacun remonte un peu et quelques courtes causeries cassent le silence pesant qui accompagnait notre marche jusque là.

Nous avons enfin une bonne raison de penser que le niveau inondé est derrière nous. Logiquement, nous serons bientôt hors d'eau, mais nos forces s'amenuisent toujours plus et rien ne permet de gagner quelques calories ou quelques degrés de chaleur interne. Nous sommes tous épuisés. Seul nous tient l'espoir de nous en tirer le plus rapidement possible. Nos mineurs prient de temps en temps lorsque nous faisons des courtes pauses pour reprendre un peu notre souffle. Nous ne pouvons cependant pas faire de trop longues pauses sans avoir le sentiment de réduire nos chances de survie. La mine est si vaste que l'espoir d'être secouru rapidement semble vain. Alors, il est évident pour chacun d'entre nous qu'il faut à la fois ménager ses forces et avancer au plus vite. Pour l'instant, nous ne pouvons que compter sur nous même.

Chacun rumine en silence la situation : nous sommes là, et devons faire ensemble au mieux pour en sortir. Seul l'espoir nous permet de maintenir un cap, celui de suivre le fil rouge de nos intuitions qui nous sortira de ce trou. Nous sommes tous au même diapason, nous avons tous faim et froid et nous sommes tous épuisés, mais nous sommes ensemble avec la même rage au cœur de nous sortir d'ici.

Soudain Mike, qui nous devance d'une vingtaine de mètres, lâche un retentissant juron dont l'écho se répercute sur les parois :

— Bordel on est dans la merde les gars ! Jamais on ne sortira de cette putain de mine ! Regardez ! Voilà où on en est après tout ça !

Avec sa lampe, il nous éclaire un énorme éboulement qui bouche entièrement la galerie. S'aidant du faisceau il scrute toute la surface, observe toutes les éventuelles possibilités de se glisser à travers entre les blocs ou aussi le long des parois. Pendant qu'il monte sur l'éboulement pour inspecter la partie supérieure, un des mineurs s'est avancé et s'entête à inspecter chaque mètre carré et à déplacer les blocs susceptibles d'offrir un passage. Mais à chaque pierre déplacée, trois ou quatre autres viennent remplir l'espace creusé. L'éboulement n'est pas du tout stable. Les masses rocheuses les plus volumineuses sont en haut ce qui de toute évidence annule toute velléité de creusement. Nous devons admettre qu'il est impossible de passer. Nous ne pouvons plus avancer. Cela prendrait des journées entières pour dégager une issue.

— C'est lui qu'on a entendu il y a quelques heures ?

— Probablement oui, me répond Mike. C'est d'ailleurs le seul que nous ayons entendu et ressenti, mais il est de taille ! Bordel, on est vraiment coincés ! En plus, de l'eau doit maintenant s'accumuler de l'autre côté, ce qui explique peut-être le flux limité.

— Tu penses que les autres sont passés ?

— À mon avis, il y a très longtemps qu'ils sont passés, dit Mike, bien avant l'éboulement. Mais assurément, ils sont passés par ici, je ne vois pas d'alternative, et c'est bien là notre problème. Je ne sais pas si l'on doit attendre les secours ici en espérant qu'ils viennent déblayer rapidement ou si nous devons tenter de trouver une autre issue. Comment faire ?

— Mike ! dit un mineur, nous ne savons pas ce qu'il s'est passé de l'autre côté. Nous ne pouvons pas nous exténuer à creuser pendant des heures, ou des jours. La galerie s'est peut-être éboulée plus loin aussi. En plus, il y a peut-être beaucoup d'eau accumulée derrière. Nous ne pouvons pas nous résigner à attendre non plus ! Nous devons trouver une autre voie de sortie !

– Tu as raison, nous devons réfléchir et prendre une décision lui répond Mike ; je connais un peu cette partie de la mine. Elle est parcourue de failles importantes qui fragilisent l'équilibre global. Nous sommes dans un système d'exploitation très développé dans lequel il y a des croisements de galeries un peu partout et à différents niveaux ce qui globalement rend instable la masse rocheuse entière. Le pire ce n'est pas une vibration ou un éboulement d'un côté ou de l'autre, mais c'est l'enchaînement d'éboulements successifs qui pourraient fragiliser tout l'équilibre. Un peu système château de cartes quoi ! Comme tu le sais très bien tous les calculs de stabilité de roches couvrent largement les risques mais dans notre malchance on a dépassé les pires scénarios.

Puis il continue à mon attention :

— Patrick, je dois faire avec les gars le point de la situation, me dit-il en tournant sa tête vers les mineurs, et savoir exactement où nous sommes. Tu vois, si on arrive à trouver une de ces cheminées étroites par lesquelles les mineurs passaient avant d'un niveau à l'autre, ce serait l'idéal. Une cheminée déversoir ferait bien l'affaire aussi. Il suffirait de remonter d'un seul niveau pour être hors d'eau et en liaison avec une autre galerie. Le gros problème est que ces cheminées ne se trouvent que dans les anciens travaux. La zone dans laquelle nous nous trouvons est assez récente et je pense que le schéma d'exploitation ici n'a pas prévu de tels raccourcis pour le passage des mineurs. La chance pourrait être de notre côté si nous nous trouvons en zone périphérique des nouveaux travaux. Alors, dans ce cas seulement, on peut avoir la chance, l'énorme chance de déboucher sur une cheminée. J'avoue que je n'y crois pas trop, mais il ne faut pas baisser les bras. C'est la seule solution que nous ayons. Il faut que je discute avec eux. Nous devons absolument essayer de nous rapprocher au maximum des anciens travaux.

Mike se retourne vers les mineurs et leur explique son plan.

— Les gars, réfléchissons ensemble. Il nous faut déterminer avec le plus de précision possible l'endroit où nous sommes, et tenter de rejoindre une cheminée dans la zone des anciens travaux. Nous devons nous rapprocher des anciennes galeries qui sont à la périphérie du plan d'exploitation actuel. Vous connaissez les lieux mieux que moi, vous avez l'habitude de la mine. J'espère que votre intuition nous orientera vers la bonne direction. On vous fait confiance. Il nous faut sortir de cet axe majeur et rejoindre les petites galeries secondaires d'exploitation. De cette façon seulement nous devrions être à même de remonter dans les niveaux supérieurs. Le souci principal est que ces zones filoniennes ne sont pas très stables généralement. Peut-être aurons-nous la chance que l'eau ne soit pas passée par là et que la roche soit restée à peu près saine. Personnellement, je ne vois pas d'autre échappatoire possible. Qu'en pensez-vous ?

Un des mineurs prend le relais de la discussion et traduit en twi à ses collègues qui l'écoutent sans le couper dans son long monologue. À l'issue de son intervention, il semblerait qu'il y ait un problème. Un de ses compagnons lui répond avec une voix forte qui traduit son énervement. Il tend ses bras vers le haut, d'un côté et de l'autre. Les autres acquiescent simplement, en hochant de la tête de haut en bas, sans euphorie, avec résignation.

— Que dit-il ? demande Mike, visiblement intrigué.

— Il dit que dans cette zone on ne trouvera pas de galerie qui mène à une cheminée de passage et qu'il y a certainement que très peu de cheminées déversoir. Il dit qu'il n'y a aucune issue. Dans cette zone les travaux sont trop récents. Les mineurs ici présents n'ont jamais emprunté de passage raccourci pour monter ou descendre. Pour atteindre les secteurs actuellement en exploitation, tous circulent à pied ou en pick-up à partir du puits 15.

— Je suis persuadé, dit Mike, que nous devons essayer de nous rapprocher au maximum des travaux anciens qui ne doivent pas être très loin. C'est notre seule chance d'aboutir sur une cheminée. Avez-vous une autre solution ?

L'absence de réponse valide la proposition de Mike.

— Je sais que nous sommes tous épuisés, mais chacun d'entre nous doit trouver la force de continuer, ajoute-t-il.

Kwabena prend la parole :

— Monsieur Mike, la difficulté sera aussi de remonter la cheminée si l'on en trouve une. Il faut espérer que les échelles soient restées en place et que les points d'ancrage n'aient pas été détériorés. Cela peut-être très dangereux. Comment fera-t-on avec Kofi ?

— Tu as raison, lui répond Mike, mais tu vois, à partir du moment où l'on trouvera une cheminée, tu peux être sûr que l'on décuplera toute l'énergie qu'il nous reste pour grimper comme des singes et se tirer de là quelle que soit la difficulté ! On grimpera avec les dents s'il le faut, on tirera Kofi, on le portera ! Tu ne crois pas ?

— Pas question de rester dans ce cloaque, ajoute-t-il. Nos lampes montrent des signes de faiblesse inquiétants. Nous devons bouger !

Kofi n'a pas pris part à la discussion. Il est très affaibli et s'est reposé sur le flanc dans la meilleure position possible, juste à côté de nous, la jambe allongée au sec sur l'éboulement, une main posée sur le pansement comme pour réchauffer un peu la blessure. Il est visiblement souffrant mais il endure, sans fierté ni résignation, mais avec une conviction énorme qui pousse au respect. Je me rapproche de lui.

— Comment vas-tu ? Ta jambe ? Tu sais, nous devons y aller, tu as entendu Mike, nous devons trouver une cheminée pour nous sortir d'ici !

— Je vais bien merci. Je prie Dieu pour qu'il nous sorte d'ici.

— Tu sais Kofi j'espère qu'on aura rapidement l'occasion de fêter notre sortie, d'allumer une bougie à l'effigie des Saints et boire ensuite une bière tous ensemble au lodge.

Kofi sourit avec les yeux mais son visage est crispé. Sa jambe le tenaille. La douleur est plus forte dans les moments d'inaction quand les muscles se refroidissent.

— Vous savez, dit-il, les choses sont écrites dans le grand livre sacré et Dieu décidera pour le mieux en ce qui nous concerne.

J'acquiesce d'un petit hochement de tête en guise de confirmation mais intérieurement je ne suis pas du tout convaincu que tout soit écrit. Je suis plutôt cartésien et persuadé que les éléments naturels décideront pour nous et que notre salut dépend en partie aussi de notre capacité à trouver rapidement une issue.

Kofi ajoute :

— Dieu nous sauvera. Je suis le seul à ramener un peu d'argent à la maison. Mon père est mort il y a déjà quelques années. Ma mère et ma petite sœur attendent tous les jours mon retour. C'est pourquoi Dieu nous donnera une aide. C'est pour cela que je prie.

— Que Dieu t'entende, lui dis-je, nous en avons bien besoin.

Entre temps Mike et les mineurs ont décidé du plan d'action. Le silence se fait et Mike prend la parole pour nous informer Kofi et moi.

— OK, les gars ! Ce secteur n'est pas celui où ils ont l'habitude de travailler, mais nous pensons savoir à peu près où nous sommes. Nous devons nous diriger toujours à droite pour aller en direction de la périphérie des nouveaux travaux. Nous allons rebrousser chemin jusqu'à ce que nous trouvions une jonction. Nous prendrons alors à droite une galerie qui devrait nous mener plus loin à un secteur traversé par d'autres petites galeries transverses. Si nous avons de la chance, une de ces petites galeries devrait déboucher sur une cheminée. Sinon... il n'y a pas de sinon. Il n'y a pas d'alternative. Nous devons les suivre toutes, une par une. Le temps est contre nous. Nos forces vont diminuer mais nous devons garder le moral. Il faut trouver rapidement une issue, nos batteries s'épuisent. Nous devons penser à la fragilité de Kofi, ses blessures risquent de s'aggraver. Il va se fatiguer de plus en plus vite. Le fait d'être hors d'eau peut-être bientôt serait idéal, mais ne solutionnera pas le problème complètement. Les galeries supérieures devraient être intactes ou en tout cas en bien meilleur état qu'ici, mais sans lumière nous serions bloqués et contraints de rester pour attendre les secours, et pour combien de temps ? Je propose que nous y allions tout de suite !

— OK Mike, nous y allons, lui dis-je en retour.

J'aide Kofi à se relever. Son corps est lourd, sa jambe refroidie et ankylosée le soutient difficilement. Il peine à se redresser, les dents serrées, en gémissant. Une fois debout, il s'accroche à l'épaule d'un des mineurs pour faire quelques premiers pas. Tout doucement, ils avancent. Par mesure de restriction une seule lampe éclaire tout le groupe. La lumière se reflète dans l'eau et les vaguelettes renvoient les rayons dansants sur la roche autour de nous. Au-delà de quelques mètres devant ou derrière, c'est le noir complet.

À nouveau, nous avançons lentement, Mike nous ouvre la route. Il nous dépasse tous largement d'une tête en hauteur et il fait un peu figure de proue pour notre armée de naufragés. Tu parles d'un radeau de la méduse !

Pour oublier un peu la monotonie de notre marche obligée, je compte mes pas, un à un, jusqu'à 100 puis jusqu'à 200, mais cette gymnastique de l'esprit me lasse au bout d'un moment. Je change de tactique en fixant un point de détail, un repère notable sur la roche et ce, le plus loin que la lumière blafarde me le permet. Une fois le point dépassé, j'en détermine un autre et ainsi de suite. Plus loin, je décide de changer la règle du jeu et opte pour une meilleure concentration sur l'emplacement de mes pas, exactement calqués dans ceux de mon prédécesseur autant que faire se peut, dans la boue, dans les ornières, sous 1,20 mètre d'eau. Je constate mon état d'épuisement par mon manque total de réflexion. Mes actes physiques ne semblent même pas répondre à une volonté de mon esprit. J'ai presque l'impression que les deux sont déconnectés.

Je ressens le froid, la fatigue et j'avance, point barre. Je suis le dernier de la file et j'avance sans réfléchir à la même vitesse que les autres. Je pense que chacun d'entre nous est dans le même état d'esprit. De temps à autre, je sors de ma torpeur lorsque l'un d'entre nous prend la parole où lorsque Mike devant nous annonce que nous allons bifurquer pour suivre une nouvelle galerie. Nous suivons à la lettre notre plan d'action en espérant qu'il ne nous pose pas de pièges. À l'approche d'une nouvelle bifurcation chacun d'entre nous espère que la nouvelle galerie sera celle qui débouchera plus loin sur une cheminée, ravinée ou en état acceptable, peu importe, une cheminée qui sera enfin notre issue de secours vers le salut.

Devant moi, la troupe s'arrête. Un mineur appelle Mike. Il a besoin d'aide pour faire avancer Kofi qui ralentit de plus en plus notre allure. Kofi est en pleurs, des larmes d'épuisement et de douleur roulent sur ses joues telles des perles de diamant étincelantes sur sa peau noire. Soutenu par son compagnon, il se laisse aller à pleurer comme un enfant les yeux grands ouverts en bégayant des mots de douleur. Mike nous autorise un instant de repos et tente de réconforter Kofi par des paroles choisies auxquelles viennent s'ajouter des mots réconfortants de la part de ses compagnons mineurs. Kofi a mal à sa blessure mais de toute évidence c'est un moindre problème par rapport à son état d'épuisement. Il tremble de tout son corps et il n'y a rien d'autre que nous ne puissions faire. Nous n'avons bien sûr aucun médicament, aucune nourriture sous la main. Il n'y a pas d'alternative, nous devons rester tous ensemble et avancer.

Comme nous devons éviter de nous refroidir Mike insiste pour abréger notre halte et nous demande de reprendre notre marche. De bifurcation en bifurcation, de galerie en galerie, de frustration en frustration nous devenons de véritables zombies perdus dans ce dédale souterrain. Le moral de chacun est fortement atteint mais je

dois reconnaître que nous agissons en groupe sans velléité de démarche personnelle, sans susceptibilité.
Kofi s'en remet entièrement aux mineurs qui se relaient de plus en plus souvent pour le soutenir.

— Les travaux sont trop récents ici. Regardez ces tiges d'acier qui sont encore en bon état dit un mineur en pointant du doigt des barres scellées dans la roche. Aucune trace de rouille !

Notre groupe s'immobilise.

— J'espère, ajoute le mineur, que nous sommes dans la bonne direction. Nous ne trouverons jamais ici de passage vers les niveaux supérieurs. Ce secteur est trop récent, les petits passages de raccourcis et les déversoirs ne se trouvent que dans les anciens travaux.

— C'est exact, dit Mike, les indices de rouille peuvent nous renseigner sur l'âge de la galerie et nous devons nous focaliser uniquement sur les vieux travaux. Il y a des kilomètres de galeries autour de nous et des dizaines d'intersections ! Donc je pense que nous sommes dans la bonne direction mais qu'on n'est pas encore arrivés dans le bon secteur. Je suis incapable de me mémoriser les détails de plans de galeries à cette profondeur. Continuons, nous devons forcément déboucher sur d'anciens travaux.

— OK boss, nous n'avons pas d'autre solution dit le mineur.

Après cette pause, Mike et moi, en accord avec les autres, prenons un peu d'avance sur le groupe qui est freiné par Kofi.

À mesure que nous cheminons, il est un fait qui commence à être évident : je perçois une odeur différente dans l'air et je le souligne à Mike.

— Mike, ça sent la vieille galerie ici, tu sais, la moisissure, l'air un peu vicié, une odeur de vieux bois, de vieille remise. On dirait que ça n'a pas été ventilé depuis longtemps, tu trouves pas ?

— Oui, j'ai le même ressenti, dit Mike, il y a même pas mal de pierres au fond de l'eau, la galerie n'a pas été empruntée ni purgée depuis un moment, les caillasses doivent tomber de temps en temps.

Nous avons peut-être la chance d'être dans une bonne galerie ! Continuons !

Nous remarquons différents détails qui semblent bien confirmer que nous sommes dans une galerie qui n'a pas été empruntée depuis un bout de temps.

— Regarde ! me dit Mike en pointant la lumière de sa lampe sur la paroi : les tubes de ventilation étaient accrochés sur ces petits pitons qui sont bien rouillés. Il y a longtemps que cette galerie n'est pas en activité. Pat ! On est peut-être sur le bon chemin. Il faut vérifier !

Puis il se retourne et lance à voix haute à l'attention des autres :

— Hellooooo ! Hip Hip Hip les gars ! Nous avons peut-être trouvé LA bonne galerie !

Nous les attendons deux minutes.

En approchant de nous, les mineurs sont visiblement enthousiasmés par l'annonce de Mike.

— Regardez ! leur dit Mike en montrant les vieux fers rouillés qui dépassent de la roche.

Tous admettent que nous sommes effectivement dans une galerie qui ne sert pas depuis longtemps et qui pourrait bien être notre fil conducteur. Notre plan se vérifie.

– Si Dieu le veut, nous sortirons bientôt ! dit le vieux mineur

— Qu'il t'entende ajoute Kofi, qu'il entende nos prières ! Sans son aide, nous mourrons ici !

— J'ai espoir de trouver une cheminée déversoir par laquelle nous pourrons monter si tout n'a pas été miné, nous dit Mike.

Intérieurement j'approuve, puisque d'évidence il n'y a pas d'autre solution, mais je sais qu'il est extrêmement dangereux de remonter ces petites galeries verticales en raison des masses possibles de roches en équilibre qui peuvent facilement débouler sur nous. Ces conduits marchent de façon identique à un vide-ordure dans un immeuble : à partir d'un niveau d'exploitation on déverse le minerai dans une cheminée quasi verticale au pied de laquelle il s'accumule pour être ensuite récupéré par les chargeuses qui rempliront les camions-bennes. C'est le principe de gravité qui permet de libérer l'espace d'un site en production et de dégager rapidement le minerai vers un niveau plus bas.

Nous inspectons tous les recoins de la galerie, voûte et parois. Par chance, si tant est que nous en ayons, cette galerie est longue ce qui nous permet d'entretenir un minimum d'espoir et, dans l'action, d'oublier un peu nos corps affaiblis. La tension est extrême parce que nous savons tous très bien que si nous ne trouvons pas d'exutoire dans ce secteur, les probabilités sont très infimes d'en trouver ailleurs. Nous avons peut-être le malheur de nous trouver dans une zone particulière ou bien à une profondeur où les cheminées ont été minées. Et là, nous n'avons pas de plan B.

Mike prend un peu d'avance sur notre groupe. De temps en temps, il fait une pause, se retourne, et nous commente à distance ses observations. Au fur et à mesure que l'on avance, nos chances de trouver un passage diminuent. Chacun de nous le sait, mais personne ne parle. Si l'on ne trouve rien ici, il faudra encore puiser sur le peu de forces qu'il nous reste pour chercher une nouvelle galerie qui nous semblera prometteuse et qui peut-être, en finale, nous décevra une fois de plus. Aucun d'entre nous n'a en tête l'idée que nous n'en sortirons pas. Nous avons jusqu'ici affronté les difficultés les unes après les autres, contourné les obstacles qui se sont imposés, et chacun, dans son for intérieur, est sûr qu'il y a une bonne étoile qui nous éclairera le moment venu. Pour l'instant notre chemin de croix n'est pas terminé.

Nous avançons très lentement, cette galerie est longue, elle n'en finit plus. Après chaque courbe il y a encore des dizaines de mètres à parcourir avant d'arriver à la prochaine. Aucun nouvel indice particulier ne nous rassure sur le fait que nous soyons sur la bonne voie. Kofi a entamé un long monologue avec le mineur qui l'aide à marcher. Il lui parle en twi d'une voix monocorde. J'ai presque l'impression que c'est une prière. L'autre, de temps en temps, ponctue ou valide les phrases avec des mots ou des intonations courtes si spécifiques aux langues africaines, Hum.. HumHumm…

LE BOYAU

— BINGO ! Bingo les gars ! Je crois que j'ai trouvé ! VENEZ !

C'est Mike qui vient de crier le message

Nous arrivons à sa hauteur.

— Regardez ! Là !

Mike nous éclaire la partie supérieure de la paroi ou débouche un passage qui est certainement une ancienne cheminée en liaison avec un chantier d'exploitation au-dessus de nous. Le fameux vide-ordures, vide-minerai en l'occurrence.

— Oui, c'est bien ce que nous cherchons ! dit le vieux mineur les yeux soudain radieux. Mon Dieu enfin, notre plan devrait fonctionner !

Nous n'osons pas encore crier victoire, et nos visages restent tendus dans l'attente du verdict.

— Restez là, je vais voir, dit Mike. J'espère qu'il ne s'agit pas d'une simple niche en cul-de-sac ! Nous avons notre chance ici ! Il faut la vérifier ! Faites attention aux chutes de pierres !

Mike a beaucoup de peine à s'extirper de l'eau. Nous le poussons tant bien que mal vers le haut pour lui faciliter le démarrage. Ensuite, il se hisse par la force des bras sur les premiers mètres jusqu'au niveau du boyau. Ses mains cherchent et accrochent les bonnes prises mais ses bottes au bout arrondi ripent sans cesse sur la roche. Nous essayons de les stabiliser avec nos mains pour lui offrir des appuis. Après bien des efforts et des glissades, son corps entier disparaît enfin à l'intérieur du boyau. Le cordon de sa lampe autour du cou, il s'agrippe à la roche, doit souvent nettoyer le passage pour dégager les pierres en équilibre. Un flot incessant de caillasses tombe dans l'eau juste devant nous. Nous entendons son corps frotter contre la roche et ses bottes racler à la recherche de points d'appui. De temps en temps, il s'arrête et reprend se respiration.

Sa voix nous parvient de l'intérieur du boyau :

— C'est encore haut, et c'est assez large ! Je continue !

Ses paroles sont immédiatement suivies d'une nouvelle rafale de pierres qui nous force à reculer un peu plus.

— Attention aux pierres ! nous crie Mike visiblement essoufflé qui continue de purger l'intérieur du boyau.

Nous l'entendons se frotter aux parois du goulet et râler toutes les dix secondes. Son casque tape souvent la roche et chaque coup est suivi d'un flot de jurons.

Petit à petit, avec la distance, ses paroles sont atténuées et déformées. Son escalade dans le goulet se confirme par les bruits de frottement et par les pierres qui n'arrêtent pas de tomber. Nous sommes debout dans l'eau froide, et le temps nous paraît long dans l'espoir d'une bonne nouvelle. Les mineurs discutent entre eux et me parlent ensuite en Anglais pour me confirmer leur pensée.

— Le boyau est long, me dit le plus vieux. Cela est bon signe et ça veut dire qu'il ne s'agit pas d'une simple petite niche d'exploitation mais plutôt d'une galerie dévidoir entre deux niveaux et donc un passage vers les galeries supérieures.

— J'espère que tu as raison. On va bientôt le savoir.

Mike nous hurle quelque chose mais une chute de pierres couvre ses mots. Puis le silence s'installe pendant de longues minutes.

— Il doit être arrivé et il explore nous dit le vieux mineur.

Attendons.

Nous n'avons pas eu à attendre trop :

— C'EST.... BON.... MONTEZ ! nous crie Mike en détachant ses mots.

Les mineurs exultent de joie et se congratulent. Visiblement ils sont heureux. Bientôt nous serons au sec, et c'est une très bonne nouvelle. Kwabena se tourne vers moi et me désigne. C'est moi le prochain. Avant de monter, je m'inquiète auprès de Kofi de ses possibilités pour grimper. Je lui demande si ses forces lui permettront de se hisser à l'intérieur du boyau. Avant même qu'il ne me réponde, les mineurs m'assurent qu'il ne montera pas tout seul et que l'un d'entre-eux l'aidera à grimper et restera collé à lui pendant l'ascension, afin de minimiser les glissades et les impacts possibles de chutes de pierres.

— Ok les gars, à tout à l'heure ! Bonne chance Kofi, on t'attend là-haut !

À mon tour, je commence à explorer la paroi de mes mains pour en trouver les prises. Je me rends vite à l'évidence que les bottes ne facilitent pas du tout ce genre d'entreprise. À peine rehaussé de quelques dizaines de centimètres, je me rends compte que mon corps est sacrément alourdi par l'eau qui a imbibé ma combinaison. J'essaie de trouver des bonnes prises pour les mains parce que je ne peux pas faire grand-chose avec les bottes qui sont encore dans l'eau et raclent la paroi sans s'y accrocher. Les autres m'aident en me retenant.

Alors que je commence à m'élever, une partie de l'eau imbibée dans ma combinaison retombe dans l'eau de la galerie avec un bruit de serpillère que l'on essore au-dessus d'un sceau. Mon expérience de l'escalade me conforte un peu mais à l'évidence mon corps est épuisé et mes forces me font défaut. Mes doigts sont restés longtemps en présence d'eau et sont gonflés, boursouflés. Je ne sens pas vraiment la forme des prises et fais au mieux en ne choisissant que les plus grosses. Une fois dans le boyau cela devrait aller beaucoup mieux. Avec ma combinaison qui me colle à la peau et mes bottes remplies, j'essaie au mieux de grimper les premiers mètres et d'entrer à l'intérieur du goulet. Je pensais que ses dimensions somme toute restreintes me permettraient une escalade en opposition, donc sécurisée et facile, mais, en finale, après quelques mètres, il est assez large pour me forcer à progresser sur une seule paroi. De nombreuses pierres instables dégagent lorsque je pose la main dessus et je les entends dévaler et ricocher sur les parois avant de plonger dans l'eau en dessous. Petit à petit, je prends de la hauteur en faisant très attention de ne pas glisser. Si je peux à peu près compter sur mes mains, je ne suis vraiment pas à l'aise avec mes bottes et mes jambes se mettent à trembler selon la position. J'ai quelques fois peine à me soulever. Tout se passe cependant à peu près bien, l'effort est surmontable mais je dois rester vigilant pour ne pas glisser. N'ayant pas de casque, à la moindre alerte de chute de pierre au-dessus de moi je plaque immédiatement ma tête contre la roche en la protégeant avec un avant-bras. Mètre après mètre, je monte. La roche est tapissée d'éclats coupants de quartz et de grains de minerai qui rendent la progression glissante et hasardeuse. Les prises ne sont jamais franches. Pieds et mains dérapent souvent sur ces grains épais qui roulent quand on prend appui dessus. De temps en temps, je déloge de gros pavés qui percutent plusieurs fois la paroi du goulet dans leur chute avant de tomber dans l'eau. Je prends conscience que je suis à une hauteur suffisante pour vraiment me faire mal si je tombe. La chute se traduirait par une glissade de plus en plus rapide entre deux parois suffisamment larges pour ne pas me permettre de me coincer entre-elles et suffisamment étroites pour que je me cogne de l'une sur l'autre jusqu'à plonger dans l'eau.

Du haut ou du bas, je ne reçois aucun commentaire, je n'entends aucune parole. J'ai l'impression que ma respiration fait un bruit énorme. Ils sont à l'écoute tout comme l'est un alpiniste qui reçoit l'information par la corde avec laquelle il assure son collègue. Ma seule angoisse tient au fait qu'une fois arrivé, Mike me livrera peut-être le résultat de son exploration malchanceuse, auquel cas nous devrons redescendre pour continuer nos recherches. Je me refuse à y penser. Il m'aurait déjà averti s'il avait buté sur un cul-de-sac. Après un ultime effort, je me hisse enfin hors du goulet en attrapant à bout de bras une tige métallique fixée dans une fissure de roche. Ensuite je me redresse avant de faire quelques pas pour m'éloigner du bord du trou et m'asseoir pour, de toute urgence, reprendre mon souffle et vider mes bottes. J'ai quelques doigts en sang à force d'avoir ripé sur les prises.

Je fais rapidement un tour de la situation avec ma lampe. Le boyau débouche effectivement dans une galerie de bonne taille. J'ai dû monter sur une hauteur de 20 à 25 mètres, minimum. L'endroit est complètement sec. Mike a dû partir en prospection. Les autres peuvent monter maintenant. Je me mets à genoux sur les bords du trou, penche la tête et crie à deux secondes d'intervalle :

— OK ! Montez !

Tout en bas, au fond du goulet, je distingue des rais de lumière qui se croisent puis des paroles et des bruits de mouvement me parviennent. En toute logique, ce devrait être Kofi en premier suivi d'un collègue pour le seconder. Les autres viendront ensuite.

J'éclaire à nouveau l'espace autour de moi et frotte mes mains terreuses contre ma combinaison mouillée pour les nettoyer. Quel régal d'être enfin dans une galerie sèche. Je me relève et commence à explorer les lieux. De toute évidence, les dimensions induisent une connexion avec un réseau important. Nous sommes bien dans une galerie qui récupérait le minerai des zones de production du secteur. Le minerai qui arrivait ici était poussé dans le goulet et s'accumulait en bas avant d'être repris et évacué par des chargeuses.

La question est de savoir si la connexion de cette galerie avec son réseau est descendante ou montante. Le premier cas nous ramène au niveau noyé. Le deuxième nous permet d'accéder à des niveaux supérieurs. Mike est parti depuis pas mal de temps déjà et c'est peut-être une bonne nouvelle.

Je reviens m'agenouiller en bordure du trou. J'éteins ma lampe. Tout au fond, j'entends la progression de Kofi et de son collègue qui grimpent ensemble. Ils n'échangent que très peu de paroles. Par contre le volume de pierres qui tombent est effrayant. J'ai l'impression que Kofi frotte de tout son corps contre la roche et que chaque mouvement déclenche une petite avalanche. Je reste penché au-dessus du goulet pour suivre leur progression en faisant attention de ne pas provoquer une chute de pierre. Sans énervement Kofi monte, régulièrement stimulé par les encouragements de son collègue. De temps en temps, il fait de longues pauses pendant lesquelles on peut les entendre reprendre leur souffle, puis parler et partager leur souffrance.

De son côté Mike a dû aller prospecter assez loin, il n'est toujours pas de retour.

J'attends transi dans ma combinaison trempée qui colle à ma peau. Dans le goulet, Kofi met un temps infini pour monter. Il doit être épuisé. Ses pauses sont vraiment longues et ses plaintes de plus en plus nombreuses. Je me penche à nouveau au-dessus du trou et demande au mineur de bien veiller à tenir les pieds de Kofi pour qu'il ne glisse pas. Je conseille aussi à Kofi de ne pas s'énerver et de bien choisir ses prises pour les mains, surtout les mains, en lui disant que s'il glisse, son collègue le retiendra. Il faut qu'il ait confiance. Peu importe le temps qu'il mettra à monter, mais il ne faut surtout pas tomber.

J'entends alors les pas de Mike derrière moi. Je me retourne et vois le point lumineux de sa lampe déboucher au coude de la galerie.

Il s'approche, il est radieux.

— Pat ! Tout est bon ! Par cette galerie on va pouvoir remonter dans le réseau. J'ai vérifié, la galerie rejoint un réseau qui monte.

À cet instant, un poids immense allège mon corps. Ma fatigue s'évanouit. Mes muscles se relâchent, la tension du corps disparaît. Notre espoir se concrétise enfin. Nous allons sortir, ce n'est plus qu'une question de temps.

— Si aucun effondrement de taille ne nous empêche de passer, me dit Mike, nous avons nos chances de rejoindre la descenderie quelque part aux alentours du puits 15 ou plus haut. Une chose est sûre, nous allons rester au sec !

— Super ! C'est une super nouvelle, Mike ! On n'est pas sortis mais à t'entendre ça s'annonce bien ! Sauf si, comme tu le dis, un effondrement énorme nous coince plus haut, mais ça on verra plus loin !

— Comment ça se passe ? demande Mike en jetant un coup d'œil au goulet.

— C'est Kofi qui monte avec un mineur. C'est long mais ça se passe plutôt bien.

Nous nous penchons ensemble au-dessus du goulet.

— Ce sont des gars costauds, me dit-il. Les Ghanéens m'étonnent toujours. Ils n'ont pas forcément la technique mais ça passe !

Je suis soulagé de voir que Kofi se débrouille mieux qu'on ne pouvait le penser. À entendre sa respiration, sa progression est longue et difficile, mais il tient le coup et il monte. Il sera vraiment heureux d'arriver ici.

Mike penché sur le trou leur crie :

— ÇA PASSE, nous pouvons monter !

Nous entendons en retour les cris de joie de Kofi, relayés quelques secondes après par ceux des autres mineurs en bas.

J'ai soudain peur que Kofi ne s'emballe à la bonne nouvelle et lui crie :

— Fais attention Kofi, prend ton temps, tu y es presque !

Mike et moi nous allongeons en bordure du trou la tête dans le vide pour mieux suivre leur progression.

Peu à peu les bruits approchent et nous pouvons entendre clairement le souffle de Kofi. Il est complètement haletant dans les derniers mètres de progression. Il jubile, il est heureux d'arriver. Il ne faut cependant pas qu'il aille trop vite. Au son de sa voix, je comprends que son compagnon lui demande de faire attention et de ne pas prendre de risque.

— Doucement Kofi ! lui dit Mike. Tu es bientôt là !

Ses mains fébriles tremblent sur la roche. Il hésite avant de les poser. J'oriente ma lampe dans le goulet et lui fais signe d'attraper la tige métallique pour sortir plus facilement. Une fois la tige attrapée, je le tire par le bras et l'aide à se hisser hors du goulet. Ensuite, j'aide à son tour le mineur.

Quelques minutes plus tard ils sont là assis à quelques mètres du bord du trou, tous les deux encore essoufflés et presque étonnés d'avoir franchi ce passage mais surtout contents d'être au sec. Mike leur confirme aussitôt les bonnes nouvelles.

— C'est bien les gars, je crois qu'on a fait le plus dur. J'ai suivi une partie de cette galerie qui, plus loin, monte en pente douce, et j'ai pu vérifier qu'elle est bien en connexion avec les niveaux supérieurs.

Les yeux de Kofi se remplissent de larmes. Son visage se détend. Il sourit. Il est heureux. Puis il pleure à chaudes larmes comme un petit gamin et rien ne l'arrête dans ce moment de décompression et de bonheur.

— Vous voyez, mes prières.. elles... elles ont abouti ! Merci mon Dieu ! Dit-il avec beaucoup d'émotion dans la voix en écarquillant les yeux pour découvrir l'endroit autour de nous.

Les autres mineurs nous rejoignent tour à tour. Une fois le groupe au complet, Mike fait à nouveau le point de la situation et leur demande s'ils ont une idée de l'emplacement de la galerie où nous sommes.

— Désolé Mike, ce sont de vieux travaux dans lesquels nous ne venons plus maintenant. Nous connaissons surtout les zones filoniennes riches en minerai.

— Hum, je vois, dit Mike. En tout cas nous sommes en sécurité par rapport à l'eau. Je propose de souffler un peu avant de repartir, nous devons reprendre quelques forces.

Nous nous accordons un long moment de repos dans le noir complet. Aucun bruit ne se fait entendre, sauf celui de nos respirations et de nos toux. Kofi s'est endormi si l'on en juge à sa respiration lente et bien rythmée. Je n'arrive pas à m'endormir. J'essaie d'imaginer comment sera notre progression et quels pourront en être les risques possibles mais mon état de fatigue annihile toute velléité de réflexion. Tout cela ne sert pas à grand-chose, nous verrons bien. Je pense aussi à notre retour à Accra, et puis à Osvalde. Sa vision suffit à me réchauffer le cœur et à me donner du courage pour la suite. Je me remémore les discussions que nous avons eues, je revois son sourire, ses yeux, le grain de sa peau, j'entends le son de sa voix et je sais qu'elle sait que j'ai envie d'elle. Je voudrais pouvoir raccourcir le temps qu'il me reste pour...

— Vous dormez les gars ? nous demande Mike en réveillant par surprise la plupart d'entre nous. Il va falloir y aller, on rentre à la maison plaisante-t-il.

— Tu nous invites ? À quelle heure on mange ? je lui demande pour répondre à sa plaisanterie.

Chacun s'étire et gémit de ses courbatures, de ses muscles raidis, de ses articulations douloureuses, et bobos divers. Mais sous cette nonchalance apparente, on sent bien que le moral est meilleur qu'avant.

Kofi, lui, ne s'est pas réveillé. Son ami Kwabena lui bouge l'épaule et lui parle en langue twi.

Ça y est, nous sommes fins prêts pour redémarrer. Le fait de marcher va réchauffer nos corps.

Quelques instants plus tard, après une progression assez longue dans la galerie, Mike nous montre l'endroit où il s'est arrêté dans son exploration.

— Voilà, c'est ici que j'ai rebroussé chemin. Vous voyez, on a déjà pris du dénivelé et la galerie monte encore.

Puis s'adressant aux vieux mineurs :

— Je pense que nous devrions bientôt recouper des galeries. Nous avons marché quelques centaines de mètres en distance, le réseau n'est quand même pas si vaste ! Il doit y avoir un croisement pas très loin.

Le fait est, que plus loin, une galerie assez importante s'ouvre à notre droite, mais elle descend. Sans hésitation, Mike suggère de continuer tout droit pour ne pas prendre le risque de déboucher dans la partie noyée.

Nous sommes contraints à espérer que cette direction soit la bonne et que la galerie ne finisse pas en cul-de-sac.

Trois de nos lampes fonctionnent encore. Celle de Mike, celle de Kwabena, et la mienne aussi, bien que plus faible. Comme nous l'avons fait précédemment, nous prenons la décision de nous éclairer qu'avec une seule, celle de Mike. Nous gardons les autres en réserve. Les batteries sont bien déchargées et il nous faut absolument conserver le peu qu'il nous reste.

Tout en marchant et en aidant Kofi, un des vieux mineurs nous fait la remarque à voix haute :

— Cela sent maintenant quelque chose comme l'odeur du cambouis ou de la ferraille, c'est peut-être bon signe ! Vous sentez ?

Mike trépigne un peu à quelques mètres à peine devant nous. Il aimerait bien aller prospecter devant et vérifier les impressions du mineur. Quelques instants plus tard, nous débouchons sur une galerie plus importante et à peu près perpendiculaire à la nôtre. À droite, elle descend et elle monte sur sa partie gauche.

– Regardez, nous dis Mike les yeux écarquillés en pointant son faisceau de lampe sur la paroi en face de nous « Level 35 », le niveau 35 écrit sur la roche est dans cette direction. Nous sommes arrivés dans une galerie suffisamment importante comme l'attestent les inscriptions de niveaux. Tu avais raison, dit-il à l'intention du mineur, et si je peux me permettre en de telles circonstances je dois te dire que tu as eu du nez mon ami !

Sur la paroi face à nous une flèche indique vers la droite la direction du niveau 35 dans la galerie qui descend.

— Nous sommes donc au-dessus du niveau 35, dit Mike. C'est-à-dire à six niveaux au-dessus du fond de la mine qui se trouve au niveau 41 à environ 1100 mètres de profondeur, là où nous étions quand l'inondation nous a surpris. Nous avons donc gagné au moins 200 mètres de hauteur. Notre seule alternative est maintenant de suivre la galerie qui monte. On débouchera forcément sur la descenderie principale, il ne peut en être autrement. Les mailles du filet commencent à se desserrer.

Et il ajoute :

— Tout n'est pas fini, nous ne sommes pas sortis d'affaire, mais c'est pour bientôt les gars ! Comment vas-tu Kofi ? Tu continues avec nous ? plaisante-t-il en lui adressant un large sourire de ses lèvres recouvertes de sueur mélangée à la poussière.

— Oui Monsieur lui répond Kofi ! Dieu va me donner le courage de vous suivre et nous allons tous sortir et retrouver les nôtres qui nous attendent là-haut ! Ils doivent se faire énormément de souci. Ils sont sans nouvelles, et il y a tellement de temps que nous sommes là-dessous ! Leurs prières nous aideront à remonter à la surface !

Puisse leurs prières nous aider à retrouver le chemin vers la surface. Ce n'est certainement qu'une question de temps. Aucun d'entre nous n'a trop évoqué la fatigue et le manque de forces et pourtant nous n'avons rien absorbé depuis de très longues heures. Il est difficile d'évaluer le temps que nous avons passé là-dessous, aucun d'entre nous n'a de montre. Dans notre malheur l'eau ne nous a pas manqué et nous trouvons encore assez facilement de quoi boire grâce aux petits ruissellements qui suivent les fissures de la roche. À défaut de nourriture, le moral tient et nous fournit le carburant nécessaire à avancer. Kofi est le seul à se plaindre de temps en temps non pas de notre situation, mais de sa jambe. À l'évidence, sa blessure l'a beaucoup affaibli.

Nous reprenons notre marche à la lueur de plus en plus blafarde de l'unique lampe en fonction. Nos ombres courent sur les parois alors que nous nous déplaçons lentement en butant très souvent sur les nombreuses pierres qui jalonnent le sol.

Le vieux mineur reprend la parole :

— Nous ne devrions pas être loin de la descenderie principale. La galerie dans laquelle nous sommes est une galerie d'infrastructure. Regardez, la roche autour de nous est saine, compacte sans trace de minéralisation. La descenderie et toutes les galeries principales d'infrastructure ont été creusées dans ce type de roche. Quand on s'éloigne de ces axes principaux qui forment la colonne vertébrale de la mine, la roche change de faciès. Elle s'enrichit en minéralisation à l'approche des zones filoniennes et des chantiers de production auxquels, le plus souvent, on accède par des galeries secondaires beaucoup plus petites.

— Tu as raison et nous sommes peut-être bientôt au bout de nos peines, lui répond Mike. Je n'arrive toujours pas à m'orienter cela fait trop peu de temps que je travaille ici, mais je suis convaincu par tes arguments. Il faut que l'on tienne le coup. Espérons qu'aucun éboulement ne nous arrête plus loin. J'ai toujours cette idée en tête et je n'aimerais pas que cela se confirme.

Personne ne se plaint. Chacun d'entre nous avance, plongé dans ses pensées, et une chose est sûre, nous avons tous les mêmes. Nous avons grand espoir de déboucher sur la descenderie principale. De là nous pourrons remonter et peut-être rencontrer rapidement des équipes de secours. Pourrait-il en être autrement ?

Quelque chose me turlupine quand même.

— Mike, j'ai une question dis-je : une chose me semble assez peu logique. Nous n'avons encore pas entendu un seul bruit, or les sons portent assez loin sous terre et on peut être certain que dans les niveaux supérieurs tout est fait pour signaler la présence des équipes de secours et guider les mineurs qui remontent.

— Ouais, répond Mike, c'est ce que je pensais aussi ! Je dois avouer que je ne sais pas quoi te dire à propos des équipes de secours ni à propos de l'endroit où nous sommes. Peut-être aussi font-ils face à d'immenses difficultés. Je crois que nous avons parcouru beaucoup de terrain et que nous sommes encore dans une zone très excentrée. En plus, nous sommes maintenant dans un niveau assez haut bien au-dessus du niveau noyé où doivent se concentrer les secours dans d'autres galeries. Mais cette mine est immense et je ne sais vraiment pas où l'on se trouve par rapport à la descenderie. C'est ça le gros problème ! Je suis de plus en plus persuadé que plusieurs niveaux nous séparent encore des autres. Il se peut aussi que nous soyons très décalés d'un côté ou d'un autre et c'est pour cela que l'on n'entend rien. Si la roche porte bien le son, une longue distance finit par l'absorber. La seule chose rassurante c'est que nous montons.

Les mineurs acquiescent sans ajouter un mot.

Bien des haltes nous ralentissent dans notre progression. Chacun à notre tour nous aidons Kofi à marcher. De temps en temps, il insiste pour ne pas être porté. Sa jambe valide fatigue très rapidement et nous devons être deux à le maintenir pour nous déplacer dans des conditions raisonnables.

Je n'avais pas eu depuis longtemps cette impression de fatigue extrême qu'il faut surmonter pour avancer, le ventre vide, sans énergie. Cela doit remonter je crois aux longues et harassantes montées en refuge, chargé d'un sac énorme rempli de victuailles et de matériel, à la tombée de la nuit, dans une lumière entre chien et loup quand les chaussures butent méchamment sur des caillasses parce qu'on a plus la force de lever les jambes. À la différence aujourd'hui, je n'ai pas la possibilité de m'arrêter quelques minutes et de grignoter des barres de céréales pour reprendre des calories. Dans l'état présent, mieux vaut encore ne pas trop penser et se concentrer sur l'effort à fournir.

COMBIEN ÊTES-VOUS ?

Tout en marchant, j'essaie de me persuader que nous allons sortir rapidement, mais en même temps j'essaie de me raisonner afin que mes pensées ne s'échappent trop loin ou trop rapidement à la recherche des bonnes choses de la vie dehors. Nous ne sommes pas sortis d'affaire et peut-être devrons nous rester de nombreuses et longues heures dans ces galeries avant de rencontrer des équipes de secours. Nous cheminons vers le haut, que pourrait-il nous arriver ? Un effondrement énorme qui s'opposerait à notre passage ? Pendant combien de temps ? Le fait que nous montons toujours entretient une lueur d'espoir. En essayant de ne pas trop penser aux détails de la vie dehors, de belles images, de beaux souvenirs me viennent quand même à l'esprit. Cela fait longtemps que je n'ai pas eu de pensée pour le monde de la surface tellement nous nous consacrons à sauver notre peau. Je me revois au congrès à côté de Charles qui est drapé comme un prince. À quelques mètres de nous, Osvalde se retourne vers moi et me sourit. Son regard magnifique m'apaise. Je me souviens de ses mots, je me souviens de nos rires. Nous nous sommes fait une promesse. Je dois la tenir.

Je reviens à la réalité. Devant moi, Mike s'est arrêté un bras levé nous réclamant visiblement le silence, puis il se retourne en nous demandant si nous avons entendu quelque chose. Non, personne n'a rien entendu. Nous tendons tous l'oreille mais rien ne se passe. Le silence est à peine rompu par quelques gouttes d'eau qui tombent de la voûte pour venir s'éclater au sol.

— Il m'a semblé entendre quelque chose, mais…

Mike n'a pas le temps de finir sa phrase. Nous entendons tous un bruit très lointain qui se répète avec la même intensité plusieurs fois de suite.

— Ça, affirme Mike, c'est pas un éboulement, et vous avez entendu, c'est le même bruit à quelques secondes d'intervalle. C'est rythmique. Il se passe quelque chose pas très loin. Avançons !

Le moral des troupes remonte immédiatement. Chacun de nous a l'espoir de déboucher rapidement sur une issue positive et le top serait de rencontrer une équipe de secouristes. Nous serions quasiment déjà en relation avec la surface, et bientôt dehors, à l'air frais, qu'il pleuve, qu'il vente, ou bien sous un soleil de plomb, de nuit, de jour, qu'importe ! De fait, nous progressons un peu plus rapidement, comme allégés de toutes nos courbatures.

La lampe de Mike montre de sérieuses faiblesses et ne va pas durer bien longtemps. Sa lumière de plus en plus pâlotte se met à vaciller. L'intensité lumineuse diminue rapidement.

— Patrick à ton tour ! Utilise ta lampe !

Je m'exécute. Tout de suite la différence de lumière s'impose, bien que ma lampe soit fatiguée elle aussi.

Nous marchons et essayons d'être attentifs au moindre bruit. Seuls nos pas frappant ou raclant le sol et nos respirations occupent l'espace son de la galerie.

— Mike, vous avez entendu ?

La question vient de derrière nous, à quelques dizaines de mètres. Visiblement Kwabena s'était arrêté pour une envie à satisfaire.

— Vous n'avez pas entendu parce que vous marchez ! Moi j'étais arrêté, et j'ai bien entendu quelque chose qui venait d'en haut ! dit-il en regardant vers la voûte et pointant son index vers le haut.

— Tu vois, il se passe bien quelque chose pas loin d'ici, dit Mike. Nous devons avancer. Nous n'avons pas d'outil ou quoi que ce soit pour faire assez de bruit et nous allons nous égosiller si nous crions. Alors le mieux c'est de nous rapprocher de la source du bruit. Nous devons continuer à monter ! Allez les gars, courage ! Allez ! Allez !

C'est à mon tour, aidé de Kwabena, d'assister Kofi pour avancer. Pour ce faire, je passe ma lampe à Mike et nous reprenons notre progression.

— Chhuut ! Ecoutez ! nous dit Mike, vous entendez ?

Nous nous arrêtons net pour mieux écouter et en effet nous avons pu entendre un bruit très diffus qui s'est rapidement estompé.

— Je ne voudrais pas vous faire une fausse joie les gars, dit-il, mais j'ai l'impression que c'était un véhicule. C'est pas le bruit d'un moteur que nous avons entendu, mais ce sont probablement les vibrations causées par les roues. Et ça, c'est une super nouvelle ! La descenderie ne doit pas être très loin, et les secours sont forcés de la prendre. Si tout se passe bien, dans une heure nous devrions y être.

À peine Mike a fini sa phrase que nous entendons à nouveau le bruit, et cette fois, un peu plus distinctement, puis il disparaît à nouveau et le silence revient. Pour chacun d'entre-nous, l'excitation commence à se faire sentir et nous redoublons de force pour accélérer notre progression. Il me semble même que la marche de Kofi s'est nettement améliorée. Nous l'épaulons à peine et je sens bien qu'il y met du sien. Devant nous, Mike a tendance à avancer trop vite et à nous laisser dans le noir. Nous devons souvent lui demander de nous attendre et de nous éclairer derrière. Nous avançons à l'allure de Kofi qui est désolé de ralentir et de compliquer notre progression, mais, il le jure, si nous sortons, ses remerciements seront infinis et il priera pour notre salut le reste de sa vie.

À nouveau nous entendons le bruit, assez clairement cette fois. Nous nous arrêtons. Mike continue encore quelques dizaines de mètres en restant à portée de lampe.

— C'est bien un véhicule, nous dit-il. Vous l'entendez ? Nous sommes sauvés !

Effectivement le bruit se rapproche. Il s'agit bien d'un véhicule.

Certainement une équipe de secouriste.

Nous rejoignons Mike.

— S'il ne passe pas par ici, nous dit Mike, cela veut dire qu'il roule certainement dans la descenderie quelque part, pas loin. Allez les gars, je pense être en mesure de vous dire que c'est bientôt la fin ! Vous avez tous été super !

Nous ne bougeons plus et restons à l'écoute. Le bruit se fait à nouveau entendre, très distinctement cette fois et à l'évidence il se rapproche. Nous percevons maintenant clairement le son du moteur

et pouvons imaginer sa trajectoire composée de virages, de freinages, et d'accélérations. Le bruit s'amplifie, et tout d'un coup nous distinguons la lumière des phares encore diffuse projetée sur la roche derrière le coude de galerie, face à nous.
À partir de cette seconde, nous savons que tout est fini. Je ressens en moi des explosions de bonheur. Notre rêve de sortie prend enfin réalité. Nos souffrances sont terminées. Nous allons très rapidement remonter à la surface.

Devant nous, la lumière augmente en intensité et devient presque aveuglante pour nos yeux accoutumés à l'éclairage de notre seule lampe. La galerie dans laquelle nous sommes reprend rapidement des dimensions humaines. Les lumières projetées par les phares animent les inégalités de surface des parois rocheuses sur lesquelles des ombres furtives apparaissent et disparaissent instantanément.
La voiture débouche face à nous, et le bruit du moteur couvre rapidement nos exclamations de joie. Mike se place debout au centre de la galerie, les bras levés grands ouverts.

— Enfin ! Nous sommes sauvés ! crie Kofi qui se met à pleurer comme un enfant en remerciant Dieu.

Je me retourne et je le vois en larmes, tout tremblant, visiblement tétanisé sous le choc de cette délivrance tellement rêvée. Il s'agrippe nerveusement au bras de son collègue et il se laisse aller à pleurer.

Quelle tête ils ont tous à la lumière des phares !

On dirait des statues de boue en mouvement, des déterrés vivants, des naufragés posant pied sur une île après des jours de souffrance et d'incertitude. Mais leur regard est animé et perçant. Il est accompagné d'un énorme sourire éclairé de dents blanches, presque scintillantes, comme si de petites étoiles venaient s'y poser pour, à leur manière, donner un aspect de fête et de réjouissance après ces longues heures d'errance, de fatigue et d'angoisse.

Tout se passe ensuite très vite. Le chauffeur tout excité descend de la voiture et pose de nombreuses questions à Mike. Pendant ce temps son collègue nous distribue des bouteilles d'eau et s'informe des problèmes urgents à traiter dans le groupe. Il nous demande si des blessés sont à installer en priorité dans la voiture. Nous l'aidons à porter Kofi à l'arrière de la cabine et prenons place ensuite à côté sur les sièges et aussi sur le plateau du pick-up.

Dieu qu'il fait bon être assis sur des sièges confortables. Notre sort est maintenant entre les mains du chauffeur. J'ai l'impression d'avoir terminé une mission humanitaire très dangereuse en zone de guerre à l'issue de laquelle nous sommes récupérés, exfiltrés et escortés pour nous assurer un retour sécurisé et reconnaissant, à la hauteur de notre engagement.

Mike s'installe à l'avant, et pose des tas de questions. Nous apprenons ainsi que cette inondation est due à des orages exceptionnels en surface qui ont accumulé des volumes d'eau énormes dans le fond des carrières. Les lacs ont rapidement grossi hors de leurs limites normales. À un moment donné, sous de fortes pressions, l'eau a réussi à s'infiltrer dans les galeries en dessous en suivant de profondes failles. Très rapidement, des volumes énormes se sont engouffrés sous terre.

— Ah je comprends mieux, dit Mike ! Nous étions quelques-uns à penser que toute cette eau venait du grand lac souterrain qu'on appelle la citerne dont le barrage aurait cédé.

— Tu vois Patrick, ce volume d'eau énorme s'explique maintenant ajoute-t-il.

— Oui, c'est clair, toute cette eau ne pouvait pas venir que du grand lac, mais nous étions loin de penser que les eaux de surface en étaient responsables !

— C'est le déluge là-haut, ajoute le chauffeur. Il est tombé des trombes d'eau et cela n'arrête pas. Toute l'activité de la mine est paralysée. Les puits ont été bloqués en urgence, le système radio ne fonctionne plus dans les galeries. Nous sommes vraiment heureux de vous retrouver ici ! Vous avez eu de la chance !

— Qu'en est-il des autres mineurs ? demande Mike. Tout le monde est remonté ?

— Oh vous savez, il est trop tôt pour se prononcer. Dans l'ensemble les équipes sont remontées. Mais il y a encore des personnes manquantes. Il y a quelques heures, lors du dernier breefing au puits 15, vous en étiez.

Le chauffeur redémarre la voiture et fait demi-tour dans une niche à quelques pas de là pour prendre le chemin de la montée. Par la fenêtre de la portière, je vois défiler les parois sous la lumière des phares, et j'apprécie d'être transporté et de ne plus avoir à trainer nos carcasses trempées, lourdes et fatiguées.

Bizarrement, j'ai l'impression d'avoir été extrait par nos sauveurs des mains d'une forme de conscience restée dans le noir derrière nous. Comment expliquer ce ressenti ? Nous avons été les proies du destin, mais nous avons sauvé notre peau. À mesure que nous remontons vers les niveaux supérieurs, j'ai la sensation que nous laissons quelque chose derrière nous. Quelque chose d'indicible, mais quelque chose qui est présent dans les entrailles de cette mine et qui m'a sauvé au moment où tout semblait perdu. Peut-être une âme, un souffle de vie ? Un esprit ? Certaines choses sont tellement irrationnelles que tenter d'y apporter une réponse cartésienne serait bien vain. En ce qui me concerne, cette mine ne sera plus tout à fait comme les autres. Nous avons désormais, tous en commun, ces longues heures de souffrance, d'angoisse, et d'espoir aussi, qui resteront gravées dans notre mémoire. J'ai le sentiment que nous avons été épargnés et que nous sommes redevables à Dame Nature.

– Quand êtes-vous descendus ? demande le chauffeur

— Vers onze heures du matin environ, en voiture par la descenderie, lui répond Mike.

— C'était donc hier ! Il est maintenant bientôt midi ! L'alerte a été donnée hier après-midi à 15 heures.

— Nous avons donc passé environ 24 heures ici ! Mon Dieu, que d'émotions en si peu de temps ! dit Mike.

— Vous entendez les gars, continue Mike, nous sommes demain, et il est midi. Notre cauchemar a duré 24 heures !

Un bruit de fond de commentaires circule entre nous. Cela commençait à faire long effectivement, avec tous ces efforts sans nourriture, toute cette angoisse et toutes ces incertitudes.
Ces 24 heures sont derrière nous maintenant. Nous allons revoir enfin la lumière !

Alors que Mike continue à discuter avec le chauffeur, délibérément je laisse le bruit du moteur couvrir leur voix et tente de relaxer et de détendre mon corps même si je suis complètement coincé contre la portière. La voiture avale la piste, les parois rocheuses défilent rapidement dans la lumière des phares. Cela fait une impression bizarre de se déplacer si vite, sans avoir à produire d'effort.

— Tout va bien les gars ? Tout va mieux ? demande Mike en se retournant vers nous. Nous avons eu de la chance que cette équipe passe par ici. Le chauffeur vient de me dire que toutes les galeries sont explorées pour aider les éventuels rescapés comme nous. Un camp de base a été établi dans un des garages plus haut dans la descenderie. C'est là que nous allons. On sera pris en charge pour remonter à la surface. On arrive dans une quinzaine de minutes. Samuel est sur place et il paraît qu'il est extrêmement troublé par la situation n'est-ce pas ? demande-t-il au chauffeur.

— Oh oui ! ajoute le chauffeur, il est même complètement déjanté ! Il ne veut pas remonter et veut diriger tout le monde alors que nous avons une organisation bien définie pour les secours. Il court d'un point à un autre, il aboie des ordres, mais les gars finissent par ne pas l'écouter trop. On a bien essayé de le faire remonter mais il ne veut rien entendre. Heureusement, d'après les comptages au sein des équipes de fond, peu de personnes manquent, mais peu c'est déjà beaucoup trop. Personne ne sait encore que l'on vous remonte.

Ce petit trajet nous semble bien long finalement. J'imagine qu'il nous aurait fallu de très longues heures pour faire cette distance à pied. D'ailleurs aurions-nous pu la faire vu l'état de nos batteries ? Nous aurions certainement dû attendre les secours dans le noir. Kofi à côté de moi s'est endormi. À l'avant, Mike et les deux gars discutent sans arrêt.

Nous arrivons au lieu de rassemblement. Je vois immédiatement Charles et Samuel au sein d'un petit groupe de personnes éclairées par les phares d'un véhicule. En voyant notre voiture arriver, ils s'empressent de venir aux nouvelles.

— Bienvenue les gars, que Dieu soit loué vous êtes là sains et saufs, exulte Samuel. Doc, comment ça va ?
Puis s'adressant à Mike :
— Combien êtes-vous ? Je dois noter les noms de tous.
— Nous sommes six, répond Mike. Par contre il faut s'occuper du mineur Kofi. Il est blessé à la jambe et il est exténué. Je pense qu'il va falloir le remonter en urgence. Il était en poste avec Kwabena que voilà.
— Bien sûr répond Samuel, il y a des ambulances, je m'en occupe.
Charles s'empresse de venir nous accueillir en nous ouvrant les portières.
— Pat, Mike ! Heureux de vous revoir tous les deux ! Mon dieu, mon dieu ! Toutes ces heures ont été si intenses ! Vous revoilà enfin, en vie ! Je n'ai jamais trop douté, mais avec cette longue attente, quand même, je me suis fait énormément de souci ! Tout a été si vite ! Vous avez l'air épuisés, mais cela fait un énorme bien de vous revoir.
— Charles, comment es-tu remonté si rapidement ? lui demande Mike. Nous n'avons pas pu nous échapper dès que l'eau est arrivée. Moi je ne savais même pas comment sortir de là !
— Ne me demande pas. Comme tu le sais je ne suis pas sportif, j'ai même pas trop de souffle, mais je crois qu'une immense trouille, ou une bonne étoile, m'ont permis de filer ! Dès les premières secondes j'ai couru comme un voleur, et même plus vite, sans m'arrêter, sans me retourner, et j'ai eu beaucoup de chance de trouver la bonne galerie ! J'ai pu éviter le gros de l'inondation en contournant la galerie principale. Par chance plus loin, j'ai pu rencontrer des mineurs qui arrivaient d'un autre secteur. Nous sommes montés ensemble. Steeve et Ismaël sont arrivés ensuite. Eux aussi avaient pu partir au bon moment. Nous avons alors pensé que tout le monde

était derrière nous, en retard, mais sur le point de remonter. Cela fait maintenant une quinzaine d'heures que nous avons été récupérés par les secouristes un peu plus bas dans une galerie. Toutes les personnes secourues ont été remontées ici à cette plateforme qui permet un accès plus aisé aux véhicules de secours pour les blessés. Tous les secouristes nous ont dit que nous avons eu la chance de passer rapidement parce que selon certains témoignages de mineurs, des galeries se sont ensuite éboulées. Et là nous avons compris que des gens étaient piégés derrière ! À partir de cet instant notre inquiétude a été grandissante. Entre temps, Steeve et Ismaël sont remontés à la surface. Je suis resté avec Samuel pour donner un coup de main. Et puis de toute façon, il nous était impossible de ne pas rester là. Nous voulions être immédiatement informés et avoir en temps réel des nouvelles de ceux qui manquaient. Vous ne pouvez pas imaginer notre angoisse pendant toutes ces heures. Nous sommes en fait arrivés dans les premiers, juste à la suite de plusieurs mineurs qui étaient en poste plus haut que nous dans les galeries. Au bout d'un moment, plus personne ne remontait alors que l'on savait que le fond de la mine se noyait. Les secouristes en mission de recherche revenaient bien souvent bredouilles et notre désespoir grandissait. Dans ces conditions, le temps passe vraiment trop vite, les périodes d'espoir ont alterné avec le doute, et Samuel n'arrêtait pas de dire « c'est pas bon d'attendre trop ». Combien de fois ai-je entendu cette phrase ! J'étais complètement démoralisé, anéanti, fatigué, et incapable de faire autre chose que d'espérer.

Je ne lui en veux pas du tout, mais à chaque fois qu'il me sortait ça, il me sapait le moral, mes tripes se tordaient et je me sentais bien impuissant d'attendre sans pouvoir apporter une quelconque aide. Nous en étions réduits à imaginer les secouristes butant sur les galeries noyées sans avoir rencontré âme qui vive. De très longues heures d'attente ont passé, et cela a dû être très difficile pour vous en bas. À chaque remontée de véhicule nous reprenions espoir, et puis le doute revenait en nous. Vous savez, le système radio ne fonctionne pas et rend les secours encore plus difficiles. En tout cas vous êtes les bienvenus, et j'en remercie Dieu. Mais voyons avec

Samuel, vous n'avez certainement plus envie de rester ici. Nous allons remonter ensemble bientôt je pense.

— Tu as raison Charles, dit Mike. Nous te raconterons plus tard comment cela s'est passé pour nous. Je pense que dans notre malheur, nous avons eu beaucoup de chance. Voyons maintenant avec Samuel comment on s'organise !

Autour de nous, des petits groupes de mineurs sont rassemblés et attendent. Tous semblent épuisés. Les uns pleurent des amis, des frères, encore absents et que l'on ne pourra peut-être pas secourir. Ils ont tous peur de ce qui a pu arriver dans les niveaux les plus profonds de la mine, là où l'eau s'est accumulée n'ayant aucun exutoire. Ils attendent et prient, pour qu'enfin un des leurs remonte.

Appuyés sur la carrosserie d'un véhicule, les secouristes étudient la carte de ce vaste réseau et tentent de définir les zones où ils doivent encore se rendre. Les mots d'ordre étant définis, des groupes se forment et se dispersent en fonction des recommandations établies.
Samuel revient vers nous et annonce que Kofi va remonter dans quelques minutes en ambulance. Puis il nous explique que plus bas le plan d'action des secouristes s'arrête malheureusement au niveau de l'eau, pas très loin du puits 15. Il est dépité et se pose des questions ; que faire ? Que faire de plus que tous ces mineurs présents qui pendant de longues heures ont porté assistance à leurs proches en difficulté. Que faire de plus pour se rendre utile dans une cause qui semble désespérée ? Que faire de plus que d'espérer ou de prier ? À partir du niveau 40 apparemment toutes les galeries sont complètement noyées jusqu'à la voûte et il est impossible d'y apporter quelconque assistance.

— Certains, ajoute-t-il, argumentent sur la possible présence de cloches d'air dans la voûte. Sur ce point je suis d'accord, mais les chances de survivre me paraissent très limitées puisque le niveau de l'eau dans ces zones ne descendra pas avant très longtemps. On devra pomper toute cette flotte pour désenclaver le fond, et cela prendra des jours. Comment survivre tout ce temps ? Comment peut-on se tirer de là ? C'est noyé, un point c'est tout ! dit-il enragé et impuissant. Et j'espère qu'il n'y a personne là-bas ! Tous pensent que les équipes présentes au fond au moment de l'inondation ont pu détaler rapidement et trouver une issue vers le haut comme effectivement vous l'avez fait. Mais des mineurs manquent encore. Les heures passent et le temps joue contre nous. J'ai beaucoup de doutes et beaucoup d'appréhensions pour ceux qui ne sont pas encore remontés.

Et il ajoute avec une voix plus calme :

— Mais vous maintenant il vous faut retourner à la surface. Il ne sert à rien de rester ici. Nous sommes suffisamment nombreux. Mike, Charles, Patrick, vous remontez Kwabena et ses collègues avec vous, vous avez suffisamment donné ! Je vais vous trouver une voiture dit-il en s'éloignant.

Entre temps, les collègues de Kwabena nous informent qu'ils désirent rester. Nous n'insistons pas. Nous serons donc quatre à remonter.

DES TROMBES D'EAU

Une ambulance a été réquisitionnée pour Kofi qui est rapidement installé sur un brancard à l'arrière. Sa blessure ne justifie pas totalement la remontée en ambulance, mais son état est si affaibli qu'il pourra un peu se reposer. Il nous fait signe de la main avant que la porte arrière ne se referme.

— Je vais remonter avec vous et je le rejoindrai dès que possible à l'infirmerie, nous dit Kwabena. C'est un bon gars, il sera chez lui ce soir.

Des ordres sont donnés au chauffeur qui démarre immédiatement et s'engage dans la galerie en direction de la sortie.

À la demande de Samuel, nous attendons un véhicule qui doit nous remonter à la surface. Tout s'agite autour de nous. Des ordres sont criés. La tension est nettement palpable. Des voitures arrivent, d'autres partent, le tout dans une confusion assez générale. Un secouriste s'approche et nous informe qu'un pick-up nous attend un peu plus loin dans la galerie et nous engage à nous y rendre sans attendre.

— Il est possible de monter à cinq avec le chauffeur, nous dit-il. Personne ne doit monter derrière sur le plateau, il pleut des trombes d'eau là-haut !

Mike lui répond avec un hochement de la tête et nous fait signe.

Je m'installe à l'arrière avec Charles, et Kwabena. Mike prend place à côté du chauffeur. Nous sommes un peu serrés, mais qu'importe, dans peu de temps nous serons sortis.

Pendant la montée, nous croisons plusieurs véhicules qui descendent vers le fond, gyrophares allumés.

Je pense à Osvalde... J'ai très envie de la revoir. Mais quand allons-nous rentrer à Accra ? Cette nuit ? Demain ?

Mes pensées sont détournées par les discussions des uns et des autres dans la voiture et je reviens à la réalité.

— Nous approchons de la surface, dit le jeune chauffeur, mais ne vous attendez pas à voir le soleil ! Je vous conseille même de fermer les vitres !

Avant d'aborder un dernier virage, nous distinguons la lumière blanche du jour qui progressivement dépasse en intensité l'éclairage de nos phares. Bientôt un carré de ciel, là-haut tout au bout de la galerie, apparaît et grandit au fur et à mesure que nous avançons. Enfin, nous montons les derniers mètres et nous sortons complètement éblouis.
Pourtant, c'est sous une pluie battante que nous débouchons sur le flanc de la carrière au même point que celui où nous sommes entrés.

J'ai l'impression d'arriver dans un espace immense, coloré, sans limites et sans contraintes. Impression de renaître et de respirer à nouveau. Autour de nous, les murailles de couleur ocre-jaune de la carrière s'élancent vers le ciel noir, tempétueux, duquel tombe un déluge d'eau. Déjà, les odeurs de la surface réveillent mes sens endormis. Les essuie-glaces de notre pick-up ne fonctionnent pas très bien et les trombes d'eau poussées par le vent viennent déferler par saccades incessantes, comme des vagues, sur le pare-brise. D'énormes gouttes d'eau martèlent la carrosserie. Nous nous frayons un chemin dans la boue au milieu d'une kyrielle de véhicules et d'ambulances stationnés qui attendent leur tour de descente dans la galerie. Des secouristes trempés sous la pluie, avec leur talkie à la main, crient leurs ordres, coordonnent les mouvements des voitures et agitent les bras nerveusement pour accélérer les choses. S'approchant de notre voiture, l'un d'entre eux nous fait signe de remonter la rampe en direction de la surface de la carrière sans attendre.

Obtempérant, notre chauffeur s'exclame :

— Bienvenue à la surface ! Désolé pour la météo. C'est désastreux. C'est un déluge depuis hier. Il pleut sans discontinuer ! Les averses sont très fortes. Vous avez de la chance d'être sortis, il y a encore des gars au fond ! Toute la mine s'est arrêtée de travailler, dans tous les secteurs.

La pluie a rendu la rampe difficilement roulable. Parfois nous traversons des petits torrents d'eau ou devons contourner des blocs tombés de la paroi.

— La radio fonctionne ici ? demande Mike au chauffeur, je dois contacter les gars de la géologie.

— Oui, vous pouvez l'utiliser, je vous en prie !

Mike s'empare de la radio et quelques secondes plus tard annonce notre sortie de la mine à ses collègues du bureau.

— C'est Mike les gars ! Je suis avec Charles et Patrick.

Grésillements en retour... puis la bonne réception de la nouvelle est confirmée par un message de bienvenue.

Mike continue :

— Nous venons juste de sortir de la carrière et sommes sur la piste. Dans 45 minutes environ, nous devrions arriver dans les locaux. Merci les gars de prévoir un meeting dans quelques heures, le temps pour nous remettre un minimum en condition, et pour le reste on vous racontera. Perso, je pense prendre six jours de congés, vous allez me manquer ! dit-il en plaisantant.

— Vous allez voir, nous dit le chauffeur, les bureaux sont sens dessus dessous. L'administration est en complète effervescence. En fait, ils ne veulent pas que cela s'ébruite trop ou trop vite. Ils ont peur aussi des journalistes. C'est bien la première fois que ce type d'accident se produit. Nous sommes habitués aux éboulements, bien qu'assez rares, aux accidents de véhicules en galerie, et aux petits incidents de tous les jours dans les secteurs de production. En principe, nous traitons ces urgences dans notre pharmacie au fond, pour les premiers soins avant une évacuation éventuelle à l'hôpital. Mais une tragédie comme celle-ci, jamais je n'en ai connu ! Et cela fait douze ans que je travaille dans cette mine !

Et il ajoute :

— Hier après-midi, les équipes de forage au fond de la carrière avaient signalé de grosses venues d'eau alimentées par des petits torrents qui descendaient les parois pour s'accumuler dans les points les plus bas. Une pluie de déluge continuait à tomber et les lacs ont grossi rapidement. Rien d'identique n'avait été vu jusqu'à ce jour.

Vous imaginez la pression de l'eau tout au fond et puis... Et puis vous savez le reste ! Vous étiez aux premières loges !

Quelques instants plus tard, le chauffeur nous arrête devant la petite guérite du check point. Il pleut à torrents. Je pensais que l'on serait dédouané de cette obligation, mais le règlement de la mine est incontournable. Cela va nous prendre quelques minutes à peine, mais il va falloir sortir sous la pluie battante.
À peine descendus du pick-up, nous parcourons aussi vite que possible les quelques mètres qui nous séparent de la guérite et nous abritons près de la porte, plaqués le dos contre le mur et protégés de la pluie par les tôles du toit qui dépassent un peu. En quelques secondes seulement, le temps de faire vingt mètres au pas de course, j'ai ressenti les gouttes d'eau froides lourdes et aiguisées comme des lances venir frapper en mille impacts mon corps.

Nous attendons à l'abri les uns à côté des autres. Nous sommes un peu hagards et donnons certainement l'impression de débarquer d'une autre planète. La pluie frappe violemment la terre rouge à quelques centimètres de nos bottes. J'ai rarement vu des gouttes d'eau aussi grosses. Au-dessus de nos têtes, elles viennent s'éclater en tambourinant sur la tôle. Nous entrons à tour de rôle à l'intérieur de la guérite. Le garde nous demande de poser le casque à terre, de quitter les bottes, après quoi il nous frôle le corps, de haut en bas, devant et derrière avec le détecteur de métaux. L'inspection est cependant volontairement rapide aujourd'hui de manière à nous faciliter ce passage obligatoire.

Une fois le contrôle terminé, chacun de nous retourne à toute vitesse dans le pick-up. Mike est le dernier à nous rejoindre, puis le chauffeur redémarre pour nous conduire aux bâtiments administratifs de la mine. Sur le trajet, il nous pose des questions et veut connaître les détails sur l'accident. Seul Mike lui répond par bribes de phrases auxquelles nous ajoutons de temps en temps nos commentaires en fonction de notre ressenti. La piste est un véritable bourbier avec des flaques d'eau énormes. Des gerbes de boue éclaboussent les bas-côtés à notre passage. La végétation luxuriante qui fut verte est recouverte de latérite. Nous ralentissons en arrivant à proximité des bâtiments de la mine. Nous longeons les bureaux de la direction devant lesquels sont garées plusieurs grosses Toyota blanches, et autres 4x4 de fonction. Il pleut toujours à verse et les toitures de tôle des bâtiments rejettent leurs lames d'eau directement sur le sol.

— Tous les responsables sont en réunion de crise, nous dit le chauffeur. Vous voyez, leurs voitures sont ici.
Elles sont effectivement reconnaissables à leur grosse antenne de radio érigées à la verticale.

Un peu plus loin, des ambulances de la mine et des véhicules de police sont garés devant l'unité de secours dans laquelle doit être Kofi. Je m'attendais personnellement à ce que nous soyons attendus mais personne ne fait cas de notre arrivée. Peut-être que le sale temps explique en partie la situation. Notre chauffeur stationne la voiture le long du local technique dans lequel nous nous sommes changés hier matin. Retour donc au point de départ. Nous avons été chanceux. Que cette chance soit liée à des éléments rationnels ou non, je savoure les bonnes sensations d'être en vie après être passé vraiment proche de la catastrophe ultime et du non-retour. Maintenant, nous allons pouvoir décompresser.

En sortant de la voiture, Kwabena nous fit signe qu'il va se changer à quelques mètres de là dans le local des mineurs. Il nous retrouvera plus tard. Mike acquiesce et lui demande de nous rejoindre au bureau de la sécurité pour le rapport que nous devons faire ensemble.

À la seconde où nous entrons dans la pièce, j'ai l'impression de revenir dans un monde civilisé, propre, dans lequel les choses sont cadrées et où l'on retrouve ce que l'on peut appeler le confort. En guise de confort, deux bancs en bois, un tabouret, deux armoires métalliques et surtout nos effets personnels. Charles plaisante en voyant ses affaires accrochées sur les porte-manteaux.

— Huumm ! Regardez ça ! Le luxe mes amis, je vous dis, le luxe !

Cela va nous faire du bien de se rhabiller léger ! Exit la combinaison, la ceinture, la batterie, les bottes et le casque ! Vous savez ce que je désire le plus ? C'est un bon savon, doux et odorant.

— Vous pouvez vous changer les gars et prendre une douche, nous dit Mike en vérifiant l'état des lieux. John et Francis ont dû déjà passer ici il y a quelques heures. Nous les rejoindrons plus tard. Laissez le matos sur le sol ici, quelqu'un viendra le chercher. Je vais vous faire apporter des bouteilles d'eau, des biscuits et des fruits, pour reprendre des forces dans l'immédiat. Je vois aussi avec les personnes de la buanderie pour vous fournir des caleçons et chaussettes. Je pense que ça va être utile ! Pour ce qui est des tailles je vais essayer de faire au mieux ! Vous avez tout votre temps. Je prends une douche dans mon vestiaire et on se rejoint dans mon bureau. Après, nous irons ensemble au bureau de la sécurité où nous avons un rapport à faire. Désolé, mais vu les circonstances, c'est une obligation à laquelle nous ne pouvons pas nous soustraire. Cela nous prendra peut-être une heure. Ensuite nous passerons au bureau géologie où ils nous attendent. Puis, je vous invite à déjeuner en ville, après quoi vous pourrez décider de rester pour une bonne nuit de repos au Lodge ou bien de rentrer à Accra. On verra tout cela plus tard. Pour l'instant prenez une bonne douche les gars ! Prenez- votre temps !

— Une dernière chose, ajoute-t-il, n'oubliez pas de me rendre votre badge tout à l'heure !

Cela me fait tout drôle de retrouver mes affaires laissées en l'état sur le porte-manteau accroché au mur. Tout à fait drôle aussi de me retrouver dans une pièce propre, bien éclairée avec des armoires de rangement. Nos chaussures sont là alignées sous le banc de bois.

C'est avec un plaisir intense que l'on peut enfin enlever définitivement nos bottes et s'extirper de nos combinaisons boueuses qui nous collent à la peau. Charles a retrouvé le ton de la plaisanterie et s'amuse en mimant un pantin qui se déshabille, faisant frissonner son corps entier et en jetant ses membres vers l'avant pour décoller cette odieuse combinaison.

— Pouah !! Ce n'était en fait pas vraiment ma couleur favorite ! plaisante-t-il.

Quelqu'un frappe alors à la porte du vestiaire et entre. C'est un jeune infirmier habillé d'une blouse blanche.

— Bonjour Messieurs, dit-il en nous serrant la main tour à tour. Je fais partie de l'équipe de l'infirmerie. Avez-vous besoin de quelque chose ?

— Oui, s'il vous plaît lui dis-je en lui montrant mon genou. Un ou deux pansements devraient suffire, merci.

— Bien sûr, sans problème, c'est noté, je repasse vous déposer cela dans un instant. Nous avons mis en route une procédure suite à l'accident. Voici des fiches de santé que vous voudrez bien remplir. Vous pouvez ensuite les laisser ici, je passerai les collecter plus tard. N'oubliez pas d'inscrire votre numéro de badge dans la case prévue à cet effet. Nous ne prévoyons rien de particulier pour vous et il ne sera pas utile de vous rendre à l'infirmerie. J'ai vu votre ami Kofi il y a quelques instants. Il est en bonnes mains avec le docteur, ne vous inquiétez pas à son sujet, il va très bien ! Nous n'allons pas le garder bien longtemps !

C'est enfin avec un bonheur immense que je me retrouve sous une douche chaude avec un gros savon rose dans les mains. Qu'il sent bon ce savon ! Dans la cabine à côté de la mienne Charles chante avec une voix fluette en langue twi. Mes jambes et mes pieds qui avaient viré au blanc-bleu retrouvent une couleur normale et la balafre à mon genou n'est pas cicatrisée mais ne devrait pas porter à conséquence. Une mousse de savon recouvre bientôt tout mon corps et je laisse l'eau réchauffer, masser et nettoyer tous les centimètres carrés de ma peau.

Au sortir de la douche, une agréable surprise nous attend : à côté des caleçons et chaussettes de rechange, des bouteilles d'eau ainsi qu'un gros carton de fruits et des petits gâteaux secs ont été mis à notre disposition. Une boîte de pansements est posée à côté.

Quelle sensation bizarre de remettre des vêtements propres. J'ai l'impression d'être une version allégée de moi-même, plus alerte aussi dans les mouvements. Certes, faute de rasoir, la barbe envahit encore mon visage mais cette douche m'a vraiment remis d'appoint. Les friandises sont les bienvenues. Mon estomac est tellement vide que c'est presque avec modération que j'attaque quand même deux bananes à la file, suivies de longues gorgées d'eau. Enfin de l'eau buvable ! Sans terre, sans odeur d'essence ! De la bonne eau, à volonté !

En quelques instants, nous reprenons un peu de vitalité. Nous en avions bien besoin.

Charles, assis sur un banc en face de moi, s'applique à se rendre présentable en ajustant son col de chemise et en dépoussiérant ensuite ses chaussures de ville. Avant de quitter le local, nous remplissons les fiches de santé.

— C'est bien ! s'exclame Mike en nous voyant débarquer dans son bureau. Vous me paraissez dans une forme éclatante les amis !

Force est de reconnaître que nous avons bien changé ! Notre maquillage d'argile et de cambouis a disparu, nous avons déposé la ceinture qui nous cisaillait la taille, la combinaison mouillée qui nous collait à la peau et les bottes lourdes et chargées de boue. Tout cet attirail n'était effectivement pas très seyant après toutes ces heures de cauchemar.

— Bon, nous avons maintenant un rapport à faire aux services de la sécurité, nous dit Mike. Entre temps, j'ai reçu l'instruction de vous conduire aux bureaux de la Direction où nous allons rencontrer le Boss. Je pense que cette visite sera toutefois assez courte, mais de circonstance. Je vous emmène tout de suite au QG sécurité. Avez-vous vos badges ? J'en aurai besoin pour mentionner le numéro sur le rapport.

Nous suivons Mike dans les couloirs frais des vieux bâtiments aux murs très épais et arrivons au bureau de la sécurité. Etant donné l'aspect exceptionnel des évènements, je m'attendais ici encore à avoir une réunion solennelle en huis clos avec des cadres responsables de la sécurité. Je déchante. Deux gardes en uniforme ornés avec les blasons de la mine nous attendent assis derrière une petite table. Le mineur Kwabena est arrivé avant nous et nous attendait. Nous prenons place face à eux sur les chaises mises à notre disposition. Les deux gardes se concertent et commencent à nous

poser des questions relatives à nos identifications. Nous répondons à ces quelques questions préliminaires qu'ils se chargent de transcrire sur un bloc-notes en prenant soin d'identifier nos noms, prénoms, et numéros de badge. Ensuite, ils demandent à Mike de bien vouloir détailler par écrit, avec notre participation, les évènements relatifs à l'accident, dans l'ordre, en n'omettant pas de mentionner les noms des personnes présentes dans les situations décrites.
Ce travail nous prend finalement assez peu de temps. Seuls les faits techniques, géologiques ainsi que les possibles localisations et les décisions prises sur le terrain sont répertoriés. Nous ne mentionnons pas la notion de temps puisqu'aucun d'entre nous n'avait de montre.

— Voilà messieurs, conclut Mike en rendant les quelques feuilles qui constituent le rapport. Si d'autres détails sont nécessaires, je suis toujours là, à disposition ! Puis, il ajoute à l'attention du mineur :

— Kwabena, tu es maintenant libre de rentrer à ta résidence. Nous avons fait ensemble les choses nécessaires avec l'administration. Je peux t'arranger un véhicule si tu le désires.

Kwabena remercie Mike mais veut rendre visite à Kofi avant qu'il ne sorte de l'infirmerie si ce n'est déjà fait.

— Très bien, pas de problème, j'essaierai aussi de passer le voir, mais pas avant ce soir, nous avons trop de choses à faire avant. Qu'il prenne bien soin de lui, c'est un bon gars ! lui dit Mike.

Avant de nous séparer de Kwabena, Charles s'entretient avec lui en twi. À ses gestes de sympathie et à la sonorité des mots, je comprends qu'il le remercie pour avoir été un formidable compagnon de fond dans ces épreuves, et donc un mineur respectable qui fait honneur à son métier.

— Allons maintenant au bureau de la Géologie, nous dit Mike. Mes potes nous attendent et ensuite je vous emmène au QG Direction. Après quoi, nous déjeunerons en ville ensemble si vous le voulez. Personnellement, je suis affamé tout comme vous devez l'être assurément, et j'ai vraiment besoin d'un bon repas. Je connais un petit restaurant tenu par un chinois qui est ouvert à toute heure.

Nous y serons plus tranquilles pour discuter. Ses plats sont variés et on peut manger rapidement.

Sur ces mots, nous le suivons et sortons du bureau. Dehors la pluie s'est arrêtée, mais le ciel est toujours menaçant. Alors que nous longeons le bâtiment de l'intendance, une voiture s'approche à bonne vitesse et s'immobilise à notre hauteur. C'est Morgan qui nous fait signe avec un immense sourire qui met en évidence ses dents blanches. Il descend rapidement du véhicule et vient nous serrer chaleureusement la main. Dans un premier temps, il discute en twi avec Charles et à son débit de paroles je comprends qu'il lui pose une multitude de questions sur ce qui est arrivé puis il se tourne vers moi prenant mes deux mains entre les siennes.

— Doc, je suis si content que vous soyez vivant et de retour du fond. Quand j'ai eu connaissance de l'accident, j'étais en ville, alors je suis immédiatement revenu ici, et je suis resté dans les bureaux tout ce temps. J'attendais des nouvelles mais aucune communication n'était possible avec la mine. La nuit dernière, j'ai voulu dormir ici sur le parking, dans la voiture, mais les gardes m'ont demandé de partir en ville, je n'étais pas autorisé à rester dans l'enceinte de la mine. J'ai dû me rendre chez des amis mais aucun réconfort ne pouvait me calmer. Je me suis fait énormément de souci et j'ai beaucoup prié. Ce matin, je suis revenu à la première heure pour avoir des nouvelles. J'ai attendu toute la journée. J'ai discuté avec des gens qui avaient de bien mauvaises informations. J'ai vu que beaucoup de véhicules de secours partaient à la mine. Et maintenant, par la grâce de Dieu vous êtes de retour. Je suis très heureux !

— Merci Morgan, lui répondis-je. Je suis désolé pour tout ce tracas, mais voilà, nous sommes finalement de retour !

— Morgan, pour l'instant tu restes dans les parages, lui dit Charles. Je ne sais pas encore comment on va s'organiser. Nous allons maintenant au bureau de la Géologie et ensuite à la Direction. Mike nous a proposé de déjeuner rapidement en ville. Quand tu vois que la voiture de Mike n'est plus là, tu pourras aller nous attendre au Lodge. Nous rentrons ce soir à Accra. D'ailleurs puisque tu es ici, conduis-nous au bâtiment de la Géologie !

— OK boss, répond Morgan tout souriant en remontant dans le 4x4.

À peine trente secondes plus tard il nous dépose à la porte du bâtiment.

À l'intérieur nous retrouvons les collègues de Mike, géologues et géomètres qui nous souhaitent très chaleureusement la bienvenue. Ils ont été informés de notre sortie bien avant que Mike ne leur passe le message par radio quand nous étions sur la piste. Tous affirment que nous avons eu beaucoup de chance. Les derniers rapports montrent qu'il ne manque que quelques mineurs et que la plupart ont pu sortir de la mine. Très peu sont blessés sérieusement, mais dans l'ensemble tout le monde est choqué. Cela aurait pu être bien pire, voire catastrophique. L'activité s'est arrêtée dans toute la mine, dans la zone sud et dans la zone nord. Tous les puits sont arrêtés, aucun camion ne peut descendre. Depuis hier soir, le QG Direction est en réunion de crise.

À l'aide de cartes, de plans et de coupes rapidement disposés sur les tables, ils nous relatent ce qu'il s'est passé. Les informations concordent bien sûr avec celles que l'on avait eues lorsque nous avions rejoint les mineurs et les secouristes.

— Voilà, tout a commencé hier en fin d'après-midi. Vous étiez déjà descendu au fond. En surface, dans l'immense carrière, la puissance et la durée exceptionnelle de l'orage ont obligé les équipes de forage à arrêter leurs travaux et à quitter les lieux. Par radio, les foreurs nous ont décrit la situation en soulignant le caractère hors du commun de cette tempête. Jamais auparavant ils n'ont été obligés d'abandonner leur poste. Des trombes d'eau s'abattaient sans discontinuer. Selon leurs dires, le vacarme des énormes gouttes d'eau martelant le sol couvrait presque les coups de tonnerre. Le long des parois de la carrière, des petits torrents d'eau s'étaient formés et descendaient en empruntant les fissures dans la roche. Les parties les plus fragiles étaient ravinées et des volumes importants de caillasses et de boue étaient entraînés vers le bas. L'eau et tous les matériaux venaient finir leur course dans les lacs situés aux points les plus bas de la carrière.

Depuis des années maintenant, nous savons que la surface couverte par ces lacs varie selon l'intensité des pluies, mais d'habitude nous n'y portons pas attention. Ces différences de niveaux n'ont jamais gêné l'activité des foreurs. Mais hier, les choses se sont avérées très différentes : en fin de pause casse-croûte, juste avant de redémarrer leur foreuse, les gars ont observé qu'en dépit de la puissance de l'orage et de la quantité d'eau reçue depuis de nombreux jours, le niveau des lacs commençait visiblement à baisser comme l'attestaient les marques de retrait sur la boue tout autour. Ils n'avaient jamais vu ça précédemment. De toute évidence, cela signifiait que l'eau s'engouffrait par le fond des lacs dans les galeries de la mine situées juste en dessous. Peut-être un mécanisme d'effondrement avait-il ouvert une brèche au passage de l'eau ? Peu importe, l'eau disparaissait avec une rapidité extrême vers le fond.

Un message d'alerte a été immédiatement envoyé par radio au poste de secours. Par tous les moyens, il fallait prévenir de toute urgence les mineurs qui travaillaient au fond. Le volume d'eau accumulé était très important et pouvait certainement noyer une grande partie de la mine. Le désastre risquait d'augmenter de minute en minute en raison des trombes d'eau qui n'en finissaient pas de tomber dans la carrière et de nourrir des torrents de plus en plus importants.

À partir de cet instant, l'état d'urgence a été déployé, et tous les moyens ont été utilisés pour alerter les équipes du fond. Aucun véhicule, autre que les secours, ne pouvait désormais entrer dans la mine, la priorité était donnée au passage des pompiers et des ambulances. Tous les puits du secteur furent bloqués jusqu'à nouvel ordre. Les informations d'alerte données par le système radio demandaient aux équipes opérationnelles du fond et à tous les véhicules de se rendre, impérativement et sans attendre, en direction des niveaux supérieurs. Toutes les sirènes d'alarme furent actionnées. Entre-temps le niveau des lacs avait nettement diminué, et l'orage continuait à alimenter le système.

En surface, personne ne se doutait de la violence de l'inondation ni l'ampleur du désastre dans les galeries. L'inquiétude était à son comble. Les messages radio ne passaient plus, aucune information ne venait du fond.

Le géologue continue :

— Vous voyez ici, le trait bleu sur la coupe, c'est le niveau de l'eau actuellement. Cela veut dire que le fond de la mine est complètement noyé jusque là, à partir du niveau 39. Vu l'ampleur potentielle des dégâts, toutes les équipes de secours en surface n'étaient pas vraiment opérationnelles à l'instant T, mais finalement après de longues heures de panique, elles se sont déployées. Par ambulances entières les secouristes se sont rendus sur le site de la carrière pour, vous pouvez imaginer, dévaler la piste glissante dans des gerbes de boue, sirènes hurlantes. Arrivés au point d'entrée, qui est ici sur la carte, une partie des véhicules s'engouffrait dans la descenderie menant au niveau de base du puits 15. Les autres restaient en surface pour appui logistique. Depuis longtemps déjà une vague d'eau s'était engouffrée dans plusieurs galeries et avait déjà atteint les niveaux les plus profonds de la mine. À la rencontre des secouristes, les premiers mineurs rescapés ont décrit la situation. D'après leurs témoignages, ils ont été totalement surpris par la rapidité et l'importance de l'inondation juste après avoir entendu la sirène d'alerte. Ils avaient dû quitter en catastrophe leur poste de travail. Ceux-ci étaient somme toute chanceux. Aucune information n'avait pu leur être transmise puisque le réseau radio était déjà hors service. Travaillant dans des niveaux peu profonds, ils ont pu échapper assez facilement à l'inondation de leur galerie en remontant rapidement vers les niveaux supérieurs. Ce sont eux les tout premiers qui ont pu relater les faits aux équipes de secours venues à leur rencontre à peu près à ce niveau, indique-t-il, en pointant du doigt une galerie sur la coupe.

Et il ajoute :

— Très vite au début, il a été évident, aux yeux de tout le monde, que le fond de la mine allait se noyer rapidement et inexorablement. Mais nous ne savions pas jusqu'à quelle hauteur. Tout était une affaire de temps, tout dépendait du volume d'eau et de la vitesse à laquelle l'eau remonterait progressivement dans les galeries en les noyant. Il y avait aussi le problème de la réserve d'eau, notre lac souterrain, qui pouvait à tout moment céder et expulser lui aussi son énorme volume d'eau vers les niveaux inférieurs. À cette heure-ci, il semble qu'elle ait tenu, nous avons eu de la chance de ce côté-là.

— À cet instant, poursuit un autre géologue, des mineurs manquent encore à l'appel et les secouristes restent à leur poste sous terre à ces niveaux notés d'une croix rouge. C'est ici même que l'on vous a retrouvés dit il en posant son index sur une des croix.

Penchés sur les cartes, Charles et moi essayons de visualiser les différents chemins possibles et les passages par lesquels nous sommes remontés chacun de notre côté, mais le réseau complexe des petites galeries entrelacées ne permet pas de nous y retrouver. Je fais appel à Mike pour essayer de localiser la galerie dévidoir, le boyau culte qui nous a permis d'accéder aux niveaux supérieurs, mais à cette échelle, il ne doit en fait représenter que quelques millimètres. Après quelques minutes, un des géologues, aidé de nos descriptions, nous montre du doigt le passage que nous observons comme s'il s'agissait d'une icône.

Mike prend un feutre et se permet d'entourer notre petite galerie.

— Voilà, oui, c'est bien par ici que nous avons pu grimper et sortir de la zone noyée, nous montre Mike, par cette petite galerie de décharge. Elle est assez excentrée par rapport à la galerie majeure qui va au puits 15. Nous l'avions compris et c'est pour cela que nous l'avions recherchée. Elle fait partie des anciens travaux qui sont désormais en périphérie des chambres d'exploitation actuelles. C'est pour cela que nous avons eu à marcher toute cette distance pour arriver là. Je pense que nous devons tout à ce petit boyau. Sans lui nous serions peut-être encore en train de chercher comment sortir, dans la première et meilleure hypothèse ! Dans la deuxième, nous serions peut-être noyés à cette heure…

— C'est à lui que nous devons tout. Ce sera un lieu de culte maintenant ! dit-il en plaisantant. Mais toi, tu t'en es bien tiré aussi, dit-il à Charles, et beaucoup plus rapidement que nous ! J'aurais bien voulu sortir douze heures avant !

— Tu as raison Mike, la chance était avec moi, beaucoup de chance je dois dire, parce que je ne sais pas si j'aurais pu grimper dans votre petit boyau. C'est pas mon truc ça !...

— En tout cas ajoute Mike, il est évident que nous tous avons pas mal cheminé depuis le fond jusqu'au secteur où enfin nous avons rejoint les secouristes.

— On va être dans la merde pendant un bon moment, dit un de géologues. Avec cette eau accumulée au fond, il va falloir des mois pour pomper tout ça, et ensuite il faudra sécuriser à nouveau les parois et les voûtes fragilisées par la présence de l'eau. Tout ce secteur de la mine va rester improductif alors que c'est l'endroit le plus riche en or. Ça va être un désastre dans les chiffres les gars, mais on ne peut pas y couper ! On est obligés de faire avec et de faire au mieux ! J'espère que le puits n'a pas trop souffert, mais il ne sera pas évident de le remettre en marche facilement. Des tonnes de boue et de matériaux ont dû s'accumuler dans le fond et arracher fils électriques et câbles. Désolé les gars mais je crois que l'on devra à nouveau faire appel à vous pour les calculs de stabilité !... Mais avant, nous devrons organiser le grand nettoyage et remettre en état tout ce bordel !

Charles se retourne vers moi :

— OK Pat ? Prêt pour une nouvelle mission ? Nous devrons repartir de zéro sur pas mal de points mais c'est notre boulot n'est-ce pas ? Il y aura pas mal de choses à revoir au niveau sécurité aussitôt que les galeries et le puits seront remis en état.

— Vous voulez savoir ce que j'en pense ? demande Mike, et bien… je réserve mon pronostic. Pour le moment, je dirai que je me sens un peu hors service et qu'une bonne journée de repos, et peut-être deux, ou plus, me feront le plus grand bien.

— Ces messieurs, dit-il à notre attention, vont retourner à Accra, ce soir ou demain, à leur convenance. Il n'y a rien d'autre que nous puissions faire à présent. Les choses doivent revenir en ordre et cela prendra le temps qu'il faudra.

Puis se retournant vers les géologues il ajoute :

— Bon, les gars vous m'oubliez un jour ou deux, mais vous savez où me trouver si nécessaire. Je pense que je serai au bar du Lodge ce soir, on se voit là-bas si vous voulez. Mais pour l'instant je dois me rendre avec eux à la Direction, nous y sommes attendus. Ensuite, je les emmène en ville, nous avons besoin de prendre un peu d'air et des calories surtout ! Si on me demande, nous sommes chez le Chinois à la sortie de la ville.

Charles et moi remercions l'équipe pour leur accueil, leur souhaitons bon courage pour la suite, et leur assurons que nous reviendrons lorsque tout sera remis en ordre.

À la suite de Mike, nous sortons du bâtiment de la Géologie et nous dirigeons vers les bureaux de la Direction situés à quelque distance seulement.

– Quand pensez-vous rentrer à Accra ? demande Mike

— Oh et bien j'ai demandé à Morgan de faire le plein d'essence, nous rentrons à la maison ! Je pense qu'il fait un temps meilleur à Accra... Non, sans rire, Patrick a son avion après-demain, cela ne nous laisse pas beaucoup de temps pour finir les choses que nous avons à faire au bureau. Pour ce qui est d'une prochaine mission, il est évident que nous devons revenir et plancher tous ensemble pour finaliser cette étude. Mais pour le moment les gars, vous avez un énorme taf, alors vous nous faites signe quand vous êtes prêts !

— OK, bien sûr nous en reparlerons, lui répond Mike.

Nous arrivons au bâtiment de la Direction. Nous montons l'escalier extérieur, longeons la terrasse et poussons la porte du secrétariat. Il fait frais à l'intérieur. Nous sommes attendus. À la demande de la secrétaire nous entrons dans le bureau du Directeur Général où sont déjà assises deux autres personnes. Leur discussion s'est arrêtée à notre arrivée et le directeur se lève pour nous serrer la main avec un peu de fébrilité. Son visage reste sérieux, ses traits sont tirés, on a entendu dire qu'il était resté là une grande partie de la nuit.

— Mike, Messieurs, je n'ai que quelques minutes à vous accorder, vous comprendrez la situation… Je tenais toutefois à vous rencontrer suite à ces circonstances terribles. Je sais que vous avez vécu des heures très longues et très difficiles au fond. Je vous félicite pour votre courage, votre ténacité et votre détermination. À cette minute, nous devons dire que nous avons de la chance : nous sommes encore incertains sur le sort de quelques mineurs seulement. Nous espérons bien sûr qu'ils sont sains et saufs. La grande majorité des effectifs est remontée à la surface, la plupart sans blessures importantes. Les secouristes ont fait un très bon travail et je remercie Dieu pour l'énorme coup de main qu'il nous a donné dans cette épreuve. Comme vous l'avez peut-être vu en venant ici, quelques familles attendent à l'infirmerie des nouvelles de ceux qui manquent encore, mais les choses sont trop délicates sur le terrain et nous ne pouvons pas leur donner plus d'informations. Nous leur demandons de s'armer de patience.

Et il ajoute :

— La nature a voulu peut-être reprendre ses droits ou en tous cas nous rendre la tâche plus difficile. Nous allons en tirer les meilleures conclusions et travailler plus encore avec des techniques modernes qui nous apporteront, on l'espère, toujours plus de sécurité. Nous allons entrer immédiatement dans une phase de travaux de remise en état du fond, et tout sera mis en œuvre pour raccourcir au maximum les délais nécessaires afin de reprendre la production dans la zone noyée. Les autres chantiers de la mine vont reprendre sans attendre. Vous comprendrez que le but est bien sûr de redémarrer l'activité autour du puits 15 coûte que coûte. Vous aurez certainement l'occasion de lire la presse ou de recevoir des informations par les médias qui n'hésiteront pas à noircir le tableau. C'est ainsi que vont les choses et c'est pour cela que nous devons toujours accroître la sécurité des opérations souterraines et éviter les fatalités. Bien sûr nous aurions, peut-être, pu éviter tout cela par une gestion très différente de la carrière à ciel ouvert dans laquelle s'est accumulée toute cette eau. Nous allons désormais le prendre en compte et apporter des solutions pour résoudre cet immense problème. Cela fait partie aussi de nos priorités. Nous avons énormément de travail à fournir avant que cette partie de la mine ne soit fonctionnelle, et j'espère que l'on aura l'occasion de réactiver notre collaboration très rapidement, ou en tout cas, le plus rapidement possible. Mike, vous restez en contact avec ces messieurs que je souhaite bien sûr revoir ultérieurement.

Le monologue étant terminé, nous nous resserrons la main en nous souhaitant mutuellement bonne chance.

À peine sortis des bureaux climatisés, nous sommes accablés par la chaleur humide.

— Nous allons devoir mettre plus que les bouchées doubles pendant un sacré bout de temps, nous dit Mike. J'espère franchement que vous aurez l'occasion de revenir dans quelques mois. D'ici là, les tensions auront disparu et la mine aura repris sa vitesse de croisière. J'y crois personnellement très fort ! Il faut que cette partie de la mine soit à nouveau en activité ! Les cours de l'or sont au plus haut et nous devons produire au plus vite. Cet argument n'est bien sûr pas exposé par la Direction en de telles circonstances, cependant tout sera mis en œuvre pour redémarrer au plus vite. Mais bon, pour l'instant vous devez partir ce soir et je vous ai promis d'aller déjeuner en ville, même si l'heure est un peu tardive. Allons-y !

RETOUR SUR ACCRA

Alors que Mike nous emmène à sa voiture, quelques amis à lui nous accostent et veulent à tout prix nous saluer et savoir comment cela s'est passé. Mike les salue en retour, trouve quelques mots pour les remercier mais essaie d'éluder au maximum, en promettant de commenter dans les détails ultérieurement, argumentant que nous sommes attendus.

— Ouf, s'exclame-t-il en s'installant dans la voiture, ils veulent tous être au fait des dernières nouvelles. Ici tout le monde se connaît, alors quand il se passe quelque chose d'important… Vous pouvez imaginer ! Bon, maintenant les gars, nous allons passer à l'administration pour récupérer vos pièces d'identité, et nous filons en ville.

Quelques instants plus tard nous arrivons à la barrière de sécurité de la mine. Le garde pointe son index vers notre pare-brise pour nous faire ralentir et stopper en vue d'une éventuelle fouille, puis il lève aussitôt la barrière sans même que nous ne nous soyons arrêtés. Il nous laisse passer avec un salut militaire accompagné d'un large sourire auquel nous répondons par un signe amical de la main, la petite balle était blanche…

Connaissant le système, je sais que le garde de temps en temps s'accommode un peu de la situation selon la densité du trafic sortant de la mine, et aussi selon la nature des occupants des véhicules. La barrière est activée manuellement, et à son extrémité, du côté du garde, il y a un petit sac de toile accroché. À l'intérieur, deux boules en plastique, de type boules de ping-pong, une rouge et une blanche. À chaque voiture, le garde en principe tire au hasard une boule dans le sac : si elle est rouge, le véhicule sera fouillé. Pour éviter d'arrêter trop de voitures pour une fouille somme toute rapide, il force quelques fois le hasard et fait en sorte de récupérer dans sa main la boule blanche. Aujourd'hui, en reconnaissant la voiture de Mike, il nous a évité la formalité de la fouille.

Charles qui connaît bien sûr le système, part d'un éclat de rire sonore et constate à voix haute qu'en ce bas monde, les choses sont quand même bizarres :

— Venez au Ghana, dit-il, vous constaterez des choses étranges comme par exemple, comme l'a très bien dit Patrick l'autre jour, on voit plus de panneaux indicateurs dans les galeries de cette mine que sur les routes du pays ! De même, le check point de la sécurité de la mine d'or la plus riche du monde dépend du bon vouloir de deux petites boules ! Ou encore, oui, écoutez ! Celle-là elle est bonne ! Que les rejets des latrines sont surveillés nuit et jour et protégés par une enceinte grillagée électrifiée, ce qui en fait le tas de merde le plus précieux et le plus surveillé du monde !

Et il ajoute :

— N'est-ce pas génial ! Ne trouvez-vous pas cela grandiose ? Exceptionnel ? Ça vaut le coup quand même ! Mon Dieu dans quel monde vivons-nous !

Nous sommes tous les trois pliés de rire à l'intérieur du véhicule.

— Tu sais Charles, dis Mike, tu vas voir, tout à fait exceptionnel aussi le chinois qui ne fait pratiquement que des... pizzas ! Mais je t'assure, elles valent leur pesant d'or !

— Tu dis leur pesant d'or ! Rusé le cuistot, il a trouvé le bon filon ! ajoute Charles qui se tord encore de rire.

Alors que Mike stationne la voiture devant le petit restaurant du Chinois, la pluie que l'on avait oubliée recommence à tomber. Charles et moi ne connaissons pas ce restaurant.

— Ce Chinois, nous dit Mike, a ouvert ses portes il y a quelques mois seulement. Il a cassé le monopole des Indiens et des Libanais qui sont installés depuis plus longtemps. C'est une bonne adresse. Les habitués sont surtout des gens de l'administration de la mine qui viennent déjeuner rapidement pour un rapport qualité-prix très bon. Le soir, quelques techniciens viennent aussi mais, en principe, ils vont au restaurant du Lodge parce qu'il y a le bar avec l'alcool. Et puis, le Lodge, c'est le rendez-vous des mineurs, le soir, après le boulot.

Un tout petit bonhomme souriant, habillé de blanc, vient nous ouvrir la porte, à peine étonné de recevoir des clients au milieu de l'après-midi.

— Bonjour messieurs, bienvenus, entrez ! nous dit-il en nous saluant d'une petite courbette.

Mike paraît géant à ses côtés. À peine sommes-nous entrés qu'un gros coup de tonnerre se fait immédiatement suivre d'un déluge d'eau. À l'intérieur, la pièce est propre et climatisée. Nous sommes les seuls clients. Toutes les tables sont recouvertes d'un tissu rouge, protégé par une nappe en plastique transparent, avec en leur centre, un verre rempli de fausses fleurs.

Le menu nous est présenté. Nous n'optons finalement pas pour une pizza, mais tous les trois choisissons un curry de poulet et demandons trois bières « star » fraîches pour commencer.

Nous n'aurons pas longtemps à attendre. Durant le repas, Mike nous fait part de ses inquiétudes quant à la remise en état de cette partie de la mine. La production va être arrêtée pendant longtemps et il faudra remplacer pas mal de matériel. Il estime globalement la durée des travaux à trois ou quatre mois. Les études de stabilité pourront reprendre ensuite. Entre temps, pour ne pas perdre trop d'argent, la mine décidera peut-être de revisiter ses anciennes haldes en surface dans lesquelles on peut encore extraire de l'or par lixiviation. Nous savons que ces déchets, laissés par les anciens, contiennent encore de l'or que la technologie de l'époque ne permettait pas de séparer à cause de la concentration très faible.

Notre intervention est donc suspendue jusqu'à nouvel ordre, mais nous sommes conscients qu'il va falloir mettre les bouchées doubles à la reprise.

Avant la fin du repas, Mike nous propose de rester nous reposer au Lodge. Il se chargera de faire facturer notre séjour aux frais de la mine. Cela nous permettrait d'éviter de prendre la route en fin d'après-midi et de conduire une partie de la nuit pour rentrer sur Accra.

Charles me demande mon avis. Je lui assure que cela m'est égal mais que rentrer ce soir permettrait de bien se reposer demain parce que mon séjour tire à sa fin. En fait, j'espère que Charles va se ranger à mon avis. J'ai en tête l'espoir de revoir Osvalde avant de quitter le Ghana, et ce créneau de temps pourrait juste convenir.

Charles explique donc à Mike que nous allons rentrer. Rester nous exposerait à trop de rencontres et de discussions infinies au Lodge ce qui nous emmènerait loin dans la nuit. En temps normal, nous apprécions, mais aujourd'hui c'est différent. Il nous reste encore quelques heures de jour pour bien rouler avant que la nuit ne tombe. Morgan est un très bon chauffeur et nous pouvons compter sur lui. Nous avons juste nos bagages à faire, rendre notre clé de chambre au Lodge et nous pouvons partir dans l'heure qui suit.

Mike acquiesce et nous propose de nous déposer au Lodge quand nous aurons terminé le repas.

Une demi-heure plus tard, nous arrivons au Lodge. Notre 4x4 est là, garé sur le parking. Morgan ne doit pas être loin. Nous remercions vivement Mike qui doit retourner rapidement à la mine. Visiblement ennuyé, il revient sur notre décision de rentrer à Accra. Selon lui, il serait plus judicieux et surtout plus sûr de ne partir que le lendemain vu l'état des routes et la distance à parcourir. Charles n'est pas convaincu, tergiverse, et finalement reste sur sa position. Comme pour se justifier, il observe le ciel encore très menaçant, et argumente qu'il veut partir avant la prochaine averse... Le connaissant, rien ne l'aurait fait changer de décision.

Notre ami nous souhaite donc une bonne route en nous serrant amicalement la main avec sa grande paluche. Il me souhaite un bon retour en France en ajoutant que, tôt ou tard, il se fera un plaisir de nous guider à nouveau dans les galeries de la mine, si entre temps ses obligations ne le ramènent pas au Canada. Nous le regardons partir. Au démarrage, les pneus de sa voiture crissent sur le gravillon et il nous fait un grand salut de la main avant de quitter le parking.

Morgan nous a rejoints à la réception du Lodge. Linda, toujours souriante et présente à son poste, nous informe que des instructions ont été reçues et que les factures de nos chambres seront réglées par la mine. Nous n'avons plus qu'à récupérer nos bagages.

— Mr. Charles, vous rentrez à Accra ! Puis-je vous poser une question ?

— Oui bien sûr Linda.

— Ma jeune cousine Élisabeth est femme de ménage ici. Elle a quelques jours de vacances et veut se rendre chez son frère à Accra. Vous est-il possible de l'emmener en voiture ? Cela lui éviterait d'attendre le départ du bus demain matin et de faire un long voyage pas très confortable. Elle n'a pas de bagage et ne tiendra pas de place. Est-ce possible ?

— Oui Linda, il n'y a aucun problème. Nous la déposerons à Accra. Nous pensons arriver tard dans la nuit. Vous pouvez aller lui dire. Nous l'attendons à la voiture.

Comme prévu, quelques instants plus tard, Elisabeth nous rejoint sur le parking et nous remercie de bien vouloir l'emmener. Pour tout bagage, elle tient à la main un petit sac en toile.

Nous quittons le Lodge. C'est toujours avec un petit pincement au cœur que je quitte ce lieu dans lequel j'ai séjourné plusieurs fois depuis quelques années. C'est un petit monde qui vit au rythme de la mine, c'est un lieu de discussions et d'échanges, où, à la nuit venue, les distractions et le caractère de l'Afrique s'imposent.

Après avoir fait un premier arrêt dans une petite échoppe pour acheter quelques bouteilles d'eau, nous traversons la ville dans sa rue principale. Le trafic y est toujours intense. Nous roulons presque au pas sur certains tronçons tant la route est défoncée. À l'arrière, nous sommes ballotés et Élisabeth s'excuse en souriant de me donner des coups de genoux de temps en temps. À la sortie de la ville, après avoir traversé les vieux rails de la voie ferrée, nous roulons enfin à bonne vitesse sur du bitume.

Morgan, qui est resté discret jusque là, nous pose des questions sur l'accident. Pendant des heures entières, il est resté, anxieux, à proximité des bureaux et de l'antenne de secours, pour avoir des informations sur ce qu'il se passait dans la mine. Tout le monde savait que les lacs du fond de la grande carrière s'étaient vidés et que l'eau avait certainement noyé des galeries entières. Le réseau de communication avec le fond était coupé. Aucune information n'était disponible jusqu'à ce que les secouristes puissent enfin rejoindre les premiers mineurs rescapés, après des heures et des heures d'attente dans l'angoisse. Des ambulances ramenaient de temps en temps des mineurs à l'infirmerie, mais, de nous, aucune nouvelle.

Charles à son tour me fait part de ses angoisses quand il s'est avéré que des mineurs n'avaient pas été localisés, et que j'en faisais partie. De surcroît, Samuel n'arrêtait pas de s'agiter dans tous les sens en expliquant que chaque minute du temps qui passait diminuait nos chances.

— Oh oui, nous tous avons eu de la chance, beaucoup de chance grâce à Dieu de nous en tirer sans mal, dit Charles. Toi Patrick, avec Mike et les autres, vous êtes resté beaucoup plus longtemps et vous avez dû vous poser pas mal de questions avant de trouver cette issue incroyable, ce petit boyau, dont la présence elle-même était fortement improbable. De plus, comme Mike le disait, vu l'ampleur du réseau de galeries, le boyau était aussi difficile à trouver qu'une aiguille dans une botte de foin. Mais la chance vous a souri. Je crois très fortement au facteur chance.

— Oui, tu as raison, dis-je. On n'est pas prêt d'oublier cette journée !

La nuit est tombée, Morgan roule encore à vive allure les yeux fixés sur le bitume. Bientôt dans la forêt, nous aborderons la piste plus risquée et dangereuse et notre vitesse en sera largement diminuée. Je m'assoupis, réveillé de temps en temps au passage de grosses ornières. Quelquefois même, Morgan pile sur les freins quand un animal de bonne taille traverse la route dans les phares de la voiture. Élisabeth, à côté de moi sur la banquette, dort profondément toute repliée sur elle-même. Sa tête repose sur son sac qu'elle a coincé en guise d'oreiller contre la porte. De temps en temps, elle est ballotée et vient atterrir sur mes épaules. Je peux alors voir la courbure de ses petits seins nus dans l'échancrure de son chemisier. Parfois, elle se réveille. Elle s'excuse alors presque timidement avec un sourire et se tourne de l'autre côté.

En la regardant, mes pensées vont à Osvalde. La reverrai-je ? Je l'espère très fort, mais j'en doute aussi ! Si je ne la revois pas avant mon départ, alors ce sera certainement fini. Le temps et la distance effaceront les premiers liens que nous avons tissés. Je tiens pourtant vraiment à cette fille qui m'a harponné le cœur.

Le bruit du moteur et les chaos de la route me bercent, je ferme les yeux et je rêve d'elle.

Plus tard, je me réveille en sursaut aux exclamations de Charles et de Morgan. La voiture roule tout doucement. Il y a devant nous un camion de grumes de bois à moitié renversé sur le bord de la piste. Il est en position de porte à faux avec toute la partie avant décollée de la route. D'énormes troncs de bois ont roulé et gisent en désordre dans le fossé à quelques mètres du camion. Morgan s'arrête à la hauteur de la cabine. Deux personnes assises par terre s'approchent de nous une lampe torche à la main et parlent en twi à Morgan. Après quelques phrases échangées, Charles demande à Morgan de reprendre la route sans plus attendre.

– Que voulaient-ils ?

— Oh rien, me répond Charles. Il n'y a pas de blessé. Ils nous ont simplement dit qu'ils attendaient un camion-grue qui viendra demain pour les sortir d'affaire. Les bas-côtés de la piste se sont affaissés à cet endroit au passage de leur camion. Ils disent aussi que leur chargement était trop lourd. Les accotements sont gorgés d'eau et s'enfoncent sous le passage des gros camions. Morgan leur a conseillé de signaliser l'accident parce qu'il a été surpris de les trouver là, comme ça, en pleine forêt la nuit. Ce à quoi ils ont répondu qu'il n'y avait pas beaucoup de trafic la nuit et qu'ils avaient annoncé l'accident par un petit tas de pierres à quelques mètres de là…

— En fait, le tas de pierre, personne ne l'a vu ! Tu vois, dit Charles, c'est une des raisons pour lesquelles normalement j'aime mieux éviter de conduire la nuit sur ces routes.

Je n'arrive pas à dormir tant nous sommes bringuebalés sur la piste. Nous traversons nombre de petits villages chichement éclairés par un ou deux réverbères. Nous retraversons dans l'autre sens les mêmes ponts que ceux empruntés à l'aller. Cette fois, la fatigue aidant, j'ai l'impression qu'ils sont encore plus au milieu de nulle part, perdus dans la forêt.

Toujours aux aguets d'un possible nid de poule, d'une pierre ou d'une branche qui pourrait faire obstacle sur la route, Morgan reste bien éveillé et conduit avec précision et sûreté. Dans certains secteurs traversés, les couleurs sont assez spectaculaires sous l'éclairage des phares de la voiture. La piste de couleur rouge tranche nettement avec les murailles vertes de la végétation luxuriante qui nous entoure. Autour, au-delà de notre présence éphémère, tout est noir.

Nous ne croisons que quelques rares véhicules. De temps en temps sur le bord de la route, des jeunes tendent le bras pour montrer les trophées de leur chasse qu'ils vendent. Ce sont la plupart du temps des espèces de cochons d'Inde ou cobayes prêts à être cuits au barbecue.

Mes paupières commencent à nouveau à se faire lourdes et je me laisse aller à fermer les yeux.

Je me réveille, le moteur de la voiture s'est arrêté. Charles dort, la tête collée contre la vitre. Élisabeth aussi s'est aussi endormie profondément. Nous sommes dans une station essence d'un autre âge, perdue dans une clairière tapissée de terre rouge, et entourée d'une forêt dense et sombre sous un ciel noir sans étoiles. Un seul réverbère anémique éclaire la scène de sa vieille ampoule jaune et vacillante. Des milliers d'insectes tournent autour de la lampe. Morgan est debout aux côtés d'un pompiste qui s'affaire à transférer de l'essence en pompant manuellement à partir de gros bidons vers le réservoir du 4x4. Quelques épaves de vieux véhicules rouillés sont garées à la limite de la clairière et sont recouvertes d'une épaisse couche de poussière rouge. Le lieu est calme. Le silence est à peine troublé par le bruit mécanique de la pompe et par quelques mots échangés entre le gars et Morgan. Un chien, surgi de nulle part, s'approche de la voiture pour satisfaire sa curiosité et repart en trottant pour disparaître dans le noir.

Après quelques minutes, nous repartons. Charles n'a pas ouvert un œil, il dort toujours profondément sur son siège devant. À ma gauche, Élisabeth est toujours en position recroquevillée, blottie contre la porte pour mieux se stabiliser et, je pense aussi, pour éviter de venir rouler sur moi. Elle est restée très discrète et silencieuse depuis notre départ.

Nous arrivons tard dans la nuit à Accra. J'ai dormi comme une masse depuis notre dernier arrêt. Je n'ai pas vu la route du littoral, ni l'approche de la ville. Nous roulons dans un quartier que je ne connais pas du tout. Charles se retourne et me voyant réveillé m'explique que pour des raisons de sécurité, nous conduisons la jeune fille jusqu'à l'adresse qu'elle nous a indiquée. À peine quelques minutes plus tard, nous sommes rendus à destination. Très contente d'être arrivée Élisabeth s'excuse d'être encore toute endormie et nous remercie infiniment pour l'avoir conduite à Accra. Avant de sortir, elle serre la main à chacun d'entre nous, puis dehors, elle se retourne, nous fait un petit sourire et nous dit au revoir avec un geste de la main.

Quelques instants plus tard, Morgan me dépose devant l'hôtel. À mon tour, je le remercie chaleureusement pour nous avoir conduits en toute sécurité à bon terme comme toujours.

— C'est mon plaisir Doc, j'espère vous revoir très bientôt.

Charles m'accompagne à l'intérieur jusqu'à la réception pour s'assurer que tout est en ordre. Par bonheur, Grace-Mary avait reconfirmé les dates de mon séjour à l'hôtel, et une chambre est donc réservée pour moi jusqu'à mon départ.

— Patrick, me dit Charles, après toutes ces péripéties nous sommes de retour ici. Une bonne nuit s'impose et nous fera beaucoup de bien. Nous avons encore quelques petites choses à voir ensemble avant ton départ qui approche. Je passe demain après-midi et nous irons travailler un peu au bureau. Nous devrons aussi confirmer ton vol pour après-demain. Repose-toi bien mon ami. Si tu as besoin de Morgan demain matin, appelle-moi au bureau.

— Très bien, Charles, je te remercie pour tout. Bonne nuit, à demain !

Quel bonheur de se retrouver ici. Je vais enfin pouvoir m'étaler sur un lit douillet et dormir. Ma chambre est réservée, mais avant de monter, je dois à nouveau remplir la fiche d'entrée.

Le réceptionniste me tend ma clé accompagnée d'une petite enveloppe. Sur le coup je suis surpris et pense immédiatement à Osvalde, elle m'avait dit qu'elle me contacterait. Je suis aux anges. Je l'ouvrirai dans ma chambre.

Quelle extase de me retrouver enfin quelques minutes plus tard dans un lieu propre, frais, et bien ordonné. Je suis tout excité à la pensée d'ouvrir l'enveloppe.

Le message est assez court « Kwame, je suis heureuse que tu sois de retour. Je t'invite demain soir à une soirée entre amis et bien sûr je compte sur ta présence à partir de 20 heures. En cas d'empêchement, je viendrai te dire au revoir à l'aéroport après-demain. Je ne veux pas que tu partes sans te voir à nouveau ». Juste en dessous, Osvalde a écrit le nom de la rue et le numéro où je dois me rendre.

Je n'en crois pas mes yeux. Je souris de bonheur et des frissons me parcourent le dos. Quelle bonne nouvelle ! Je suis vraiment touché par son attention. Vivement demain soir.

Je prends à peine le temps de redéfaire mes bagages. Je relis plusieurs fois de suite l'invitation avant de prendre une longue et bonne douche chaude et de m'endormir immédiatement.

LE MARCHÉ DES ARTISANS

Il est huit heures trente quand je me réveille, mais j'ai bien récupéré. Je suis à la fois apaisé après cette bonne nuit, et excité de revoir Osvalde ce soir. J'essaie d'organiser mon timing de la journée : cet après-midi je suis au bureau avec Charles, et ce soir c'est la soirée d'Osvalde. J'ai donc quelques heures libres ce matin. Pourquoi ne pas me rendre au marché des artisans ? Il y a pas mal de temps que je n'y suis pas allé. Je pourrai peut-être ramener une pièce d'artisanat local qui s'ajouterait à celles de ma collection.

Après un copieux petit déjeuner, je suis prêt.

Si je le désire, Morgan est à ma disposition sur un simple coup de fil, mais je décide de me rendre en ville par mes propres moyens.

À peine sorti de l'hôtel, un petit taxi vient s'immobiliser à côté de moi et le chauffeur me demande si j'ai besoin de ses services. Je m'enquiers d'abord du prix de la course pour aller au marché des artisans, au centre-ville, et monte ensuite à l'arrière du véhicule. À l'intérieur, des autocollants placés sur le pare-brise attestent que Jésus est parmi nous. Un petit chapelet en bois est suspendu au rétroviseur. La radio diffuse de la musique reggae. Nous roulons les vitres ouvertes. Quand nous nous arrêtons aux feux rouges, des enfants s'approchent du taxi en courant et proposent des friandises, des journaux, des cigarettes. La circulation n'étant pas trop dense en ce milieu de matinée, il nous faut à peine vingt minutes pour arriver au marché.

Je reconnais aisément l'endroit. Beaucoup de taxis attendent sur le parking de terre battue, tous alignés à l'ombre d'un grand manguier. Les branches très développées et riches en verdure du vieil arbre au tronc robuste et noueux dispensent une fraîcheur agréable. Les chauffeurs sont installés tout autour du large tronc pour discuter et prendre un peu de repos. Des gamins aussi sont là, assis sur leurs talons, la tête sur les genoux et les bras autour des jambes. À quelques mètres, un petit groupe de garçons joue à se faire des passes, pieds nus, avec un vieux ballon crevé sous la fournaise et dans la poussière. Le chauffeur du taxi gare son véhicule soigneusement à côté des autres à l'ombre du manguier. Avant que je ne le paye, il me demande si j'ai besoin de lui pour me guider à l'intérieur du marché ou pour porter mes achats, et me conseille de faire attention aux prix des articles et aux malfaçons possibles. Il ajoute qu'il n'y a pas de problème pour moi, en éludant poliment le fait que je suis un blanc, mais qu'il faut toujours faire très attention de ne pas se faire chaparder l'argent ou se faire entuber sur les prix. Certains commerçants sont de bons artistes et créateurs, mais d'autres ne font que de la revente de produits importés.

Je le remercie, lui dis que je connais déjà l'endroit et que son aide n'est pas nécessaire. Mon intention est plutôt de flâner à ma guise, de m'arrêter où bon me semble et de discuter avec les artisans. Alors que je compte mon argent, le chauffeur refuse de se faire payer et me dit qu'il attend que je revienne pour me ramener à l'hôtel ou me déposer où bon me semble. Il ajoute que si je décidais de ne pas revenir en taxi, je lui paierais le prix de cette course, mais plus tard, en sortant du marché. En réponse à mon insistance à vouloir le payer tout de suite, il me dit qu'il n'y a pas de problème et qu'il reste ici jusqu'à mon retour. N'ayant pas d'argument suffisamment fort pour le convaincre, je le remercie donc, quitte la place sans payer la course et m'engouffre dans les ruelles du marché.

Je suis immédiatement suivi par des enfants qui se proposent de me guider. Pour m'en défaire, je leur explique que je suis venu ici il y a quelques jours et que je vais rencontrer un commerçant que je connais.

À l'intérieur d'un grand périmètre entouré de hautes barricades de bois, le marché est constitué d'une multitude de petites boutiques alignées les unes contre les autres faites de planches à même posées sur la terre battue. Il ne s'agit pas d'un marché animé et bruyant. Les artisans y exposent leurs productions. Les métiers y sont concentrés par secteurs : le secteur de l'artisanat du bois, celui du cuir, des métaux, des poteries, des tableaux, des étoffes, etc. La plupart des articles sont issus de l'artisanat local. D'autres proviennent principalement du Burkina Faso, du Sénégal, du Nigéria, du Mali, du Zaïre et de l'Afrique du Sud.

Pour ce qui est de l'artisanat local du bois, on peut y voir des statues de toutes tailles, des bustes humains ou des animaux, en teck ou en bois d'ébène, travaillés sur place, des poupées ashanti caractéristiques, avec leur large disque autour de la tête, supposées apporter la venue de beaux enfants aux femmes enceintes, ou encore des peignes ashantis le plus souvent surmontés eux aussi d'un disque décoré de dessins sculptés très fins.

Le travail du bois est très présent sur le marché. Alors que les plus vieux bonhommes se reposent à l'ombre, à l'intérieur au fond de leur magasin, les plus jeunes installés devant la boutique travaillent les bois exotiques pour en fabriquer de superbes statues aux allures filiformes caractéristiques de l'art africain. Elles représentent le plus souvent des porteuses d'eau, des porteuses de fagots, des pileuses de mil, des guerriers. Les artisans coupent, découpent, burinent, cisèlent, sculptent, gravent avec minutie, patience et art. Ils poncent les formes pour ensuite les cirer et les faire reluire sous le soleil. Le résultat final est souvent magnifique et les œuvres bien que ressemblantes les unes aux autres restent uniques dans leurs détails. Les défauts du bois, couleur changeante ou forme particulière, sont utilisés au mieux pour que la pièce finie soit originale.

Ces échoppes sont mes préférées. Je m'arrête un instant pour observer le travail de ces artistes. J'ai déjà ramené à diverses occasions des statues fabriquées ici même, mais cette fois rien n'accroche mes yeux parmi les nombreuses pièces en vente qui sont par ailleurs toutes aussi jolies et bien finies les unes que les autres. À chaque boutique, à chaque arrêt les discussions s'engagent avec les vendeurs qui veulent absolument me convaincre de visiter l'intérieur de leur échoppe et d'acheter un article, un cadeau, un petit rien, pour ramener au pays. Il est vrai que les touristes ne sont pas légion. Je n'ai croisé que deux couples d'étrangers et il y a maintenant presque une heure que je déambule dans le marché.

Il fait très chaud. L'air chargé de poussière est humide et lourd. L'ombre des échoppes suffit juste à calmer l'ardeur du soleil qui tape fort. Une terrasse ombragée avec des boissons fraîches serait la bienvenue.

Ayant traversé le secteur de l'artisanat du bois, je passe à celui des vendeurs spécialisés dans les assiettes, bols et petites boîtes en malachite, souvent cerclés de cuivre. Les mêmes vendent des colliers en argent ornés de différentes pierres colorées, ainsi que petites statuettes en bronze et des coupes à fruits richement sculptées, en bois de palissandre. Tous ces articles proviennent en majorité du Zaïre et d'Afrique du Sud.

Alors que j'avance doucement, un jeune homme âgé d'une vingtaine d'années, bien habillé, s'approche de moi, et se propose de me serrer la main en m'adressant la parole d'une voix très claire et assurée :

— Hello Sir, je m'appelle Joshua, je suis directeur d'une importante société d'export que je désire vous présenter.

Sur le coup, un peu interloqué, je lui demande où se trouve le magasin et de quel type de business il s'agit. En guise de réponse, il me propose de le suivre jusqu'à l'autre bout du marché et m'assure que je trouverai mon bonheur dans les produits dont il fait le commerce. Dans un premier temps, j'esquisse un sourire, le remercie et lui dis que je termine ma visite dans ce secteur et que je passerai le voir plus tard.

— S'il vous plaît, j'insiste Monsieur, vous ne serez pas déçu. Je ne vends pas des babioles ou de l'artisanat de bas de gamme. Ma société est spécialisée dans les articles de très bonne finition et de très bonne qualité. Nous exportons dans le monde entier. Vous ne trouverez pas la même chose ailleurs. Venez, je vous en prie, suivez-moi, ce n'est pas très loin.

À la réflexion, je me dis que je ne perdrai pas trop de temps à lui rendre visite tout de suite à sa demande, puisque de toute façon je serais certainement passé devant sa boutique plus tard.

— OK Joshua, je t'accorde quelques instants. J'espère qu'il y a de la clim dans tes locaux et que la bière sera fraîche !

— Oui Monsieur, s'il vous plaît, c'est par ici !

Joshua détale devant moi. Il marche assez vite, conscient qu'il ne faut pas me faire perdre mon temps. Il se faufile joue du coude à coude et se retourne de temps en temps pour s'assurer que je le suis. De fait, je n'ai pas le temps de jeter un coup d'œil sur les étalages des boutiques devant lesquelles nous passons. Je pourrai toujours revenir sur mes pas après la visite de son magasin et prendrai le temps nécessaire pour visiter les autres échoppes du marché.

Joshua s'arrête enfin à un carrefour d'allées, tend son bras et me montre du doigt, juste en face de nous, une bâtisse en bois de taille un peu plus importante que les autres. Nous sommes carrément à l'extrémité du marché ce qui me fait penser que les touristes ne poussent pas forcément jusqu'ici leur visite, raison pour laquelle Joshua doit aller les pêcher dans les ruelles.

Sur la façade de l'échoppe, au-dessus de la porte, une grande affiche blanche est placardée sur laquelle on lit, en très grosses lettres noires, BLESS TREE COMPANY INTL. LTD., et en dessous, flanqué sur le côté, en tout petits caractères « and associates ».

Joshua, une main posée sur mon épaule me montre la partie basse du panneau et très fièrement me dit que « and associates » c'est lui. J'ai l'impression qu'un premier piège se referme sur moi.

Il entre devant moi et me prie de bien vouloir lui faire l'honneur de visiter son magasin dans lequel je vais certainement trouver mon bonheur.

À l'intérieur, la pièce est assez grande et sombre aussi. La lumière du jour y pénètre en raies parallèles par des orifices ouverts dans le toit, et par les jointures des planches qui forment les murs. Des bâtons d'encens diffusent un parfum de bois de santal ce qui rend l'endroit agréable. Les volutes d'encens s'élèvent tranquillement et sont hachées par les rayons du soleil qui entrent dans la pièce. Joshua s'assied jambes écartées sur une chaise à palabres constituée de deux planches entrecroisées et me fais signe, avec un large mouvement de bras accompagné d'un sourire, de visiter à ma guise et de regarder tout ce qui est disposé sur les étalages.

— Faites votre choix, me dit-il. Tous les articles en bois présentés dans cette partie du magasin sont élaborés à l'arrière de la boutique dans l'atelier. Les masques que vous voyez là-bas viennent d'ailleurs, Afrique du Sud, Mali, Nigéria, Burkina Faso... Nous avons beaucoup de contacts et de fournisseurs ce qui fait la variété de notre étalage.

J'avance lentement en regardant autour de moi, en essayant de dénicher la pièce qui pourrait m'intéresser. Joshua se relève et me suit. À chacun de mes arrêts, il commente les objets exposés. Je passe assez rapidement devant les bronzes et les objets en malachite qui ne m'intéressent pas trop et je poursuis ma visite vers le fond de la boutique. Là, je marque une pause devant un étalage de masques assez impressionnant par son volume et par la diversité des pièces qui le composent.

— Sir, je peux vous expliquer la signification des masques. Beaucoup d'étrangers repartent chez eux avec une ou deux pièces.

Tous sont recouverts d'une épaisse couche de poussière. Les plus présentables sont disposés sur des étagères, d'autres sont fixés au mur. La plus grande partie est posée à même le sol sans rangement particulier. Pour avoir lu un peu sur le sujet, leur grande variété atteste de la richesse de l'art primitif africain et traduit la complexité des croyances et des superstitions très éloignées de notre esprit cartésien occidental.

Chaque masque représente l'expression d'une divinité, d'une ethnie, d'un rite. Chaque masque est porté à l'occasion d'une cérémonie précise et génère une émotion. Il séduit, terrifie ou tranquillise. Il représente la sagesse, ou bien la force, la vitalité, le rire, la peur.

Un petit frisson me parcourt le dos. Ces masques me rappellent les minutes les plus horribles de ma vie au fond de la mine. Je revois en quelques images cette apparition furtive, cette ombre, cette tête surmontée d'un chapeau noir… Rien ici, fort heureusement, ne ressemble à ce cauchemar.

Je reviens à la réalité.

Joshua m'explique que tous ces masques sont des copies de masques anciens qui proviennent de différents pays d'Afrique, et bien sûr de tribus du Ghana. Chacun a une signification particulière.

Les couleurs aussi ont une symbolique. Si leurs formes sont inspirées des divinités et des légendes, elles dépendent en partie aussi de l'humeur créatrice de l'artisan.

Joshua me montre ensuite une fiche descriptive qui est fournie avec certains articles en guise d'aide mémoire sur l'histoire et les rites particuliers pendant lesquels tel ou tel type de masque était utilisé.

Je le remercie pour ses explications très fournies et poursuis lentement ma visite à l'intérieur de l'échoppe pour tenter de découvrir une pièce intéressante à ramener à la maison. J'ai déjà ramené beaucoup d'objets lors de mes précédentes visites, mais j'essaie toujours de trouver un souvenir qui viendra enrichir ma collection.

Du côté des statues, mon regard s'arrête sur une porteuse d'eau en bois d'ébène, haute de 50 centimètres environ. Elle se distingue des autres statues à peu près identiques par la finesse des traits de son visage, par l'élégance de son port, et par la couleur unie de son bois sans défaut. Cette pièce m'intéresse.

Je m'enquiers du prix à Joshua en attendant un prix fort. Ce qu'il me confirme. J'entame alors la partie de la discussion la plus intéressante : la négociation. Dans mes arguments, j'insiste sur le fait que je trouverai certainement la même statue dans une autre échoppe sur le marché et que je reste une semaine entière à Accra ce qui me donne le temps de réfléchir et de faire mes achats.

Joshua révise son prix à la baisse, ce qui ne correspond toujours pas au prix que je me suis fixé. Il s'enquiert alors du prix que je veux payer pour la statue, et paraît désarçonné à l'entendre. À ce prix-là, il me dit qu'il n'achète même pas le bois ! Alors, je fais mine d'abandonner la partie et mon regard déjà se porte sur d'autres pièces. Après quelques palabres, il me propose de couper la poire en deux si j'accepte d'acheter un autre article, ce que je refuse en maintenant le prix proposé pour ma statue. Joshua réfléchit quelques secondes et finalement accepte mon prix en rechignant, me disant que les affaires sont dures. Je fouille dans mes poches et sors le compte rond en lui tendant les billets.

Joshua me remercie et me demande à nouveau si quelque chose d'autre pourrait m'intéresser parmi la multitude d'objets présentés. Pendant que je fais une dernière fois le tour de son échoppe, plus par politesse que par intérêt, il enveloppe soigneusement la statue dans des feuilles de papier journal.

Avant de le quitter je le remercie pour ses explications très intéressantes, et le félicite pour la qualité et la diversité de ses articles. J'ajoute que sans hésiter je reviendrai chez lui lors de mon prochain voyage. Gagnant-gagnant, je suis satisfait de mon achat, la statue est très belle et le vendeur ne me voit pas partir les mains vides.

De retour dans les ruelles avec mon paquet à la main, je suis à nouveau bombardé par les rayons du soleil. La chaleur est accablante et rapidement les gouttelettes de sueur roulent sur mon front.

J'aborde maintenant le secteur des tissus et des vêtements. Dans les boutiques les murs sont couverts de maillots de sport, de tee-shirt, d'étoffes traditionnelles et autres riches tissus aux couleurs vives. Des acheteuses vêtues de boubous colorés tournent et retournent les rouleaux de tissu et discutent de la qualité et des prix. Ayant quasiment fait le tour du marché je suis un peu déçu de ne pas avoir trouvé une autre pièce à rapporter à la maison.

Une petite échoppe attire cependant mon regard peut-être à cause de la jeune fille souriante qui me propose d'entrer et de visiter. C'est si gentiment demandé. J'entre. À l'opposé de certaines autres boutiques, l'intérieur de celle-ci est bien rangé et n'est pas surchargé d'un fatras de babioles, toutes bien souvent identiques, d'un magasin à l'autre. Un bâton d'encens brûle et parfume délicatement l'intérieur. Le côté rangé et l'originalité des articles me retiennent un petit moment. Au fond de la boutique, des batiks colorés attirent mon regard. Différents modèles sont exposés à plat sur une large planche posée sur des briques, faisant office de table. Certaines de ces peintures décrivent des scènes de pêche, des scènes de village. Sur d'autres, figurent des animaux, des personnages, des corps de danseurs ou encore des formes géométriques. La jeune fille m'affirme que ces peintures sur toile sont faites par son frère. En tout cas, à mon goût leur rendu est superbe et l'expression des corps en mouvement est parfaitement reproduite. Je fouille un peu avec son aide et porte à la lumière ceux qui pourraient m'intéresser. Après quelques hésitations, mon choix se fixe sur un batik de petite taille, environ 60 x 30 centimètres qui représente une femme debout, en train de piler le mil dans une jarre. Le volume et le geste y sont parfaitement rendus, les traits sont simples et les couleurs sont magnifiques. La jeune vendeuse confirme que mon choix est le bon. Elle retourne le batik et me montre qu'il est signé. Au dos de la toile figurent effectivement le nom et le numéro de téléphone de l'artiste. Je lui demande de le mettre de côté.

Parmi quelques articles présentés juste à côté, un petit coffret en cuir décoré de motifs géométriques a aussi accroché mon regard. De taille idéale et de bonne finition, il trouvera une place dans mon bureau. Je dépose les objets choisis sur le comptoir et demande le prix. La gentillesse de la jeune fille aidant, je ne cherche pas à marchander son prix qui par ailleurs me paraît très acceptable. Chacun de nous est satisfait de l'opération. Avant de partir, je la complimente sur sa boutique ce qui me vaut un beau sourire en guise de remerciement.

Très satisfait de mes petits achats, je me dirige vers la sortie du marché. En arrivant sur la place, je retrouve facilement mon chauffeur qui discute à l'ombre du vieux manguier. Il me propose une visite au centre-ville que je décline rapidement. J'en ai plein les pattes, je suis un peu sonné par la chaleur et je souhaite simplement rentrer à l'hôtel.

Nous roulons toutes vitres ouvertes. Je pense que pendant son attente mon chauffeur a fait sa réserve de cigarettes à bas prix : malgré les courants d'air, l'intérieur du taxi est désagréablement enfumé. Par dérision, un autocollant qui interdit de fumer est pourtant collé juste en face de moi, sur l'arrière de son appui-tête, mais il ne doit s'appliquer qu'aux passagers transportés !

Quelques instants plus tard le taxi me dépose au pied de l'hôtel.

Alors que je fouille dans mes poches pour chercher la monnaie, je suis très surpris par le prix élevé que m'annonce le chauffeur. Après une rapide négociation j'accepte de le défrayer, en petite partie seulement, de sa longue attente sur le parking du marché. Après tout je l'avais prévenu de ne pas m'attendre !

Comme prévu Charles passe à l'hôtel en début d'après-midi. Il m'informe que son emploi du temps est plus chargé que prévu à cause d'un rendez-vous important de dernière heure en ville. Il n'est pas utile que nous allions au bureau. En revanche il me remet une liasse de documents qu'il vient de recevoir par télécopie de la mine. Il s'agit d'une compilation des derniers relevés sur les mouvements de structures observés dans les galeries où nous devions travailler. Mike a pu les envoyer avant de prendre quelques jours de congés. En résumé, il a mentionné qu'une grande partie des observations sont désormais à reprendre surtout dans les zones noyées. Cela se fera après le travail de réhabilitation. Nous serons informés du suivi.
Nous avons devant nous quelques mois avant notre prochaine mission.

Charles me propose de nous installer au bar où nous discutons quelques instants. Mon départ approche et il pense qu'il serait judicieux de me faire enregistrer les bagages à l'aéroport demain en début d'après-midi pour éviter l'affluence avant l'heure du vol. Jusque là mon temps est libre.

L'INVITATION

Il est 20 heures.

Je suis fin prêt et très excité, mais aussi anxieux, à l'idée de revoir Osvalde.

Un dernier spray de parfum, un dernier check dans le miroir de la chambre. C'est bon, on y va ! me dis-je.

Je sors de l'hôtel et hèle un petit taxi stationné à quelques dizaines de mètres. Je lui demande de se rendre dans le quartier du Cantonments tout en cherchant dans ma poche le papier avec l'adresse exacte. Je prends place à l'arrière sur une banquette de simili cuir rouge couverte d'un plastique transparent qui colle un peu sous les doigts. Le chauffeur démarre et met en route sa radio après s'être assuré que cela ne me gêne pas.

Je ne sais pas bien de quoi sera faite ma soirée mais il m'était impossible de refuser cette invitation. Le message d'Osvalde indique de me rendre à l'adresse indiquée à 20 heures. J'ai pensé qu'il était mieux d'arriver un tout petit peu plus tard de manière à respecter le fameux « WAIT time » (West African Indigenous Time) qui fait partie des coutumes. Osvalde n'en sera que plus ravie après quelques minutes d'incertitudes quant à ma venue.

J'ai toujours en moi cette image qui m'a fait mal, celle d'Osvalde montant dans la voiture du ministre. Je me pose plein de questions. À quoi je m'expose ? Dois-je vraiment me rendre à cette invitation ? Quel rôle joue-t-elle ? Quel rôle me fait-elle jouer ? Y aura-t-il beaucoup de monde ? Quelque chose me dit que la situation est bien plus simple que je ne la ressens. Je verrai bien.

Le petit taxi se fraye un chemin dans les avenues encore encombrées. À ma question, le chauffeur me répond qu'il s'appelle Kwesi. Pendant une fraction de seconde, j'ai un retour d'images et de sensations fortes. Un frisson me parcourt de la tête aux pieds : ce patronyme ne sonne plus pour moi comme un simple prénom, il évoquera toujours le filon Kwesi et tous les attributs de puissance, d'inaltérabilité, et de richesse qui lui sont liés. Il évoquera bien sûr aussi, sans dissociation possible maintenant, l'accident de la mine qui est désormais gravé en moi avec son cortège de frayeurs de peurs, de souffrances et de cauchemars. De temps en temps, des flashs de mémoire me rappellent cet espèce d'épouvantail à tête d'oiseau dont les yeux noirs et ricanant m'avaient fixé avant qu'il ne disparaisse en virevoltant dans les ténèbres froides et noyées de la mine, ce qui a pour effet de me glacer le dos et je me demande encore comment une telle image, image ?, a pu naître de mon esprit pour heureusement disparaître rapidement. En tous cas, je me pose souvent la question de savoir d'où pouvait bien venir cette forme. Est-elle née de mon imagination alors que transis et épuisé je perdais ma raison ? Ou bien est-ce un esprit qui apparaît pour stimuler et raviver les derniers espoirs de vie ou pour accompagner les dernières secondes d'existence. Je ne fais pas la part du pire et du meilleur, cela fait désormais partie de mon expérience et de ma mémoire, mais voilà, le souvenir de cette tête d'oiseau s'est installé en moi et me vampirise l'esprit. Tout juste s'il ne me donne pas la chair de poule.

Kwesi me coupe dans mes pensées et, en me fixant dans son rétroviseur, me demande de quel pays je viens. À ma réponse, j'ajoute que je suis presque d'ici et que pour mes amis ghanéens je m'appelle Kwame. Cela déclenche comme prévu un rire sympathique de sa part et il me demande où j'ai bien pu apprendre les rudiments de la langue twi. Pour éluder les détails, je lui réponds simplement que j'aime bien connaître les coutumes locales et que je suis déjà venu plusieurs fois au Ghana. Kwesi me dit qu'il aimerait bien voyager et aller voir son frère à New York, lui aussi chauffeur de taxi, et que, si Dieu lui permet, et s'il a assez d'argent, il le rejoindra un jour.

Nous traversons différents quartiers comme l'atteste l'architecture changeante des constructions. Le chauffeur me dit que nous sommes maintenant dans le quartier du Cantonments, et me demande des précisions sur l'adresse à laquelle il doit me déposer. Le message d'Osvalde spécifiait que la soirée avait lieu dans une des rues perpendiculaires à Jawaharlal, dans une maison entourée d'un grand mur blanc, juste en face de la station essence. Son message précisait qu'il fallait klaxonner en arrivant devant le portail métallique pour que le gardien vienne ouvrir.

Nous y arrivons rapidement. Je paye la course, demande au chauffeur de klaxonner discrètement pour signaler notre arrivée et descends du taxi qui s'éloigne immédiatement.

Je me retrouve dans la rue quasi déserte. Il fait bon, la nuit est claire, un petit courant d'air anime les branches les plus hautes des arbres. Deux filles noires font visiblement la retape devant la station essence chichement éclairée par deux réverbères. L'une d'entre-elles, vêtue d'un tee-shirt rose très court et bien moulant, d'un mini short en jean délavé et de chaussures à talons hauts est appuyée contre la porte d'un minibus et discute avec le chauffeur. L'autre est assise contre un mur, sur une caisse de bois, à quelques mètres de là, les jambes croisées, occupée à mettre de l'ordre dans son petit sac à main au tissu argenté. Tout ce petit monde a pris soin de tourner la tête dans ma direction et de me dévisager pendant quelques secondes à ma descente du taxi. Un client potentiel ? Qui sait ? Là, je prends conscience que je suis une pièce rapportée au puzzle. Je ne suis pas vraiment dans mon élément, parachuté ici dans ce quartier que je ne connais pas et à cette heure à laquelle l'homme blanc, surtout seul, peut susciter la convoitise. Sans me tourmenter pour autant, je dois reconnaître que je serais bien mal à l'aise s'il fallait découdre d'une situation conflictuelle, embarrassante, malgré l'apparente quiétude et la nonchalance de ces personnes.

Je leur fais un salut de la main pour en quelque sorte valider et justifier ma présence sur leur territoire et reçois en retour des sourires et des bonsoirs. La fille qui était appuyée contre le minibus s'est retournée et fait maintenant quelques pas vers moi, en faisant danser son sac à main sur son avant-bras, en se trémoussant sur ses grandes guiboles. Voyant que je me dirige à l'opposé de la station essence, elle revient sur ses pas avec sa démarche nonchalante.

À ma gauche, je vois le portail décrit par Osvalde. Je ne peux pas me tromper. Des voix couvertes par la musique ainsi que des cris d'enfants qui s'amusent me parviennent. Alors que je m'approche du portail, celui-ci s'ouvre en grinçant et en sort une petite tête espiègle de gamin d'une dizaine d'années, tout sourire, qui m'invite à entrer. Une fois le portail refermé derrière nous sur un claquement métallique, le petit court à travers le jardin gazonné et s'engouffre l'intérieur de la maison me plantant là tout seul.

J'avance tout doucement, presque gêné. Je remarque à l'instant que je suis venu les mains vides. Ce n'est peut-être pas très correct, mais les dés sont jetés, il est trop tard, je me promets de faire mieux la prochaine fois. Des gamins jouent sur le bord de la piscine. À peine quelques secondes plus tard, Osvalde sort de la maison et vient vers moi, souriante, radieuse. Elle est vêtue simplement, avec un joli chemisier blanc qui flotte par-dessus un jean bleu clair moulant et elle porte des sandales de cuir. Pas de frou-frou, rien de superflu. Juste une chaîne en or très fine autour de son cou. Osvalde est fidèle à elle-même et sa simplicité n'a besoin de rien de plus en fait. Pour seul autre apparat, elle porte de magnifiques boucles d'oreilles en or, en forme de feuilles ciselées. Je suis un peu ému, un peu embarrassé. J'ai peur d'être étranger à cette soirée où je ne connais personne.

— Bonsoir Kwame, je suis très contente que tu sois là. Sois le bienvenu, entre.

— Bonsoir Osvalde, je ne pouvais pas ne pas répondre à ton invitation, mais tu sais je suis assez mal à l'aise dans ces circonstances et je dois t'avouer que j'ai envie de te kidnapper et de te faire monter dans un taxi qui nous emmènera où bon te semble plutôt que d'être présenté à tous tes amis.

– Dabi dabi Kwame, « non non Kwame », il n'en est pas question ! me dit Osvalde avec un grand sourire.

Il est impossible de partir maintenant. Elle refuse de suivre mon plan.

— Je suis passée déposer mon petit mot à l'hôtel et j'ai vraiment espéré que tu viendrais.

Nous marchons doucement en direction de la maison.

— Tu sais Kwame, je suis au courant de ce qui est arrivé à la mine. Je l'ai entendu à la radio et c'est dans les journaux ! Un ami du travail m'a dit que tu avais été secouru avec d'autres mineurs. Cet ami a de la famille là-bas et eux-mêmes s'inquiétaient pour leurs proches. Depuis ce moment, j'attendais avec impatience de te voir. Tu me raconteras, n'est-ce pas ?

Tout en marchant elle me dit que le petit gamin, Kweku, est le plus jeune de ses neveux, et que la maison appartient à son oncle. Kweku avait pour mission de venir m'ouvrir le portail.

Rires.

Ces premières minutes me détendent un peu. Le problème du ministre me torture toujours, mais bon, je lui demanderai plus tard des explications.

Nous entrons dans le salon. Il y a pas mal de monde à l'intérieur. J'ai la sensation bizarre que je serais presque mieux ailleurs en cet instant mais je dois avouer que j'aime aussi découvrir les gens par immersion. Osvalde est là pour me guider, donc tout devrait bien se passer. Je n'attends rien de quiconque, et, sauf version contraire, personne ne m'attend. Osvalde semble elle-même un peu intimidée de devoir présenter un blanc à son cercle d'amis. J'espère ne pas dénoter. J'ai confiance en elle, en sa gentillesse et son charisme.

Le petit gamin qui m'a ouvert le portail ressort de la maison, et toujours en courant rejoint ses camarades qui jouent à côté de la piscine. À l'intérieur, musique africaine et ambiance tamisée. Un groupe de personnes discute à côté de la table buffet installée au centre de la pièce sur laquelle sont disposés des boissons, des gâteaux secs, des assortiments de pistaches et autres fruits secs. Le mobilier de la pièce a été poussé contre un mur, à l'exemple de deux grands canapés de velours sombre et d'un meuble en bois très simple mais costaud sur lequel est posée une télévision qui surmonte un ensemble Hi-Fi. Deux méga-enceintes, en forme de hautes tours, de fabrication maison, sont logées dans les angles de la pièce.

— Bon, tu sais, me dit Osvalde, je ne vais pas te présenter à tout le monde, il y a là des cousins, des amis et des amis d'amis. Ils sont venus pour faire la fête ce soir. On s'invite de temps en temps, les uns chez les autres. Ne te sens pas obligé, personne ne te connaît ici ! Tu es mon invité, et tu es le bienvenu !

Sans que des présentations soient nécessairement faites, les « bonsoir » et les « bienvenue » de courtoisie fusent sans que je ne me sente pour autant le centre d'intérêt, ce qui me rassure très vite. Au hasard des présentations, les gens prennent le soin de me demander comment je vais et comment je trouve le Ghana. On me demande de bien vouloir honorer le cocktail. Osvalde me fait signe et nous nous rapprochons de la table buffet. L'ambiance devient vite conviviale. Les gens discutent entre eux en langue twi, ou autre langue locale, mais parlent anglais avec moi.

Des groupes se sont formés selon âges et affinités. Les ados d'un côté, les adultes de l'autre. Osvalde me présente à un petit groupe de personnes qui sont des oncles, des cousins des amis. Elle leur explique que je connais déjà bien le pays et que mon travail m'amène à venir visiter les mines d'or des Ashantis. Verre à la main, nous trinquons et échangeons quelques paroles sur des propos de tous types, sur la France, sur ma vision du Ghana, sur la politique et plein d'autres choses.

— Vous venez de Paris ?

— Oui, j'habite à Paris mais je suis originaire du sud de la France.

— Ah ! Marseille alors ? me demande un autre – j'ai un cousin à Marseille en France, mais je ne suis jamais allé là-bas.

— Non pas de Marseille, mais pas très loin, j'ai grandi dans les Alpes, dans une ville qui s'appelle Gap avant d'aller en Université à Grenoble, et plus tard de trouver un travail à Paris.

— Humm ! Alors le foot vous connaissez ?

— Je dois avouer que ce n'est pas ma tasse de thé !

— Ah bon ! La politique alors ?

En retour je lui pose la question :

— Justement, à propos de politique, vous êtes du parti de l'éléphant ou du parapluie ?

— Et celui-là ! dit-il en regardant les autres avec de gros yeux écarquillés, celui-là, il connaît notre pays ! Vous avez entendu ? Il connaît l'emblème de nos partis politiques !

— Mes chers amis, dit un autre, nous n'allons pas discuter politique ce soir, ce serait trop fastidieux, jamais personne n'est d'accord sur ce sujet ! Pour certains, le symbole de l'éléphant représente la puissance et la protection alors que le parapluie n'est utile qu'en période de pluie. Pour les autres, le parapluie est bien plus utile qu'un éléphant, il permet de se protéger de la pluie mais aussi des rayons du soleil et... éventuellement faire peur aux éléphants…

Rires… Les discussions se poursuivent.

Les uns montrent un intérêt évident à relater les connaissances qu'ils ont sur notre beau pays qu'est la France, d'autres ont une approche différente et semblent titillés par tout ce qui a trait à la recherche d'or et aux exploitations minières en Afrique et particulièrement ici au Ghana. Nous entamons une discussion à bâtons rompus. Tous savent que le pays possède des richesses énormes en or et que des mines très importantes sont exploitées un peu partout dans le pays. Quelquefois même, un membre de leur famille est mineur de fond, habite à Tarkwa, à Obuasi ou encore à Kumasi ou Bibiani, mais ils n'en savent pas beaucoup plus. S'ils connaissent les difficultés du métier de mineur, certains ignorent les rouages du système par lequel les richesses profitent surtout aux entreprises étrangères et aux investisseurs le plus souvent sud-africains pour lesquels l'opération est lucrative. C'est le revers de la médaille. Le sujet évoquant les richesses minières fait rêver, mais ici comme dans beaucoup d'autres pays, les pendules n'ont jamais été remises à zéro malgré des siècles de spoliation. Chacun acquiesce à sa façon et déplore visiblement le manque d'équité...

Mais bon, ce n'est pas le lieu, ni le moment pour s'étendre sur le sujet. Nous entamons ainsi plusieurs thèmes de discussions tout en faisant honneur au cocktail, aux gâteaux et autres friandises.

Alors que nous parlons en petit comité, Osvalde, qui s'était absentée quelques minutes, tient à me présenter à un grand bonhomme de belle apparence habillé d'un kenté blanc orné de broderies dorées.

— Patrick, je te présente mon oncle Kofi qui habite cette maison et qui m'héberge pour quelque temps. Kweku que tu as vu est son dernier garçon.

Kofi me serre la main avec énergie. Son sourire s'élargit à la suite du clic sonore de nos doigts majeurs.

- « Akwaaba ! », soyez le bienvenu chez nous ! Osvalde m'a parlé de vous, me dit-il, en posant ensuite un regard bienveillant sur elle. J'ai appris que vous travaillez avec les mines d'or. J'ai lu la presse qui relatait les évènements tragiques de cette semaine. D'après ce que l'on dit, le pire, c'est-à-dire la catastrophe humaine a été évitée. Beaucoup auraient pu périr noyés au fond. Cela aurait été une épreuve pour la mine mais surtout une douleur terrible pour les familles. Notre pays a la chance d'être riche en métaux précieux mais la mine est un métier dangereux. Mais bon, les choses sont ce qu'elles sont et vous devez particulièrement être heureux de vous en être sorti ! Les uns diront que la chance était avec vous, d'autres y verront l'aide des esprits bienveillants ! À ce que je comprends vous voyagez beaucoup et votre métier doit être passionnant !

— En ce qui me concerne, poursuit-il, je suis plutôt attiré par l'histoire et les religions. Mais nos idées peuvent converger ! Laissez-moi vous demander : connaissez-vous la légende du Bida ?

— La légende de quoi ?

— Du serpent Bida qui est à l'origine des immenses richesses en or de notre pays.

— Non, dis-je, c'est quoi au juste cette légende ?

— Eh bien, il y a très longtemps, l'immense empire du Ghana s'appelait Wagadou. Son apogée fut atteinte au VIe siècle après J.-C. grâce à sa richesse en or. À cette époque, la légende veut qu'un serpent sacré, appelé Bida, vivait dans une grotte. Le serpent, qui assurait la prospérité du royaume, avait la possibilité de faire pleuvoir de l'eau ou de l'or mais en contrepartie, chaque année il exigeait le sacrifice d'une jeune fille vierge du Wagadou. Une année, le sacrifice tomba sur la fiancée d'un berger qui décide de tuer le serpent. Au terme d'un combat titanesque, il trancha les sept têtes du serpent qui tombèrent, chacune provocant des troubles géologiques gigantesques dévoilant de l'or en richesses immenses en sept points de l'empire. Voilà la légende qui explique la richesse en or de notre pays !

— Whao, superbe légende, je ne l'oublierai pas ! Alors vous connaissez aussi les légendes sur le lac Bosumtwi qui dit-on est sacré. Je n'ai pas encore eu l'occasion de me rendre à ce lac, mais on m'en a parlé comme d'un lieu étrange, caché au milieu de la forêt.

— Oui, bien sûr, je connais cet endroit. Les Ashantis le considèrent comme un lac sacré. Les âmes des défunts viennent y faire leurs adieux. Vous savez, notre vie ici est régie par beaucoup de rites de traditions et de légendes, et nous ne sommes pas prêts de nous en séparer. Notre histoire se confond avec nos mythes et nos chants occupent une place importante en accompagnant les danses et en habillant les contes avec des notes de musique. Toutes les cérémonies sont accompagnées de musique et de chants particuliers. C'est notre tradition orale qui ponctue tous les moments de la vie qu'ils soient gais ou tristes. La musique — devrais-je dire notre musique — a une âme et elle est généreuse. Un Africain ne peut pas vivre sans musique. Bien sûr, elle évolue avec les générations, mais elle reste unique dans son écriture et dans ses rythmes. Mais bon, je pourrais vous entretenir sur le sujet toute la nuit, et je ne pense pas que vous soyez venu pour cela ! me dit-il en m'adressant une accolade dans le dos. Je dois vous quitter et me rendre en ville. J'espère que vous passerez une bonne soirée.

— Mon oncle Kofi adore les légendes, il est un peu conteur et musicien aussi ! dit Osvalde en souriant à l'attention de son oncle. Il est très philosophe et je ne connaissais pas non plus cette légende du Bida !

— Vous savez, nous avons de la chance, dit Kofi. L'électricité a été rétablie il y a quelques heures après une coupure intempestive dans l'après-midi. Vous connaissez les délestages... On doit faire avec ! Je me faisais du souci pour le bon déroulement de votre soirée, mais tout est rentré dans l'ordre, je pense, pour le reste de la nuit. Maintenant vous m'excuserez, j'ai beaucoup à faire, et je pense revenir tard. Nous nous reverrons.

— Tu sais, me dit Osvalde, mon oncle Kofi est très instruit. Il enseigne l'histoire à l'université d'Accra et il est passionné par les coutumes et les légendes du Ghana. Il est originaire de Kumasi où nous avons beaucoup de famille. Mais viens, suis-moi, je vais te présenter à ma tante qui est dans la cuisine. Je lui ai parlé de toi et elle sera enchantée de te rencontrer.

Osvalde m'entraîne au fond de la pièce pour passer dans la cuisine où, semble-t-il, je suis attendu. Trois femmes sont là, visiblement bien occupées à la préparation de dizaines de plats. Tous les plans de travail ainsi que la table au centre de la pièce sont chargés de coupes énormes débordantes de riz, de patates douces, de racines de manioc et autres tubercules, ainsi que de bols contenant des sauces colorées, des assiettes avec morceaux de viande ou de poisson découpés et prêts pour les grillades, et des corbeilles de fruits.

À notre arrivée, elles se mettent à parler rapidement en langue twi entre-elles à renfort de rires plus ou moins contenus et de gestes. Je suis à la fois gêné et amusé par l'attention gentille qu'elles me portent. Une seule vient vers nous, s'approche de moi, me sourit, me gratifie d'une courte révérence, me tend la main et me souhaite la bienvenue.

— Je te présente ma tante Afoua. Toute la famille est occupée comme tu peux le voir. Ce sont ses sœurs et ses filles qui aident à la préparation, ajoute-t-elle en les désignant de la main.

— Soyez le bienvenu, me dit sa tante. Je suis très heureuse de vous rencontrer. J'espère que vous aimerez nos spécialités et que vous passerez une agréable soirée. Nous avons acheté au marché du poisson pêché dans le lac Volta, le meilleur poisson du Ghana ! La viande est prête pour les grillades. Il y a du foufou aussi, je suis sûre que vous connaissez ! Vous verrez, cela va se passer au fond du jardin, il fait bon dehors à cette heure de la nuit et il y a un peu d'air, cela écartera les moustiques.

Nous remercions la tante et retournons dans le salon.

— Tu habites donc ici ? je demande à Osvalde.

— Pour l'instant, mon oncle m'héberge dans sa maison, mais il faudra que je trouve un logement en ville assez rapidement. Mes parents habitent Takoradi, mais à cause du travail j'ai dû venir ici.

De l'autre côté du salon, un des jeunes s'est improvisé DJ. Il a monté le son d'un cran et nous dispense des airs populaires du Ghana animés d'éclairages colorés. De l'extérieur, nous parviennent les cris des enfants qui plongent dans la piscine. Apparemment, le mot d'ordre a été donné par les cuisinières pour que tout le monde se rende au fond du jardin. Nous suivons le flot et nous nous retrouvons, à l'extrémité de la piscine, à proximité immédiate du barbecue qui exhale déjà des superbes odeurs de grillades. En fait, chacun met un peu la main à la pâte. L'expérience des uns et les commentaires des autres entretiennent une petite animation autour du feu. Les discussions sont arrosées de bière mais aussi de vin, un pinotage d'Afrique du Sud que je trouve succulent.

On me demande — et oui je suis Français ! – si je le trouve chambré à souhait et là, je dois reconnaître, sans vouloir afficher aucune prétention, que la température ambiante est un peu trop élevée, et que le tenir au frais avant de le servir n'en serait que mieux... à mon goût, histoire de ne décevoir personne. La plupart se rangent à mon avis et affirment que, bien sûr, le vin doit être servi un peu plus frais qu'il ne l'est, et que le Français a raison. L'atmosphère autour de nous est rapidement envahie de fumées de grillades, d'histoires et de rires. Les viandes et les plats sont exquis. Je goûte à tout. Je me délecte réellement avec le poisson et la sauce épicée qui l'accompagne. Osvalde reste à mes côtés et surveille, de temps en temps, les plus petits qui s'amusent encore dans l'eau. J'aime sa présence et sa maturité.

À l'intérieur de la maison, le son de la musique a été nettement amplifié. Des amis d'Osvalde me demandent si je connais les danses africaines et je dois leur avouer que mon expérience est bien limitée. Malgré cela, on nous pousse gentiment à l'intérieur pour continuer la fête.

Des lampes jaunes, vertes et rouges s'allument et s'éteignent au rythme de la musique. Il fait chaud. Les filles se trémoussent de manière très sensuelle. Les mouvements de leur corps sont en harmonie avec la musique. Leur peau est déjà luisante de sueur. Une odeur âcre et charnelle emplit la pièce. La température de l'air augmente. Nous nous mêlons aux danseurs. Je croise des regards suaves de filles qui m'incitent à libérer mon corps pour épouser le rythme de la musique, pour faire comme elles quoi ! Cela paraît si naturel !

Leurs sentiments s'expriment par la danse, chaque geste ayant une signification. Des yeux sortis de l'ombre me fixent et disparaissent derrière d'autres corps au rythme de la danse pour réapparaître à nouveau. J'ai l'impression d'être convoité. Il suffirait de guère plus pour être tout à fait envoûté !

Osvalde, elle aussi, se déhanche et s'amuse. Je fais de mon mieux, mais je dénote largement. Par chance, nous évoluons un peu les uns sur les autres ce qui doit cacher ma médiocrité. Nous dansons un bon moment, puis à la suggestion d'Osvalde, nous sortons tous les deux, prétextant d'aller respirer un peu dehors et chercher une boisson. À l'extérieur de la maison, l'air circule dans le jardin et il fait plus frais. Nous nous dirigeons vers le bar improvisé près du barbecue où nous prenons place à côté de quelques personnes assises qui discutent. Nous goûtons aux bons vins et dégustons les dernières friandises en leur compagnie. La fête bat son plein à l'intérieur. L'ambiance est chaude et bien menée par le DJ. Des couples dansent au rythme des airs highlife et des reggaes ghanéens suaves et entraînants. Osvalde reste discrète, mais il est évident que nos sentiments l'un pour l'autre nous rapprochent et nous aimantent. Des petits gestes d'affection, des regards doux en sont des preuves intangibles auxquelles je suis bien sûr sensible, et fier aussi.

— Viens Kwame, allons faire un tour, me dit-elle en posant son verre. Allons là-bas de l'autre côté. J'aime bien cet endroit, regarde comme la piscine est belle la nuit, toute bleue ! Viens !

Nous traversons le jardin. La nuit est très agréable. D'ici, nous entendons la musique un peu tamisée. Sensuellement, les yeux dans les yeux, nous dansons l'un contre l'autre, doucement.

— Tu ne m'as pas parlé de ton séjour à la mine et de l'accident que j'ai lu dans les journaux. Que s'est-il passé là-bas ?

— Que disent les journaux ?

— Ils disent que l'accident est en relation avec des inondations en raison des pluies exceptionnelles dans cette région depuis des semaines. Il y a eu peu de blessés, et on ne sait pas encore si d'autres sont morts. Ils disent aussi que l'exploitation sera arrêtée pendant quelques mois.

— Oui, c'est ça. Je dois dire que j'ai eu beaucoup de chance. Nous étions au fond de la mine et nous avons été surpris par l'arrivée de torrents d'eau énormes qui ont rapidement noyé toutes les galeries. Plus de radio, plus de ventilation, aucune information. Nous étions tous paniqués. Chacun a essayé de sauver sa peau. Je me suis d'abord retrouvé seul dans l'eau et dans le froid. Je n'ai jamais eu aussi peur et je crois que j'ai frôlé la mort de près. Ensuite j'ai retrouvé quelques autres de l'équipe. L'un d'entre eux était blessé. On ne pouvait pas le laisser sur place et on a dû le porter. On a marché pendant des heures et des heures, on a escaladé aussi, avant d'atteindre une zone suffisamment haute, et donc hors d'eau. Bien plus tard, on a pu rejoindre les équipes de secours qui venaient à notre rencontre. Une fois remontés à la surface, le lendemain, on a appris que cette inondation était en relation avec des orages d'une exceptionnelle intensité en surface. Des lacs d'eau avaient percé le fond des carrières et s'étaient rapidement engloutis dans les galeries de la mine qui étaient en dessous. À mesure que les lacs se vidaient, la mine se noyait irrémédiablement.

— Et tu dois retourner là-bas ? Tu n'as pas peur ? C'est trop dangereux non ?

— Je dois revenir dans quelques mois quand tout sera remis en route.

— La bonne nouvelle c'est que tu vas revenir, la moins bonne c'est que tu retournes là-bas ...

Nous nous serrons l'un contre l'autre, mes bras enserrent délicatement son beau corps svelte pour le coller contre moi. Mes mains viennent caresser ses hanches et je frotte doucement ma tête contre la sienne. D'un petit geste sec, elle me rappelle à l'ordre, prend mes mains dans les siennes et s'écarte un peu de moi.

Alors qu'elle me fixe intensément dans les yeux, ses narines frémissent et je n'en comprends pas bien le signe. Suis-je allé trop loin ? Deux petits claquements rauques issus du fond de sa gorge me le confirment.

— Kwame, nous devons faire attention. Nous sommes amis mais personne ne te connaît ici, et tu sais, tu es blanc. Tu sais, beaucoup trop de filles sortent avec les étrangers pour de l'argent et je ne veux pas que ma famille ni mes amis ne pensent ça. Bien sûr, entre nous c'est différent. Tu sais, les gens parlent et peuvent déformer les choses et faire mal aussi. Je t'ai présenté à tous et à mon oncle. Nous devons honorer leur confiance. C'est ma famille et je dois la respecter.

— Os, je sais très bien tout ça, je comprends et je ne veux surtout pas que tu aies des ennuis à cause de moi.

— Viens, allons par là, nous serons plus tranquilles un peu plus loin dans le fond du jardin.

Je me laisse guider comme un enfant que l'on prend par la main.

À quelques mètres de là, à l'abri des regards, elle se rapproche à nouveau face à moi, pose délicatement ses mains sur ma nuque et plonge ses magnifiques yeux dans les miens. Cet instant est à la fois exaltant et fragile. Je l'ai tellement imaginé, tellement attendu. Mes yeux ne quittent pas les siens. Je ne bouge pas. Ses douces lèvres se posent sur les miennes.

Je suis aux anges.

Nous nous embrassons pour la première fois, longuement, passionnément. Mon esprit se libère de toute pensée et un bien-être immense envahit rapidement mon corps entier. Tous mes sens sont en harmonie dans ce moment de quintessence et de volupté. Je grave en moi le goût et les sensations intenses de ce premier baiser. Mes mains explorent doucement les courbes de son dos et serrent son corps contre le mien. Une grande émotion me fait vibrer jusqu'au plus profond de mon être. Les mouvements, à la fois discrets mais perceptibles de son corps, échauffent mes sens, le goût salé de ses lèvres m'enivre et je ne peux pas m'en séparer. Mon cœur bat la chamade et je voudrais que le temps se mette entre parenthèses et s'arrête juste un moment pour profiter de ces merveilleuses secondes. Nous nous embrassons des dizaines de fois encore. Ses doigts caressent sensuellement mes tempes. Ils vont et viennent doucement, suivent toutes les formes de mon visage et viennent faire crisser les poils de mes tempes à leur racine par des petits massages circulaires. Osvalde accompagne nos baisers avec un léger balancement de ses hanches contre les miennes. Je suis au ciel et ne veux plus en redescendre.

Quand nos lèvres se séparent enfin, elle recule tout doucement sa tête, l'incline un peu, me regarde droit dans les yeux.

— Kwame, je suis…

À ce moment précis, j'ai peur qu'elle en vienne déjà aux questions que je voulais lui poser à propos du ministre, ou bien de l'existence d'un petit ami ou de je ne sais quelle autre contrainte qui se mettrait en travers de notre possible amour. Tout un scénario créé dans ma tête défile à toute vitesse. J'ai peur qu'elle me dise qu'elle avait très fortement envie de m'embrasser, mais que la situation ne peut durer, et que nous ne pouvons pas continuer ainsi. Peut-être a-t-elle peur de commencer une nouvelle relation amoureuse, et de plus avec un blanc. Peut-être désire-t-elle que nous restions simplement bons amis. J'ai la sensation que mon sang s'est arrêté de couler dans mes veines. Mes pensées commencent à bouillonner. Rien ne s'éclaircit, tout s'embrouille. Je suis déjà redescendu de mon beau nuage.

Si je désirais jusqu'à ce soir connaître la nature de sa relation avec le ministre, je repoussais inconsciemment cet instant de vérité parce que je tiens trop à elle. Je sais bien que cela fait partie de sa vie privée. Mais cela me contrarierait beaucoup s'il en était ce que mes pensées me font supposer. Il en irait de même si elle m'avouait avoir un petit ami. Mes pensées sont de plus en plus confuses. Mes sentiments pour elle sont trop forts et je ne peux pas me résoudre à les ignorer. J'en arrive à me retourner contre moi-même. De quel droit puis-je m'approprier une partie de sa vie intime ? J'ai le sentiment qu'une page de notre courte et belle histoire va se tourner et que ma passion pour elle devra rester modérée voire cachée, au pire, étouffée. Je me dis qu'elle va me parler d'une situation impossible à dénouer, ou bien encore que tout entre nous doit s'arrêter, mais bien sûr rester un merveilleux souvenir que nous devons garder ancré au plus profond de nous, sans effacer ces moments intenses passés ensemble.

Un frisson me parcourt le dos. Mes yeux sont fixés à ses lèvres. Le temps s'immobilise. Mon corps va se disloquer dans les secondes qui suivent. Un vide immense se crée en moi. J'ai peur d'entendre ses mots.

Mes yeux rejoignent les siens. Deux secondes à peine ont dû se passer qui m'ont semblé une éternité de réflexion. Paradoxalement, son regard est doux et apaisé. Je n'en peux plus d'attendre lorsqu'enfin, elle ajoute avec un beau sourire :

— Je suis heureuse que tu sois là, et je voudrais que tu restes ici à Accra, nous pourrions alors nous voir très souvent et être ensemble. Je suis bien avec toi. Je ressens plein de bonnes choses en ta présence. Tu dois avoir un bon karma. Viens, asseyons-nous sur le banc.

Ma tension interne se relâche immédiatement, et je reprends calmement ma respiration. À ces mots doux, je ne sais que répondre et je suis presque gêné de ne pas apporter une réplique immédiate avec des mots d'amour ou l'étreindre et serrer à nouveau son corps contre le mien. J'ai le sentiment profond qu'un espace-temps nous sépare mais je suis tellement bien à côté d'elle. Je ne veux pas casser l'instant fragile. J'avais peur de ses mots, et maintenant j'ai peur de ma propre réaction. Quels commentaires puis-je apporter à cette preuve d'amour ? Suis-je résolument prêt à partager une longue route de vie ? Si mes sentiments envers elle sont très forts, quelque chose en moi n'est pas encore prêt pour ce grand saut. J'ai besoin de réfléchir et de faire la part des choses. Cela peut prendre du temps. Il m'est tout à fait impossible de traduire ou d'expliquer mon ressenti à cet instant précis. Mais tout cela ne se dit pas en quatre mots et je pense que mon attitude risque de ne pas être à la hauteur de ses attentes. Quelques secondes passent pendant lesquelles nous nous fixons les yeux dans les yeux et puis, comme si je voulais différer ma réponse, je l'embrasse à nouveau en la serrant contre moi.

— Kwame, tu ne dis rien ? me demande telle.

Je me contente d'un sourire en la fixant dans les yeux, et en prenant ses mains dans les miennes. Je n'arrive pas à trouver mes mots. Ma gorge est serrée.

— Moi aussi je suis bien avec toi et j'apprécie beaucoup tout ce que tu viens de me dire.

Puis, je lui pose enfin la question qui me tourmente encore :

— J'ai besoin de savoir Essi, as-tu un petit ami ?

Un peu étonnée par ma question, elle me répond sans hésiter :

— Non, je n'ai pas trouvé l'amour sérieux. J'ai connu quelques garçons, mais ils ne pensaient qu'à s'amuser. Tu sais, ce n'est pas facile ici de fréquenter et de trouver la perle rare, celle qui saura aimer et vivre, je veux dire vivre bien, en harmonie avec le travail et les amis. Je ne veux pas d'une vie où la femme reste à la maison pour s'occuper de ses enfants et des repas. J'ai la chance d'avoir obtenu mes diplômes et d'avoir trouvé un bon travail qui me donne des perspectives d'avenir. Je suis bien avec toi. J'ai réfléchi depuis que nous nous sommes rencontrés au congrès. Il y a des choses que j'ai aimées en toi, et puis j'ai vu que tu étais beaucoup estimé aussi par les gens avec lesquels tu travailles ici. Je sais que tu aimes notre pays, mais pas comme un touriste, mais parce que tu as quelque chose d'Afrique en toi, et ça je l'ai bien ressenti.

— Huum, j'aime ce que tu me dis. Dès que je t'ai rencontrée quelque chose en toi m'a aimanté et...

— Kwame, une voiture s'est arrêtée, quelqu'un vient.

Presque à regret, nous quittons notre petit coin tranquille et marchons quelques pas en direction de la maison.

Je n'ai toujours pas de réponse au problème qui me hante à propos du ministre et il faut que je le demande à Osvalde sans la froisser.

À l'extrémité du jardin, le portail métallique claque en se refermant ; oncle Kofi est de retour. Il nous fait un grand salut de la main en traversant le gazon et disparaît dans la maison.

Je me décide à parler.

— Osvalde, je t'ai vu partir l'autre soir avec le ministre. En fait, j'ai été très surpris, étonné et triste aussi. Tu ne m'as même pas dit au revoir. Je... je dois te dire que je ne comprends pas. Et maintenant...

— Ah oui, excuse-moi, dit-elle. Tu sais... Kwadjo, il s'appelle Kwadjo, il est un proche de notre famille. Mon oncle le connaît depuis longtemps et moi aussi depuis que je suis petite. Je le vois souvent et c'est un peu grâce à lui que j'ai trouvé mon travail. Ce n'est que deux minutes avant de partir l'autre jour qu'il m'a demandé si je désirais qu'il me dépose ici, puisqu'il passe devant chez mon oncle pour aller chez lui. C'était gentil de sa part il ne voulait pas que je prenne de risque à cette heure de la nuit en traversant la ville en taxi. C'est vrai que je ne t'ai rien dit, mais je ne savais pas où tu étais à ce moment-là. Tu sais, j'étais triste aussi de ne pas t'avoir vu avant de partir, mais tout est allé si vite !

Comme je m'attendais à une situation tout à fait différente, et bien pire, mes traits de visage doivent encore trahir à ce moment mon anxiété.

— Kwame...ça va ? me demande-t-elle.

Immédiatement, les tensions qui m'animaient disparaissent. Mes deux mains enserrent sa tête pour rapprocher son visage du mien. Je lui réponds simplement oui et l'embrasse à nouveau, très fort. J'ai enfin soulevé le dernier voile d'incertitude qui me rongeait. Elle est belle cette Osvalde, j'aime ses lèvres, j'aime son corps, et j'ai très envie d'elle.

— Tu sais, je n'aurai pas accepté de te parler comme nous l'avons fait et je ne t'aurais pas invité aujourd'hui s'il en était autrement avec quelqu'un. Je ne pensais vraiment pas que tu puisses te torturer la tête de cette façon, nous nous étions promis de nous revoir !

— Excuse-moi Osvalde, c'est moi qui ai compliqué les choses.

— Ok, c'est fini maintenant. Moi je suis bien avec toi, j'aimerais que tu restes. Pourrais-tu vivre au Ghana ?

Cette soudaine déclaration m'honore et me dérange aussi. À l'évidence, je ne suis encore pas prêt, pour ce grand saut.

— À tout peser, tu sais, l'envie est très forte mais passer à l'acte n'est pas si facile ! Tu sais même si je suis bien ici, ce serait un changement de vie. Pourrais-tu quitter ta famille et partir habiter dans un autre pays ? Bien sûr c'est possible, mais ça se réfléchit d'abord. Je sais que beaucoup d'expatriés d'Europe ou d'ailleurs vivent au Ghana. Toi-même es-tu sûre de rester ici ? Peut-être iras-tu vivre dans un autre pays dans quelques années !

— Nous pourrions vivre ensemble ici ou ailleurs. Partir ne me déplairait pas. J'espère fonder une famille et avoir des enfants. Pourquoi pas avec toi Kwame ?

Ma réponse se fait encore attendre. Sur ce point-là, mes idées ne sont pas encore claires et aucune route n'est tracée. J'adore Osvalde, je suis heureux de partager un amour naissant avec cette magnifique fille, mais je ne me sens pas en mesure de signer en bas de la page virtuelle du futur, non pas par lâcheté, mais simplement, ou faudrait-il plutôt dire sagement, parce qu'on ne peut pas jeter les dés si rapidement. Si certains décident d'une orientation de vie sur un claquement de doigts, je pense qu'une telle décision doit se mûrir. Ce doit être mon mauvais côté cartésien. D'un autre côté, je ne veux pas que notre histoire se perde comme l'eau dans le sable.

Visiblement, elle attend ma réponse. Je la fixe droit dans les yeux. Je suis gêné, je ne veux pas la décevoir et en même temps je ne veux pas la perdre. Des sentiments très forts nous aimantent l'un à l'autre, et en contrepartie, ce que l'on ne peut cacher derrière le miroir, deux mondes bien différents nous séparent. L'Afrique est un monde bien particulier, un monde captivant et envoûtant certes, mais une entité avec laquelle il est difficile de faire demi-mesure. Je ne suis pas convaincu moi-même que ma passion pour ce continent pourrait m'aider à prendre la décision d'y vivre. Mais de cela, j'en suis beaucoup plus conscient qu'elle. Vouloir combler les différences sans attendre que le temps ne les lisse est utopique. Mais je n'ai pas de mots, ou peut-être pas assez de volonté pour l'expliquer. Je ne veux surtout pas la froisser ou détruire tout ce qui jusqu'ici nous a rapprochés. À cet instant, je n'ai pas de réponse claire à formuler mais je ressens une mutation interne qui semble vouloir me conforter dans mes sentiments amoureux pour Osvalde. Cette fille me galvanise, elle me fait bouillir le sang. Ce qui me freine bien sûr c'est l'appréhension du futur, la trouille de me planter quoi ! Non pas sur la ligne des sentiments, mais sur tout le reste, sur le choix de vie et tout ce qui en découle. Notre monde est vraiment trop compliqué. Je me donne encore quelques secondes pour dire quelque chose, parce que je sens bien que je n'ai pas encore les bons mots. La raison et les passions peuvent-elles cohabiter ? Je suis à la recherche d'une explication rationnelle, mais une spirale de mots et de sentiments brouille mes réflexions. C'est le désordre complet. À ce stade, je ne suis pas en mesure de formuler quelque chose. Et pourtant, nous sommes chacun en attente de la même chose. Pourquoi est-ce si compliqué ?

Les secondes passent... Je n'ai pas de plan pour notre relation future. Les mots et les phrases sont en vrac dans ma tête.

Quoi dire, là, maintenant, tout de suite, sans la faire trop attendre, sans donner l'impression que je suis mal à l'aise, sans lui faire mal avec des mots mal choisis, sans se cacher derrière de faux arguments.

L'idée me vient d'utiliser des termes rassurants autant pour moi que pour elle, puis le choix et l'ordre des mots s'imposent enfin.

— Os, laissons le temps faire ce qu'il doit faire. Je suis très bien aussi avec toi et tu me plais beaucoup. Mais je crois que pour le moment aucun de nous deux ne peut prendre cette décision importante. Tu sais, je crois qu'il nous faut encore du temps pour vivre ensemble. Tout ça doit se construire sur de bonnes fondations, et comme on dit chez moi en France, la hâte est mauvaise conseillère. Tu comprends ? Ce serait terrible de devoir se séparer rapidement, ou après quelques années seulement parce qu'on ne pourrait plus se supporter, ou à cause d'intérêts trop divergents. Ce serait un échec qui nous ferait très mal à tous les deux. Et ça je ne le veux pas. Je tiens déjà beaucoup à toi. J'aimerais que l'on se rapproche encore plus mais aussi que l'on se donne le temps de le faire, pour mieux le faire. Qu'en penses-tu ?

Osvalde me regarde mais ne sourit pas. Elle ne dit rien. Pendant de longues minutes ses yeux font des allers-retours rapides entre mes yeux et ma bouche. Ses lèvres sont légèrement contractées vers l'avant. Elle a écouté mes mots et semble respecter ma vision des choses en hochant doucement la tête de haut en bas le regard maintenant fixé sur le sol.

— Je comprends Kwame. Tu sais, tu représentes beaucoup déjà pour moi. Je l'ai ressenti dès le premier jour. Tu vas partir et je t'attendrai. Mais ce n'est pas une solution pour nous. Mes pensées vont vers toi maintenant et tu seras loin dans quelques jours. Et quand tu seras chez toi tu vas reprendre ta vie et m'oublier. Ton monde est différent du mien.

— Non Os, je ne vais pas t'oublier, je crois qu'il y a déjà beaucoup de choses très fortes entre nous et puis je suis bien décidé à revenir le plus vite possible, lui dis-je en la serrant dans mes bras. Moi aussi je suis bien avec toi.

— Tu sais Kwame, le temps passe vite, même ici en Afrique. Je me souviens quand j'étais petite, une tante qui habite encore aujourd'hui dans notre maison m'emmenait à l'école de Takoradi. Je me rappelle encore qu'elle marchait d'un bon pas tous les matins et que j'avais presque de la peine à la suivre avec mes petites jambes et mon cartable sur le dos. Elle rigolait et disait « allez Essi, tu vas être en retard ! », mais nous étions toujours à l'heure devant la grille de l'école. Aujourd'hui, cette tante vit toujours à la maison avec mes parents. Elle a vu bien des années s'écouler. Elle est maintenant très vieille, toute petite et ridée, et elle reste assise la plupart du temps sur un fauteuil dans le salon. À chacune de mes visites à la maison, j'ai toujours peur que ce soit la dernière fois que je la vois. Elle est tellement vieille, tellement fragile, mais aussi tellement belle quand elle sourit avec ses yeux toujours vifs, attentifs et brillants, ses mains tremblantes posées sur les accoudoirs de son fauteuil. Elle n'a plus toute sa tête mais elle reconnaît toujours ceux qu'elle aime. La dernière fois, j'ai pu voir la couleur de ses os sous sa peau fine et diaphane. Le temps passe beaucoup trop vite Kwame, même ici.

Je respecte un petit moment de silence avant de caresser tendrement la nuque d'Osvalde. Elle s'est repliée contre moi comme un petit enfant qui cherche protection. Nous restons sans bouger une minute ou deux, puis en relevant sa tête elle me pose des questions sur mon départ. Elle aimerait que je reste deux ou trois jours de plus. Je lui explique que je suis lié par le temps, par mon travail et les contraintes de la vie. Si repousser la date de départ en avion est toujours possible, tout sera décalé ensuite, tout sera retardé et notre séparation pourrait en être plus difficile encore. Il m'est impossible de rester. Je sais que ma perception du temps est celle d'un Européen qui planifie toujours ses journées, et son temps libre aussi, sur un calendrier, alors qu'un Africain a des notions beaucoup plus subjectives et vit en priorité en symbiose et en harmonie avec son environnement. Nos sentiments l'un pour l'autre sont très forts et mon départ nous attriste tous les deux. J'essaie d'employer les meilleurs mots pour rassurer Osvalde en lui disant que je reviendrai, le plus rapidement possible, et que, là encore, c'est une promesse.

Son beau visage est triste et je me sens non pas immensément coupable, mais bien franchement incapable.

Incapable de changer le cours des choses, incapable de faire immensément plaisir par une preuve d'amour qui me forcerait simplement à retarder mon départ. Incapable de prendre la simple décision de rester ne fusse que deux ou quelques jours. Incapable de m'extirper de ma peau d'Européen prisonnier de son boulot et son calendrier. Incapable de jeter les dés de la vie quand l'amour se jette sur moi ! Incapable de faire ce quelle attend de moi. Incapable de faire tout cela pour elle. Je m'en veux. Je m'en veux énormément. Je voudrais me frapper la tête contre un mur.

J'ai pourtant déjà vécu des situations quasi identiques pendant mes années d'études, quand les impératifs du moment -soi-disant impératifs- avaient orienté ma route sur une destinée autre que celle qui aurait pu se tracer si j'avais entendu les appels chuchotés par quelques bonnes et belles âmes me montrant, à l'évidence, des sentiments affectueux, voire plus. Se reconnaîtront-elles ? Pour des raisons certainement évidentes à l'époque, mais qui me semblent futiles aujourd'hui, j'ai alors donné la priorité à d'autres choix, à d'autres instants, à d'autres passions. À moi et à mes études en fait. Ainsi soit-il, j'ai fait ma route ; nous avons tous fait notre route.

Osvalde m'observe. J'ai la gorge sèche et serrée. Je me rends compte que je suis encore prisonnier des contraintes et des impératifs -soi-disant impératifs- de ma propre vie.

Il n'y a rien que je puisse faire là, maintenant, tout de suite.

Je vois bien qu'elle est déçue. Elle croise ses doigts derrière ma nuque et ses beaux yeux fixent les miens. En mon fort intérieur, c'est un désastre, une catastrophe, je suis liquéfié. Je me hais tellement je l'aime.

— Tu sais, je suis triste moi aussi. Donne-nous un peu de temps. Tu m'en veux de partir mais je reviendrai le plus rapidement possible et pendant toute mon absence, je penserai à toi. Tu vas beaucoup me manquer. Je te promets que je reviens.

Elle cale gentiment sa tête sur mon épaule et nous restons ainsi de longues minutes silencieuses pendant lesquelles je ne pense qu'à elle, et aux moments intenses que nous vivons, en écoutant sa respiration.

Nous restons longtemps assis l'un contre l'autre sur le petit banc, à l'écart des lumières de la maison. Osvalde relève ensuite sa tête et me pose maintes questions sur la vie en France.

Elle imagine des images ou des concepts qui sont d'usage ici mais inconcevables chez nous là-bas. Elle est étonnée de certaines choses. Nous en rions ensemble. Ces différences nous rapprochent. Osvalde en apprend un peu plus sur la France et moi sur la vie et les coutumes du Ghana.

Jetant un œil sur ma montre, elle me fait remarquer qu'il est très tard, que l'on est déjà demain, mais que son oncle s'est proposé plus tôt dans la soirée pour me ramener à l'hôtel quand je désire rentrer. Elle ajoute que bien sûr elle ne désire pas que je rentre, pas maintenant. Je la remercie mais je ne veux pas le déranger à cette heure de la nuit. Comme ça, nous pouvons encore rester ensemble et je rentrerai en taxi.

À sa demande, nous rejoignons les autres à l'intérieur de la maison où la fête continue, rythmée par la musique et les lumières. Osvalde essaie de m'entraîner avec elle, mais je décline l'invitation et la regarde se fondre dans le groupe de danseurs, s'abandonner à la musique et au rythme, faire onduler ses hanches et tout son corps. N'ayant pas, ne fût-ce qu'une bribe, de connaissance de danse africaine, je préfère ne pas tenter de me rendre ridicule et me contente d'observer. Quelques instants après, elle sort du groupe pour me rejoindre, toute souriante, mais claquée. Des perles de sueur naissent sur son front.

— J'aime bien danser de temps en temps avec mes amis, tu ne veux pas venir ?

— Tu as bien vu que je dansais comme un balai ! Je vais me rendre ridicule auprès de tes amis. J'aime beaucoup vous voir mais c'est très dur de le faire ! Je n'ai pas le rythme dans la peau comme vous.

— Je t'apprendrai Kame !

Nous rions ensemble. Je suis un peu déçu de ne pas être à l'unisson pour ce coup là, mais malgré tout mon amour pour l'Afrique, je suis un peu comme l'albatros sur le pont du bateau...

Quelques instants plus tard, Osvalde insiste à nouveau pour que nous dansions et vient me tirer par le bras. Je fais de mon mieux en gigotant face à elle, mais je sens bien que ma chorégraphie est à revoir. Il fait chaud et je commence à transpirer sérieusement en essayant de suivre le mouvement. Quelques-unes de ses amies m'encouragent et me montrent comment positionner le bassin, les bras, pour être au minimum en bon rythme et souvent cela se termine en fous rires. Une telle prestation, même au minimum, ce n'est pas évident !

Nous terminons nos exploits, épuisés, sur le canapé et discutons encore, pendant de longs moments.

Il est environ deux heures du matin. Osvalde accepte à contrecœur de devoir me laisser partir. Elle demande au gardien de héler le premier taxi qui passera dans la rue, puis se retourne et me dit en souriant :

— Cela nous laisse encore un peu de temps ! Tu sais les taxis à cette heure-ci…

J'aurais aimé que le taxi ne vienne que plus tard, mais après un court instant, le gardien revient nous prévenir qu'il est stationné devant le portail.

— Nous arrivons, lui répond Osvalde.

Avant de partir, je dis rapidement au revoir aux amis et cousins encore présents et je remercie les filles pour leur cours de danse.

Toutes me disent que je me débrouille très bien et que je suis le bienvenu.

Nous sortons et nous dirigeons ensuite vers le portail en traversant le jardin.

— Tiens, me dit Osvalde en me tendant un petit morceau de papier, voici un numéro de téléphone auquel tu pourras me joindre. C'est ici dans la maison de mon oncle, mais je t'en prie, téléphone moi. J'ai hâte de t'entendre et de te revoir. Reviens vite Kwame. Je vais penser à toi pendant toute ton absence. Tu vas beaucoup me manquer. Tu me manques déjà.

Empreint de mélancolie je demande à Osvalde de remercier son oncle Kofi et la famille, et de dire à nouveau au revoir de ma part à ses amis.

Je ne me sens pas du tout le courage de lui dire au revoir et l'étreins contre moi.

Incapable à cet instant précis d'ajouter un mot de plus, j'esquisse un timide sourire forcé et pose mon regard sur ses beaux yeux.

J'essaie d'apaiser ma tristesse en me persuadant que je vais revenir au plus vite.

Puis je l'embrasse. J'imprime en moi l'odeur de sa peau, le goût charnel de ses baisers.

Elle recule ensuite doucement sa tête, me fixe dans les yeux, pose doucement le bout de son index sur mes lèvres et dit sur un ton sérieux :

— Tu reviens Kwame, tu as promis !

— Tu sais que je tiens mes promesses ! Je t'aime !

Nous franchissons ensemble le portail tout doucement l'un à côté de l'autre. Un petit taxi rouge attend le long du trottoir.

Juste en face, de l'autre côté de la rue, la petite place de la station essence est maintenant déserte. Les deux moustiques sont allés dormir et ont laissé la place aux myriades de petits insectes qui volent autour des réverbères.

— Allez Kwame, il faut y aller maintenant.

Je monte à contrecœur à l'arrière du taxi. Osvalde referme la porte après un dernier baisé volé, puis elle indique en langue twi au chauffeur l'adresse de mon hôtel.

— Reviens vite Kwame ! me dit-elle encore, alors que le taxi démarre.

À cet instant, ma gorge est serrée. Je ne la quitte pas des yeux. Quand la reverrai-je ?

— Promis Osvalde, je reviendrai !

Les rues de la ville sont désertes. Par la vitre grande ouverte, un courant d'air frais s'engouffre à l'arrière. À mesure que nous roulons, j'ai l'impression que le taxi ne m'emmène nulle part. Aucune destination ne m'attire. Il faudrait très peu de choses pour que je demande au chauffeur de faire demi-tour.

VOL RETARDÉ

La sonnerie du téléphone me réveille. Il est neuf heures. J'ai dormi quelques heures sans clim et les draps me collent à la peau.

— Hi Patrick, bonjour, c'est Charles. Excuse-moi de te réveiller. Tu as passé une bonne nuit ? Tu vas devoir rester un peu plus longtemps parmi nous, ton avion est retardé. Le vol Ghana Airways qui vient de Londres a été annulé et n'arrivera que dans deux jours. Ta place est réservée sur le nouveau vol.

— Quoi ! Deux jours ! Rien que ça ? Lui dis-je à la fois étonné et agacé. Comment…

Charles me coupe dans la discussion :

— C'est Grace-Mary au bureau qui a été contactée par l'aéroport. Je te propose de ne pas quitter l'hôtel à midi comme prévu, tu vois avec la réception pour garder la chambre deux nuits de plus. S'il y a un problème, téléphone-moi et nous verrons ensemble comment organiser les choses. J'ai pas mal d'affaires à régler aujourd'hui. Tu peux encore profiter de la plage pendant la journée. Je suis désolé pour ce contre temps. Ce soir, nous dinerons ensemble. Je passerai te chercher vers 19 heures. Nous irons dans un petit restau italien que je connais. Cela te va ?

Je suis désappointé par cette information qui modifie mon calendrier mais je n'en fais pas cas au téléphone.

— Ok Charles, merci pour l'info. On va faire comme ça puisque de toute façon on ne peut pas faire autrement. À ce soir donc, vers 19 heures.

— D'accord Pat, on se voit plus tard.

J'ai absolument horreur de ce genre de contre temps. Ma journée va se résumer à trouver une occupation. Le décompte de mon horloge interne est décalé. J'espère que l'avion n'aura pas plus de retard. Je ne peux même pas contacter Osvalde qui doit travailler. De son côté elle doit être triste en pensant que ce matin je boucle mes valises. Vais-je avoir la possibilité de la revoir avant de partir ou au moins de l'appeler ce soir ? J'ai son numéro de téléphone... mais je ne sais pas si cela sera judicieux... Se redire au revoir au téléphone… ne pas vouloir raccrocher… pour ne pas se faire du mal, à soi… à l'autre…

Nous verrons bien. Nous nous sommes fait une promesse. Je ne sais pas encore comment va se dérouler ma journée. Dans un premier temps, je dois m'assurer auprès de la réception de l'hôtel qu'il m'est possible de rester deux nuits de plus. Dans le cas contraire, il faudra que je voie rapidement avec Charles pour réserver ailleurs. Cela m'est déjà arrivé quelques années auparavant où j'ai dû passer deux nuits supplémentaires au Shangri-La du centre-ville.

J'imagine déjà les désagréments potentiels liés à ce retard. Ici, comme dans beaucoup de pays africains, pas mal de personnes ont la possibilité d'être sur liste prioritaire, ou disons-le dans un autre sens, à la dernière minute, la compagnie aérienne se réserve le droit de mettre en liste d'attente certains voyageurs en invoquant un surbooking. Dans ce cas ultime, je devrai faire appel à Charles qui saura faire intervenir ses connaissances.

Après tout, rien n'est vraiment impossible, et quelquefois aussi le hasard fait bien les choses. Quelques années auparavant, ne m'est-il pas arrivé de retarder le départ de l'avion ? Nous étions revenus en ville, Charles et moi, après avoir enregistré à l'avance mes bagages à l'aéroport vers midi, pour un départ en fin de soirée comme cela se fait couramment ici. Après un copieux dîner dans un restaurant du centre-ville, sur la route du retour, nous avions alors été bloqués dans une circulation intense qui nous a retardés pour l'heure de l'embarquement. C'était fatal, nous étions en retard. Charles avait dû user de toutes les possibilités pour gagner du temps. Nous avions essayé les petites rues où le flot de voitures permettait de rouler un petit peu mieux. Dans les pires situations, au vu de la circulation complètement bloquée, nous avions doublé des files de voitures arrêtées en montant sur des trottoirs. Quand nous fûmes enfin arrivés à l'aéroport, avec au moins une demi-heure de retard par rapport à l'heure ultime d'embarquement, Charles avait immédiatement contacté une connaissance bien placée dans les bureaux. Je n'avais que quelques minutes à peine pour me faire remettre en main propre ma carte d'embarquement, remplir les documents de sortie de territoire, passer la douane pour le tampon et courir sur le tarmac pour enfin monter rapidement la passerelle. Ce qui en temps normal prend aisément 45 minutes au minimum. Finalement, mon marathon s'est déroulé à toute vitesse et à merveille. Je me rendis alors compte que, dans l'action, je n'avais pas pris le temps, ne serait-ce que dix secondes, pour dire au revoir à Charles et le remercier pour son aide.

En arrivant tout essoufflé et en sueur à l'intérieur de la cabine, l'hôtesse me dirigea d'office vers l'avant, en classe business alors que d'ordinaire mes billets sont enregistrés en classe tourisme. Je n'avais pas non plus pris le temps de lire le numéro de siège noté sur ma carte d'embarquement. Au final, enfin arrivé à la place qui m'avait été allouée j'avais dû négocier avec une personne déjà installée sur mon siège qui me dit sur un ton très hautain :

— Monsieur, je n'accèderai pas à votre requête. Je suis avocat et je m'installe toujours à un siège avec hublot !

Après quoi, je lui répondis sans me démonter :

— Je suis docteur, et vous êtes assis sur mon siège ! Regardez, c'est bien mon numéro ! J'ai réservé un siège côté hublot !

Il regarda le numéro de siège noté sur sa carte d'embarquement et obtempéra sans un mot avec son attaché-case à la main pour aller s'installer sur le siège qui lui était normalement attribué à deux rangées de là, sans hublot cette fois.

Après toutes ces affres, je jouissais enfin d'un petit privilège dû au hasard de mon retard et de mon surclassement pour ce vol en cabine business. Après tout, j'étais en retard, mais listé en dernière minute comme passager recommandé ! Mais bon, rien de réellement excitant en fin de compte, ce genre de situation génère trop de stress.

Avant de prendre le petit déjeuner, je passe par la réception et m'assure que je peux garder la chambre encore deux nuits. Ce qui m'est accordé. Voilà un premier problème de résolu. Je peux maintenant prendre un petit déjeuner copieux avant d'entamer cette nouvelle journée. Il faut que je m'occupe jusqu'à ce soir. Je programme d'aller marcher sur la plage un moment, je sais que la chaleur me fera rentrer assez vite au frais dans ma chambre.

Je ne prévois pas de retourner en ville. Il va faire trop chaud et il n'est pas vraiment conseillé de flâner sous le soleil plombant sans occupation bien précise. Je n'aime pas du tout ces journées oisives où la principale occupation est de tuer le temps. Cela aurait été complètement différent en la présence d'Osvalde. Quel gâchis !
Sur la plage privée de l'hôtel, quelques rares touristes se reposent allongés à l'ombre de parasols de paille. Je marche sur le sable blanc encore frais de la nuit.

Les pêcheurs sont déjà partis et à cette heure de la journée, il n'y pas beaucoup d'activité. Comme d'usage, quelques petits vendeurs m'accostent et cherchent à me vendre des colliers, des coquillages, des pierres semi-précieuses. L'un d'entre eux esquisse une approche, puis me reconnaissant de loin, me crie bonjour, et s'éloigne dans une autre direction. Très loin, sur le fil de l'horizon un cargo se déplace très lentement.

Somme toute, la journée s'est déroulée assez rapidement. Juste avant 19 heures, je descends au bar pour attendre Charles qui ne devrait pas tarder. Je m'installe confortablement un peu à l'écart du comptoir dans une zone rafraîchie par la clim, et commande un tonic.

Le timing est bon. Charles arrive, s'installe à mes côtés et commande au serveur un whisky avec quelques olives.

— Quoi de neuf Pat ? Je suis désolé pour cette journée de repos forcé pour toi. Tu as été à la plage ? J'ai oublié de te dire, mais j'ai un petit neveu qui tient une des paillotes sur la plage, pas ici exactement, mais plus sur le côté ville. Tu aurais pu lui rendre visite pour un snack à midi par exemple. Je te le présenterai la prochaine fois. Tout à l'heure, je te propose d'aller manger une pizza, en fait c'est dans le restaurant d'une amie pas trop loin d'ici. Le cuisinier est italien et il fait d'autres plats aussi. Tu aimeras. La cuisine traditionnelle change de celle des restaurants d'hôtels, quoiqu'ici, je dois reconnaître, qu'elle est très bonne, mais très chère aussi.
Pendant que nous discutons, le serveur vient déposer le whisky et les olives tant appréciées par Charles.

– À ta santé ! dis-je en trinquant

— À notre santé, Pat !

Le restaurant italien a tenu ses promesses. Tout était très bon et finement présenté. Abena, l'amie de Charles, a fait honneur à ma visite en venant s'installer quelques instants à notre table. Charles lui a proposé un verre de vin et a brossé rapidement les aventures de notre semaine, ce qui nous a valu des éloges de la part d'Abena qui nous a suggéré, en plaisantant, de ne pas remettre les pieds là-bas avant que les choses ne soient remises en état.

Au moment de l'addition, Charles a compté ses billets sous la table, entre ses jambes, et a déposé ensuite sur la table une liasse de cédis sans même avoir demandé le coût du repas… Autres habitudes, autres mœurs...

Il est déjà assez tard quand nous quittons le restaurant.

Sur la route de l'hôtel, entre autres discussions, Charles planifie l'emploi du temps de demain.

— Demain, je te propose de venir au bureau en fin de matinée. Nous essaierons d'avoir des nouvelles de la mine par téléphone. Ils ont certainement dû commencer à pomper l'eau. Nous irons manger en ville le soir. Qu'en penses-tu ?

— Ok très bien pour moi, merci Charles.

Arrivés à l'hôtel, Charles me souhaite une bonne nuit et ajoute qu'il enverra Morgan demain pour me conduire au bureau.

Avant de monter dans ma chambre je fais quelques pas dehors. La nuit est fraîche. Des ombres furtives traversent le parc de l'hôtel dans ses recoins les plus obscurs. De l'autre côté de la piscine, sur la terrasse deux jeunes amoureux roucoulent allongés sur un sofa. Combien donnerais-je pour échanger leur place avec Osvalde à mes côtés. Le ciel est noir, sans un nuage. Les arômes de la nuit embaument l'air. Il ferait presque bon de dormir sur la plage s'il n'y avait pas les moustiques. En ce moment, Osvalde doit peut-être penser à moi, comme je pense à elle. Je rage intérieurement de savoir que quelques kilomètres seulement nous séparent et qu'elle doit m'imaginer être déjà loin d'ici.

Las en fait de n'avoir pas fait grand-chose aujourd'hui, et me sentant vraiment seul dans un si bel endroit, je me résous à regagner ma chambre.
Pour je ne sais quelle raison, je n'ai pas sommeil. Confortablement installé sur le lit et bloqué par les oreillers, sous la lumière diffuse des appliques, je zappe les chaînes de la télévision pour trouver un programme.

JE NE RÊVE PAS !

Quelqu'un vient de frapper à ma porte. Qui cela peut-il bien être à cette heure-ci ? Je me lève et, sans à priori, je vais ouvrir.

Mon cœur fait un bon.

Osvalde… C'est Osvalde qui est en face de moi ! Je ne rêve pas !

— Bonsoir Kwame, dit-elle toute souriante. Tu es étonné de me voir ?

— Oui ! Bien sûr que oui ! Mais quelle très bonne surprise, entre !

À la fois curieuse et timide, elle jette rapidement un regard dans ma chambre et entre.

— Je voulais te voir, poursuit-elle, avant que tu ne partes. Et puis, peut-être que tu n'auras pas le temps ou l'occasion d'honorer notre promesse, alors je viens te rendre visite.

— Mais comment as-tu... ?

— Ne me demande pas…tu sais bien ! Tu as un peu de sang africain non ? Alors, tu comprends les choses…me dit-elle malicieusement. Pour rien au monde je n'aurais voulu repousser cet instant avec toi !

Je ne saurai pas comment elle a su que j'étais encore ici, mais je constate une fois de plus qu'en Afrique, la magie arrange beaucoup de choses…

Je suis à la fois ému et très surpris, mais surtout déboussolé. Je suis si heureux de la voir. Ne sachant trop comment faire à cette seconde précise, je referme la porte derrière elle, et lui propose de venir s'asseoir sur le lit. Assis à ses côtés, je prends ses deux mains dans les miennes. Je connais ses sentiments et suis convaincu de la réciprocité de nos attirances.

— Excuse-moi, je suis tout chaviré ! J'ai pensé à toi toute la journée. Je suis vraiment heureux que tu sois là. Veux-tu boire quelque chose ?

Mon cœur bat très fort et je crois sentir les battements du sien dans le creux de ses mains. Nous nous regardons les yeux dans les yeux.

L'attente de l'instant est toujours précieuse, et la valeur de cet instant ne souffrirait pas d'une ombre d'incertitude ou de maladresse. Nous n'échangeons que très peu de mots mais beaucoup de sentiments sont véhiculés par notre silence.

— Veux-tu que l'on aille marcher sur la plage ?

— Non Kwame, je veux bien rester ici, simplement, avec toi.

Je prends conscience que la nuit est à nous. Osvalde, la belle Osvalde est là, à mes côtés et je n'en reviens toujours pas. Je l'ai tellement rêvée et désirée.

Je la regarde droit dans les yeux. Elle me sourit. Je m'imprègne à nouveau de la beauté de son visage, de la courbure de ses lèvres à peine charnues, souriantes, et de la blancheur éclatante de ses dents. Très vite, nos corps se rapprochent et nous nous embrassons avec des frémissements de plaisir intense. Mes lèvres se perdent dans les siennes et je savoure ses baisers chauds et charnels. Petit à petit, son corps se cambre contre le mien. Nos mains partent à la découverte de l'autre. Elles vont, viennent, et se perdent dans tous les recoins de nos corps en caresses à la fois douces et félines. Je tremble comme si c'était la première fois, comme si j'avais un peu peur de ne pas assurer mon rôle à cet instant, comme si j'avais peur de ne pas apporter au corps aimant ce qu'il désire intensément, farouchement, charnellement. Alors que nos cœurs palpitent à l'unisson, un désir inextinguible nous transforme en fauves d'amour. Pendant de longues minutes, nos corps se découvrent, se frottent et se froissent l'un contre l'autre. Les dés sont jetés, les cartes sont retournées, les draps sont ouverts, et nos corps s'enflamment. Couché sur les draps blancs, son corps nu, noir, est magnifique. Je parcours de mes doigts avec une délicatesse encore tremblante toute la surface de sa peau, ses jambes, ses cuisses, et explore inlassablement son magnifique corps qui se donne et se laisse découvrir avec des frissons d'extase. De notre union charnelle fusent de douces et langoureuses sonorités, des murmures, des signes d'un plaisir grandissant, et d'un appel à l'amour. Ses étreintes sont de plus en plus fortes, et nos deux corps à la dérive. Ses yeux me supplient de me perdre en elle. Nous nous perdons mutuellement dans le désir brûlant de l'autre. Très vite, trop vite peut-être, l'embrasement de nos deux corps est à son paroxysme et aucun de nous ne peut contenir son désir d'assouvissement, de partage sans concession et de naufrage l'un dans l'autre.

Morgan ne m'a pas fait trop attendre. Il est arrivé à 11 heures trente et me conduit au bureau. Je suis encore sous le choc amoureux de cette nuit passée avec Osvalde. Je sens encore son odeur dans les pores de ma peau et j'essaie de contenir la fierté qui m'anime.
Cependant, mon esprit est bien occupé parce que j'ai un doute sur le possible coup de pouce de Charles quant à la visite d'Osvalde cette nuit…

Mais chaque chose en son temps.

Cette fin de matinée est consacrée à travailler avec Charles. Grace-Mary nous apporte des petits plateaux sandwich ce qui nous évite d'aller déjeuner en ville. Nous passons quelques coups de fil à la mine pour avoir les dernières nouvelles. Le plan de dénoiement du fond a déjà commencé, mais des pompes plus puissantes sont attendues. Nous n'arrivons pas à obtenir beaucoup plus de renseignements de la part des ingénieurs que nous avons contactés. Sam aurait pu nous informer beaucoup mieux, mais il est sur le terrain. Charles de toute façon me tiendra au courant dans les prochains jours. Tous ces évènements ont chamboulé notre plan d'action et une grosse partie de notre travail est repoussée. Cette mission va s'éterniser, mais il n'y a rien que nous ne puissions faire pour raccourcir les échéances. Et puis, il faut bien avouer que je suis très intéressé de revenir au plus vite.

Charles me propose de me libérer en milieu d'après-midi, il doit s'occuper de toute la partie administration du Congrès, pour ranger et stocker les dossiers. Il viendra ensuite me chercher à 19 heures et nous nous rendrons dans un bon restaurant de la ville. Il ajoute qu'en guise de surprise, quelques connaissances seront là, histoire de fêter en quelque sorte tous les évènements de la semaine avant mon départ.

Je suis heureux de cette invitation et l'en remercie.

Une petite demi-heure plus tard, Morgan me dépose devant l'hôtel. Je n'ai rien planifié de particulier. Je n'ai pas envie de monter dans ma chambre. J'ai encore un peu de temps pour faire ma valise. Un dernier tour sur la plage serait sympa. Il y a l'air d'y avoir de l'animation si j'en crois la musique que l'on peut entendre jusqu'ici. Dernier tour ? Oui, certainement dernière ballade pour ce séjour. J'ai un peu l'impression d'habiter ici… alors forcément il y aura d'autres ballades sur cette plage.

Finalement, je décide de monter dans ma chambre pour me changer en version touriste en vacances. La chambre est toute fraîche et propre. Le ménage a été fait ce matin. Je repense à notre nuit. Ainsi vont les choses. Je ne veux pas me noyer dans la nostalgie. Tout va bien, tout va pour le mieux. Je ne peux guère demander plus ! Je me conforte à l'idée qu'Osvalde pense certainement à moi, à nous.

Afin de profiter au maximum des quelques heures qu'il me reste avant que Charles ne vienne me chercher, je quitte la chambre, direction la plage. L'endroit est très animé. Un groupe de jeunes musiciens s'est installé avec une sono d'enfer sur un podium de bois situé immédiatement à côté d'un petit snack servant des salades, saucisses, frittes et boissons. Les haut-parleurs puissants diffusent des airs de musique africaine, hip-hop, reggae, et danses ghanéennes. Des dizaines d'adolescents dansent avec frénésie et en rythme avec la musique, ce que seuls les Africains savent faire. Rythme est presque un mot de trop. En fait, leur corps traduit naturellement par gestes la musique avec une fluidité étonnante. Pirouettes et sauts harmonieux font partie de leur prestation improvisée. Par magie, leur corps noir devient blanc, la poussière de sable restant collée sur leur peau noire trempée de sueur. Discrètement, mais sans me cacher, je me rapproche ostensiblement et prends quelques photos. Dans l'axe de mon objectif, certains jeunes redoublent d'énergie dans leurs sauts et dans leur danse. Les filles, plus réservées, restent un peu à l'écart assises en bordure de plage à l'ombre des palmiers, mais encouragent vivement les ébats des garçons en sirotant une boisson. L'ambiance est chaude et l'animation bat son plein. Certains déjà bien imbibés d'alcool tanguent, tournent et tourbillonnent dans un équilibre précaire, les bras écartés, une bouteille de bière à la main. Je sais que la fête durera jusque tard dans la nuit.

Je m'éloigne de la scène de plage improvisée pour aller marcher en bordure de l'océan. J'ai en tête tous les évènements de mon séjour, les très bons, et les autres. Je les passe en revue.

Côté boulot, nous avons quand même failli rester au fond de la mine. Mais je pense qu'une bonne étoile veillait sur nous, même à cette profondeur sous terre. Suis-je blindé, inconscient, ou encore indifférent ? Je ne sais pas, mais je n'ai pas envie de me poser ce genre de question ou de me casser la tête à chercher à comprendre le pourquoi et le comment. Ce qui est arrivé est arrivé. Cette expérience m'a gratifié de beaucoup de chance, liée à un hasard certain, et voilà, je suis là entier et j'apprécie la vie. Je ne peux encore pas estimer les appréhensions possibles que j'aurai — ou pas- plus tard pour de futures missions en mine, mais j'ai toutefois le sentiment que cet accident confortera mon expérience sans altérer ma perception ni mon attirance pour ces milieux souterrains.

Côté sentiments, ils sont affectés par mon départ qui est maintenant proche. Je n'ai pas envie de partir et de quitter le Ghana. Il y a toujours ce quelque chose de particulier à l'Afrique, un lien invisible qui me retient par effet de charme d'envoûtement et de magie.

Et plus que tout, il y a maintenant Osvalde. Osvalde est un autre lien, celui-ci visible et très fort, qui désormais ne quitte plus mes pensées. Elle est présente, quoi que je fasse, et à toute heure. Mon cœur a été harponné par cette magnifique sirène, magnifique Africaine. Le cercle est fermé, sa quadrature est démontrée, l'ange de mes rêves est là. Je pense très fort à elle. Elle me manque déjà.

Un stress naissant me parcourt l'échine. La reverrai-je ? Le temps va-t-il nous séparer ? Je marche sur la plage. Je cherche une réponse que, bien sûr, je ne trouve pas. Les vagues viennent mourir à mes pieds et s'enfoncer dans le sable en effaçant les traces de mes pas. Je regarde l'horizon et tente de me raccrocher à des pensées positives, constructives. J'ai promis à Osvalde de revenir.

Revenir pour repartir à nouveau ?... Telles les vagues qui viennent envahir le sable chaud de la plage pour se retirer ensuite et revenir à nouveau.

Quelle serait la solution ? Rester ici ? Repartir avec elle ? Quel serait notre avenir. Quel sera notre avenir s'il en est autrement ? L'Afrique envoûtante cherche à me retenir. Osvalde en est sa meilleure ambassadrice. Mon esprit s'embrouille à nouveau, et mes pensées butent sur le futur proche.

Je n'arrive pas à me déconnecter du fait que demain je devrai déposer mes bagages à l'enregistrement, puis attendre l'heure d'embarquement de l'avion qui me ramènera à la maison. Je sais que je gâche de précieuses minutes de mon temps dans ces réflexions non contrôlées et que mon moral en est atteint. Je sais que c'est une mauvaise passe parce qu'un sentiment de tristesse me domine toujours avant ce départ. Plus que de la tristesse d'ailleurs, le stress de partir m'a déjà envahi. Je le sens parcourir mes muscles, mes membres et bloquer mes pensées. Je tente de me rassurer, comme à chaque fois, en prenant la décision de revenir dès que possible. Oui, je vais revenir bientôt, il faudra discuter cela avec Charles. Et puis Osvalde m'attend. Il faut que je planifie mon prochain voyage.
Et comme d'habitude, une fois seulement cette décision prise, mon esprit se calme. Le stress diminue. Je peux à nouveau contempler cette superbe plage et profiter de ces derniers instants, et penser à Osvalde que je reverrai bientôt.

Là-bas, derrière moi, sous les palmiers qui s'agitent dans le vent, à côté de la petite pagode snack, les jeunes dansent toujours et le son de la musique me parvient très atténué.
Je dois partir, mais sache que je le regrette. Je t'aime Afrique.
À cette seconde, la passion agit sur la raison : je reviendrai.

SOIRÉE RESTAURANT AVANT LE DÉPART

De retour à ma chambre, je me prépare pour la soirée. Deux de mes chemises ont été fraîchement repassées par les services de l'hôtel. Je choisis la blanche à manches longues pour cette occasion. De cette manière, je suis à peu près sûr de ne pas dénoter ce soir. Je ne sais pas quelles sont les autres personnes invitées par Charles, mais il est de bon ton d'être présentable.

J'hésite à mettre une cravate. Pour ne pas avoir de surprise, je décide d'en choisir une et l'enlèverai dans la voiture si Charles de son côté n'en a pas. Après une douche somme toute rapide, je me prépare tranquillement avant de descendre au bar où j'ai rendez-vous avec Charles.

Une bonne dizaine de minutes avant l'heure je m'installe confortablement dans un des fauteuils club en cuir placés en carré autour d'une petite table basse en bois exotique sculpté. L'ambiance sombre du bar donnée par les boiseries foncées et les lumières tamisées finit de me décontracter complètement. Je me sens bien, je suis reposé, détendu. Un jeune serveur vient prendre ma commande. En guise d'apéritif, je me fais servir un verre de vin rouge d'Afrique du Sud et attaque sans attendre la petite coupe d'olives accompagnées de cacahuètes et autres petits gâteaux salés. Au plafond, de grands ventilateurs tournent lentement et leur flot d'air agite tout doucement les immenses feuilles vertes des plantes ornementales. Ce soir, le piano reste inoccupé mais Gershwin est servi en musique de fond.

Juste après 19 heures, Charles entre dans le hall. Il porte un beau costume sombre avec chemise blanche et cravate, et des chaussures noires luisantes. Pour la touche finale, une petite pochette blanche est placée en évidence sur le devant de sa veste. Il me rejoint immédiatement au bar. Je me lève pour l'accueillir. Après une accolade d'usage, il se laisse tomber dans un fauteuil en cuir en face de moi, me demande si tout va bien, et si j'ai pu profiter de mon après-midi au bord de la piscine ou peut-être à la plage.

Je lui confirme que tout se passe bien, mais que je regrette de devoir partir demain déjà. Charles plaisante et me rappelle qu'avant chaque départ, je lui fais état de mon désarroi et de mon désir de rester.

Puis, reprenant un air sérieux de circonstance, il me dit être très satisfait de sa semaine. Le Congrès a été une véritable réussite, nous nous devons d'en organiser un nouveau dans quelques années. En ce qui concerne notre visite à la mine, on doit grandement au Seigneur de nous avoir protégés et fait sortir des enfers. Grâce à lui, nous sommes encore vivants et entiers !

Il me confie qu'il a eu vraiment peur de rester au fond de la mine, qu'il a beaucoup prié Dieu, mais que, visiblement, son heure n'était pas arrivée.

– En d'autres lieux Charles, on dit « mektoub !» C'est le destin !

Après avoir vérifié d'un coup d'œil que personne ne nous écoutait j'ajoute :

— Je dois te faire part de quelque chose de très bizarre qui s'est passé dans la mine à un moment où j'ai cru que toutes mes forces me quittaient. Je n'en ai parlé à personne pour ne pas passer pour un raconteur d'histoires, mais je crois que c'était bien réel, mes sensations en principe ne me trahissent pas. À un moment précis, au plus fort de mes doutes et de mon épuisement, entre multiples vomissements, j'ai vu apparaître devant moi, dans le noir, une silhouette sans forme précise, une espèce d'affreux épouvantail vêtu d'une cape noire, avec une tête qui semblait être une tête d'oiseau, une créature horrible qui me fixait de ses petits yeux ronds au regard perçant et qui a immédiatement disparu après m'avoir frôlé le corps. J'ai senti un courant d'air froid à son passage et j'ai crié dans le noir. J'ai crié de toutes mes forces pour faire peur à la mort, et pour me raccrocher à la vie avec les dernières forces qu'il me restait. Cela me provoque encore des frissons quand j'en parle. Ces secondes d'angoisse m'ont permis, je crois, de reprendre conscience et de retrouver quelques forces cachées dans mes muscles transis.

Je n'ai pas d'explication. Je n'ai que ce souvenir qui me hante encore. Je pense que je n'ai pas été maître de mon destin, et que quelque chose m'a aidé.

— Oh oui, je vois et je respecte tout à fait ce que tu viens de dire. Tu sais, je crois en ces créatures, mais nous avons coutume de ne pas en parler. Elles font partie des âmes qui sont partout présentes autour de nous. Elles véhiculent de bonnes ou de mauvaises choses et se connectent à tes émotions pour les manipuler. Ce sont des fragments de conscience qui font partie de notre monde depuis l'aube des temps. Elles peuvent prendre le pouvoir sur l'esprit des gens pour les rendre fous, malades, ou bien aussi pour les soigner, ou pour les ressusciter. Elles se manifestent comme quelque chose qui t'interpelle mais que tu ne peux voir ou toucher. Elles fouillent dans le secret des âmes. Elles changent le cours de tes pensées ou de tes actes. Les paysans, les villageois, les mineurs en ont fait l'expérience. Et maintenant, toi aussi. Chacun d'entre nous les respecte. Personne n'oserait contredire leur existence par peur de leur courroux ! Il est complètement illusoire et vain d'essayer de donner un sens à ces choses. Mais on ne peut pas les ignorer et tu en as fait l'expérience... Tu deviens Africain ! Et ça, mon ami, cela fait désormais partie de toi-même.

Je dois admettre que le discours de Charles a le même effet sur moi que l'évocation de cette créature bizarre. Des frissons m'ont parcouru le dos. D'un esprit plutôt cartésien, j'ai l'impression que j'ai franchi les limites d'un jardin dans lequel je n'étais pas encore autorisé à entrer sans faire mes preuves : celui du domaine des âmes et des esprits qui sont intrinsèquement liés à la vie de toute personne ici.

Charles n'a peut-être pas tort, ce qui expliquerait mon attachement à l'Afrique.

En approchant, le serveur me bouscule un peu dans mes pensées. Il s'adresse à Charles lui demandant ce qu'il désire.

— Pour moi ce sera un Gin accompagné d'olives piquantes. J'adore les olives piquantes, et je pense que mon ami prendra un autre verre de vin rouge, dit-il en se tournant vers moi, n'est-ce pas ?

J'acquiesce d'un hochement de tête à l'attention du serveur.

Nous reprenons notre discussion. Charles m'informe qu'il doit se rendre en Angleterre dans quelques semaines pour visiter des membres de sa famille et aussi des relations diplomatiques, anciens amis d'école, avec lesquels il entretient toujours un bon contact. De là il fera éventuellement un saut sur Amsterdam ou Paris avant de rentrer au Ghana. Pourquoi ne pas se revoir à nouveau à cette occasion ?

Quelques minutes plus tard, nous sommes royalement servis avec un lot de petites coupelles remplies de cacahuètes, chips et olives. À peine servi, Charles agrippe le bras du serveur, le fixe droit dans les yeux et lui précise qu'il a commandé des olives piquantes et non pas seulement six ou huit olives piquantes telles que présentées dans une des petites coupelles. Le serveur un peu interloqué ne saisit pas immédiatement mais Charles, avec un grand sourire et sur un ton de plaisanterie, le rassure immédiatement en le remerciant et affirmant que tout est très bien et que tout serait encore mieux avec quelques olives de plus ! Il adore les olives ! Il ajoute que nous avons beaucoup à parler et que nous restons un bon moment.

En fait, il est vrai que nous avons amplement le temps, Charles a prévu d'arriver au restaurant à 20 heures.

Nos discussions à bâton rompu nous emmènent sur différents terrains et nous profitons pleinement de ces instants. Charles plaisante à propos de mon retour en France : il serait fortement possible, me dit-il, que l'avion soit encore retardé ! Nous verrons bien. Chaque chose en son temps !

Pourquoi Charles me parle-t-il d'un possible retard de l'avion ? Cela devrait-il me mettre sur une piste ?... Peut-être que non. Mais je laisse de côté mes investigations.

L'heure a tourné et il est temps de partir. Je fais signe au garçon pour avoir la note et la signer sur le numéro de ma chambre, mais Charles sort une liasse de cédis de sa poche et lui fait comprendre qu'il règle cette addition.

Morgan est en congé pour cette soirée, Charles est mon chauffeur.

Nous nous dirigeons à bonne allure vers le centre-ville. Il fait encore assez chaud dehors. Nous gardons les vitres fermées avec la climatisation dans la voiture afin de nous maintenir dans un état présentable à notre arrivée.

Nous longeons le quartier des ambassades, le « cantonments », reconnaissable à ses grandes et belles demeures cossues, souvent avec colonnades, environnées de jardins engazonnés et de parcs très boisés. L'oncle d'Oswald n'habite pas loin d'ici. Nous prenons ensuite sur la gauche la direction du centre-ville. Quelques instants plus tard, dans une petite rue, nous arrivons à la hauteur d'un restaurant à l'enseigne chinoise. Le petit parking immédiatement attenant est déjà plein. Je remarque qu'il s'agit dans l'ensemble de voitures assez luxueuses, berlines noires aux vitres teintées. Charles, habitué des lieux, laisse la clé du Toyota au portier qui se chargera de le garer à proximité.

Le restaurant est au premier étage de la bâtisse. J'emboîte les pas de Charles et nous montons les quelques marches qui mènent à une petite terrasse qui domine le parking. À notre gauche, l'entrée se fait par une large porte en bois sombre massif et finement sculptée. De part et d'autre de la porte, deux lions en pierre, assis, à la stature assez imposante, montent la garde.

Une jeune fille chinoise revêtue d'une tunique traditionnelle brodée de dragons et de fleurs colorées nous ouvre la porte, nous souhaite la bienvenue, et nous propose d'entrer. Elle nous dit que nous sommes attendus, et nous désigne notre table située derrière le paravent de bois au fond de la salle à droite. Charles connaît les lieux. Je marche dans ses pas curieux de savoir quelles seront les personnes qui viendront se joindre à nous. De l'autre côté du paravent nous découvrons notre table.

Quelle n'est pas ma surprise de voir Osvalde et de reconnaître à ses côtés le ministre des Mines ainsi que deux autres représentants du Centre des Congrès. Je comprends alors que Charles a tout prévu et que son plan s'est déroulé à merveille. Le retard de l'avion, à moins qu'il y ait eu véritablement un retard, et pour tout ce qui suit, ma réservation sur le vol suivant, l'invitation ce soir, et peut-être même la visite d'Osvalde à mon hôtel…Tout semble cousu de fil blanc… Grand Maître ce Charles !

Mais peut-être aussi que je me fais des idées…cela fait partie de la magie de l'Afrique…

Je suis un peu dérouté. Cet effet de surprise s'accompagne d'un sentiment bizarre, je suis intérieurement mal à l'aise et je me dis qu'il va falloir faire bonne figure et assurer un maximum. La présence d'Osvalde me gêne un peu. En fait, c'est le contexte de cette nouvelle rencontre qui me gêne. J'aurais bien sûr aimé la revoir, mais de préférence ailleurs, en ville, ou à une des paillotes sur la plage. Je suis pourtant très honoré et excité par sa présence. Cela affiche un peu de mondanité dans nos relations. Quel plaisir !

De son côté a-t-elle accepté cette invitation sachant que je serais ici ? Ou bien serions-nous tous les deux surpris !

Je dois avouer que je n'ai pas vu d'effet d'étonnement sur son visage, mais, en revanche, sa réaction a plutôt été celle d'un ravissement discret lorsque nos yeux se sont croisés.

Charles a tout manigancé ! J'en suis désormais quasi sûr. Nous nous connaissons suffisamment et je pense qu'il a compris l'attirance que j'ai pour elle. Mais de là à en arriver là ! Waouh ! Je suis stupéfait !

Son plan a marché, je suis aux anges ! Mais pas question de le montrer. Lui, reste imperturbable, planté à côté de moi, juste un sourire au coin des lèvres.

Mes réflexions s'arrêtent immédiatement quand tous les quatre se lèvent à notre arrivée et nous serrent la main nous souhaitant la bienvenue. Ils se disent honorés de la présence d'un Français à leur table et nous félicitent pour avoir pu sortir sains et saufs après toutes les difficultés à la mine.

Charles tient à détendre l'atmosphère et prend la parole alors que je serre la main au ministre.

— Patrick, je dois te confier que Kwadjo, maintenant ministre des Mines, a été un collègue d'école, il y a pas mal d'années maintenant.

À l'époque, nous préparions notre diplôme de Géologie à l'École des Mines de Tarkwa.
Et à l'attention du ministre :

— Tu sais Patrick a suivi le même cursus en France, mais il n'est pas encore ministre !

— Personne n'est parfait ! dis-je en serrant vivement la main du ministre ce qui déclenche un rire communicatif.

Comme il nous dit lui-même, Charles ne me présente pas à Osvalde puisque nous nous sommes déjà rencontrés au Congrès.

Pendant que nous nous serrons la main, il affirme que c'est la meilleure collaboratrice qu'il ait eue pour l'assister au bon déroulement des conférences.

Je serre ensuite la main des deux autres personnes du Centre des Congrès.

Sur la table ronde autour de laquelle nous prenons place, je suis à côté de Charles à ma gauche, et exactement en face d'Osvalde. La table est recouverte d'une belle nappe rouge en tissu épais, avec, en son centre, un petit bouquet de fleurs véritables dans un récipient de verre finement décoré.

Cette position de face-à-face me gêne un peu. Peut-être Osvalde ressent-elle la même chose, elle d'ordinaire discrète, calme et posée. Tout devrait aller mieux dès le début du repas. Ce soir elle a un port élégant de circonstance, et ses yeux contiennent toujours une myriade d'étoiles. Par courtoisie au vu des autres, et pour conserver notre intimité, je ne la fixe pas trop souvent ou trop longtemps et je partage les premières discussions de cette soirée menées par l'un ou l'autre des convives.

Une fois nos menus composés, Charles insiste pour m'attribuer l'immense honneur de choisir le vin. De fait, il demande au serveur de bien vouloir me donner la carte des vins. Je suis le seul Français à table, et selon leurs dires et leur insistance, le seul connaisseur. Je fais mine de prendre mon rôle très au sérieux, et m'enquiers tout d'abord de connaître les goûts de chacun et les plats qu'ils ont choisis en faisant un rapide tour de table. Basé sur les éléments fournis, je choisis sur la carte un vin d'Afrique du Sud que j'ai déjà eu l'occasion de goûter, un Fleur du Cap, vin rouge, aux tanins assez intenses, mais coloré dans le goût, qui s'alliera parfaitement avec les plats considérés.

Nous reprenons nos discussions. À la demande du ministre, Charles évoque, de sa voix grave et avec des mots empreints de solennité, quelques épisodes de notre séjour à la mine d'or avec une certaine retenue, étant donné la situation tragique de laquelle nous nous sommes sortis. Il regrette que Samuel ne soit pas ici pour raconter de vive voix et à sa manière les principaux chapitres de cette épopée. Il ajoute que Sam aurait peut-être fait la part des choses à sa manière, certes, un peu brutalement dans le verbe, mais que son discours est toujours empreint de réalité. En fait, Charles esquive un peu le sujet en disant, qu'à son avis, ce genre de témoignage devrait être réservé aux mineurs, au personnel ou aux responsables de la mine, nous n'étions que visiteurs. Les représentants du Centre des Congrès acquiescent en hochant silencieusement la tête de haut en bas. Il parait évident et censé que ces commentaires doivent passer par le canal officiel de la mine.

Le serveur est de retour. Il se place à mon côté et se penche à la hauteur de mon oreille :

— Monsieur, cette bouteille de Fleur du Cap n'est plus disponible en cave.

Il me présente une deuxième fois la carte des vins. J'ai l'impression que le temps s'est arrêté sur mes lèvres et que chacun attend que je formule mon choix : ce sera un vin du Chili, vin rouge assez puissant en bouche mais fruité.

Le serveur disparaît à nouveau en direction de la cuisine.

Le ministre reprend à son tour la parole et nous fait savoir qu'il a prévu de se déplacer à la mine assez rapidement pour avoir des informations détaillées sur l'accident. Des fonds très importants sont débloqués chaque année pour la mécanisation des travaux souterrains et tout autre accident de cette ampleur doit être évité.

Tous espèrent que les calculs futurs des ingénieurs modèleront au mieux les gisements pour faire de cette grande mine souterraine une exploitation stable et sécurisée.

— Mais, ajoute-t-il, il est un fait sûr, les conditions climatiques tout à fait exceptionnelles sont en très grande partie responsables de ce qui est arrivé. J'imagine avec effroi toutes ces cascades d'eau tombées du ciel. C'est un fait récurrent qui semble s'amplifier d'année en année. Depuis peu, l'État investit massivement dans des programmes de sauvegarde des espaces naturels pour enrayer les phénomènes climatiques qui, trop souvent rendent très difficiles les travaux dans les exploitations agricoles, à cause de l'érosion intense et du ravinement des sols. Vous voyez, tout est lié. Notre milieu naturel, pourtant si riche en forêts primaires, commence à être déséquilibré, et ce n'est peut-être là que le début d'un changement à long terme. Mais là mes amis, nous sortons de l'axe de notre discussion.

Le serveur de retour se place à nouveau à mon côté et nous interrompt.

— Le vin rouge du Chili est épuisé Monsieur.

Charles assis à côté de moi me tape amicalement dans le dos et me conseille à haute voix et en riant de commander une des bouteilles de vin rouge disponible dans la cave ! Sur ses recommandations mon choix se porte finalement sur... une des bouteilles de vin rouge disponible dans la cave !... Ce qui fait sourire Osvalde.

Quelques minutes plus tard, le serveur revient avec une bouteille de vin rouge à la main. Il ne paraît pas mécontent de sa découverte, me présente la bouteille et me demande mon accord pour l'ouvrir afin de le goûter. Il s'agit d'un vin espagnol, un Rioja assez corsé et finalement conforme à mes attentes. Je lui confirme donc que nous gardons la bouteille. Il s'empresse alors de faire un tour de table en nous servant copieusement dans nos grands verres ballons.

À la demande du ministre, nous portons un toast à la santé de tous. Osvalde, d'un geste élégant, porte le verre à ses lèvres et goûte à son tour. Le ministre déclare à haute voix :

— Le vin est excellent. Thank you Sir !

Le vin est effectivement bon, et à bonne température juste un peu plus frais que l'air ambiant.

Une ribambelle de plats, tous autant copieux les uns que les autres, nous sont ensuite servis. Le dîner est très convivial et excellent. Les discussions de la soirée s'orientent sur des thèmes plus ou moins sérieux. Je croise fréquemment le regard d'Osvalde. Elle ne s'impose pas dans nos discussions mais donne son avis à bon escient. Notre soirée se passe en fait très agréablement et trop rapidement.

Vers la fin du repas, les représentants du Centre des Congrès insistent pour qu'une date soit rapidement établie pour le prochain symposium des mines. Selon eux, Osvalde et son équipe ont entretenu un très bon partenariat entre l'administration du Centre des Congrès et le ministère des Mines et cette équipe doit être à nouveau mise à contribution. On ne change pas une bonne équipe ! Une triennale semble le choix judicieux. Un comité devra entériner cette décision qui semble déjà irrévocable. Nous acquiesçons d'un commun accord. Nous rions et trinquons à nouveau.

Le ministre insiste pour terminer le repas avec une bouteille de Champagne afin de clôturer agréablement cette soirée. Quelques instants plus tard, une coupe à la main nous sommes tous debout autour de la table. Nous buvons à la santé de chacun d'entre nous.

Charles et moi sommes à nouveau remerciés pour notre engagement et notre participation aux séances techniques lors du congrès. En me serrant chaleureusement la main, le ministre me souhaite un bon voyage dans l'espoir partagé d'un retour au Ghana assez rapidement.

Pour en terminer, Charles remercie chacun d'entre nous pour cette très bonne soirée. Dans mon for intérieur, j'espère avoir été à la hauteur des attentes d'Osvalde. Je ne voudrais pas la décevoir ne fusse que pour un infime détail. Cela m'attriste de plus en plus de quitter le Ghana demain. Demain déjà. L'échéance même de quitter ce restaurant et surtout de quitter Osvalde me rend triste. Aucune diversion n'est possible. Je vais devoir lui serrer la main de manière très conventionnelle et trouver quelques derniers mots courtois pour lui dire au revoir, un au revoir en message crypté, un au revoir qui signifiera, entre nous deux uniquement, que, bien sûr, nous nous reverrons.

Osvalde semble un peu tristounette aussi, quelques étoiles se sont envolées de ses yeux en forme d'amande qui restent cependant superbes.

Nous nous serrons la main.

— Osvalde, j'ai beaucoup apprécié mon séjour au Ghana, et ma priorité est de revenir le plus tôt possible. Nous nous reverrons donc sûrement à cette occasion, dis-je un peu penaud, en espérant que mes mots assez mal choisis à mon goût ne tombent pas trop à plat.

— Je suis contente que vous ayez apprécié d'être parmi nous, dit-elle, vous êtes le bienvenu.

Et avant de séparer nos mains, elle ajoute :

— Nos routes convergeront sûrement à nouveau, bientôt je l'espère.

Par nos regards, nous échangeons pendant d'ultimes secondes les sentiments forts qui nous lient. Nos deux sourires un peu crispés dénoncent peut-être nos sentiments, mais où est le mal ?

Sur la route de l'hôtel, je remercie Charles pour cette superbe soirée.

— Oh tu sais Pat, me dit-il, c'est dans l'ordre des choses, tu es toujours le bienvenu !

Il n'est visiblement pas dupe de mes intentions envers Osvalde qu'il apprécie beaucoup d'après ce que j'ai pu lui entendre dire. Peut-être, sait-on jamais, a-t-il eu vent de nos rencontres ?

J'ai une requête à lui soumettre mais je n'ai pas vraiment l'intention d'étaler mes sentiments. Ma gorge est un peu nouée. Je ne sais pas bien par quels mots commencer et finalement je me lance :

— J'ai été agréablement surpris qu'Osvalde soit parmi nous ce soir. Comme tu as vu, pendant le congrès, j'ai eu l'occasion de discuter avec elle, c'est une fille que je trouve très sympa, sensible et dynamique aussi. Elle a du caractère et elle aime son travail. Ce genre de fille ne laisse pas indifférent.

À ce point de la discussion je suis à court de mots ou d'arguments.

Charles m'a écouté sans rien dire et semble attendre la suite.

Il m'est difficile de formuler mes idées parce que je ne sais pas si Charles est au courant de mes aventures avec Osvalde, et dans le cas contraire, je serais bien con de faire comme si je n'avais pas compris… Alors, quelle option choisir pour orienter la suite de la discussion ? Me cacher derrière la neutralité ? Cette solution ne me convient pas. Mais pourquoi ne pas afficher simplement mes bons sentiments envers Osvalde après tout !

Je cherche mes mots avant de continuer et enfin je vais droit au fait :

— Tu sais, j'ai beaucoup discuté avec elle. Je l'aime bien, et elle ne me laisse pas du tout indifférent. Elle est sérieuse dans son travail et elle voudrait voyager aussi pour acquérir de l'expérience. Penses-tu qu'il soit envisageable de faire quelque chose afin de lui donner toutes ses chances de réussite à l'étranger, en Angleterre par exemple ?

En effet, Charles se déplace souvent à Londres et pourrait faire appel à ses connaissances et jouer de son influence sur place. La communauté ghanéenne y est très développée. De son côté, Osvalde a des capacités que tout le monde lui reconnaît et peut certainement déboucher sur une situation intéressante en relation avec une ambassade ou un consulat. Elle a l'avantage de son expérience ici au Ghana et obtiendra certainement le soutien des administrations pour lesquelles elle travaille.

Immédiatement Charles acquiesce. Visiblement il comprend tout à fait, et me confirme que l'idée est très recevable.

— Pat tu sais, j'ai beaucoup d'estime pour Osvalde. Je l'ai souvent rencontrée dans le groupe de travail pour la préparation du congrès. Elle est jeune, mais elle est sérieuse, discrète et efficace. Elle fait partie de ceux qui feront quelque chose de leur vie et, effectivement, son avenir pourrait-être à l'étranger. Je pense qu'avec un coup de pouce, elle peut s'en sortir.

— Oui, je le pense aussi.

— Je ne promets aucun résultat mais je prends note et je vais essayer lors de mon prochain voyage en Angleterre, c'est-à-dire, très prochainement.

— Merci de lui donner cette chance.

— Que ne ferais-je point pour t'être agréable ! m'assure-t-il avec un sourire malicieux.

Quelques minutes plus tard nous arrivons devant l'hôtel. Charles stationne la voiture juste devant l'entrée et me souhaite une bonne nuit, non sans me dire à nouveau qu'il prend au sérieux la discussion que nous venons d'avoir. Avant de repartir, il me donne rendez-vous le lendemain en début d'après-midi. Il viendra me chercher pour me déposer à l'aéroport. Nous aurons le temps de prendre une collation sur place avant l'heure d'embarquement.

Je regarde le 4x4 partir et, avant d'entrer dans le hall de l'hôtel, je reste quelques instants dehors sur le parvis pour profiter de l'air tiède de la nuit. Une petite brise vient de l'océan et charge l'air d'une douce moiteur légèrement salée. Tous les parfums de la nuit se mêlent et embaument l'espace. Mes sentiments intérieurs se brouillent un peu. Mon horloge interne anticipe mon départ. Je pense déjà aux détails du retour, à l'attente à l'aéroport aux formalités administratives et aux longues heures de vol qui m'attendent. Quelque chose de très fort en moi me fait regretter de partir et de ne pas rester plus longtemps dans ce pays avec lequel je me sens particulièrement en phase et en harmonie. J'aurais par-dessus tout voulu revoir Osvalde mais le temps joue contre moi. Ma gorge se serre et mes yeux s'embrument un peu de quelques larmes naissantes qui ne sortiront pas car je me donne déjà espoir de revenir dès que possible. C'est un peu rasséréné que j'entre dans le hall de l'hôtel. Il y fait frais, presque froid. À mon passage, le groom me souhaite une bonne nuit. L'air brassé par les ventilateurs anime les feuilles les plus hautes des plantes d'ornement vertes et luisantes. Je monte directement à l'étage.

Arrivé dans ma chambre, je ne mets pas immédiatement le climatiseur en route comme d'habitude. Mon corps a froid. Je décide de rassembler tous mes effets personnels et de préparer mes bagages. Je me sens vraiment seul, pas en phase avec moi-même. Mon séjour est bel et bien terminé. Osvalde a dû être reconduite chez son oncle. Que fait-elle ? Peut-être va-t-elle me téléphoner pour me dire à nouveau « au revoir, je t'attends, je penserai à toi, reviens vite Kwame ! ». Sa voix suave réchaufferait mon cœur bien triste. J'aurais tellement de choses encore à lui dire avec des mots qui risquent toutefois de manquer. Il me serait dur aussi de décider de raccrocher le combiné du téléphone après tous les mots doux échangés. Machinalement, je vérifie mon portefeuille dans lequel je retrouve le petit carré de papier avec son numéro de téléphone. Je le relis plusieurs fois et essai de le mémoriser. L'envie me vient de l'appeler mais il est tard et je sais qu'elle ne répondra pas directement au bout du fil. Il ne serait pas décent de déranger son oncle ou sa tante. Je range soigneusement le papier puis j'allume la télévision et zappe d'une chaîne à l'autre sans intérêt pour aucune d'entre elles. Mon esprit est ailleurs, mais les impératifs du départ me rappellent à l'ordre. À contrecœur, j'étale sur le lit les objets achetés sur le marché des artisans avant de les ranger soigneusement entre les piles de vêtements. Je mets de côté, à portée de main, mon blouson qui me sera utile dès mon arrivée en France.

Mes affaires sont maintenant prêtes. Je ne réfléchis plus. Je n'ai envie de rien. Je voudrais accélérer le temps pour partir, vite, et revenir, vite aussi. Si je pouvais modifier l'ordre des évènements... mais à quoi bon, je ne peux pas. Ma ligne de vie est tracée pour les prochaines heures et en aucune façon je ne peux en dévier.

Je sors prendre un bol d'air sur la petite terrasse et prends soin de bien fermer la baie derrière moi pour éviter que les moustiques n'envahissent ma chambre. Dehors, tout est calme. Tout est noir. La ville est suffisamment distante pour que ses lumières ne viennent pas troubler l'ambiance du bord de mer. Le parc de l'hôtel est plongé dans le noir. Une toute petite brise agite légèrement la cime des plus grands arbres, mais ne vient pas perturber la surface étale de la piscine qui reflète la couleur noire du ciel comme un miroir. Quelques mouettes solitaires trahissent leur présence par un cri en survolant l'hôtel. J'entends les vagues qui viennent mourir sur la plage juste à l'extrémité du parc. Mais cette nuit, je n'ai pas le cœur à aller me balader sur le sable. Ce serait pour la dernière fois dans ce séjour, et je déteste les dernières fois quand j'aime les choses. Je reviendrai, et à nouveau je serai en communion avec tous ces éléments.

Des ombres rapides et discrètes traversent le parc et longent à pas feutrés les coursives de l'hôtel. Des rendez-vous se négocient à voix chuchotée à l'abri des lumières. Des portes s'ouvrent et se referment discrètement. Chaque minute qui passe me rapproche de mon départ et il m'est difficile de me concentrer sur quelque chose. La température de l'air est agréable mais j'ai toujours froid. Je décide de rentrer à l'intérieur. Je suis anxieux et n'arrive pas vraiment à me calmer.

Un voyage en Afrique ne laisse pas indifférent. On n'aime pas, et dans ce cas le retour au pays est une bouffée d'air, une délivrance, un océan de fraîcheur, mais si l'on aime, on souffre d'en repartir. La toile est alors tissée et la proie est piégée. Lors de mes précédents voyages, j'ai toujours eu la sensation très profonde, qu'en contrepartie des souvenirs que je ramenais avec moi, je laissais une parcelle de mon âme ici.

Voyages après voyages, mon âme s'est certainement accommodée aux nombreuses et extrêmes sensations que j'ai pu ressentir. Mais cette fois, plus que jamais, je ne rentre pas entier et je laisse derrière moi, sans l'abandonner, une promesse d'amour, avec le but de revenir et de fusionner à nouveau avec un tout en harmonie avec

moi-même. Une partie de moi est ici. Mon dilemme est que je ne peux pas me diviser en deux.
J'appréhende de partir. J'essaie sans réel succès de ne pas penser aux formalités et aux longues attentes à l'aéroport avant l'embarquement, et puis à la course de l'avion prenant de la vitesse sur la piste, au bruit sourd des moteurs lancés à pleine puissance, au décollage arrache cœur, et enfin au moment ou l'avion se cabre nous donnant la sensation d'avoir le dos comme vissé sur le siège. Je sais que par le hublot, mon regard sera fixé le plus longtemps possible sur le bandeau littoral avec ses lumières, ses hôtels... qui disparaîtront rapidement happés par la brume de l'océan. Le rideau sera tiré. Je serai déjà dans un autre monde.

Avant d'aller me coucher, je prends une douche. Je reste longtemps sous une pluie chaude qui réchauffe mon corps.
Puis, fatigué, je m'allonge sur le lit et je laisse vagabonder mes pensées qui me ramènent toujours à Osvalde. J'essaie de trouver le sommeil et de m'endormir, recroquevillé sur moi-même en serrant mes rêves très fort dans mes bras.

Tard dans la nuit, Osvalde viendra frapper discrètement à la porte de ma chambre. Elle n'en repartira qu'au lever du jour, l'heure à laquelle le bruissement de la vie commence avant que la ville ne se mette en mouvement.

Osvalde vit aujourd'hui en Angleterre. Elle est responsable au sein d'une ONG de l'aide au développement des pays d'Afrique de l'Ouest.

Elle est mariée à un diplomate. Elle est heureuse.

Elle retourne souvent au Ghana rendre visite à sa famille.

Leur premier enfant s'appelle « Kwame Patrick ».

TABLE

Je tiens à remercier Florent CHAU pour la création graphique de la page de couverture, et Catherine LARNAUDIE pour la relecture attentive du manuscrit.

ROMANS
AUX ÉDITIONS L'HARMATTAN

Dernières parutions

UNE FEMME ROC
Mame Famew Camara
Ce texte raconte le parcours de Faly, une femme moderne, fragile et fort amoureuse de la Littérature mais surtout de son mari qui va malheureusement l'abandonner pour une autre. A travers ce roman, l'auteure dénonce les violences muettes vécues par la gent féminine dans leur ménage au Sénégal. Il est une ode féministe et raconte sans tabou le quotidien d'une femme moderne à la sénégalaise.
(Coll. Harmattan Sénégal, 202 p., 20,5 euros)
ISBN : 978-2-343-18427-2, EAN EBOOK : 9782140131714

NATHALIE OU LE GRAND PARDON
Roman
Michel Haba
Nathalie ou le grand pardon est le récit des mésaventures d'une femme qui menait une vie paisible dans son foyer avec son mari et leurs trois enfants. Mais un amour de jeunesse, Grégoire Néma, réussit à briser son foyer, malgré l'intervention de ses parents et de ses beaux-frères. À Paris, où elle rejoint Grégoire Néma, son aventure tourne au drame. Et c'est manu militari qu'elle est embarquée de force et ramenée à Conakry. Elle tente alors tout pour réintégrer le foyer conjugal...
(Coll. Harmattan Guinée, 98 p., 11 euros)
ISBN : 978-2-343-18015-1, EAN EBOOK : 9782140131615

LE SECRET DU DOKLAM
Grégory Cox
Le 16 juin 2017, contre toute attente, la Chine déploie ses hommes dans le plateau du Doklam afin d'y implanter une route, provoquant aussitôt la colère du Bhoutan et de ses puissants alliés indiens. Le chantier est interrompu, les armées s'affrontent dès lors dans un conflit plus psychologique que meurtrier, mais contrastant avec la sérénité des lieux, la magnificence de l'Himalaya. La discorde menaçant d'embraser toute la région, des tractations diplomatiques s'engagent non loin de là, dans le secret d'un bunker. La situation explosive compromet aussi sérieusement la feuille de route d'Olymp, un Européen au passé trouble, qui était sur le point de rallier le Bhoutan pour y arpenter le chemin de l'Éveil. En quelques heures et à sa stupéfaction, l'aventurier voit l'endroit se remplir de soldats dont la seule présence attise les tensions les plus extrêmes. Bientôt, en marge de la confrontation, le spectacle révèle d'inattendues découvertes dont les effets se font sentir bien au-delà du périmètre de rivalité.
(170 p., 17,5 euros)
ISBN : 978-2-343-18256-8, EAN EBOOK : 9782140131264

L'HISTOIRE TRAGIQUE D'OKITO LE VIEUX
De l'épopée coloniale à l'époque Mobutu
Roman
Thomas Ewolo
Okito le Vieux avait reçu l'ordre d'aller rejoindre les forçats du caoutchouc. Lui qui était déjà vieux, avec de mauvaises jambes et en deuil de son fils unique, se révolta contre l'ordre de l'oppresseur. C'est ainsi que l'agent territorial va lui administrer la peine réservée aux récalcitrants qui refusaient de fournir le caoutchouc à l'État. L'histoire de la vie d'Okito le Vieux est une histoire grave, une histoire triste qui débute à l'époque de l'État indépendant du Congo en passant par l'époque du Congo belge jusqu'au

règne du maréchal Mobutu. Le roman met également en exergue les circonstances de l'assassinat de Patrice Lumumba et l'arrivée au pouvoir du chef d'État-major Mobutu.

(Coll. Écrire l'Afrique, 188 p., 18,5 euros)

ISBN : 978-2-343-18443-2, EAN EBOOK : 9782140130847

CONFIDENCES D'ENFANTS

Roman

Mamoudou Kabala Kaba Kabiné

Phénomène de société, le petit écran est venu bousculer les classiques salles de cinéma avec l'avantage aussi bien de sa gratuité que de sa retransmission en langue nationale. Koudani Amoh en fut l'un des premiers possesseurs. Dès lors, tous les soirs l'essentiel de Korialen se retrouvait à son domicile. Un soir se joue un drame, il sera particulièrement marqué par l'irascibilité de Bintou Madi, l'infinie sagesse de Fodé Kaba Laye et le fatidique sort de deux amis qui, nés de deux ménages différents, ont rejoint l'au-delà, exactement comme des frères siamois.

(Coll. Harmattan Guinée, 88 p., 10 euros)

ISBN : 978-2-343-18014-4, EAN EBOOK : 9782140130410

LA SOUFFRANCE DE ROUYIBATA

Roman

Ibrahima II Barry

En se réveillant ce matin du 28 septembre 2009, Rouyibata était dans une jubilation presque enfantine. Et c'est avec un empressement fébrile qu'elle se prépara, sortit du domicile et s'embarqua pour le Stade du 28 Septembre. Près de deux heures après son entrée dans l'enceinte, elle gardait encore l'espoir et l'enthousiasme qui l'habitaient à son réveil. Mais, subitement, elle vit des hommes, des femmes, des jeunes filles et des jeunes garçons tomber autour d'elle. Elle se mit alors à courir pour s'extirper de l'arène mortifère. Dans sa fuite, Rouyibata fut happée par un « tourbillon de clous » qui la souleva, la fit virevolter avant de la laisser choir dans un gouffre aux limites imprécises. Elle va s'efforcer d'en sortir. Y parviendra-t-elle ?

(Coll. Écrire l'Afrique, 240 p., 22,5 euros)

ISBN : 978-2-343-18129-5, EAN EBOOK : 9782140130625

HELP

I need somebody help ?

Jean-Michel WEIL

Jusqu'où sommes-nous prêts à aller afin d'assouvir nos fantasmes, de réaliser enfin nos rêves ? Faust, savant déçu, contracte un pacte avec le Diable. Celui-ci, au prix de son âme, lui offre une vie de plaisirs, une seconde vie réussie en somme. Thème souvent repris dans la littérature, au cinéma, au théâtre, et même dans la chanson. David, musicien raté sexagénaire, et à ses yeux incompris par ses contemporains, se voit proposer un extraordinaire marché à la suite d'un accident de la circulation qui « aurait » dû lui coûter la vie. David acceptera-t-il de signer ce contrat inespéré et séduisant, mais qui l'oblige à respecter certaines conditions qui vont vite se révéler insupportables et totalement contraires aux principes de la morale ?

Les Impliqués (102 p., 12,5 euros)

ISBN : 978-2-343-18238-4, EAN EBOOK : 9782140130472

LE FINALISTE

J.D. BOURGOIN-JAL

Mon nom est Adams Tahar. Jeune diplômé en infographie, j'ai été embauché il y a six mois par la société Simulus, numéro un mondial de la modélisation virtuelle, pour travailler sur le projet de construction de la « Grande Vidéothèque Universelle ». Mais depuis peu, de mystérieux sabotages perturbent ce chantier, et un hacker a réussi à s'introduire dans notre supercalculateur. Et comme si ça ne suffisait pas, il y a cet insaisissable tueur en série, « le voleur de cerveaux » et des cadavres qui s'accumulent... Mais pourquoi faut-il que je me retrouve embarqué dans cette galère cybernétique ?

Dans une ambiance cyberpunk où la frontière entre le réel et le virtuel se transforme en un cruel jeu de massacre, Le Finaliste annonce le renouveau d'une science-fiction plus que jamais d'actualité.

(Coll. Miroirs du réel, 298 p., 25 euros)

ISBN : 978-2-343-18030-4, EAN EBOOK : 9782140130533

FREDIANU LE SARDE ET LE JARDIN DE PLUTARQUE

Jean-Baptiste Leccia

Conclusion violente d'une amitié fantasmée, au sein d'une société villageoise déclinante, entre un Corse de la diaspora avide de ressourcements et un berger sarde malheureux de son état : Paul-André et Fredianu. Des âpres terres de Sardaigne aux massifs montagneux de l'Alta Rocca en Corse du Sud et aux pavés parisiens, une histoire dramatique malgré, parfois, la légèreté du ton, où viennent jouer entre complicités perverses et trahisons, Davia la femme libre et Duchagrin l'écrivain à succès.Au-delà de la Corse, ce roman interroge la désespérance du milieu rural, confronté à la réalité d'une inexorable désertification, à la recherche de perspectives individuelles entre le rêve de l'exil et le retour subi.

(Coll. Rue des écoles, 170 p., 17,5 euros)

ISBN : 978-2-343-18239-1, EAN EBOOK : 9782140130373

CARAPACES

Roman

Célia Sanchez

Calisse est fille unique, musicienne, timide et du genre à se laisser dépasser par la vie. « L'artiste » est un enfant blessé, un jeune chômeur romantique écoeuré par l'apparente fausseté qui règne dans notre société. Ils ne se connaissent pas, mais évoluent en parallèle jusqu'à ce que le destin s'en mêle. Carapaces est un récit à deux voix qui raconte le quotidien de deux personnages vivant en région parisienne.

(Coll. Harmattan Sénégal, 146 p., 15 euros)

ISBN : 978-2-343-18385-5, EAN EBOOK : 9782140129988

UNE FEMME D'EXTÉRIEUR

Caroline Tapernoux

Excessive, entière, gouailleuse, libertine, Marthe est une grand-mère atypique qui se moque du regard des autres. Une femme d'extérieur nous entraîne, à travers le regard de sa petite fille, sur les pas de cette femme haute en couleur qui traça son chemin du Borinage au pied du stade d'Anderlecht avec une énergie redoutable. Mais comment sa famille composera-t-elle avec tant d'excentricité ?

Academia (Coll. Littératures/Academia, 86 p., 11,5 euros)

ISBN : 978-2-8061-0474-8, EAN EBOOK : 9782806110336

UNE VIE APRÈS LE STYX

Roman

Eric Ntumba

Ce roman retrace la vie de Sifa, une jeune fille congolaise prise dans les affres des atrocités de la guerre du Congo et de la vague des conflits de l'Afrique des Grands Lacs. L'auteur retrace son calvaire, la dureté de sa condition de captive, l'esclavage sexuel auquel elle est soumise puis son évasion et le début d'un long travail de reconstruction à Panzi. À travers ce roman, il aborde des thèmes divers allant de l'acculturation des classes moyennes africaines, la coexistence des religions modernes avec les pratiques animistes, aux débats sur l'avortement, la condition féminine ou enfin l'homophobie.

(176 p., 17,5 euros)

ISBN : 978-2-343-18376-3, EAN EBOOK : 9782140129711

LE SOLEIL DE LA DÉMOCRATIE

Roman

Mory Mandiana Diakité

Le soleil de la démocratie est un roman de fiction politique qui dresse un diagnostic généralisé et condensé de l'avènement du multipartisme et ses effets sur les relations humaines et sur la gouvernance économique dans une contrée dénommée Miriya. Le personnage principal, Sininko, après avoir milité activement pour l'avènement de la démocratie dans son pays, est contraint de prendre une décision grave pour sa survie. Ce roman place l'homme africain face à ses contradictions, son malaise et la perte de ses valeurs. C'est un vrai réquisitoire contre la décadence de la société moderne africaine.

(Coll. Harmattan Sénégal, 92 p., 12 euros)

ISBN : 978-2-343-18311-4, EAN EBOOK : 9782140129759

LA VENGEANCE DU PERROQUET VERT

Jean-Marcel Cheyron

Novembre 1955. Parce que son salaire est doublé pour cette mission, Guy Valois, un jeune guide français inexpérimenté, accompagne un groupe de touristes pour la première expédition organisée par l'agence de voyages Aventure Extrême au nord du Dahomey. Au moment de quitter le lieu où il a bivouaqué, le groupe constate que tous les pneus de l'une des voitures ont été crevés. Quel est l'auteur de ce sabotage qui bloque les touristes dans un milieu hostile, et dans quel but a-t-il commis cet acte ? Les suspects sont nombreux, entre les habitants d'un village voisin et les participants au voyage. L'intrigue est ponctuée de multiples rebondissements, jusqu'à l'imprévisible épilogue.

(Coll. Écritures, 190 p., 18,5 euros)

ISBN : 978-2-343-18439-5, EAN EBOOK : 9782140129766

LA MAIN DU DESTIN

Roman

Dangdé Laobélé Damaye

Préface de Yokabdjim Mandigui

La main du destin est le récit d'une histoire d'amour entre Mbay, étudiant en France revenu passer quelque temps au Tchad, et Julie, une lycéenne de dix-neuf ans. Pour s'excuser de lui avoir volé sa virginité en ayant profité de son état d'ébriété, Mbay fait à Julie une promesse de mariage qu'il offcialise le jour même. Après le retour de Mbay en France, ses parents organisent un mariage par procuration pour permettre à Julie de l'y rejoindre. Mais à la veille de son départ une guerre civile éclate au Tchad. Sans nouvelles de sa femme des mois durant, il ignore totalement qu'elle fait les frais des exactions commises dans ce contexte et lorsqu'elle parvient enfin à le retrouver à Paris, la main du destin n'aura de cesse de les accabler.

(124 p., 14 euros)

ISBN : 978-2-343-18001-4, EAN EBOOK : 9782140129650

LE PETIT IVRYEN

Un gamin de Paris exilé à la campagne sous l'Occupation

Jacques FILLEUX

C'est la période de l'Occupation. Âgé de douze ans, un jeune garçon part, sa valise à la main, en colonie de vacances, vers un village qu'il ne connaît pas, loin de son vieux quartier de Paris. Ce séjour dans une ferme durera finalement deux ans. Une vie de petit paysan au contact de la nature et des animaux et l'école avec un instituteur qui lui insufflera l'envie pour toujours d'apprendre et se cultiver. Un coin de paix dans un pays occupé qui marquera à jamais ce jeune citadin d'autrefois.

(Coll. Amarante, 88 p., 12 euros)

ISBN : 978-2-343-17179-1, EAN EBOOK : 9782140129698

KÉMA BAÏLEHE LA PETITE BASSARI

Roman

Ithiar Bindia

Le « Pays Bassari » est une contrée pittoresque, luxuriante couverte d'un manteau verdoyant, située aux confins du Fouta Djallon au sud-est du Sénégal. C'est dans cette société singulière et particulièrement différente des autres qu'est née Kema Baïléhé la petite fille bassari. Dans cette société insolite, renfermée sur elle-même, conservant jalousement sa culture restée authentique jusqu'à ce jour, Kema, à travers son cheminement social, nous fait découvrir le mode de vie, l'organisation sociale, le système d'éducation, les fétiches et interdits, les riches et variées pratiques culturelles et coutumières des Bassari.

(Coll. Harmattan Sénégal, 174 p., 17 euros)

ISBN : 978-2-343-18244-5, EAN EBOOK : 9782140129513

Structures éditoriales du groupe L'Harmattan

L'Harmattan Italie
Via degli Artisti, 15
10124 Torino
harmattan.italia@gmail.com

L'Harmattan Hongrie
Kossuth l. u. 14-16.
1053 Budapest
harmattan@harmattan.hu

L'Harmattan Sénégal
10 VDN en face Mermoz
BP 45034 Dakar-Fann
senharmattan@gmail.com

L'Harmattan Cameroun
TSINGA/FECAFOOT
BP 11486 Yaoundé
inkoukam@gmail.com

L'Harmattan Burkina Faso
Achille Somé – tengnule@hotmail.fr

L'Harmattan Guinée
Almamya, rue KA 028 OKB Agency
BP 3470 Conakry
harmattanguinee@yahoo.fr

L'Harmattan RDC
185, avenue Nyangwe
Commune de Lingwala – Kinshasa
matangilamusadila@yahoo.fr

L'Harmattan Congo
67, boulevard Denis-Sassou-N'Guesso
BP 2874 Brazzaville
harmattan.congo@yahoo.fr

L'Harmattan Mali
Sirakoro-Meguetana V31
Bamako
syllaka@yahoo.fr

L'Harmattan Togo
Djidjole – Lomé
Maison Amela
face EPP BATOME
ddamela@aol.com

L'Harmattan Côte d'Ivoire
Résidence Karl – Cité des Arts
Abidjan-Cocody
03 BP 1588 Abidjan
espace_harmattan.ci@hotmail.fr

L'Harmattan Algérie
22, rue Moulay-Mohamed
31000 Oran
info2@harmattan-algerie.com

L'Harmattan Maroc
5, rue Ferrane-Kouicha, Talaâ-Elkbira
Chrableyine, Fès-Médine
30000 Fès
harmattan.maroc@gmail.com

Nos librairies en France

Librairie internationale
16, rue des Écoles – 75005 Paris
librairie.internationale@harmattan.fr
01 40 46 79 11
www.librairieharmattan.com

Librairie l'Espace Harmattan
21 bis, rue des Écoles – 75005 Paris
librairie.espace@harmattan.fr
01 43 29 49 42

Lib. sciences humaines & histoire
21, rue des Écoles – 75005 Paris
librairie.sh@harmattan.fr
01 46 34 13 71
www.librairieharmattansh.com

Lib. Méditerranée & Moyen-Orient
7, rue des Carmes – 75005 Paris
librairie.mediterranee@harmattan.fr
01 43 29 71 15

Librairie Le Lucernaire
53, rue Notre-Dame-des-Champs – 75006 Paris
librairie@lucernaire.fr
01 42 22 67 13

Achevé d'imprimer par Corlet Numéric, Z.A. Charles Tellier, 14110 Condé-en-Normandie
N° d'Imprimeur : 163180 - Dépôt légal : décembre 2019 - *Imprimé en France*